S0-AZO-557

СТИВЕН

КИНГ

МЕШОК С КОСТЯМИ

ТОМ 2

Москва
2000

ББК 84 (7США)
К41

Stephen King

BAG OF BONES
1998

Перевод с английского В.А. Вебера

Серийное оформление Александра Кудрявцева

В оформлении обложки использована работа, предоставленная агентством Александра Корженевского.

Печатается с разрешения автора
и его литературного агента Ralph M.Vicinanza Ltd.
c/o Toymania LLC.

Исключительные права на публикацию книги на русском языке принадлежат издательству АСТ. Любое использование материала данной книги, полностью или частично, без разрешения правообладателя запрещается.

Кинг С.

К41 Мешок с костями: Роман в 2-х т. Т. 2 / Пер. с англ. В.А. Вебера. — М.: ООО «Фирма «Издательство АСТ», 2000. — 400 с.

ISBN 5-237-01451-8

Добро пожаловать в маленький уютный городок, где писатель Майк Нунэн заживо похоронил себя после смерти жены. Добро пожаловать в уютный дом с приведениями, где слышится и видится по ночам то, что не под силу вообразить даже безумцу. Добро пожаловать в место, где вырвались на волю силы такого кошмара, что невозможно даже его описать – но необходимо с ним сразиться...

© Stephen King, 1998
© Перевод. В.А. Вебер, 1999
ООО "Фирма "Издательство АСТ", 1999

Глава 16

Книга — это серьезно, я прав? Более того, книга — это главное. Я боялся перенести пишущую машинку и пока еще очень тонкую рукопись даже в другую комнату, не то чтобы везти в Дерри. Кто ж выносит младенца из дома в ураган? Поэтому я остался в коттедже, сохранив за собой право в любой момент уехать, если уж все совсем пойдет наперекосяк (точно так же курильщики сохраняют за собой право бросить курить, если их совсем замучает кашель). Миновала еще неделя. Что-то по ходу ее происходило, но до следующей пятницы, семнадцатого июля, когда я встретился на Улице с Максом Дивоуром, дни эти запомнились мне лишь одним — я продолжал писать роман, которому, при условии, что я его напишу, предстояло получить название «Друг детства». Возможно, мы всегда думаем, что теряется самое лучшее... или то, что могло бы стать лучшим. Полной уверенности в этом у меня нет. Но я точно знаю, что ту неделю я прожил не в реальном мире, а вместе с Энди Дрейком, Джоном Шеклефордом и еще одним типом, прячущимся в темноте.

Раймондом Гэррети, другом детства Джона Шеклефорда. Мужчиной, который иногда надевал бейсболку.

В эту неделю невидимые обитатели коттеджа давали о себе знать, но до леденящих кровь криков дело не доходило. Иногда звонил колокольчик Бантера, иногда фрукты и овощи выстраивались в окружность... но слова посередине отсутствовали. Как-то утром я пришел на кухню и обнаружил, что сахарница перевернута. И тут же вспомнил об истории Мэтти насчет рассыпанной муки. Никаких слов на сахаре никто не писал, зато провел волнистую линию с острыми вершинками и впадинами. Словно кто-то попытался что-то написать и не смог:

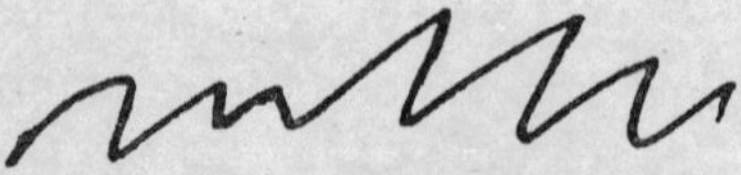

Если так, я мог только посочувствовать. Потому что на собственной шкуре испытал, какая это трагедия.

Показания Элмеру Дарджину я давал в пятницу, десятого июля. А вечером во вторник я шагал по Улице к площадке для софтбола в «Уэррингтоне», надеясь взглянуть на Макса Дивоура. К шести часам я подошел достаточно близко, чтобы слышать крики болельщиков и звонкие удары битой по мячу. Тропа, отходящая от Улицы, вывела меня к центральной части площадки. Пакетики из-под чипсов, обертки шоколадных батончиков, пустые банки из-под пива указывали на то, что многие наблюдали за игрой с этой точки. Я не мог не подумать, что именно здесь мужчина в старом коричневом пиджаке спортивного покроя обнял Джо за талию и, смеясь, увлек к Улице. За уик-энд я дважды снимал трубку, чтобы позвонить Бонни Амудсон и разузнать у нее, что это за мужчина, но оба раза давал задний ход. *Спящие собаки,* говорил я себе. *Не буди спящих собак, Майк.*

В этот день со стороны Улицы к площадке вышел только я. Поискал взглядом человека в инвалидном кресле-каталке, который обозвал меня лжецом и которому я посоветовал засунуть мой телефонный номер в то место, где никогда не светит солнце.

Но я ни Дивоура, ни Роджетт не увидел.

Зато заметил Мэтти, стоявшую за забором из сетки у первой базы. Компанию ей составлял Джон Сторроу, в джинсах и рубашке с отложным воротником. Большую часть его рыжих волос скрывала бейсболка. Они наблюдали за игрой и переговаривались, как давние друзья. Прошло два иннинга*, прежде чем они заметили меня. За это время я успел не только позавидовать Джону, но и приревновать его к Мэтти.

Наконец кому-то удался сильный удар, и мяч полетел к лесу, естественной границе площадки. Полевой игрок начал пятиться, но чувствовалось, что мяча ему не достать, даже в высоком прыжке. Я просчитал траекторию мяча, двинулся вдоль опушки и поймал мяч в левую руку. Зрители громкими криками приветство-

---

* Софтбольный, как и бейсбольный, матч состоит из десяти иннингов (периодов).

вали мой успех. Захлопал и полевой игрок. Бэттер тем временем не спеша обежал все базы и вернулся в «дом».

Я бросил мяч полевому игроку и вернулся на прежнее место, к пакетикам из-под чипсов, оберткам от шоколадных батончиков, банкам из-под пива. Повернувшись к зрителям, я увидел, что Мэтти и Джон смотрят на меня.

Если и есть подтверждение того, что человек — это животное, у которого чуть побольше мозгов и гипертрофированное ощущение собственной значимости в миропорядке вещей, так это наше умение выражать свои чувства жестами, когда иной возможности просто нет. Мэтти прижала руки к груди, чуть склонила голову влево, вскинула брови — и коснулась пальцами брови, словно у нее что-то заболело. *Мой герой!*

Я поднял руку, лениво помахал ей — *Ерунда, мэм, для меня это пара пустяков.*

Джон наклонил голову. *До чего же ты счастливый, сукин сын.*

Когда молчаливый обмен мнениями закончился, я указал на то место, где рассчитывал увидеть Дивоура, и пожал плечами. Мэтти и Джон ответили мне тем же. По окончании следующего иннинга ко мне подбежал веснушчатый мальчишка в спортивной майке с номером Майкла Джордана.

— Вон тот парень, — он указал на Джона, — дал мне пятьдесят центов, чтобы я передал вам, что вы должны позвонить ему в отель в Касл-Роке. Он сказал, что я получу еще пятьдесят центов, если вы захотите что-то ему сообщить.

— Скажи ему, что я позвоню в половине десятого. Правда, пятидесяти центов у меня нет. Доллар возьмешь?

— Спрашиваете! — Он схватил долларовую купюру, улыбнувшись во все тридцать два зуба. — Парень также просил передать, что вы клево поймали мяч.

— Скажи ему, что то же самое люди говорили и об Уилли Мейсе*.

— Каком Уилли?

Ах, молодость! Прошлого для нее еще не существует.

— Просто скажи ему. Он поймет.

Я остался еще на один иннинг. Дивоур не появился, игра меня не увлекла, и я направился домой. По пути я встретил одного рыбака, не отрывающего глаз от поплавка, и парочку, идущую по Улице к «Уэррингтону». Молодые люди поздоровались со мной, я — с ними. Я одновременно испытывал и одиночество, и удовлетворенность. Такое сочетание надо полагать за счастье.

Многие люди, возвратившись домой, первым делом проверяют автоответчик. В то лето я сразу же шел к холодильнику, чтобы посмотреть на мою гадальную доску. На этот раз слов на ней я не обнаружил, зато цветы и фрукты образовали некое подобие синусоиды, а может, передо мной была улегшаяся на бочок буква S:

Чуть позже я позвонил Джону и спросил, куда подевался Дивоур. Он повторил то же

---

* Мейс, Уилли Хауард, мл. (р.1931) — один из лучших бейсболистов 50—60-х годов, установивший несколько национальных рекордов.

самое, что раньше не менее красноречиво показало пожатие плеч.

— Это первая игра, которую он пропустил после возвращения в Тэ-Эр. Мэтти попыталась спросить у нескольких человек, здоров ли он, и выяснила, что да... во всяком случае, если с ним что и случилось, об этом никто не знал.

— Что значит «попыталась спросить»?

— Это значит, что некоторые не стали с ней разговаривать. «Посмотрели, как отрезали», — прокомментировало бы эту ситуацию поколение моих родителей. — *Ты бы с этим поосторожнее, приятель*, подумал я, но говорить этого не стал. *От поколения твоих родителей до моего — полшага.* — В конце концов одна из ее школьных подруг заговорила с ней, но в целом Мэтти воспринимают как отверженную. Этот Осгуд, возможно, и не умеет торговать недвижимостью, но деньги Дивоура он потратил с умом, отсек Мэтти он горожан. Это все-таки город, Майк? Никак не могу понять.

— Просто Тэ-Эр, — ответил я. — По-другому не объяснишь. Неужели вы верите, что Дивоур подкупил всех? Не слишком вяжется с идеей Вордсворта о пасторальных невинности и доброте.

— Он не только сорит деньгами, но и распускает слухи. Через того же Осгуда, а может, и Футмена. А местные жители, похоже, такие же честные, как и политики.

— Те, что покупаются?

— Именно. Кстати, я видел одного из главных свидетелей Дивоура в деле о наезде на ребенка. Ройса Меррилла. Стоял в компании таких же старикашек. Вы его не заметили?

Я ответил, что нет.

— Ему, должно быть, сто тридцать лет, — продолжил Джон. — У него трость с золотой ручкой.

— Это трость «Бостон пост». Она принадлежит старейшему жителю округа.

— Не сомневаюсь, что он владеет ею по праву. Если адвокаты Дивоура усадят его в свидетельское кресло, я его по полу размажу. — От веселой уверенности Джона у меня по коже пробежал холодок.

— Я в этом уверен. А как Мэтти воспринимает такое отношение к себе? — Я вспомнил ее слова о том, что она более всего ненавидит вторничные вечера: именно в эти дни в «Уэррингтоне» играют в софтбол на той самой площадке, где она познакомилась со своим погибшим мужем.

— Молодцом, — ответил Джон. — Думаю, она и сама поставила крест на большинстве своих подруг. — Я в этом сомневался, но спорить не стал. — Конечно, одиночество ее не радовало. Она боялась Дивоура и, полагаю, уже начала сживаться с мыслью о том, что потеряет ребенка, но теперь к ней вернулась былая уверенность. Главным образом благодаря встрече с вами. Для нее все сложилось более чем удачно.

Что ж, может и так. Но мне вспомнился один разговор с братом Джо, Френком. Он тогда сказал, что по его разумению нет такого понятия, как удача. Все определяется лишь судьбой и правильным выбором. И тут же в голову пришла мысль о невидимых кабелях, пересекающих Тэ-Эр. Невидимых, но прочных, как сталь.

— Джон, при нашей встрече в прошлую пятницу, после того, как я дал показания Дарджину, я забыл задать вам самый важный вопрос. Дело об опеке, которым мы все занимаемся... оно назначено к слушанию?

— Хороший вопрос. Я сам наводил справки. Этим же по моей просьбе занимался и Биссонетт. Если только Дивоур и его адвокаты не хотят подложить нам свинью, к примеру подать иск в другом округе, думаю, что нет.

— А они это могут? Подать иск в другом округе?

— Возможно. Но, полагаю, мы сможем это выяснить.

— И что все это означает?

— Только одно: Дивоур готов сдаться, — без запинки ответил Джон. — Другого объяснения я не нахожу. Завтра утром я возвращаюсь в Нью-Йорк, но буду позванивать. Если что-нибудь произойдет здесь, сразу же звоните мне.

Я ответил, что непременно позвоню, и пошел спать. В эту ночь женщины не посещали мои сны. Я это только приветствовал.

Когда в среду утром я спустился вниз, чтобы вновь наполнить стакан ледяным чаем, Бренда Мизерв развешивала мою выстиранную одежду. Как и учила ее мать: на внешней круговой веревке — рубашки и брюки, на внутренней — нижнее белье, чтобы случайный человек, прошедший или проехавший мимо, не видел, что ты носишь на теле.

— В четыре часа надо все снять, — предупредила меня миссис М. перед тем как уйти. Она смотрела на меня ясными и циничными глазами женщины, которая всю жизнь гнула спину на богатеньких. — Ни в коем случае не оставляйте одежду на ночь. Если она намокнет от росы, стирать придется заново, иначе пропадет ощущение свежести.

Я заверил ее, что все указания будут в точности выполнены, а потом спросил, чувствуя себя шпионом, выуживающим ценную информацию у сотрудника посольства, не заметила ли она в доме каких-то странностей.

— Каких странностей? — переспросила она изогнув бровь.

— Дело в том, что я пару раз слышал какие-то непонятные звуки. По ночам.

Она фыркнула:

— Дом-то бревенчатый. И строился не сразу, а по частям. Он оседает, в разных частях по-разному. Одно крыло перемещается относительно другого. Вот это вы и слышите.

— Значит, никаких призраков? — спросил я, изобразив разочарование.

— Я не видела ни одного, — безапелляционно заявила она, — но моя матушка говорила, что тут их хватает. Особенно у озера. Тут и микмаки*, которые жили здесь, пока их не вытеснили отсюда войска генерала Уинга, и все те, кто отправился на Гражданскую войну и погиб. А из здешних мест, мистер Нунэн, ушло почти шестьсот человек. Вернулись же полторы сотни... живыми. Мама говорила, что на этой стороне озера живет призрак негритянского мальчика, который здесь умер, бедняжка. Сын одного из «Ред-топов», знаете ли.

— Впервые слышу... Я знаю о Саре и «Ред-топ бойз», но о мальчике — нет. — Я помолчал. — Он утонул?

---

* индейское племя, до сих пор проживающее как в штате Мэн, так и в Канаде.

— Нет, угодил в капкан. Весь день пытался освободиться, звал на помощь. Наконец его нашли. Ногу ему спасли, но лучше бы отрезали сразу. Началось заражение крови, и мальчик умер. Летом девятьсот первого года. Поэтому, думаю, они и ушли. Слишком тяжелые воспоминания вызывало это место. Но мальчуган, как называла его моя мама, остался. Она говорила, что он до сих пор в Тэ-Эр.

Мне оставалось лишь гадать, что сказала бы миссис М., расскажи я о том, что этот мальчуган приветствовал меня в ночь приезда из Дерри, да и потом появлялся несколько раз.

— Или вот отец Кенни Остера, Нормал, — продолжила миссис М. — Вы ведь знаете эту историю? О, это кошмарная история. — Однако выглядела она более чем довольной, то ли потому, что знала кошмарную историю, то ли — получив возможность рассказать ее.

— Нет, — покачал я головой. — Кенни, конечно, знаю. У него еще большой волкодав. Черника.

— Да. Он столярничает и берется присматривать за коттеджами. Этим же занимался и его отец. Так вот, вскоре после окончания Второй мировой войны Нормал Остер утопил младшего брата Кенни у себя во дворе. Они тогда жили на Уэсп-Хилл, там, где дорога раздваивается, одна уходит к старому лодочному причалу, вторая — к порту. Малыша он утопил, между прочим, не в озере. Положил под струю воды, бьющую из колонки и держал под ней, пока ребенок не наглотался воды и не умер.

Я смотрел на нее, а ветер шуршал развешанным на веревках бельем. Я думал о чуть металлическом привкусе воды, наполнявшей мой рот и горло. Таким вкусом обладала как речная, так и артезианская вода, поднятая из глубины, из-под озера. Думал о послании с передней панели холодильника: help im drown.

— Он так и оставил ребенка под колонкой. Сел в свой новый «шевроле» и поехал сюда, на Сорок вторую дорогу. Взял с собой ружье.

— Уж не собираетесь ли вы сказать, миссис Мизерв, что отец Кенни Остера застрелился в моем доме?

Она покачала головой:

— Нет. Он застрелился на выходящей на озеро террасе Брикерсов. Сел на поручень и снес свою дурную голову.

— Брикерсов? Я не помню...

— И не можете помнить. С шестидесятых здесь никаких Брикерсов нет. Они из Делавэра. После них коттедж купили Уэршбурны, но теперь нет и их. Дом пустует. Изредка этот дуралей Осгуд приводит кого-то и показывает дом, но он никогда не продаст его за цену, которую просит. Помяните мои слова.

Уэшбурнов я знал, мы не раз играли с ними в бридж. Приятная пара. Их коттедж стоял неподалеку к северу от «Сары-Хохотушки». Дальше домов не было: берег становился слишком крутым, подлесок — густым. Улица тянулась дальше, к Сияющей бухте, но туда заглядывали только охотники да любители черники. Благо росло ее сколько хочешь.

Нормал*, подумал я. Ничего себе имечко для человека, утопившего своего маленького сына в собственном дворе под струей из колонки. Ха-ха-ха.

---

* Normal — нормальный, уравновешенный *(англ.)*.

— Он оставил записку? Объяснение?

— Нет. Но люди говорят, что и его призрак бродит вдоль озера. В маленьких городках призраков вроде бы особенно много, но я не берусь утверждать, есть они или нет. Знаю только, что сама не видела и не слышала ни одного. А о вашем коттедже я могу сказать следующее, мистер Нунэн: тут всегда пахнет сыростью, сколько его ни проветривай. Наверное, причина в бревнах. Не стоит строить бревенчатые дома у озера. Дерево впитывает влагу.

Ее сумка стояла на земле. Теперь она подняла ее. Черную, вместительную, бесформенную сумку женщины из провинции, используемую исключительно по назначению. Унести в ней миссис М. могла много.

— Не могу я стоять тут целый день, хотя поболтать с вами — одно удовольствие. Мне еще надо заглянуть в одно место. Лето в этих краях — время жатвы, сами знаете. Не забудьте снять выстиранную одежду до вечера, мистер Нунэн. Чтобы она не намокла от росы.

— Не забуду, — пообещал я. И не забыл. А когда вышел из дома в одних плавках, мокрый от пота: работал-то я в духовке (теперь я уже понимал, что без кондиционера никак нельзя), меня ждал сюрприз. Кто-то поработал с моим бельем. Теперь мои джинсы и рубашки висели на внутренней веревке, а трусы и носки — на внешней. Видать, мой невидимый гость, один из моих невидимых гостей, решил немного поразвлечься.

На следующий день я поехал в библиотеку и первым делом восстановил читательский билет. Линди Бриггс лично взяла у меня четыре доллара и внесла мои данные в компьютер, предварительно выразив соболезнования в связи с безвременной кончиной супруги. И, как в случае с Биллом Дином, я уловил упрек в ее голосе, словно вина в том, что она так запоздала с соболезнованиями, лежала на мне. Наверное, лежала

— Линди, у вас есть история города? — спросил я после того, как Джо воздали должное.

— У нас их две. — Она наклонилась ко мне через стол, хрупкая женщина в пестром платье без рукавов, с поблескивающими за толстыми стеклами очков глазами, и уверенно добавила: — Обе не так уж и хороши.

— Какая лучше? — не замедлил я со следующим вопросом.

— Вероятно, написанная Эдуардом Остином. В середине пятидесятых он приезжал сюда каждое лето и поселился здесь, выйдя на пенсию. «Дни Темного Следа» он написал в тысяча девятьсот шестьдесят пятом или шестьдесят шестом. Опубликовал на свои деньги, потому что ни одно издательство его книга не заинтересовала. Даже региональные издатели ему отказали. — Она вздохнула. — Местные книгу покупали, но сколько экземпляров они могли купить?

— Полагаю, всего ничего.

— Писатель он не из лучших. Да и фотограф тоже. От его черно-белых иллюстраций у меня болят глаза. Однако там есть несколько интересных историй. Об изгнании микмаков, о своенравном жеребце генерала Уинга, о финансовых аферах в восьмидесятых годах прошлого столетия, о пожарах тридцатых...

— Что-нибудь насчет «Сары и Ред-топов»?

Улыбнувшись, она кивнула:

— Наконец-то решили ознакомиться с историей собственного дома? Рада это слышать. Он нашел их старую фотографию, она приведена в книге. Он полагал, что снимок сделали на ярмарке во Фрайбурге в 1900 году. Эд говорил, что многое бы отдал за возможность послушать их пластинку.

— Я бы тоже, но они не записали ни одной. — Внезапно мне вспомнился риторический вопрос греческого поэта Георгия Сефериса: «Это голоса наших умерших друзей или всего лишь граммофон?» — Что случилось с мистером Остином? Вроде бы я не слышал такой фамилии.

— Он умер за год или за два до того, как вы с Джо купили коттедж, — ответила Линди. — Рак.

— Вы упомянули две книги.

— О второй вы скорее всего знаете. «История округа Касл и Касл-Рока». Выпущена к столетию округа, сухая, как пыль. Пусть книга Эдди написана и не очень хорошо, но сухой ее не назовешь. В этом ему не откажешь. Обе книги вы найдете вон там, — она указала на стеллаж с табличкой:

КНИГИ О МЭНЕ

— На руки они не выдаются. — Тут она просияла: — Но мы с радостью сделаем ксерокопии нужных вам страниц. Стоит это недорого.

Мэтти сидела в другом углу, рядом с мальчишкой в бейсболке, повернутой козырьком к затылку. Учила его пользоваться устройством для чтения микрофильмов. Она посмотрела на меня, улыбнулась и сказала: «Отличный прием», имея в виду мой вчерашний успех на площадке для софтбола в «Уэррингтоне». Я скромно пожал плечами и направился к стеллажу с книгами о Мэне. Действительно, мяч я поймал ловко.

— Что вы ищете?

Я так увлекся историческими книгами, что подпрыгнул от неожиданности. Повернулся с улыбкой. Первым делом отметил, что она надушилась очень легкими, приятными духами, потом обратил внимание на взгляд Линди Бриггс. От улыбки, с которой она встретила меня, не осталось и следа.

— Заинтересовался прошлым того места, где сейчас живу. Старые истории. И все благодаря моей домоправительнице. — Тут я понизил голос: — Учительница на нас смотрит. Не оглядывайтесь.

На лице Мэтти отразилась тревога. Как потом выяснилось, не напрасно. Она спросила, какую из книг можно поставить на полку. Я протянул ей обе. Принимая их от меня, Мэтти прошептала:

— Адвокат, который представлял вас в прошлую пятницу, нанял частного детектива. Он говорит, что они смогут найти что-нибудь интересное насчет опекуна ad litem.

К стеллажу с книгами о Мэне я вернулся вместе с Мэтти, надеясь, что не доставлю ей этим дополнительных забот. Спросил, что подразумевается под интересным. Она покачала головой, одарила меня сухой профессиональной улыбкой библиотекаря, и я ушел.

По пути домой я анализировал прочитанное. К сожалению, почерпнул немного. Писателем Остин оказался никаким, и фотографии он делал плохие. А его историям, пусть и достаточно колоритным, недоставало фактов. Он упомянул «Сару и Ред-топ бойз», но назвал их «диксилендским октетом», а даже я знал, что это не так. «Ред-топы» могли играть диксиленд, но в основном они играли блюзы (по вечерам в пятницу и субботу) и церковную музыку (утром и днем в воскресенье). Две странички Остина о пребывании «Ред-топов» в Тэ-Эр ясно указывали на то, что он не слышал ни одной их мелодии, пусть и в исполнении других музыкантов.

Он подтвердил, что ребенок умер от заражения крови, после травмы, нанесенной капканом, тут его информация не расходилась с версией Бренды Мизерв... Но с чего бы она могла расходиться? Скорее всего эту историю Остин услышал от отца или деда миссис М. Он также указал, что мальчик этот был единственным сыном Сынка Тидуэлла, а звали гитариста Реджинальд. Вроде бы Тидуэллы прибыли в Тэ-Эр из квартала красных фонарей Нового Орлеана, знаменитого места, которое на рубеже столетий называлось Сторивилль.

В более формальной истории округа Касл о Саре и «Ред-топах» я ничего не нашел. В обеих книгах не было упоминания о трагической смерти младшего брата Кенни Остера. Незадолго до того, как Мэтти подошла ко мне, в голове у меня мелькнула дикая мысль: Сынок Тидуэлл и Сара Тидуэлл были мужем и женой, а от заражения крови погиб их единственный ребенок (его имени Остин не указал). Я нашел фотографию, о которой говорила мне Линди, и внимательно изучил ее. Она запечатлела с дюжину чернокожих на фоне старого колеса Ферриса*. Должно быть, сделали ее на ярмарке во Фрайбурге. Старая и выцветшая, она, в отличие от фотографий Остина, дышала жизнью. Вы видели фотографии времен Великой депрессии? Суровые лица над аккуратно завязанными галстуками, глаза, не прячущиеся в тени широкополой шляпы.

Сара стояла по центру и чуть впереди, в черном платье, с гитарой. Она не улыбалась в объектив, но улыбкой светились ее глаза, и я подумал, что такие же иной раз видишь и на картинах: глаза, которые смотрят на тебя, в какой бы точке зала ты ни находился. Я пристально вглядывался в фотографию и думал о язвительных интонациях в ее голосе, который я слышал во сне. *Так что же ты хочешь знать, сладенький?* Наверное, я хотел узнать как можно больше о ней и о других: кто они, как жили в свободное от выступлений время, почему ушли, куда.

Обе ее руки были на виду, одна сжимала гриф, пальцы второй перебирали струны. Длинные, артистические пальцы без единого кольца. Это не означало, что она не была женой Сынку Тидуэллу, а если и не была, то маленький мальчик, который попал в капкан, мог родиться и вне брака. Да только та же улыбка выглядывала из глаз Сынка. Сходство не вызывало сомнений. Я бы мог поклясться, что эти двое приходились друг другу братом и сестрой, а не мужем и женой.

---

* прообраз нынешнего колеса обозрения.

Я думал обо всем этом по дороге домой, думал о кабелях, которые не видны, но тем не менее существуют... но более всего мои мысли занимала Линди Бриггс... которая сначала улыбалась мне, а потом совсем даже не улыбалась своему молодому красивому библиотекарю с дипломом об окончании средней школы. И меня это тревожило.

А вернувшись домой, я полностью погрузился в свой роман и жизнь населявших его персонажей, мешков с костями, которые с каждым днем наращивали плоть.

Майкл Нунэн, Макс Дивоур и Роджетт Уитмор разыграли эту отвратительную комедийную сценку в пятницу вечером. Но прежде произошло еще два события, о которых надлежит упомянуть.

Во-первых, в четверг позвонил Джон Сторроу. Я сидел перед телевизором, отключив звук, смотрел бейсбольный матч (кнопку MUTE на пульте дистанционного управления можно смело отнести к величайшим достижениям технического прогресса) и думал о Саре Тидуэлл, Сынке Тидуэлле и маленьком сыне Сынка. Я думал о Сторивилле, названии, которое греет душу любому писателю*. И еще я думал о моей жене, которая умерла беременной.

— Слушаю?

— Майк, у меня прекрасные новости. — Джона буквально распирало от радости. — У Ромео Биссонетта, возможно, странное имя, но

* Сторивилль — город историй *(англ.)*.

детектива он мне нашел отменного. Его зовут Джордж Кеннеди. Вот уж кто не теряет времени даром. Он мог бы работать и в Нью-Йорке.

— Если это самый большой комплимент, который вы можете придумать, вам надо почаще выезжать из города.

Он продолжал стрекотать, словно и не услышал меня:

— Кеннеди работает со страховой компанией, а все остальные рассматривает как хобби. И зря. Он просто зарывает талант в землю. Большую часть информации он получил по телефону. Я отказываюсь в это верить.

— Что именно вас особенно изумило?

— Мы сорвали банк! — Вновь в его голосе прозвучала та алчная удовлетворенность, что одновременно и пугала, и радовала меня. — С мая этого года Элмер Дарджин сделал следующее: выплатил кредит, взятый на покупку автомобиля, расплатился за свой летний коттедж в Ренджли-Лейкс, оплатил девяносто лет детской страховки...

— Никто не оплачивает девяносто лет детской страховки, — вырвалось у меня. — Это невозможно.

— Возможно, если у тебя семеро детей. — И Джон залился радостным смехом.

Я вспомнил самодовольного толстячка с губками бантиком, с блестящими, ухоженными ногтями.

— Не может быть!

— Может. — Джон все смеялся. — Именно столько он настрогал. Возрастом от ч-четырнадцати д-до т-трех лет! С потенцией у него все в порядке! — Из трубки лился смех. Заразительный смех, потому что я уже вторил Джону. —

Кеннеди собирается прислать мне по... по факсу... фото... фотографии всей... семьи! — Я представил себе Джона Сторроу, который сидит в своем кабинете на Парк-авеню и хохочет, как безумный, пугая уборщиц.

— Впрочем, количество детей значения не имеет, — сказал он, когда приступ смеха миновал. — А что имеет, вы уже поняли, так?

— Да. Неужели он так глуп? — Я имел в виду Дарджина, но вопрос цеплял и Дивоура. И Джон, судя по ответу, меня понял.

— Элмер Дарджин — мелкий адвокат из маленького городка, затерянного в лесах западного Мэна, вот и все. Он и представить себе не мог, что появится ангел-хранитель, который выведет его на чистую воду. Между прочим, он купил катер. Две недели назад. С двумя подвесными моторами. Большой катер. Все кончено, Майк. Победа за нами, и с разгромным счетом.

— Если вы так говорите... — Но тут мои пальцы словно обрели самостоятельность и сжались в кулак, который ударил по дереву кофейного столика.

— Однако на софтбольный матч я приезжал не зря.

— Правда?

— Я к ней проникся.

— К ней?

— К Мэтти, — терпеливо объяснил он. — Мэтти Дивоур. — Пауза. — Майк? Вы меня слышите?

— Да. Трубка выскользнула. Извините. — Трубка выскользнула не больше чем на дюйм, но я подумал, что Джон не уловил смятения в моем голосе. Да и откуда? Если речь заходила о Мэтти, я, по мнению Джона, был вне подозрений. Как прислуга в загородном доме из какого-нибудь детектива Агаты Кристи. Мысль о том, что мужчина моих лет мог испытывать сексуальное влечение к Мэтти, просто не приходила ему в голову... может, и заглянула на пару секунд, но он отмел ее как нелепую. Точно так же и Мэтти решила, что между моей женой и мужчиной в коричневом пиджаке ничего такого быть не могло.

— Я не могу ухаживать за ней, представляя ее интересы, — продолжал Джон. — Это неэтично. И вредит делу. А вот потом... Как знать.

— Это точно. — Я слышал свой голос как бы со стороны. Словно говорил кто-то другой. И звук долетал из динамиков радиоприемника или магнитофона. Так случается, когда тебя застают врасплох. *Это голоса наших умерших друзей или всего лишь граммофон?* Я думал о его руках, с длинными, тонкими пальцами. Кольца не было ни на одном. Как и на руках Сары на старой фотографии. — Как знать.

Мы попрощались, и я какое-то время смотрел бейсбол. По-прежнему не включая звук. Собирался было сходить в кухню за пивом, но решил, что холодильник слишком далеко, и я к такому путешествию не готов. Поначалу я чувствовал обиду, а потом она сменилась более приятным чувством. Я бы назвал его печальным облегчением. Не староват ли он для нее? Разумеется, нет. Разница в возрасте самая подходящая. Прекрасный принц номер два, на этот раз в костюме-тройке. В отношениях с мужчинами удача наконец-то поворачивалась к Мэтти лицом, а если так, мне следовало радоваться.

Вот я и радовался. И испытывал облегчение. Потому что у меня есть другое занятие — писать книгу, а потому стоит забыть о белых кроссовках, вдруг возникающих в сгущающихся сумерках из-под красного платья, и о тлеющем кончике сигареты, пляшущем в темноте.

Однако впервые после того как я увидел Киру, марширующую по белой разделительной полосе Шестьдесят восьмого шоссе в купальнике и шлепанцах, я остро ощутил собственное одиночество.

— «Смешной вы человечишка, — молвил Стрикленд», — сообщил я пустой гостиной. Слова эти сорвались с моего языка, прежде чем я успел об этом подумать, и тут же переключился телевизионный канал. Бейсбол сменил повторный показ сериала «Дела семейные», потом на экране возник другой сериал «Рен и Стимпи». Я покосился на пульт дистанционного управления. Он лежал на кофейном столике, на том самом месте, куда я его положил, когда взял телефонную трубку. Канал сменился вновь, и теперь я смотрел на Хэмфри Богарда и Ингрид Бергман. Они стояли рядом с самолетом и мне не требовалось включать звук, чтобы понять, что Хэмфри убеждает Ингрид улететь на этом самолете. Самый любимый фильм моей жены. В конце которого она неизменно заливалась слезами.

— Джо? — спросил я. — Ты здесь?

Один раз звякнул колокольчик Бантера. В доме жили несколько призраков, я в этом нисколько не сомневался... но в тот вечер, впервые, я точно знал, что рядом со мной Джо.

— Кто он, дорогая? — спросил я. — Тот парень у софтбольного поля, кто он?

Колокольчик Бантера застыл. Она, однако, была в комнате. Я это чувствовал, как затаенное дыхание.

Я вспомнил злобное, насмешливое послание, которое я обнаружил на холодильнике после обеда с Мэтти и Ки. «Синяя роза лгунья ха-ха».

— Кто он? — Мой голос дрожал, я едва сдерживал слезы. — Что ты тут делала с этим парнем? Ты... — Но я не смог заставить себя спросить, обманывала ли она меня, изменяла ли мне. Я не мог этого спросить, даже если призрак Джо присутствовал не в комнате, давайте уж смотреть правде в глаза, а в моей голове.

«Касабланка» исчезла с экрана, уступив место всеобщему любимцу, Перри Мейсону. Извечный противник Перри, Гамильтон Бургер допрашивал какую-то несчастного вида женщину, и тут появился звук, заставив меня подпрыгнуть.

— Я не лгунья! — воскликнула актриса в стародавнем телефильме. Она посмотрела на меня, и я ахнул, увидев глаза Джо на черно-белом лице из пятидесятых годов. — Я никогда не лгала, мистер Бургер, никогда!

— А я считаю, что лгали. — Бургер хищно, как вампир, оскалился. — Я считаю, что...

Экран погас. Колокольчик Бантера коротко звякнул, и призрак, составлявший мне компанию, покинул гостиную. Мне заметно полегчало. *Я не лгунья... Я никогда не лгала, никогда.*

Я мог бы в это поверить, если бы захотел.

Если бы захотел.

Я пошел спать, и в эту ночь мне ничего не приснилось.

***

Я взял за правило вставать рано, до того как солнце нагреет мой кабинет. Выпивал стакан сока, съедал гренок и до обеда молотил по клавишам «Ай-би-эм», с удовольствием наблюдая, как страница следует за страницей. Я не считал свое занятие работой, хотя называл его именно так. Скорее я кувыркался на некоем мысленном батуте, пружины которого на какое-то время снимали с моих плеч тяжесть проблем реального мира.

В полдень я прерывался, ехал к Бадди Джеллисону, чтобы съесть что-нибудь большое и жирное, потом возвращался и работал час-полтора. После чего купался в озере и часа два спал в северной спальне. В главную спальню в южном крыле я практически не заглядывал, и если миссис Мизерв находила это странным, то свои мысли на этот счет она держала при себе.

В пятницу, семнадцатого июля, по пути домой я остановился у «Лейквью дженерел», чтобы заправить «шевроле» бензином. Бензозаправка была и около автомастерской Брукса, причем галлон бензина стоил там на пару центов дешевле, но мне не хотелось видеть ни Дикки, ни тем более Ройса Меррилла. Бензин лился в бак, я смотрел на далекие горы, когда с другой стороны бетонного возвышения, на котором стояли колонки, остановился «додж рэм» Билла Дина. Он вылез из джипа, улыбнулся:

— Как дела, Майк?

— Нормально.

— Бренда говорит, что ты пишешь, не разгибаясь.

— Есть такое. — Я уж собрался заикнуться о починке кондиционера, но слова эти так и не слетели с моих губ. Я до смерти боялся потерять вновь обретенную способность писать, а потому не решался хоть что-то изменить. Глупо, конечно, попахивает суеверием, но я не решался. Как знать, вдруг этот самый неработающий кондиционер входит в совокупность факторов, позволивших мне родиться заново?

— Что ж, рад это слышать. Очень рад. — Слова прозвучали искренне, но чем-то он отличался от привычного мне Билла Дина. Во всяком случае, от того Билла Дина, что приезжал ко мне в «Сару» в понедельник, шестого июля.

— Я тут роюсь в прошлом моей стороны озера.

— «Сара и Ред-топ бойз»? Помнится, они всегда тебя интересовали.

— Без них, конечно, не обойтись, но они — только часть истории. Я тут беседовал с миссис М., и она рассказала мне о Нормале Остере. Отце Кенни.

Улыбка Билла осталась у него на губах, пауза длилась лишь несколько секунд, пока он свинчивал крышку с горловины бака, но я почувствовал, как внутри у него все оборвалось.

— Ты не собираешься писать об этом, Майк, а? Потому что здесь живет много людей, которым это не понравится. То же самое я говорил и Джо.

— Джо? — Я едва подавил желание перепрыгнуть через бетонное возвышение и схватить его за руку. — А при чем тут Джо?

Он ответил долгим, полным любопытства взглядом.

— Она тебе не говорила?

— О чем ты?

— Она раздумывала, а не написать ли большой материал о «Саре и Ред-топах» для одной из местных газет. — Билл говорил медленно, тщательно подбирая слова. Я это запомнил, как и жаркое солнце, обжигающее мне шею, и резкие тени на асфальте. Он начал заливать бензин в бак, и урчание насоса так и било мне в уши. — Вроде бы она упоминала журнал «Янки». Я, конечно, могу ошибаться, но вряд ли.

Я утратил дар речи. Почему она держала в секрете свое желание написать очерк о местной истории? Думала, что вторгается на мою территорию? Нелепо. Она же знала, что я не обижусь... наверняка знала.

— Когда вы говорили об этом, Билл? Ты помнишь?

— Естественно, — кивнул он. — В тот же день, когда привезли пластмассовых сов. Только этот разговор завел я, потому что люди говорили мне, что она задает много вопросов.

— Совала нос в чужие дела?

— Я этого не говорил, — нервно ответил он. — Твои слова.

Все так, но я понимал, что именно это он и имел в виду.

— Продолжай.

— А что продолжать? Я ей сказал, что в Тэ-Эр немало больных мозолей, как и в других местах, и попросил ее не наступать на них, если есть такая возможность. Она ответила, что все поняла. Может, поняла, а может, и нет. Но я знаю, что вопросы она продолжала задавать. Слушала истории, которые рассказывали старики, у которых в голове все давно перепуталось.

— И когда это было?

— Осенью девяносто третьего и весной девяносто четвертого. Она кружила по городу, заглядывала даже в Моттон и Харлоу, с блокнотом и маленьким кассетным магнитофоном. Это все, что мне известно.

И тут я сделал удивительное открытие: Билл лгал. Спроси меня кто об этом днем раньше, я бы рассмеялся и ответил, что Билл Дин просто не знает, что такое ложь. Должно быть, лгал он довольно-таки редко, потому что делать это совсем не умел.

Я уж хотел поставить его перед фактом, но не видел в этом никакого смысла. Мне требовалось время, чтобы поразмыслить, а на заправке я размышлять не мог — в голове все гудело. Я знал, что скоро гудение стихнет, и тогда я, возможно, пойму, что все это ерунда, не стоит и выеденного яйца, но, повторюсь, чтобы отделить зерна от плевел, мне требовалось время. Неожиданные подробности жизни любимой женщины, пусть и давно уже умершей, — сильное потрясение. Можете мне поверить, я знаю.

Билл отвел взгляд, потом вновь встретился со мной глазами. В них читались серьезность и (я мог в этом поклясться) испуг.

— Она спрашивала насчет маленького Керри Остера, и это хороший пример упомянутых мною больных мозолей. О таком не пишут ни в газетной заметке, ни в журнальной статье. Нормал просто чокнулся. Никто не знает почему. То была ужасная трагедия, совершенно бессмысленная, и некоторые люди еще не пережили ее. В маленьких городах существуют невидимые связи...

Да, протянутые под землей кабели, недоступные глазу.

— ...и прошлое в них умирает медленно. Сара и ее клан, это другое. Они просто... пришельцы... издалека. Если бы Джо ограничилась только ими, никто бы и слова не сказал. Но, с другой стороны, то, что она узнала, осталось при ней. Потому что я не видел ни одного написанного ею слова. Если она и писала.

Тут он говорил правду, я это чувствовал. Но я знал и кое-что еще, причем знал с полной достоверностью, точно так же, как нисколько не сомневался в том, что Мэтти была в белых шортах, когда приглашала меня на обед. Билл сказал, что Сара и ее клан — просто пришельцы издалека. Причем на середине фразы он запнулся, заменяя словом пришельцы другое слово, первым пришедшее на ум. И не произнес он слово ниггеры. Сара и ее клан — просто ниггеры издалека...

И тут же я вспомнил старый рассказ Рэя Брэдбери «Марс — это рай»*. Астронавты, достигшие Марса, находят там Зеленый Город, перенесшийся из Иллинойса, где живут их друзья и родственники. Только на самом деле эти друзья и родственники — инопланетные чудища, и ночью, когда астронавты думали, что они спят в домах, где прошли их детство и юность, а находятся эти дома в раю, их убивают, всех до единого.

— Билл, ты уверен, что осенью и весной она приезжала несколько раз?

— Да. Только не несколько. Как минимум с дюжину, а то и больше. Приезжала чуть ли не на целый день. Или ты не знал?

---

* Этот рассказ, под названием «Третья экспедиция», впервые опубликован на русском языке в 1964 году.

— А ты видел с ней мужчину? Крепкого телосложения, с курчавыми волосами?

Он задумался. Я затаил дыхание. Наконец Билл покачал головой.

— Я всегда видел ее одну. Но мы встречались не в каждый ее приезд. Иной раз я узнавал, что она приезжала уже после ее отъезда. Помнится, я увидел ее в июне девяносто четвертого. Она ехала к Сияющей бухте в своем маленьком автомобильчике. Она помахала мне рукой, я тоже помахал в ответ. Ближе к вечеру я подъехал к коттеджу, узнать, не надо ли ей чего, но она уже уехала. И больше я ее не видел. Когда она умерла в конце того лета, мы с Ветти были в шоке.

Если она что-то и выискивала, то, должно быть, не написала о своих поисках ни слова. Я бы нашел рукопись.

А не лгал ли я себе? Она много раз приезжала сюда, не пытаясь сохранить эти визиты в тайне, однажды ее даже сопровождал незнакомый мужчина, а я узнал обо всем этом совершенно случайно.

— Об этом трудно говорить, — добавил Билл, — но, раз уж начали, давай дойдем до конца. Жить в Тэ-Эр — все равно что спать в одной кровати вчетвером или впятером, как бывало раньше. Если все лежат тихо — полный порядок. А если хоть один начнет ворочаться, не смогут спать и все остальные. На данный момент этот беспокойный — ты. Так, во всяком случае, воспринимают тебя окружающие.

Он ждал, что я на это отвечу. Когда же прошло двадцать секунд, а я по-прежнему молчал (Гарольд Обловски мог мною гордиться), ему не осталось ничего другого, как продолжить.

— К примеру, людям в городе не по себе из-за того интереса, что ты проявляешь к Мэтти Дивоур. Только не подумай, что я говорю, будто между вами что-то есть, хотя некоторые в этом уверены, но, если ты хочешь и дальше жить в Тэ-Эр, то создаешь себе трудности.

— Почему?

— Вернемся к тому, что я говорил тебе полторы недели тому назад. От нее надо держаться в стороне, как от чумы.

— Билл, но ты, если я не ошибаюсь, сказал, что как раз она попала в беду. И я стараюсь ей помочь. Кроме этого, между нами ничего нет.

— Я же говорил тебе, что Макс Дивоур — псих. Если ты выведешь его из себя, платить придется нам всем. — Насос автоматически отключился, и Билл вытащил наконечник шланга из горловины бака. Установил его в выемку бензоколонки, тяжело вздохнул. — Ты думаешь, мне легко об этом говорить?

— А ты думаешь, мне легко это слышать?

— Хорошо, тем более что мы в одной лодке. Мэтти Дивоур — не единственный человек в Тэ-Эр, кто едва сводит концы с концами. У других тоже немало проблем. Это ты понимаешь?

Возможно, он увидел, что понимаю я слишком много и слишком хорошо, потому что плечи у него поникли.

— Если ты просишь, чтобы я отошел в сторону и смотрел, как Дивоур отбирает у Мэтти ребенка, то из этого ничего не выйдет, — ответил я. — И я очень надеюсь, что речь об этом не идет. Потому что я не хочу иметь никаких дел с мужчиной, который обращается с такой просьбой к другому мужчине.

— Об этом я тебя просить и не собирался. Да и поздно просить-то, а? — Вот тут его голос неожиданно смягчился. — Господи, да я ведь тревожусь-то из-за тебя. Тебе надо бы быть поосторожнее. Потому что он действительно псих. Ты думаешь, он пойдет в суд, если поймет, что суд не удовлетворит его требований? Трое мужчин погибли при тушении пожаров 1933 года Хороших мужчин. Один из них был моим дальним родственником. Пожары уничтожили все на территории, равной половине округа, а поджег лес Макс Дивоур. Так он попрощался с Тэ-Эр. Доказать это невозможно, но лес поджег он. Тогда ему не было и двадцати, а в кармане звенели разве что несколько монет. Ты хоть понимаешь, на что он способен теперь?

И он испытывающе посмотрел на меня. Я молчал.

Билл кивнул, словно услышал ответ.

— Подумай об этом. И помни, Майк, ты мне очень дорог, поэтому я и говорю с тобой столь прямо.

— И как прямо ты говоришь со мной, Билл? — Боковым зрением я увидел, как какой-то турист вышел из «вольво» и, направляясь к магазину, с любопытством посмотрел на нас. Потом, проигрывая эту сцену в голове, я понял, что мы напоминали двух петухов, которые вот-вот набросятся друг на друга. Помнится, тогда мне хотелось плакать — мне казалось, что меня предали, и в то же время я ужасно злился на этого худощавого старика, в чистой белой рубашке и с полным ртом вставных зубов. Так что, возможно, мы были близки к тому, чтобы начать махать кулаками.

— Как могу, — ответил он и повернулся, чтобы пройти в магазин и расплатиться за бензин.

— В моем доме живут призраки! — вырвалось у меня.

Он остановился, спиной ко мне, плечи поникли еще больше. Затем, очень медленно, он повернулся.

— В «Саре-Хохотушке» всегда жили призраки, Майк. Ты растревожил их. Может, тебе лучше вернуться в Дерри и дать им успокоиться. Возможно, так будет лучше всего. — Он помолчал, словно обдумывал последнюю фразу, взвешивая все «за» и «против», потом медленно, очень медленно, как и поворачивался, кивнул. — Да, так будет лучше.

Вернувшись в «Сару», я позвонил Уэрду Хэнкинсу. А потом решился-таки на звонок Бонни Амудсон. Откровенно говоря, мне очень хотелось, чтобы мой звонок не застал ее в туристическом агентстве, где она работала, но нет, Бонни сняла трубку. А по ходу нашего разговора из факса полезли ксерокопированные страницы ежегодников Джо. На первой Уэрд написал: «Надеюсь, я трудился не зря».

Я не продумывал заранее разговор с Бонни. Я чувствовал, что этим можно все испортить. Сказал ей, что Джо что-то писала, то ли статью, то ли серию статей, о местности, в которой находился наш летний коттедж, и некоторые из местных жителей встретили ее изыскания в штыки. А кое-кто до сих пор ворчит по этому поводу. Она не говорила об этом? Не показывала черновики?

— Нет. — В голосе Бонни прозвучало искреннее изумление. — Она показывала мне фотографии, такое было, но ничего из написанного. Помнится, однажды она сказала, что писатель у нее в семье — ты, а она занимается всем остальным. Так?

— Да.

Я подумал, что на этом и надо закруглиться, но у мальчиков в подвале было на этот счет свое мнение.

— Бонни, она с кем-нибудь встречалась?

На другом конце провода воцарилось молчание. Я протянул руку к страницам ежегодников Джо, полученным по факсу. С ноября 1993-го до августа 1994-го. Все заполненные аккуратным почерком Джо. Интересно, стоял ли здесь факс до ее смерти? Я не помнил. Я слишком многого не помнил.

— Бонни, если ты что-то знаешь, пожалуйста, скажи. Я смогу простить ее, если придется, но я не могу простить того, чего не знаю...

— Извини. — Из трубки донесся нервный смешок. — Просто я сначала не поняла. Встречаться с кем-то... для Джо, которую я знала, такое просто невозможно... вот я и не сразу сообразила, что ты говоришь о ней. Я подумала, что ты, возможно, имеешь в виду психоаналитика, но речь не о нем, не так ли? Ты спрашиваешь, не встречалась ли она с каким-то мужчиной. Бойфрендом.

— Именно так.

Буквы на страничках ежегодника прыгали у меня перед глазами. Искреннее недоумение, прозвучавшее в голосе Бонни, порадовало меня, но не настолько, как я мог бы ожидать. Потому что я и так все знал. И дело даже не в эпизоде из фильма про Перри Мейсона. Мы же говорили о Джо. Моей Джо!

— Майк, — Бонни говорила со мной, как с душевнобольным, — она любила тебя. Только тебя.

— Да, полагаю, что любила. — Страницы ежегодника показывали, какую активную жизнь вела моя жена. «СК Мэна»... суповые кухни. «ЖенНоч» — ночлежки для женщин. «МолНоч» — ночлежки для молодежи. «Друзья библиотек Мэна». Два или три заседания различных комитетов в месяц, иногда два или три заседания в неделю, а я ничего не замечал. Я спасал от опасности других женщин. — Я тоже ее любил, Бонни, но в последние десять месяцев своей жизни она чем-то занималась. Она ничего не говорила тебе, когда вы ехали на заседание совета директоров «Суповых кухонь» или «Друзей библиотек»?

Опять молчание.

— Бонни?

Я оторвал трубку от уха, чтобы увидеть красную лампочку, свидетельствующую о том, что аккумулятор сел. Лампочка не горела. Я вновь вернул трубку к уху.

— Бонни, в чем дело?

— В последние девять или десять месяцев ее жизни мы никуда не ездили. По телефону разговаривали, один раз, помнится, встретились на ленче в Уотервилле, но ездить — не ездили. Она ушла из всех советов.

Я вновь проглядел страницы ежегодников. Заседания советов директоров следовали один из другим, в том числе и «Суповых кухонь».

— Ничего не понимаю. Она ушла из «Суповых кухонь»?

Опять пауза, на этот раз короткая.

— Нет, Майк. Она прекратила участие в работе всех благотворительных организаций. В «Ночлежках для женщин» и «Ночлежках для молодежи» — с конца 1993 года, когда истек срок. А из «Суповых кухонь» и «Друзей библиотек» она ушла то ли в октябре, то ли в ноябре.

Страницы, присланные Уэрдом, говорили о другом. Заседания в 1993 году, заседания в 1994 году. Десятки заседаний советов директоров, в работе которых она более не участвовала. Она приезжала сюда. Вместо заседаний она ехала в Тэ-Эр Я мог в этом поклясться.

Но зачем?

Глава 17

Дивоур, конечно, сошел с ума, обезумел, иначе и не скажешь, но, однако, он сумел застать меня врасплох, подловить в самый неудачный для меня момент, когда я ничего не мог ему противопоставить. И я думаю, все последующие события были уже предопределены. Начиная с нашей встречи и заканчивая той жуткой грозой, о которой до сих пор говорят в этих местах. И развивались эти события по нарастающей, словно сходящая с гор лавина.

Во второй половине пятницы я чувствовал себя превосходно. Разговор с Бонни оставил без ответа множество вопросов, но оказал тонизирующее воздействие. На обед я приготовил себе овощное рагу (искупал грехи за последний визит в «Деревенское кафе», где дал волю чревоугодию), съел его перед телевизором: шел вечерний выпуск новостей. По другую сторону озера солнце клонилось к горам и заливало гостиную золотом. Когда же Том Брокау закрыл лавочку, я решил пройтись по Улице на север (знал, что далеко все равно не уйти, и я успею вернуться до наступления темноты) и обдумать новые сведения, полученные от Билла Дина и Бонни Амудсон. Мне нравилось совмещать пешие прогулки с процессом осмысления имеющейся в моем распоряжении информации. В ходе таких вот прогулок зачастую рождались самые удачные повороты сюжетов моих романов.

Я спустился по ступеням-шпалам, по-прежнему в отличном настроении, и, пройдя вдоль Улицы, остановился, чтобы взглянуть на Зеленую Даму. Даже освещенная лучами солнца она скорее походила на женщину в зеленом платье с вытянутой рукой, чем на зеленую березку, за которой росла засохшая сосна с торчащей в сторону веткой. И Зеленая Дама словно говорила мне: идите на север, молодой человек, идите. Что ж, молодым я себя уже не считал, но идти мог. И на север тоже. Благо, путь, по моим расчетам, предстоял недальний.

Однако я постоял еще несколько мгновений, изучая лицо, которое видел в листве, и мне не понравилась ухмылка, появившаяся стараниями легкого порыва ветра. Наверное, уже тогда в моей душе зародилась тревога, но меня занимало другое, так что первый сигнал я проигнорировал. И двинулся на север, гадая, о чем могла писать Джо... а к тому времени я все более утверждался в мысли, что рукопись существовала. Иначе с чего взяться в ее студии моей старой пишущей машинке? Я решил, что внимательно осмотрю и дом, и студию. И тогда...

помогите, я тону

Голос шел из лесов, из воды, изнутри. На мгновение закружилась голова. Я остановился. Никогда в жизни мне не было так плохо. Сдавило грудь. Желудок свернулся холодным узлом. Глаза залила ледяная вода, и я уже знал, что за этим последует. *Нет*, попытался выкрикнуть я, но ни звука не сорвалось с губ.

Зато рот вновь наполнился металлическим привкусом холодной озерной воды, а деревья поплыли перед глазами, словно я смотрел на них снизу вверх через слой прозрачной жидкости. И давление на грудь локализовалось в двух местах. Словно две руки держали меня под водой.

— Может, кто-нибудь это прекратит? — спросил кто-то — почти выкрикнул. На Улице, кроме меня, никого не было, но голос этот я услышал отчетливо. — Может, кто-нибудь это прекратит?

А затем зазвучал другой голос, доносящийся не снаружи, а звучащий в моей голове. Я словно слышал чужие мысли. Они бились о мой череп, как мотыльки, залетевшие в японский фонарик.

помогите, я тону
помогите, я тону
мужчина в синей
фуражке схватил меня
мужчина в синей фуражке
не дает мне вдохнуть
помогите, я тону
потерял мои я годы,
они на тропе
он держит меня
у него такое злое лицо
пусти меня, пусти меня
О Иисусе сладчайший пусти меня
отпусти оксена хватит
ОТПУСТИ ОКСЕНА
она выкрикивает мое имя
она так ГРОМКО выкрикивает мое имя...

Охваченный паникой, я наклонился вперед, широко раскрыл рот, и из него вырвался холодный поток...

Ничего, конечно, не вырвалось.

Пик ужаса миновал, но желудок продолжал бунтовать, словно я съел что-то непотребное, вроде антимуравьиного порошка или ядовитого гриба, из тех, что в справочниках Джо рисовали в красной рамочке. Еще одна береза росла там, где берег спускался к озеру, ее белый ствол изящно выгибался над водой, словно она хотела полюбоваться своим отражением в зеркальной глади озера. Я ухватился за ствол, как пьяный хватается за фонарный столб.

Давление на грудь стало ослабевать, но боль по-прежнему не проходила. Я привалился к дереву, с гулко бьющимся сердцем, и внезапно почувствовал отвратительный запах, словно какая-то мерзкая тварь выдала этим запахом свое присутствие. Тварь, которой давно следовало умереть, а она все жила.

Хватит, отпусти его, я сделаю все, что ты хочешь, только отпусти его, попытался сказать я, но не вымолвил ни звука. И чужеродный запах исчез. Вновь вокруг пахло лишь озером и лесом... но я что-то видел внизу: мальчик в озере, маленький утонувший чернокожий мальчик, лежащий на спине. С широко раскрытым ртом. И белыми, как у статуи, глазами.

Мой рот вновь наполнился привкусом озерной воды. *Помогите мне, отпусти меня, помогите, я тону.* Я наклонился вперед, из моей глотки рвался крик, я кричал в мертвое лицо, лежащее подо мной, и тут я осознал, что смотрю вверх на себя, смотрю сквозь толщу подсвеченной заходящим солнцем воды на белого мужчину в синих джинсах и желтой рубашке с отложным воротничком, ухватившегося за ствол березы и пытающегося кричать. Лицо мужчины пребывало в постоянном движении, его глаза на мгновение скрыла рыбешка, метнувшаяся за каким-то насекомым, я раздвоился, одновременно стал и чернокожим мальчиком, утонувшим в озере, и белым мужчиной, тонущим в воздухе, это так, именно это происходит, один удар — да, два — нет.

Я смог выблевать лишь жалкий комок слюны, и — невероятно — из воды выпрыгнула рыбка и на лету схватила его. На закате они хватают все что угодно. Угасающий свет, должно быть, сводит их с ума. Еще одна рыбка выпрыгнула из воды, блеснула серебряной спинкой и исчезла, оставив после себя расходящиеся круги. И все пропало — металлический привкус во рту, жуткий запах, колышущееся лицо негритенка (он-то воспринимал себя не черным, не афроамериканцем, а негром), и я практически не сомневался, что фамилия у него была Тидуэлл.

Я посмотрел направо и увидел серый валун. *Здесь, именно здесь*, подумал я, и, словно в подтверждение моей догадки, меня вновь окатило волной гнилостного запаха, на этот раз идущего от земли.

Я закрыл глаза, по-прежнему цепляясь за березу, едва держась на ногах от слабости и дурноты, и в этот самый момент за моей спиной раздался голос безумца Макса Дивоура:

— Эй, сутенер, а где же твоя шлюха?

Я повернулся и увидел его, естественно, в обществе Роджетт Уитмор. Мы увиделись в первый и последний раз, но впечатлений мне хватило с лихвой. Можете мне поверить.

***

Его инвалидное кресло-каталка напоминало нечто среднее между мотоциклетной коляской и луноходом. Полдюжины хромированных колес с каждого бока. Четыре колеса побольше — сзади. Все на разных уровнях, то есть с индивидуальной подвеской. На таком экипаже Дивоур мог с комфортом перемещаться и по более ухабистой, чем Улица, тропе. Над задними колесами располагался двигатель. Ноги Дивоура прикрывал стекловолокнистый обтекатель, черный, с красными полосками, который неплохо смотрелся бы и на гоночном автомобиле. На нем монтировалось устройство, отдаленно напоминающее мою спутниковую антенну... я догадался, что это компьютизированная система, предотвращающая столкновения. Возможно, даже автопилот. К левому борту крепился зеленый кислородный бак длиной четыре фута. Шланг от него тянулся к пластмассовому редуктору. А второй шланг соединял редуктор с маской, которая лежала на коленях Дивоура. Мне тут же вспомнилась стеномаска другого старика, который фиксировал мои показания. Я мог бы подумать, что вижу галлюцинацию, если бы не наклейка на обтекателе, пониже «тарелки» с надписью:

ДАМ ФОРУ ЛЮБОМУ «ДОДЖУ»

Женщина, которую я видел рядом с «Баром заходящего солнца» в «Уэррингтоне», на этот раз надела белую блузу с длинными рукавами и черные брюки, обтягивающие ее ноги, как вторая кожа. Узкое лицо со впалыми щеками еще больше напоминало крикунью с картины Эдварда Манча. Седые волосы облепляли лицо. Губы она накрасила так ярко, что казалось, у нее изо рта течет кровь.

Старая, уродливая, она, однако, выглядела юной красоткой в сравнении со свекром Мэтти. Высохший, с синими губами, с полиловевшей кожей у глаз и уголков рта, он напоминал мумию, какие иной раз извлекают из погребальных камер пирамид, где они покоятся в окружении жен и любимых животных. На голове осталось лишь несколько островков седых волос. Волосы торчали и из огромных ушей. Одет он был в белые брюки и синюю рубашку с широкими рукавами. Добавьте к этому маленький черный берет — и получите французского художника девятнадцатого столетия на закате дней.

Поперек каталки лежала трость черного дерева. Я видел, что в пальцах, сжимающих ярко-красную рукоятку, еще достаточно силы, но они уже почернели, цветом догоняя дерево трости. Система кровообращения отмирала, и мне не хотелось даже думать о том, как выглядят его ступни и голени.

— Шлюха от тебя убежала, да?

Я попытался что-то ответить. Из горла вырвался хрип — ничего больше. Я все держался за березу. Убрав руку, я попытался выпрямиться, но ноги не держали, и мне пришлось вновь ухватиться за белый ствол.

Дивоур двинул вперед серебристый рычажок, и кресло приблизилось на десять футов, уменьшив разделявшее нас расстояние вдвое. Катилось оно с едва слышным шелестом, очень плавно, эдакий ковер-самолет. Многочисленные колеса поднимались и опускались независимо друг от друга, следуя рельефу, поблескивая в лучах заходящего солнца. И вот тут я почувствовал исходящую от этого человека энергию. Тело его разлагалось прямо на костях, но воля оставалась железной. Женщина шла следом, с любопытством разглядывая меня. Ее глаза отливали розовым. Тогда я решил, что они светло-серые и просто окрасились в цвет заката, но теперь думаю, что Роджетт была альбиносом.

— Шлюхи мне всегда нравились, — продолжал Дивоур. — Верно, Роджетт?

— Да, сэр, — ответила она. — Если они знали свое место.

— Иногда их место было на моем лице! — злобно выкрикнул он, словно она в чем-то с ним не согласилась. — Так где она, молодой человек? На чьем лице она сейчас сидит? Хотелось бы знать. Этого ловкого адвоката, которого ты нашел? Я уже все о нем знаю. Вплоть до того, что в третьем классе он получил «неуд» по поведению. Знать все — мой бизнес. В этом секрет моего успеха.

С невероятным усилием я выпрямился:

— Что вы тут делаете?

— Прогуливаюсь, как и ты. И законом это не запрещено. Улица принадлежит всем, кто хочет ею воспользоваться. Ты живешь здесь не так уж и давно, юный сутенер, но это тебе хорошо известно. Это наш вариант городского сквера, где прилежные щенки и шкодливые псы могут прогуливаться бок о бок.

Вновь он воспользовался рукой, которая не держалась за рукоятку трости, поднял кислородную маску, глубоко вдохнул, бросил ее на колени. Улыбнулся. Самодовольной улыбкой, обнажившей десны цвета йода.

— Она хороша? Это твоя маленькая шлюха? Должно быть, хороша, раз мой сын и шагу не мог ступить из этого паршивого трейлера, в котором она живет. А потом появляешься ты, не успели черви выесть глаза моего мальчика. Она сосет?

— Прекратите.

Роджетт Уитмор откинула голову и рассмеялась. Словно завизжал кролик, попавший в когти совы, и моя кожа пошла мурашками. Я понял, что безумством она не уступает Дивоуру. Оставалось только благодарить Господа за то, что оба они — глубокие старики.

— А ты задел его за живое, Макс.

— Чего вы хотите? — Я вдохнул... и вновь ощутил гнилостный запах. Горло перехватило железной рукой.

Дивоур же выпрямился в кресле, я видел, что ему дышится легко и свободно. В тот момент он выглядел, как Роберт Дювалл* из «Апокалипсиса»**, когда тот прогуливался по берегу и говорил миру, как ему нравится по утрам вдыхать запах напалма. Его улыбка стала шире.

— Прекрасное место, не так ли? Где еще можно остановиться, поразмышлять. — Он огляделся. — Да, именно здесь все и произошло. Здесь.

— Здесь утонул ребенок.

Мне показалось, что улыбка Уитмор на мгновение застыла. А вот на Дивоура мои слова не

---

* Дювалл, Роберт (р.1931) — американский киноактер, режиссер, продюсер.

** «Апокалипсис» — фильм режиссера Френсиса Копполы по роману Джозефа Конрада «Сердце тьмы» (1979 г.).

произвели ни малейшего впечатления. Он вновь потянулся за кислородной маской, поднял ее, прижал к лицу, бросил на колени.

— В этом озере утонуло больше тридцати человек — и это только тех, о ком знают. Мальчиком больше, мальчиком меньше, невелика разница.

— Я не понимаю. Значит, здесь умерли два Тидуэлла. Один от заражения крови, а второй...

— Тебе дорога твоя душа, Нунэн? Твоя бессмертная душа? Мотылек в коконе плоти, которая вскоре начнет гнить так же, как и моя?

Я ничего не ответил. Эффект того, что случилось до его прихода, сошел на нет, где-то даже забылся. Потому что ему нашлась замена — невероятный магнетизм Дивоура. Никогда в жизни я не встречался с такой необузданной, дикарской силой, какая исходила от него. Именно дикарской, точнее, пожалуй, и не скажешь. Я мог бы убежать. При других обстоятельствах точно бы убежал. И уж на месте удержало меня не мужество; ноги все еще оставались ватными, я боялся свалиться при первом же шаге.

— Я собираюсь дать тебе один шанс спасти твою душу. — Дивоур поднял один костлявый палец, показывая, что речь идет только об одном шансе. — Уезжай, симпатяга-сутенер. Немедленно, в той самой одежде, что сейчас на тебе. Не собирай чемодан, даже не заглядывай в дом, чтобы убедиться, выключена ли плита. Уезжай. Оставь свою шлюху и оставь ее потомство.

— Оставить их вам?

— Да, мне. Я сделаю все, что необходимо сделать. Души по части тех, кто защищает диплом по искусству, Нунэн. А вот я — дипломированный инженер.

— Пошел ты на хрен.

Роджетт Уитмор вновь по-заячьи рассмеялась.

Старик сидел в своей каталке, наклонив голову, сухо улыбаясь. Выглядел он как оживший труп.

— Ты уверен, что хочешь быть ее благодетелем, Нунэн? Ей это без разницы, ты знаешь. Ты или я — ей все равно.

— Я не знаю, о чем вы говорите. — Я еще раз вдохнул: воздух пахнул как должно. Тогда я решился отступить от березы на шаг. Ноги уже держали меня. — И знать не хочу. Киру вы не получите. Доживете свой век без нее. Я этого не допущу.

— Парень, очень уж ты у нас самоуверенный. — Дивоур оскалился, вновь продемонстрировав мне десны цвета йода. — Тебя еще ждет много сюрпризов. Увидишь сам. И к концу июля еще пожалеешь, что не вырвал свои глаза в июне.

— Я иду домой. Дайте мне пройти.

— Иди, иди. Как я могу остановить тебя? Улица принадлежит всем. — Он схватился за кислородную маску, глубоко вдохнул. Бросил ее на колени, положил левую руку на панель управления коляской-луноходом.

Я шагнул к нему и понял, что сейчас произойдет, еще до того, как он двинул коляску на меня. Он мог бы наехать на меня и сломать мне ногу или обе, но остановил коляску, когда расстояние между нами сократилось до нескольких дюймов. Я отпрыгнул назад, но лишь потому, что он позволил мне отпрыгнуть. И тут же услышал смех Уитмор.

— В чем дело, Нунэн?

— Прочь с дороги. Предупреждаю вас.

— Шлюха сделала тебя таким пугливым.

Я двинулся влево, чтобы обойти его, но послушная его пальцам коляска тут же перекрыла мне путь.

— Убирайся из Тэ-Эр, Нунэн. Я даю тебе дельный со...

Я метнулся направо и проскочил бы, если бы не маленький твердый кулачок, врезавший мне слева. Седая стерва носила на пальце кольцо, и камень порвал мне кожу за ухом. Я почувствовал резкую боль, и по шее потек теплый ручеек. Повернувшись, я толкнул ее обеими руками. Она с негодующим воплем упала на усыпанную сосновыми иголками тропу. А в следующее мгновение что-то ударило мне по затылку. Глаза залил оранжевый свет. Размахивая руками, я начал поворачиваться в обратную сторону, и в поле моего зрения вновь попал Дивоур. Трость, набалдашником которой он огрел меня, еще не успела опуститься. Будь он лет на десять моложе, дело кончилось бы проломленным черепом, а не вспышкой оранжевого света.

Я наткнулся на мою добрую подружку-березу. Поднял руку к уху, не веря своим глазам, уставился на кровь, окрасившую кончики пальцев. От удара по затылку в голове шумело.

Уитмор поднималась на ноги, отряхивая с брюк сосновые иголки, яростно скаля зубы. Ее щеки заливал светло-розовый румянец. За ярко-красными губами щерились мелкие зубы. В лучах заходящего солнца глаза словно полыхали огнем.

— Прочь с дороги, — но в моем голосе звучала не сила, а слабость.

— Нет, — ответил Дивоур и положил черную трость на обтекатель своего кресла. Теперь я ясно представлял себе маленького мальчика, которого не остановили порезанные руки: он хотел завладеть снегокатом, и завладел им. Не просто представлял — видел его перед собой. — Нет, любитель шлюх.

Не уйду.

Дивоур вновь двинул серебристый рычажок, и коляска покатилась на меня. Если б я оставался на месте, он точно проткнул бы меня тростью, как какой-нибудь злой герцог из романа Александра Дюма. При этом он наверняка сломал бы кисть правой руки, кости-то в таком возрасте совсем хрупкие, а то и вышиб бы руку из плеча, но такие мелочи Дивоура бы не остановили: за ценой он никогда не стоял. И если бы я чуть замешкался, он бы меня убил, двух мнений тут быть не могло. Но я успел отскочить влево. Кроссовки заскользили по крутому склону, а потом и вовсе потеряли контакт с землей. Я полетел в озеро.

Я плюхнулся в воду у самого берега. За что-то зацепился левой ногой. Дикая боль пронзила все тело. Я раскрыл рот, чтобы закричать, и в него хлынула вода — холодная, с металлическим привкусом, на этот раз настоящая. Я закашлялся, что-то выплюнул, какая-то часть ушла в желудок, подался в сторону от того места, куда упал, думая: *Тут же мальчик, утонувший мальчик, что будет, если он вдруг схватит меня за ногу?*

Я перевернулся на спину, все еще кашляя, чувствуя, как джинсы прилипают к промежности и ногам, беспокоясь — глупо, конечно, — о бумажнике: кредитные карточки и водительское удостоверение останутся целехонькими, а вот две дорогие мне фотографии Джо вода точно испортит.

Дивоур выкатился на самый край Улицы, и я уж подумал, что сейчас он последует за мной. Обтекатель его коляски навис над тем местом, где я стоял (я видел следы моих кроссовок слева от выступавших из земли корней березы), земля осыпалась под колесами, комочками падала в озеро. Уитмор схватилась за кожух двигателя, пытаясь оттянуть коляску от края, но, конечно, сил у нее не хватало. Спастись Дивоур мог только сам. Стоя по пояс в воде, с прилипшей к телу одеждой, я с нетерпением ждал, когда же он спикирует в озеро.

Но почерневшая левая клешня, в которую превратилась рука Дивоура, ухватила серебристый рычажок, потянула назад, и кресло откатилось от края, швырнув в озеро последнюю порцию камешков и комочков земли. Уитмор едва успела отпрыгнуть в сторону, не то осталась бы без ног.

Еще несколько движений рукой, и Дивоур развернул кресло, нацелив обтекатель на меня, и вновь подкатился к самому краю Улицы. Я стоял в воде, в семи футах от нависшей над озером березы. Уитмор повернулась ко мне задом, согнулась пополам. Я думал, что она пытается восстановить дыхание.

Из этой передряги Дивоур вышел с наименьшими потерями. Даже не стал прикладываться к кислородной маске, что лежала у него на коленях. Солнце било ему в лицо, отчего оно напоминало полусгнивший фонарь из тыквы с прорезанными отверстиями для глаз, носа и рта, который вымочили в бензине и подожгли.

— Любишь купаться? — спросил он и захохотал.

Я огляделся, надеясь увидеть прогуливающуюся по Улице парочку или рыбака, ищущего место, где бы до наступления темноты еще раз закинуть в озеро удочку... и в то же время мне никого не хотелось видеть. Злость, боль, испуг... все это было, но над всеми чувствами в тот момент господствовал стыд. Меня скинул в озеро восьмидесятипятилетний старик... скинул, выставив на посмешище.

Я двинулся направо, к югу, к своему дому. Холодная, доходящая до пояса вода теперь уже, когда я к ней привык, освежала. Кроссовки то и дело натыкались на камни и на затонувшие ветки. Растянутая лодыжка болела, но не отказывалась служить. Конечно, на берегу она могла повести себя иначе.

Дивоур передвинул рычажки управления, и кресло медленно покатилось по Улице, держась вровень со мной.

— Кажется, я не успел познакомить тебя с Роджетт? — снова заговорил он. — В колледже она считалась одной из лучших спортсменок. Играла в софтбол и хоккей. Между прочим, некоторые навыки она сохранила. Роджетт, продемонстрируй этому молодому человеку свое мастерство.

Коляска проехала мимо Уитмор, на несколько мгновений скрыв ее от моих глаз. А когда старуха вновь появилась в поле моего зрения, я увидел, чтó она держит в руках. Наклонялась она не для того, чтобы восстановить дыхание.

Улыбаясь, она подошла к краю Улицы, прижимая левой рукой к животу камни, подобранные ею с земли. Она выбрала один, размером с мяч для гольфа, размахнулась и бросила в меня. Камень пролетел в опасной близости от моего левого виска и плюхнулся в воду.

— Эй! — воскликнул я, скорее изумленный, чем испуганный. Даже после того что мне пришлось пережить, я не верил, что такое возможно.

— Что с тобой, Роджетт? — подзадорил ее Дивоур. — У тебя сбился прицел? Достань его!

Второй камень просвистел в двух дюймах над моей головой. Третий вышиб бы мне зубы, но я успел отбить его рукой, только потом заметив оставшийся на ладони синяк. В тот момент я видел лишь ее злобную, улыбающуюся физиономию — физиономию женщины, которая выложила два доллара в тире и теперь готова стрелять хоть до утра, но выиграть главный приз — плюшевого медведя.

Камни она бросала быстро. Они падали то справа, то слева, создавая маленькие гейзеры. Я начал пятиться, не решаясь повернуться и уплыть на глубину. Боялся, что в этот самый момент булыжник угодит мне в затылок. Однако я понимал, что увеличение расстояния между нами уменьшит вероятность попадания. Дивоур все это время заливался смехом, и лицо его все более напоминало печеное яблоко.

Очередной камень попал мне в левую ключицу, отлетел в сторону, плюхнулся в воду. Я вскрикнул от боли, и она ответила криком: «Хэй!» — словно каратист, нанесший точный удар.

На том мое организованное отступление и закончилось. Я повернулся и поплыл прочь от берега. И тут же оправдались мои самые худшие опасения. Первые два камня, брошенные ею после того, как я пустился вплавь, не долетели до меня. Потом последовала пауза, и я успел подумать: удалось, ей уже не добраться до... и тут что-то ударило меня по затылку. Я одновременно почувствовал удар и услышал его звук.

Водяная гладь тут же сменила свой цвет: из ярко-оранжевой стала ярко-красной, потом густо-бордовой. Откуда-то издалека до меня донесся одобрительный вопль Дивоура и заячий смех Уитмор. Я вновь хлебнул озерной воды, и мне пришлось напомнить себе, что ее надо выплюнуть, а не проглотить. Ноги сразу отяжелели, кроссовки теперь весили не меньше тонны каждая. Я опустил ноги и не нашел дна: глубина здесь была больше моего роста. Посмотрел на берег, полыхающий всеми оттенками оранжевого и красного цветов. От кромки воды меня отделяли двадцать футов. Дивоур и Уитмор стояли на краю Улицы, не отрывая от меня глаз. Прямо-таки папа и мама, наблюдающие, как резвится в воде их сынок. Дивоур опять дышал кислородом, но сквозь прозрачную маску я видел, что он улыбается. Улыбалась и Уитмор.

Я в очередной раз нахлебался воды. Большую часть выплюнул, но что-то попало в горло, вызвав приступ кашля. Я начал уходить под воду и тут же попытался выкарабкаться, лихорадочно колотя руками, затрачивая куда больше сил, чем при плавании. Паника мутной волной захлестывала сознание. Голова гудела. Сколько ударов она сегодня выдержала? Кулак Уитмор... трость Дивоура... камень, брошенный Уитмор... или два камня? Господи, я не мог вспомнить.

Ради Бога, возьми себя в руки — ты ведь не позволишь ему взять верх? Не утонешь, как утонул маленький мальчик?

Нет, тонуть я не собирался.

Вынырнув из воды, одной рукой я ощупал затылок и обнаружил шишку с гусиное яйцо (она все росла) чуть повыше шеи. Когда я нажал на нее, то едва не потерял сознание он боли. Крови на кончиках пальцев осталось всего ничего, но ее могла смыть вода.

— Ты похож на сурка под дождем, Нунэн! — долетел до меня его голос.

— Что б ты сдох! — огрызнулся я. — За это я упеку тебя в тюрьму!

Он посмотрел на Уитмор. Она — на него. И оба расхохотались. Окажись у меня в тот момент «узи», я бы без колебаний убил их обоих. А потом попросил бы второй магазин, чтобы изрешетить тела.

А без «узи» мне не оставалось ничего другого, как плыть на юг, к дому. Они двигались параллельным курсом по Улице, он — на кресле, она — на своих двоих, строгая, как монахиня, то и дело наклоняясь, чтобы подобрать подходящий камень.

Я проплыл не так уж и много, чтобы устать, но устал. Должно быть, сказался шок. И в какой-то момент не вовремя открыл рот, хлебнул воды и запаниковал. Я поплыл к берегу, чтобы ощутить под ногами твердое дно. Роджетт Уитмор тут же возобновила обстрел. Сначала она израсходовала камни, что лежали на сгибе левой руке, потом взялась за те, которые складывала на коленях Дивоура. Она уже успела размяться, и теперь снаряды ложились в цель. Один я отбил рукой — большой, который мог раскроить мне лоб, — следующий оставил на бицепсе длинную царапину. Этого мне хватило, я вновь отплыл подальше, стараясь держать голову над водой, хотя боль в шее от этого только усиливалась.

Оказавшись вне досягаемости ее бросков, я оглянулся на берег. Уитмор стояла на самом краю Улицы. Чтобы максимально сократить разделявшее нас расстояние. Максимально! Дивоур устроился в кресле за ее спиной. Оба ухмылялись. Их лица окрасились красным, стали совсем как у бесов в аду. Красный закат — к хорошей погоде. Еще двадцать минут, и настанет ночь. Смогу я продержаться на воде еще двадцать минут? Двадцать — смогу, если удастся избежать очередной паники, но больше — вряд ли. Я подумал о том, что утону в темноте, увижу Венеру и утону. И тут же паника вцепилась в меня мертвой хваткой. Паника, она куда хуже Роджетт и ее камней.

Такая же ужасная, как Дивоур.

Я оглядел берег. Улица то тут, то там проглядывала среди деревьев, где на дюжину футов, где на дюжину ярдов. О стыде я уже и думать забыл, но никого не увидел. Господи, да куда же они все подевались? Отправились во Фрайбург отведать пиццы? Или в «Деревенское кафе» на молочный коктейль?

— Что ты хочешь? — крикнул я старику. — Хочешь, чтобы я больше не лез в твои дела? Хорошо, не буду!

Он рассмеялся:

— По-твоему, я только вчера родился, Нунэн?

Я и не ожидал, что моя уловка сработает. Даже если бы я говорил искренне, он бы мне не поверил.

— Мы хотим посмотреть, как долго ты продержишься на плаву, — добавила Уитмор и лениво так, по высокой траектории, бросила камень. Он не долетел до меня пять футов.

Они решили меня убить, подумал я. *Решили убить.*

Точно. Не просто убить, но и не понести за это никакой ответственности. Безумная мысль мелькнула у меня в голове. Я вдруг увидел Роджетт Уитмор, прикрепляющую объявление к доске «МЕСТНЫЕ НОВОСТИ» у «Лейквью дженерел»:

ВСЕМ МАРСИАНАМ Тэ-Эр-90! ПРИВЕТ!

Мистер МАКСУЭЛЛ ДИВОУР, всеми любимый марсианин, даст каждому жителю Тэ-Эр СТО ДОЛЛАРОВ, если никто из них не появится на Улице в ПЯТНИЦУ ВЕЧЕРОМ, С СЕМИ ДО ДЕВЯТИ ЧАСОВ. Там также нечего делать и нашим «ЛЕТНИМ ДРУЗЬЯМ»! И помните: ХОРОШИЕ МАРСИАНЕ все одно что ХОРОШИЕ МАРТЫШКИ! Они ничего не ВИДЯТ, ничего не СЛЫШАТ, ничего не ГОВОРЯТ!

Я не мог в это поверить, несмотря на мое более чем плачевное положение... и все-таки едва ли не верил. Или ему дьявольски везло.

Усталость тянула вниз. Кроссовки стали еще тяжелее. Я попытался стянуть одну, но в результате опять хлебнул озерной воды. Они стояли, наблюдая за мной. Дивоур время от времени прикладывался к маске, что лежала у него на коленях.

Я не мог ждать наступления темноты. В западном Мэне солнце заходит быстро, как, видимо, и в любой гористой местности, но сумерки не спешат переходить в ночь. И еще до того, как станет совсем темно, на востоке может взойти луна.

Я уже представил себе свой некролог в «Нью-Йорк таймс» под заголовком

ПОПУЛЯРНЫЙ АВТОР РОМАНТИЧЕСКИХ ДЕТЕКТИВОВ ТОНЕТ В МЭНЕ

Дебра Уайнсток даст им фотографию с обложки готовящегося к публикации «Обещания Элен». Гарольд Обловски скажет все, что положено, и проследит за тем, чтобы сообщение о моей безвременной кончине появилось и в «Паблишерс уикли». Расходы он поделит с «Патнамом» пополам, и...

Я ушел под воду, вновь хлебнул воды, выплюнул. Бешено замолотил руками, заставил себя прекратить это безобразие. Услышал, как на берегу смеется Уитмор. *Сука*, подумал я.

Облезлая су...

Майк, позвала Джо.

Ее голос прозвучал у меня в голове, но это был не тот голос, который я представлял себе, когда мне хотелось мысленно поговорить с ней, чтобы хоть как-то скрасить одиночество. И словно в подтверждение этому, справа от меня раздался сильный всплеск. Я развернулся на него, но не увидел ни рыбы, ни расходящихся по воде кругов. Зато увидел другое — наш плот, стоящий на якоре в какой-нибудь сотне ярдов от меня, окруженный окрашенной закатом водой.

— Я не смогу доплыть до него, крошка, — прохрипел я.

— Ты что-то сказал, Нунэн? — крикнул с берега Дивоур и приложил руку к одному из заросшему волосами уху. — Повтори громче! Или ты уже совсем выдохся!

А Уитмор все смеялась.

Сможешь. Я тебе помогу.

Я уже понял, что плот — мой единственный шанс. Другого поблизости не было, а добросить до него камень Уитмор не под силу. И я поплыл к плоту, хотя руки сделались такими же свинцовыми, как и ноги. Всякий раз, когда я чувствовал, что сейчас камнем пойду ко дну, я выдерживал паузу, говорил себе, что спешить некуда, что здоровья у меня хватит, и все будет хорошо, если я не поддамся панике. Древняя старуха и еще более древний старик двинулись следом, но смех на берегу стих, потому что они тоже увидели, куда я направляюсь.

Долго, очень долго, плот не приближался ни на йоту. Я говорил себе, что это оптический обман, причина которого в сгущающихся сумерках, в цвете воды, из багряной превращающейся в чернильно-черную, но доводы эти звучали все менее убедительно по мере того, как тяжелели руки, а воздух отказывался проникать в легкие.

Нас разделяло тридцать ярдов, когда левую ногу свела судорога. Я повернулся на бок, как тонущая лодка, попытался дотянуться до ноги. Наглотался воды. Меня тут же вырвало. Одной рукой я схватился за живот, вторая все тянулась к ноге.

Я тону, с удивительным спокойствием подумал я. *Так, значит, это происходит.*

И тут рука ухватила меня за загривок в том самом месте, куда угодил камень Уитмор, и дикая боль тут же вернула меня в реальность, подействовала лучше, чем укол эпинефрина*. А другая рука ухватилась за мою левую ногу и ее обожгло, как огнем. Судорога прошла, я вынырнул на поверхность и с новыми силами поплыл к плоту. Еще несколько, как мне показалось, секунд, и я, тяжело дыша, уже держался за перекладину лесенки, ведущей на плот, не зная, то ли я выживу, то ли сердце разнесет мне грудь, как осколочная граната. Наконец легкие начали возмещать недостаток кислорода, и я понял: худшее позади. Выждав еще минуту-другую, пока успокоится сердцебиение, я вылез на плот в последних остатках сумерек. Какое-то время я стоял, глядя на запад, а вода потоками стекала с доски. Затем я повернулся к ним, чтобы показать, что их затея провалилась. Но свою победу мне пришлось отмечать в одиночестве. Улица опустела. Дивоур и Роджетт Уитмор ушли.

Возможно, ушли. Потому что, а я это хорошо помню, бóльшая часть Улицы уже спряталась в темноте, и знать этого я не мог.

Скрестив ноги, я сидел на плоту, пока не взошла луна, ловя каждый звук, следя за каждым движением. Просидел, по моим прикидкам, не

---

* адреналина гидрохлорид — оказывает стимулирующий, возбуждающий эффект.

меньше получаса. Может, минут тридцать пять. На часы я посмотрел, но они ничем мне не помогли. Стрелки застыли на половине восьмого: в тот самый момент их залило водой. Так что к убыткам, причиненным мне Дивоуром, я мог добавить и стоимость «таймекс индигло» — 29 долларов и 75 центов.

Наконец я осторожно спустился по лесенке и медленно поплыл к берегу. Я отдохнул, голова не гудела (хотя затылок, то место, куда угодил камень Роджетт, саднило) и меня уже не удивляло, что такое могло случиться наяву и со мной. Пожалуй, последнее более всего поразило меня. Я и представить себе не мог, что богатый компьютерный барон попытается утопить меня, таким вот образом свести счеты с романистом, который перешел ему дорогу.

Могло ли это решение спонтанно возникнуть в голове Дивоура? Случайной ли была наша встреча? Учитывая внезапность его появления у меня за спиной — вряд ли. Скорее всего он держал меня под наблюдением с четвертого июля... может, с другого берега за мной следили люди, оснащенные хорошей оптикой. Параноидальный бред, мог бы сказать я... да только эта парочка едва не утопила меня в озере Темный След, как ребенок топит в луже бумажный кораблик.

Я решил, что плевать мне на тех, кто мог наблюдать за мной с другого берега. Я решил, что плевать мне на этих стариканов, если они и поджидают меня, прячась за деревьями. Я плыл, пока ноги не коснулись растущих на дне водорослей, пока не увидел поднимающийся к «Саре-Хохотушке» склон. А потом встал, поморщился от холодного ветерка, хромая вышел из воды, одной рукой прикрывая голову от возможного града камней. Но камни в меня не полетели. Я постоял на Улице. Вода стекала с джинсов и рубашки на утоптанную землю, я посмотрел направо, потом налево. Похоже, в этой части озерного периметра я пребывал в гордом одиночестве. Я поглядел на воду. В слабом лунном свете темнел квадрат плота.

— Спасибо, Джо, — вырвалось у меня, и я начал подниматься по железнодорожным шпалам. Одолев половину лестницы, я остановился. Никогда в жизни я не чувствовал такой усталости.

Глава 18

Я поднялся на террасу, вместо того чтобы обойти дом и войти через крыльцо. Двигался я по-прежнему с трудом, ноги стали раза в два тяжелее. В гостиной я с изумлением огляделся, словно отсутствовал лет десять и нашел все, как было: Бантер на каминной доске, «Бостон глоуб» на диване, сборник кроссвордов на комоде у стены, тарелка с остатками овощного рагу — на кофейном столике. Пожалуй, только тут я осознал, что же со мной случилось: я вышел на прогулку, оставив в комнате привычный беспорядок, и едва не погиб. Вернее, меня едва не убили.

Меня бросило в дрожь. Я проследовал в ванную северного крыла, снял мокрую одежду, швырнул в ванну и повернулся к зеркалу над раковиной. Выглядел я как участник потасовки в баре, потерпевший поражение. Длинная, с запекшейся кровью, царапина на бицепсе. Приличных размеров синяк на левой ключице. Кровавая, уходящая за ухо царапина на шее — след камня с кольца красотки Роджетт.

Я взял зеркальце для бритья и с его помощью обследовал затылок. «Неужели до сих пор не дошло? Видать, череп у тебя слишком толстый» — так, бывало, в детстве кричала на меня мать. Теперь я благодарил Бога, что относительно толщины черепа она не ошибалась. Место соприкосновения с тростью Диводура походило на усеченный конус потухшего вулкана. А об удачном попадании Уитмор напоминала рваная рана, которую следовало зашить, если я не хотел, чтобы остался шрам. Кровь налипла на волосы, стекла на шею. Кто знает, сколько ее вытекло, пока я «купался» в озере?

Я налил в сложенную лодочкой ладонь перекиси водорода, плеснул на рану, как лосьон после бритья. Ожгло так, что я едва подавил крик. Когда боль утихла, я смочил в перекиси ватный тампон и промыл остальные раны.

Потом я принял душ, надел футболку и чистые джинсы и прошел в холл, чтобы позвонить шерифу округа. Искать номер телефона мне не пришлось: номера полицейского управления Касл-Рока и управления шерифа округа Касл Билл Дин заботливо выписал на отдельный листок, вместе с номерами пожарной команды, службы «скорой помощи» и еще одного, по которому за полтора бакса каждый мог узнать три слова из сегодняшнего кроссворда в «Таймс». Листок этот висел на стене над столиком с телефонным аппаратом.

Я быстро набрал три первые цифры, а потом сбавил скорость. А набрав 955-960, и вовсе опустил руку. Так я и стоял в холле, прижав трубку к уху, и представлял себе еще один заголовок, не в респектабельной «Таймс», а в отдающей желтизной «Нью-Йорк пост».

ПИСАТЕЛЬ — ПРЕСТАРЕЛОМУ КОМПЬЮТЕРНОМУ МАГНАТУ: «АХ ТЫ ХУЛИГАН!»

И тут же фотографии, моя, на которой я выгляжу чуть моложе своих лет, и столетнего Макса Дивоура. «Пост», уж конечно, позабавит своих читателей, рассказав им, как Дивоур (вместе со своей напарницей, пожилой дамой, которая, если ее намочить в воде, потянет фунтов на девяносто) сбросил в озеро писателя, годящегося ему во внуки, и, судя по фотографии, мужчину стройного, сильного и подтянутого.

Телефону надоело держать в памяти шесть цифр, и он сбросил их: в трубке вновь послышался длинный гудок. Я оторвал трубку от уха, несколько секунд сверлил взглядом, а потом положил на рычаг.

Я не плачусь по поводу ехидного, а то и злобного отношения прессы, но держусь с ней настороже. Точно так же я веду себя, когда вижу бродячую собаку. Кто знает, что у нее на уме. Людей творческих, чья работа — развлекать народ, Америка превратила в проституток высшего класса, и пресса поднимет на смех любую знаменитость, посмевшую выразить недовольство проявленным к ней отношением. «Хватит жаловаться! — хором вопят газеты и ти-ви (в голосах слышатся триумф и негодование). — Неужели ты думаешь, что тебе платят такие бабки только за умение петь или вертеть задом? Ты не прав, засранец! Мы платим, чтобы удивляться, когда у тебя все получается, каким бы делом ты ни занимался, и радоваться, когда ты окажешься по уши в дерьме. А твое дело — работать нам на потребу. Если ты перестанешь нас забавлять, мы всегда сможем убить тебя или съесть».

Разумеется, по-настоящему съесть они не могли. Но могли опубликовать твою фотографию без рубашки и написать, что ты очень уж разъелся, могли вести бесконечные разговоры о том, сколько ты пьешь, какие принимаешь таблетки, хихикать насчет того вечера, когда в «Спейго» ты посадил на колени какую-то старлетку и ткнулся языком ей в ухо, но съесть — нет. Поэтому трубку я положил не из-за того, что «Пост» могла обозвать меня плаксой, а Джей Лено — вдоволь похихикать надо мной в своем ток-шоу. Истинная причина заключалась в отсутствии доказательств. Никто нас не видел. А уж алиби для себя и для своего личного секретаря Макс Дивоур нашел бы без труда.

И еще одно обстоятельство остановило меня: допустим, шериф пришлет Джорджа Футмена, он же «папуля», чтобы взять у меня показания о том, как злобный старик спихнул в озеро маленького Майка. Как бы они потом хохотали втроем!

И позвонил я не шерифу, а Джону Сторроу, чтобы он сказал мне, что я все сделал правильно, как того и требовала логика событий. Чтобы он напомнил мне, что так поступают, лишь оказавшись в отчаянном положении (ради этого я даже согласился бы забыть их смех, смех людей, получающих максимум удовольствия от разворачивающегося перед ними действа), и в отношении Ки Дивоур ничего не изменилось: иск ее деда по-прежнему безнадежен.

На квартире Джона мне ответил автоответчик, и я оставил сообщение: «Позвоните Майку Нунэну, ничего срочного, но можете звонить и поздней ночью». Потом я позвонил ему на работу, держа в уме постулат Джона Гришема: молодые адвокаты работают, пока не валятся с ног. Выслушал инструкцию автомата-регистратора и нажал на панели телефона три клавиши, соответствующие первым трем буквам фамилии Джона.

В трубке щелкнуло, потом раздался его голос, к сожалению, вновь записанный на пленку: «Привет, это Джон Сторроу. На уик-энд я уехал в Филадельфию, повидаться с родителями. На работе буду в понедельник, потом уеду по делам. Со вторника по пятницу меня скорее всего можно будет застать по телефону...»

Номер, который он продиктовал, начинался с цифр 207-955, то есть с кода Касл-Рока. Я понял, что речь идет об отеле, скорее всего о том, где он останавливался и раньше.

— Говорит Майк Нунэн, — сказал я в трубку после звукового сигнала. — Позвоните мне, как только сможете. Я оставил сообщение и на вашем домашнем автоответчике.

Я отправился на кухню, чтобы взять пива, но, остановившись перед холодильником, начал возить магниты по передней панели. Он назвал меня сутенером. «Эй, сутенер, а где же твоя шлюха?» А минутой позже предложил спасти мою душу. Забавно, однако. Алкоголик, предлагающий приглядеть за твоим баром. «Он говорил о вас очень доброжелательно», — как-то сказала Мэтти. «Ваш прадед и его прадед срали в одну выгребную яму».

Пиво так и осталось в холодильнике, а я вернулся к телефону и позвонил Мэтти.

— Привет. — Опять я услышал голос с магнитофонной ленты. Мне везло как утопленнику. — Это я, но в данный момент меня или нет дома, или я не могу подойти к телефону. Оставьте сообщение, хорошо? — Пауза, неразборчивый шепот, потом громкий голос Ки: — Оставьте йадостное сообсение! — Их общий смех оборвал звуковой сигнал.

— Привет, Мэтти, это Майк Нунэн. Я хотел...

Не знаю, как бы я закончил эту фразу, но заканчивать ее мне и не пришлось. Потому что после щелчка в трубке послышался голос Мэтти:

— Привет, Майк.

И этот печальный, обреченный голос так разительно отличался от голоса, записанного на пленку, что я на мгновение лишился дара речи. А потом спросил, что случилось.

— Ничего. — Она заплакала. — Все. Я потеряла работу. Линди меня уволила.

Разумеется, Линди обосновала свои действия. Мэтти, мол, не уволили, а сократили в рамках программы экономии средств. Однако если бы я заглянул в список спонсоров библиотеки, то нашел бы в нем мистера Макса Дивоура. Причем его пожертвования каждый год наверняка составляли кругленькую сумму. И свое дальнейшее пребывание в списке он обусловил... короче, Линди Бриггс все поняла и отреагировала адекватно.

— Не следовало нам разговаривать у нее на глазах, — вздохнул я, понимая, что Мэтти уволили бы, даже если б я не приближался к библиотеке и на пушечный выстрел. — Мы должны были предусмотреть такой исход.

— Джон Сторроу предусмотрел. — Мэтти всхлипнула. — Он сказал, что Макс Дивоур постарается загнать меня в угол. Предупредил, что ему очень хочется, чтобы на вопрос судьи о моем месте работы, я бы ответила: «Я безработная, ваша честь». Я ответила Джону, что миссис Бриггс никогда не пойдет на такую подлость, особенно по отношении к девушке, которая дала блестящий анализ мелвилловского «Бартлеби». Знаете, что он на это сказал?

— Нет.

— Он сказал: «Вы еще слишком молоды». Мне показалось, что это прозвучало очень уж снисходительно, но он оказался прав, так?

— Мэтти...

— Что мне делать, Майк? Что мне делать? — Похоже, паника перебралась в трейлер на Уэсп-Хилл-роуд.

Я подумал более чем хладнокровно: *А почему бы тебе не стать моей любовницей? Официально я найму тебя «ассистентом по подготовке материалов», так что будет чем отчитаться перед налоговым управлением. Я тебя одену, дам пару кредитных карточек на текущие расходы, куплю дом, и прощай ржавый трейлер на Уэсп-Хилл-роуд. А в феврале мы сможем слетать на какой-нибудь тропический остров.*

Разумеется, Ки получит достойное образование, и каждый год на ее счет будет перечисляться приличная сумма. И я буду очень ос-

мотрительным. Приезжать буду раз или два в неделю, и попозже, после того как девочка заснет.

Сейчас от тебя потребуется только одно: сказать «да». А потом позволить мне делать все, что я пожелаю... всю ночь, не говорить «нет», не говорить «хватит».

Я закрыл глаза.

— Майк? Вы меня слышите?

— Конечно. — Я коснулся шишки на затылке и поморщился от боли. — Все у вас будет хорошо, Мэтти. Вы...

— Трейлер не оплачен! — Она едва сдерживала рыдания. — Я еще не оплатила два счета за телефон, и они грозят отключить его. В джипе барахлит коробка передач, гремит задний мост! Я смогу оплатить еще неделю пребывания Ки в летней библейской школе, миссис Бриггс выдала мне жалованье за три недели, которые я имела право отработать до увольнения, но на что тогда я куплю ей туфельки? Она так быстро из всего вырастает... у нее дырявые шорты и... чуть ли не все трусики...

Вот тут она зарыдала в голос.

— Я позабочусь о вас, пока вы снова не встанете на ноги, — успокоил я ее.

— Нет, я не могу допустить...

— Можете. И допустите, ради Киры. А потом, если захотите, сможете рассчитаться со мной. Если вам так будет угодно, мы будем вести счет каждому потраченному мною доллару. Но я обязательно позабочусь о вас. — *И тебе не придется раздеваться в моем присутствии. Я тебе это обещаю.*

— Майк, вам нет нужды брать на себя такую обузу.

— Может, и нет, а может, и есть. Но я позабочусь о вас. И попробуйте меня остановить! — Я позвонил, чтобы рассказать ей о том, что со мной произошло, разумеется, с юмором, но уже понял, что об этом не стоит и заикаться. — С иском об опеке мы разберемся в самое ближайшее время, и если здесь не найдется человека, который взял бы вас на работу, я найду такого в Дерри. А кроме того, скажите мне откровенно — у вас еще не возникло желания сменить обстановку?

Ей удалось выдавить смешок:

— Скорее да, чем нет.

— С Джоном вы сегодня говорили?

— Да. На уик-энд он уехал к родителям в Филадельфию, но оставил мне их номер телефона. Я ему позвонила.

Он же сказал, что она ему приглянулась. Может, и он точно так же приглянулся ей. Мысль эта мне не понравилась, и я постарался отогнать ее.

— И что он сказал насчет вашего увольнения?

— То же, что и вы. Только его слова меня не успокоили. В отличие от ваших. Не знаю почему. — Я знал. Все дело в моем возрасте. Этим мы и привлекаем молоденьких женщин: с нами они чувствуют себя в безопасности. — Он приедет во вторник утром. Мы договорились встретиться за ленчем.

— Может, и я смогу составить вам компанию, — без запинки предложил я.

— Вот здорово! — По голосу чувствовалось, что Мэтти моя идея пришлась по душе. — А если мне позвонить ему и сказать, чтобы он приехал сюда? И вы приедете. Я поджарю гамбургеры. И Кира может в этот день не ходить в летнюю школу. Посидим вчетвером. Она надеется, что вы прочитаете ей еще одну сказку. От «Золушки» она осталась в восторге.

— Я только за. — И говорил я искренне. Присутствие Киры переводило все мероприятие в иную категорию. Я уже не становился третьим лишним. Их встреча не выглядела бы как свидание и Джона не смогли бы обвинить в том, что он проявляет к клиенту не только деловой интерес. Так что в итоге он, наверное, еще и поблагодарит меня. — Я думаю, нам с Кирой пора переходить к «Гансу и Гретель». Как вы, Мэтти? Вам полегчало?

— Конечно. До вашего звонка мне было так плохо!

— Волноваться вам не о чем. Все образуется.

— Вы мне обещаете?

— Уже пообещал.

Разговор Мэтти продолжила после короткой паузы:

— А с вами все в порядке, Майк? Голос у вас... не знаю, как и сказать... какой-то странный.

— У меня все тип-топ. — И это говорил человек, который чуть не утонул полчаса тому назад! — Могу я задать вам еще один вопрос? Потому что он сводит меня с ума.

— Конечно.

— Когда мы обедали у вас, вы упомянули о том, что, по словам Дивоура, мой и его прадеды знали друг друга. И очень даже хорошо.

— Он сказал, что они срали в одну выгребную яму. Я еще подумала, что это оригинально.

— А еще он что-нибудь говорил? Попытайтесь вспомнить.

Она попыталась, но безуспешно. Я попросил ее позвонить мне, если она что-нибудь вспомнит или у нее вновь возникнет повод для волнений. Недавнее происшествие вспоминать не хотелось, но я решил, что должен обо всем рассказать Джону. Потому что пришел к достаточно логичному выводу: будет неплохо, если этот частный детектив из Льюистона, Джордж Кеннеди, пошлет в Тэ-Эр пару человек приглядывать за Мэтти и Кирой. Макс Дивоур обезумел, как и предупреждал меня мой сторож. Раньше я этого не понимал, теперь у меня открылись глаза. А если вновь возникали сомнения, я мог легко их прогнать, коснувшись шишки на затылке.

Я вернулся к холодильнику и вновь забыл открыть его. Руки сами потянулись к буквам-магнитам и начали перемещать их по передней панели, складывая слова, разрушая, складывая новые. Я как бы писал книгу... Потому что тоже начал впадать в транс, как и за пишущей машинкой.

Это полугипнотическое состояние писатель может вызывать и отключать по своей воле... во всяком случае, когда все у него идет хорошо. Интуитивная часть сознания раскрывается, когда ты начинаешь работать, и распрямляется во все свои шесть футов (случается, что и в десять). И посылает тебе магические послания и яркие образы. В остальное время она не дает о себе знать, разве что иногда помимо твоей воли вырывается на свободу, и тогда ты впадаешь в транс неожиданно для себя, в голове возникают ассоциации, не имеющие ничего общего с логикой, приходят внезапные видения. Конечно, это неотъемлемая, пусть и очень необычная часть творческого процесса. Музы — призраки, и иногда они приходят незваными.

В моем доме живут призраки!

В «Саре-Хохотушке» всегда жили призраки... Ты растревожил их.

растревожил

написал я на холодильнике. Но чего-то не хватало, и вокруг слова я собрал окружность из фруктов и овощей. Так-то лучше. Постоял, сложив руки на груди, как складывал, сидя за пишущей машинкой, когда не мог подобрать слова или выражения, затем рассыпал «растревожил» и написал:

призраки

— Призраки могут говорить только в круге, — изрек я, и тут же, как бы соглашаясь со мной, звякнул колокольчик Бантера.

Я смешал буквы, подумал, как странно иметь адвоката по имени Ромео...

(ввел *ромео* в круг)

...и детектива, которого зовут Джордж Кеннеди.

(ввел *джордж* в круг)

Задался вопросом, а не поможет ли мне Кеннеди с Энди Дрейком...

(собрал на передней панели слово *дрейк*)

...может, я смогу наделить моего персонажа индивидуальными чертами Кеннеди. В моих романах еще не было частного детектива, а ведь зачастую именно деталями...

(из последнего слова оставь *д*, добавь *етали*)

...достигается убедительность образа. Я повернул цифру 3 на спину, поставил под *детали*, словно надел это слово на вилы. Дьявольское — в мелочах.

Оттуда я двинулся дальше. Куда — знать не мог, потому что впал в транс: интуитивная часть моего сознания поднялась так высоко, что логическая не могла ее найти. Я стоял перед холодильником и играл буквами, собирал на передней панели обрывки мыслей, еще не успевших оформиться в мысли. Вы, может быть, не поверите, что такое возможно, но каждый хороший писатель знает, как это происходит.

А в реальный мир меня вернули световые блики, запрыгавшие по окнам холла. Я поднял голову и увидел силуэт автомобиля, вставшего в затылок моему «шевроле». От страха у меня скрутило желудок. В тот момент я бы отдал все что угодно за заряженное ружье. Потому что приехать мог только Футмен. Больше некому. Дивоур позвонил ему после того, как они с Уитмор вернулись в «Уэррингтон», сказал, что Нунэн не желает быть хорошим марсианином, а потому его надо поставить на место.

Открылась дверца со стороны водителя, лампочка под потолком кабины осветила гостя, но я облегченно выдохнул. Я не знал, кто ко мне приехал, но определенно не «папуля». По этому парню вроде не скажешь, что он будет гоняться за мухой со свернутой газетой... но первое впечатление бывает и обманчивым.

На полке над холодильником стояли аэрозольные баллончики, все старые и, возможно, разрушающие озоновый слой. Я не мог понять, почему миссис М. пощадила их, но мог этому только порадоваться. Схватившись за первый попавшийся, («Черный флаг», прекрасный выбор), я скинул колпачок и сунул баллончик в левый передний карман джинсов. Затем повернулся к полкам справа от раковины. На верхней лежали столовые приборы.

На второй, как говорила Джо, «кухонное дерьмо» — всяческие приспособления, предназначенные для облегчения жизни кухарки. На третьей — ножи для разделки мяса. Один я сунул в правый передний карман джинсов и направился к двери.

Мужчина, поднявшийся на мое крыльцо, подпрыгнул, когда я зажег наружный свет. Он сощурился, как близорукий кролик. Пять футов и четыре дюйма ростом, худой, бледный. Короткая стрижка. Карие глаза, упрятанные за очками в тяжелой роговой оправе. В одной руке — кожаная папка, в другой — маленький белый прямоугольник. Я не верил, что меня может убить мужчина, явившийся ко мне с визитной карточкой в руке, а потому открыл дверь.

Гость застенчиво улыбнулся — так улыбаются мужчины в фильмах Вуди Аллена. И одежда его соответствовала алленовским фильмам: выцветшая клетчатая рубашка с чуть коротковатыми рукавами, брюки чуть широковатые в промежности. «Кто-то, должно быть, сказал ему, на кого он похож, — подумал я. — Вот он и вжился в образ».

— Мистер Нунэн?

— Да?

Он протянул мне визитку.

Агентство недвижимости
«СЛЕДУЮЩЕЕ СТОЛЕТИЕ»

Золотыми буквами. А ниже, скромными черными буквами имя и фамилия моего гостя.

— Ричард Осгуд, — представился он, словно я не умел читать, и протянул руку. Любой американец на такой жест обязан отреагировать автоматически, но в тот вечер я осадил себя. Какое-то мгновение он еще подержал розовую лапку на весу, потом опустил и нервно вытер ладонь о брюки.

— У меня для вас письмо. От мистера Дивоура.

Я ждал.

— Могу я войти?

— Нет.

Он отступил на шаг, опять вытер ладонь о брюки и, похоже, обрел над собой контроль.

— Мне представляется, у вас нет оснований для такой грубости, мистер Нунэн.

А я и не грубил. Если б захотел грубить, то опрыскал бы его из баллончика с репеллентом.

— Макс Дивоур и его мадам сегодня вечером пытались утопить меня в озере. И если я вымещаю зло на вас, придется вам с этим смириться.

Я думаю, мои слова действительно шокировали Осгуда.

— Вы, должно быть, слишком увлеклись вашей новой книгой, мистер Нунэн. Максу Дивоуру скоро исполнится восемьдесят шесть лет, если он доживет до этого дня. Бедняга едва может дойти от кресла до кровати. Что же касается Роджетт...

— Я знаю, что вы хотите сказать. Еще в половине восьмого я бы полностью с вами согласился. Теперь у меня иное мнение. Давайте, что вам велено передать.

— Как скажете. — В голосе Осгуда звучала праведная обида. Расстегнув молнию на кожаной папке, он извлек оттуда белый заклеенный конверт. Я взял его, надеясь, что Осгуд не услышит, как бешено колотится мое сердце. Для человека, привязанного к кислородной подушке, Дивоур действовал очень уж активно. Вопрос оставался один — в каком направлении будет нанесен следующий удар?

— Благодарю. — Я начал закрывать дверь. — Я бы дал вам на чай, но оставил бумажник в спальне.

— Подождите! Мне велено подождать, пока вы прочтете письмо и передадите мне ответ.

Я изумленно выгнул бровь:

— Не понимаю, с чего это Дивоур взял, что он имеет право командовать мною, но у меня нет желания поощрять его в этом заблуждении. Проваливайте.

Уголки его губ опустились, около них появились глубокие ямочки, и сходство с Вуди Алленом мгновенно исчезло. Теперь он выглядел как пятидесятилетний риэлтор, который продал душу дьяволу, а теперь не выносит, когда кто-то дергает босса за хвост.

— Позвольте дать вам дружеский совет, мистер Нунэн. Он вам, судя по всему, не повредит. Макс Дивоур не тот человек, кому можно перечить.

Я закрыл дверь и постоял в прихожей, держа конверт в руке, наблюдая за мистером Риэлтором из следующего столетия. Он и злился, и недоумевал. Насколько я мог понять, в последнее время с подобным пренебрежением ему сталкиваться не доводилось. Может, сегодняшний урок пойдет на пользу, подумал я. Напомнит о некоторых непреложных истинах. К примеру, о том, что с Максом Дивоуром или без оного, ему не вырасти выше пяти футов и семи дюймов. Это уже в ковбойских сапогах.

— Мистер Дивоур хочет получить ответ! — крикнул он из-за закрытой двери.

— Я позвоню, — отозвался я, а потом медленно поднял правую, сжатую в кулак руку и выставил средний палец. — А пока передайте ему вот это.

Я ожидал, что он снимет очки и примется протирать глаза. Но он вернулся к своему автомобилю и, бросив в кабину кожаную папку, последовал за ней. Я подождал, пока он уедет, и только потом прошел в гостиную и вскрыл конверт. Внутри лежал один лист, от которого едва ощутимо пахло духами — теми самыми, которым отдавала предпочтение моя мать, когда я бы ребенком. Кажется, они назывались «Белые плечи». По верху шла надпись:

РОДЖЕТТ Д. УИТМОР

Ниже следовало письмо, написанное чуть дрожащей женской рукой:

20.30

Дорогой мистер Нунэн!

Макс хочет сообщить Вам, что он бесконечно рад встрече с Вами! В этом я с ним полностью согласна. С таким веселым человеком, как Вы, заскучать просто невозможно. Мы в восторге от Ваших фортелей.

А теперь к делу. М. предлагает очень простую сделку: Вы перестаете расспрашивать о нем и прекращаете подготовку к судебному процессу, обещая тем самым оставить его в покое; в свою очередь мистер Дивоур отказывается от судебного иска, цель которого — установление опеки над его внучкой. Если Вас это устраивает, Вам надо только сказать мистеру Осгуду: «Я согласен». Он сообщит нам о Вашем решении. Макс намерен в самое ближайшее время вернуться в Калифорнию на своем самолете. У него есть дело, которое больше не терпит отлагательств, хотя в Тэ-Эр ему очень понравилось, а особенно его порадовало общение с Вами. Он хочет, чтобы я напомнила Вам, что опека несет с собой определенные обязанности, и просит не забывать, что он Вам об этом говорил.

Роджетт.

P.S. Он также напоминает, что Вы не ответили на его вопрос — сосет ли Ваша шлюха? Макса это очень интересует.

Р.

Я перечитал письмо второй раз, потом третий. Уже вытянув руку, чтобы положить его на стол, я перечитал в четвертый. Казалось, я не мог понять смысла написанного. Пришлось подавить желание кинуться к телефону и звонить Мэтти. *Все кончено, Мэтти,* сказал бы я. *Твое увольнение и мое купание в озере — два последних выстрела в этой войне. Он сдался.*

Нет. Полной уверенности у меня еще не было.

Я позвонил в «Уэррингтон» и нарвался на четвертый за этот вечер автоответчик. Дивоур и Уитмор попусту пленку не тратили, и ледяной голос предложил мне оставить сообщение после сигнала.

— Это Нунэн, — начал я. Более ничего сказать не успел, потому что раздался щелчок, словно кто-то снял трубку.

— Купание вам понравилось? — послышался в трубке насмешливый голос Роджетт Уитмор. Если б я не видел ее во плоти, то мог бы представить себе, что говорит со мной женщина а-ля Барбара Стэнуик*, холодная красавица, сидящая на красном бархате дивана в перламутровом вечернем платье, с трубкой в одной руке и мундштуком из слоновой кости в другой.

— Если б вы попались мне в руки, мисс Уитмор, я бы сумел выразить вам мои истинные чувства.

— О-о-о! Мои бедра трепещут.

— Пожалуйста, избавьте меня от вида ваших бедер.

— Они похожи на палки, мистер Нунэн. Чем мы обязаны удовольствию слышать ваш голос?

— Я отправил мистера Осгуда без ответа.

— Макс так и думал. Он сказал: «Наш юный сутенер все еще верит в важность личных контактов. По нему это сразу видно».

— Он злится, когда проигрывает, не так ли?

— Мистер Дивоур не проигрывает. — Она понизила голос и добродушный юмор, который слышался в нем, исчез. — Он может поставить перед собой другие цели, но он никогда не проигрывает. А проигравшим в этот вечер выглядели вы, Нунэн, когда, как щенок, барахтались в озере и что-то тявкали. Вы испугались, верно?

— Да. Очень.

— И правильно. Вы и представить себе не можете, какой вы везунчик.

— Могу я вам кое-что сказать?

— Разумеется, Майк... вы позволите так вас называть?

---

* Настоящее имя Руди Стивенс (1907—1990) — танцовщица, киноактриса, одна из самых популярных звезд Голливуда в 30—40-е годы.

— Почему бы не вернуться к мистеру Нунэну? Так вы слушаете?

— Затаив дыхание.

— Ваш босс стар, он — безумец, и, подозреваю, он уже не сможет сложить два и два, а уж довести до успешного завершения судебный иск об опеке ему просто не под силу. Он проиграл неделю тому назад.

— Нельзя ли конкретнее?

— Можно. И хорошенько запомните мои слова: если кто-то из вас попытается провернуть что-то похожее, я не поленюсь найти этого старого козла и запихну его кислородную маску ему в зад, чтобы он проветривал легкие снизу. А если я увижу вас на Улице, мисс Уитмор, то использую вместо ядра. Вы меня поняли?

Я замолчал, тяжело дыша, удивленный, что мог произнести такой монолог.

Пауза затягивалась, и я не выдержал первым:

— Мисс Уитмор? Вы еще здесь?

— Здесь. — Я-то хотел, чтобы она пришла в ярость, но в голосе звучали насмешливые нотки. — Так кто у нас злится, мистер Нунэн?

— Я. Но советую не забывать моих слов, камнеметательница сраная!

— Каков ваш ответ мистеру Дивоуру?

— Я согласен. Я больше не задаю вопросов, адвокаты дают задний ход, он уходит из жизни Мэтти и Киры. Если же он продолжает...

— Знаю, знаю, вы этого так не оставите. Интересно, что вы будете говорить через неделю, наглый глупец?

И прежде чем я успел ответить, а достойный ответ уже вертелся у меня на кончике языка, она бросила трубку.

Несколько секунд я постоял с трубкой в руке, потом положил ее на рычаг. В чем подвох? Я чувствовал — это подвох, но, с другой стороны, может, и нет.

Я решил, что надо немедленно поставить в известность Джона. На автоответчике он не оставил телефона родителей, зато продиктовал его Мэтти. Однако, позвонив ей, придется рассказать о том, что произошло после нашего разговора. Так что, возможно, лучше отложить эти разговоры на завтра. Утро вечера мудренее.

Я сунул руку в карман и чуть не порезался о мясницкий нож, который сам же туда и положил. Вытащил его, отнес на кухню, убрал на законное место. Из другого кармана достал аэрозольный баллончик, поставил на холодильник, рядом с его престарелыми собратьями, и замер. В кругу фруктов и овощей меня дожидалась надпись:

d
go
w
19n

Я сам поставил в круг эти буквы и цифры? Погрузился в такой глубокий транс, что начал составлять на передней панели холодильника кроссворд, не отдавая себе в этом отчета? Если так, что все это означает? Какие слова?

Может, их перенес в круг кто-то еще, подумал я. Один из невидимых обитателей моего дома.

Что же сие означает? Показания компаса? Или все-таки речь о каком-нибудь кроссворде? Скажем, о слове, которое значится в нем под номером 19? Если так, какой именно мне брать кроссворд?

— Я бы не отказался от помощи, — заметил я вслух, но ответа не получил. Наконец я достал из холодильника банку пива, которую давно уже собирался выпить, и прошествовал к дивану. Я взял сборник кроссвордов, посмотрел на тот, что разгадывал. «Истина в вине», так он назывался. И состоял из глупых слов, которыми могли восторгаться только фанатики кроссвордов. Напиток-актер? Марлон Бренди. Напиток-роман о Юге? Текила в терновнике. И строка 19, в которую я уже вписал какой-то азиатский напиток, ничем мне не помогла. Не находил я связи кроссворда «Истина в вине» со своей жизнью.

Я просмотрел другие кроссворды, задерживая взгляд на цифре 19. Инструмент скульптура, работающего по мрамору (резец). Известный комментатор Си-эн-эн с двумя «л» (Уолфблитзер). Общее название этанола и диметила (изомеры). В раздражении я отбросил сборник. Но кто сказал, что ответ надо искать именно в этом сборнике? В доме их штук пятьдесят, четыре или пять на том самом столике, где сейчас стояла моя банка с пивом. Я откинулся на спинку дивана, закрыл глаза.

Шлюхи мне всегда нравились... Иногда их место было на моем лице.

...где прилежные щенки и шкодливые псы могут прогуливаться бок о бок.

Здесь нет городского пьяницы, мы по очереди выполняем его обязанности.

Да, именно здесь все и произошло. Здесь.

Я заснул и проснулся три часа спустя, с затекшей шеей и раскалывающейся от боли головой. Над Белыми горами лениво перекатывались раскаты грома, в доме по-прежнему стояла духота. Я поднялся. Джинсы не хотели отлипать от ног. Я потащился в северное крыло, волоча ноги, как глубокий-глубокий старик. Взглянул на мокрую одежду, подумал о том, чтобы бросить ее в корзину для грязного белья, решил, что голова у меня взорвется, если я попытаюсь наклониться.

— Оставим это призракам, — пробормотал я. — Буквы они переставлять умеют, смогут и бросить мою мокрую одежду куда положено.

Я принял три таблетки «тайленола» и забрался в постель. В какой-то момент я проснулся, услышав плач ребенка-призрака.

— Перестань, — приказал я ему. — Перестань, Ки, никто никуда тебя не заберет. Тебе ничего не угрожает, — и снова заснул.

Глава 19

Зазвонил телефон. Я потянулся к нему из кошмарного сна, в котором тонул, заглатывая вместо воздуха воду. Сел на кровати, перебросил ноги через край, поморщился от боли в затылке. Как всегда бывает в таких случаях, звонки прекратились, прежде чем я добрался до телефонного аппарата. Я вернулся к кровати, снова лег и минут десять гадал, кто бы это мог быть, а потом поднялся вновь, на этот раз окончательно.

Снова звонки.

Десять? Двенадцать? Кто-то упорствовал в намерении дозвониться до меня. Я надеялся, что весть будет не очень дурная. Потому что по собственному опыту знал: чтобы сообщить хорошую новость, сверхусилий не прилагают. Я коснулся затылка. Боль осталась, но заметно притупилась. И на подушечках пальцев крови не было.

Я прошел в коридор, снял трубку:

— Алло?

— Насчет свидетельских показаний по делу об опеке можешь больше не беспокоиться.

— Билл?

— Да.

— Как ты узнал... — Я подался вперед и через дверь посмотрел на кота-часы. Двадцать минут восьмого, а воздух в доме уже прогрелся. Значит, днем будет как в духовке. — Как ты узнал, что он решил...

— О его делах мне ничего не известно, — оборвал меня Билл. — Он не обращался ко мне за советом, а я не лез к нему со своими.

— Что случилось? Что происходит?

— Ты еще не включал телевизор?

— Я еще не пил кофе.

Извинений от Билла я не услышал; он относился к числу тех, кто считает, что люди, пребывающие в постели после шести утра, заслуживают всех тех кар, которые могут на них обрушиться. Но я уже проснулся. И слова Билла не очень-то удивили меня.

— Этой ночью Дивоур покончил с собой, Майк. Лег в ванну с теплой водой и натянул на голову пластиковый пакет. Учитывая состояние его легких, долго он не протянул.

Это точно, подумал я, долго он не протянул. Несмотря на жару, по моему телу пробежала дрожь.

— Кто его нашел? Эта женщина?

— Да, конечно.

— В котором часу?

— По шестому каналу сказали: «Незадолго до полуночи».

Другими словами, как раз тогда, когда я проснулся на диване и потащился в спальню.

— Ее не подозревают в соучастии?

— В информационном выпуске об этом ничего не говорили. А в супермаркете я еще не был, поэтому не в курсе местных слухов. Если она и помогла ему отправиться в мир иной, не думаю, что ее в этом упрекнут. Все-таки ему шел восемьдесят шестой год.

— Ты не знаешь, его похоронят в Тэ-Эр?

— В Калифорнии. Она сказала, что похороны состоятся в Палм-Спрингсе во вторник.

Мне стало как-то не по себе. Получалось, что Макс Дивоур — источник всех бед Мэтти — будет лежать в часовне аккурат в тот самый момент, когда члены Клуба Друзей Киры Дивоур будут переваривать ленч и раздумывать о том, а не побросать ли «фрисби». Так у нас будет праздник, подумал я. Уж не знаю, какие настроения будут царить в маленькой часовне Микрочипов в Палм-Спрингсе, но на Уэсп-Хилл-роуд все будут радоваться и веселиться.

Никогда в жизни я не радовался чьей-либо смерти, а вот известие о смерти Дивоура порадовало меня. Нехорошо, конечно, но так уж вышло. Старый козел едва не утопил меня в озере, но обернулось все так, что утонул он сам. С пластиковым пакетом на голове, сидя в ванне с теплой водой.

— Каким образом телевизионщики так быстро об этом прознали? — Прознали, конечно, не очень-то быстро, прошло семь часов между обнаружением тела и информационным выпуском, но телевизионщики — народ ленивый.

— Им позвонила Уитмор. Собрала пресс-конференцию в «Уэррингтоне» в два часа ночи. Отвечала на вопросы, сидя на большом диване, обитом красным бархатом. Джо всегда говорила, что на таких принято рисовать лежащих обнаженных женщин. Помнишь?

— Да.

— Я видел пару помощников шерифа и еще одного парня из похоронного бюро Жакарда из Моттона.

— Все это очень странно.

— Да, тело еще наверху, а Уитмор уже вовсю треплет языком... но она заявила, что следует указаниям босса. Сказала, что он оставил магнитофонную запись, в которой объяснял, почему он покончил с собой, дабы не вызвать падения курса акций компании, и попросил Роджетт немедленно созвать пресс-конференцию и заверить всех, что компания в полном порядке, его сыну и совету директоров опыта не занимать, так что держателям акций волноваться не о чем. Потом она сообщила о похоронах в Палм-Спрингсе.

— Он совершает самоубийство, а затем организует ночную пресс-конференцию с целью успокоить акционеров?

— Да. На него это похоже.

В телефонной трубке повисла тишина. Я пытался собраться с мыслями, но у меня ничего не получалось. Я знал, что сейчас мне хочется одного (и плевать мне на головную боль): подняться наверх и присоединиться к Энди Дрейку, Джону Шеклефорду и другу детства Шеклефорда, ужасному Рэю Гэррети. В моем романе тоже было место безумию, но то безумие я понимал.

— Билл, — наконец проговорил я, — мы попрежнему друзья?

— Господи, да конечно же, — без запинки ответил он. — Но, если кто-то изменит отношение к тебе, ты будешь знать почему, верно?

Естественно. Многие станут винить меня в смерти старика. Глупость, конечно, учитывая его физическое состояние, но о возрасте Дивоура они как бы забудут, сохранив в памяти лишь наши разногласия. Я это знал совершенно точно, как и некоторые подробности из жизни друга детства Джона Шеклефорда.

В один прекрасный день утка вернулась на птичий двор, по которому когда-то ходила гадким утенком. И стала нести золотые яйца. Обитатели двора ахали и получали свою долю. А теперь утку зажарили, и кто-то должен за это ответить. Достанется, разумеется, и мне, но в основном отольется Мэтти: именно она вознамерилась бороться за Ки, вместо того чтобы молча отдать свою девочку.

— Несколько следующих недель постарайся не высовываться, — продолжил Билл. — Прислушайся к моему совету. А если у тебя есть какие-нибудь дела за пределами Тэ-Эр, сейчас самое время ими заняться.

— За совет спасибо, но уехать я не могу. Пишу книгу. Если переберусь на другое место, вдохновение может и пропасть. Такое со мной уже случалось, так что не хочется снова наступать на те же грабли.

— Работается хорошо?

— Да, но дело не только в этом. Книга... скажем так, это лишь одна из причин, по которым я должен здесь остаться.

— Не можешь уехать даже в Дерри?

— Ты хочешь избавиться от меня, Уильям?

— Я стараюсь быть в курсе событий, вот и все... не хочу лишиться работы. И не говори, что ты не предупрежден: улей гудит. О тебе ходят две сплетни, Майк. Согласно одной, ты сошелся с Мэтти Дивоур. По второй ты вернулся, чтобы опозорить Тэ-Эр. Выставить напоказ все скелеты, которые сможешь найти в наших шкафах.

— Другими словами, закончить то, что начала Джо. И кто распространяет эти сплетни, Билл?

Мне ответило молчание. Мы вновь ступили на зыбучие пески, где каждый шаг мог стать роковым.

— Я пишу роман. — Ответа на свой вопрос я дожидаться не стал. — Место действия — Флорида.

— Правда? — В голосе прозвучало безмерное облегчение.

— Думаешь, ты сможешь мимоходом упомянуть об этом?

— Думаю, смогу. А если ты скажешь Бренде Мизерв, она сообщит об этом всем и каждому.

— Хорошо, скажу. Что же касается Мэтти...

— Майк, тебе нет нужды...

— Я с ней не сходился. Тут причины другие. Идешь ты, к примеру, по улице, заворачиваешь за угол и видишь, как большой парень мутузит малыша. — Я выдержал паузу. — Она и ее адвокат наметили на вторник барбекю. Я собирался присоединиться к ним. Местные подумают, что мы пляшем на могиле Дивоура?

— Некоторые подумают. Ройс Меррилл. Дикки Брукс. Старухи в штанах, как называет их Яветт.

— Ну и хрен с ними.

— Я понимаю твои чувства, но все же попроси ее не выпендриваться. — В голосе прозвучала мольба. — Обязательно скажи. От нее не убудет, если гриль она перенесет за трейлер, а? Чтобы люди у магазина и в автомастерской видели только дымок.

— Я передам твою просьбу. А если приму участие в торжестве, сам перенесу гриль за трейлер.

— Тебе бы лучше держаться подальше от этой женщины и ее ребенка, — продолжил Билл. — Ты можешь сказать, что это не мое дело, но я сейчас выступаю в роли заботливого дядюшки. Говорю все это исключительно для твоего блага.

Перед моим мысленным взором вспыхнула сцена из сна. Мой член, входящий в ее жаркую тесноту. Маленькая грудь с затвердевшими сосками. И шепот в темноте, разрешающий мне делать все, что я захочу. И мое тело отреагировало практически мгновенно.

— Я знаю.

— Вот и хорошо. — В голосе облегчение: слава Богу, в ответ не обругали. — Отпускаю тебя. Вкусного тебе завтрака.

— Спасибо, что позвонил.

— Это не моя заслуга. Меня уговорила Иветт. Сказала: «Ты всегда любил Майка и Джо Нунэн больше остальных. И незачем портить с ним отношения теперь, когда он вернулся».

— Передай Иветт, что я очень ей признателен.

Я положил трубку, задумчиво посмотрел на телефонный аппарат. Вроде бы мы расстались по-доброму... но я не думал, что мы могли и дальше считаться друзьями. Во всяком случае, раньше наша дружба была куда как крепче. Что-то изменилось, когда я подловил Билла на лжи, и когда мне стало ясно, что он многое недоговаривает. Изменилось и после того, как я понял, кто для него Сара и Тип-топы.

Нельзя осуждать человека только за то, что может оказаться плодом твоего воображения.

Правильно, нельзя, я и не пытался этого делать... но такое уж у меня сложилось мнение. Может, ошибочное, но сложилось.

Я прошел в гостиную, включил телевизор, тут же выключил. Спутниковая антенна принимала пятьдесят или шестьдесят каналов, но местного среди них не было. Впрочем, на кухне стоял маленький телевизор, с антенной-усами, и, покрутив их, я при необходимости мог настроиться на WWTW, дочернюю телекомпанию Эй-би-си в западном Мэне.

Я схватил письмо Роджетт и отправился на кухню. Включил маленький «сони». Шла передача «С добрым утром, Америка», но до прерывающего ее очередного выпуска местных новостей оставалось лишь несколько минут. Я воспользовался ими, чтобы еще раз перечитать письмо Роджетт, обращая внимание на те нюансы, которые вчера остались незамеченными.

«Макс намерен в самое ближайшее время вернуться в Калифорнию на своем самолете», — писала она.

«У него есть дело, которое больше не терпит отлагательств», — писала она.

«...вы прекращаете подготовку к судебному процессу, обещая тем самым оставить его в покое», — писала она.

Да это же предсмертная записка!

Но дело об опеке завершено, не так ли? Даже купленный с потрохами судья не сможет назначить опекуном мертвеца.

«Доброе утро» наконец-то сменилось местными новостями. И первой, естественно, стало самоубийство Макса Дивоура. По экрану бежали помехи, но я разглядел упомянутый Биллом диван, обитый красным бархатом. Роджетт Уитмор сидела на нем, сложив руки на коленях. Вроде бы в одном из помощников шерифа я узнал Джорджа Футмена, хотя помехи не позволили рассмотреть лицо.

В последние восемь месяцев мистер Дивоур часто говорил об уходе из жизни, сказала Уитмор. Чувствовал он себя очень плохо. Вчера вечером он попросил ее прогуляться с ним по Улице, и она поняла, что он хочет полюбоваться последним для себя закатом. Закат, кстати, был великолепным, добавила она. В этом я не мог с ней не согласиться. Закат я запомнил очень хорошо, едва не утонув в его лучах.

Роджетт зачитывала заявление Дивоура, когда вновь зазвонил телефон. Слова Мэтти едва прорывались сквозь рыдания:

— Новости... Майк, ты видел... ты знаешь...

Это все, что удалось ей сказать. Я объяснил, что знаю, спасибо Биллу Дину, и как раз сейчас смотрю информационный выпуск. Она попыталась ответить, но у нее ничего не вышло. Зато в ее всхлипываниях я уловил чувство вины, облегчение, ужас и... радость. Спросил, где Ки. Я сочувствовал Мэтти — до сегодняшнего утра она пребывала в полной уверенности, что Макс Дивоур — ее злейший враг, но мне не хотелось, чтобы трехлетняя Ки видела свою мать в таком состоянии.

— Во дворе, — выговорила Мэтти. — Она уже позавтракала. А теперь кор... кормит кукол.

— Кормит кукол. Понятно. Отлично. Тогда вам надо выплакаться. Сейчас и сразу. Пока ее нет.

Она плакала минуты две, может, и больше. Я стоял, прижав трубку к уху, набираясь терпения.

«Я собираюсь дать тебе один шанс спасти твою душу», — сказал мне Дивоур, но наутро умер сам, и его душа уже там, где ей и положено быть. Он умер, Мэтти свободна, я могу писать. Вроде бы надо прыгать от радости, а не получается.

Наконец она совладала с нервами:

— Извините. Я так плачу... действительно плачу... впервые со смерти Лэнса.

— Имеете полное право.

— Приходите на ленч, — попросила она. — Пожалуйста, Майк, приходите на ленч. Ки проводит вторую половину дня у подруги из Летней библейской школы, и мы сможем поговорить. Мне надо с кем-то поговорить... Господи, у меня кружится голова. Пожалуйста, приходите.

— Я бы с удовольствием, но, думаю, эта идея не из лучших. Особенно в отсутствие Ки.

И я пересказал ей разговор с Биллом Дином, разумеется, в отредактированном виде. Она слушала внимательно. Закончив, я ожидал взрыва, но забыл один простой факт: Мэтти Стенчфилд Дивоур прожила в Тэ-Эр всю жизнь. И знала, что к чему.

— Я понимаю, что раны затянутся быстрее, если я не буду поднимать глаз, держать рот на замке, а колени — вместе, — ответила она, — и я сделаю все, что в моих силах, но нельзя требовать от меня невозможного. Старик пытался отнять у меня дочь, неужели в этом чертовом супермаркете этого не понимают?

— Я понимаю.

— Знаю. Поэтому и хочу поговорить с вами.

— Так, может, нам пообедать в парке Касл-Рока? Там же, где и в пятницу? Скажем, в пять часов?

— Мне придется взять с собой Ки...

— Отлично. Привезите ее. Скажите ей, что сказку «Ганс и Гретель» я знаю наизусть и с удовольствием перескажу ее. Вы позвоните Джону в Филадельфию? Введете его в курс дела?

— Да. Только приду в себя и позвоню. Где-нибудь через час. Господи, как же я счастлива. Я знаю, нельзя радоваться смерти другого человека, но меня просто распирает от счастья. Я боюсь взорваться.

— Я тоже. — На другом конце провода повисла тишина. Потом я услышал тяжелый вздох: — Мэтти? С вами все в порядке?

— Да, но как сказать трехлетней девочке, что у нее умер дед?

«Скажите ей, что старый козел поскользнулся и головой ухнул в Мешок со Счастьем», — подумал я и прикрыл рукой рот, чтобы заглушить смешок.

— Я не знаю, но вам придется что-то сказать, как только она зайдет в трейлер.

— Придется? Почему?

— Потому что она вас увидит. Увидит ваше лицо.

В кабинете на втором этаже я выдержал ровно два часа, а потом жара погнала меня вниз: в десять утра термометр на крыльце показывал девяносто девять градусов*. По моим

---

* по шкале Фаренгейта, что соответствует 37,5 градуса по Цельсию.

прикидкам на втором этаже было градусов на пять выше.

Надеясь, что я не совершаю ошибки, я вытащил штепсель «Ай-би-эм» из розетки и снес пишущую машинку вниз. Работал я без рубашки, и когда пересекал гостиную, задний торец машинки соскользнул с покрытого потом живота, и я едва не выронил ее себе на ноги. Машинку я удержал, но вспомнил о лодыжке, которую повредил, падая в озеро. Поставил «Ай-би-эм» на пол, осмотрел ногу. Черно-лиловый синяк приличных размеров, небольшая припухлость. Я решил, что только пребывание в холодной воде спасло меня от более серьезных последствий.

Машинку я поставил на столик на террасе, подключил провод к удлинителю и воткнул штепсель в розетку над каминной доской по соседству с Бантером. Я сел за стол, глядя на синевато-серую поверхность озера, и замер в ожидании очередного приступа... но желудок не скрутило, глаза не полезли из орбит, дыхание не перехватило. Катаклизма не произошло. Слова лились так же гладко, как и в жарком, душном кабинете, а потное тело приятно холодил легкий ветерок. Я забыл о Максе Дивоуре, Мэтти Дивоур, Кире Дивоур. Забыл о Джо Нунэн и Саре Тидуэлл. Забыл о себе. И еще два часа пребывал во Флориде. Приближался день казни Джона Шеклефорда. И Энди Дрейк вступил в схватку со временем.

В реальный мир меня вернул телефонный звонок, на этот раз не вызвав у меня отрицательных эмоций. Если б не он, я бы печатал и печатал, пока медузой не растекся бы по полу.

Звонил мой брат. Мы поговорили о матери, по мнению Сида, от полного маразма ее отделяло совсем немного, и о ее сестре Френсин, которая в июне сломала бедро. Сид полюбопытствовал, как у меня дела, и я ответил, что все в полном порядке. Были кое-какие сложности с новой книгой (в моей семье все личные проблемы принято обсуждать лишь после того, как они остались в прошлом). А как маленький Сид, спросил я. Клево, ответил он, что, по моему разумению, означало — нормально. Сыну Сидди исполнилось двенадцать, так что мой братец владел молодежным сленгом. Его новая бухгалтерская фирма постепенно становилась на ноги, хотя поначалу будущее виделось ему исключительно в черном цвете (об этом я услышал впервые). И он вновь поблагодарил меня за те деньги, что я одолжил ему в прошлом ноябре. Я ответил, что считал себя обязанным поддержать его, и сказал абсолютную правду. Особенно если учесть, что с матерью он проводил куда больше времени, чем я. Общаясь с ней как лично, так и по телефону.

— Ладно, отпускаю тебя. — Сид предпочитал не прощаться, а заканчивать разговор именно этой фразой, словно держал меня в заложниках. — Запасайся холодным пивом, Майк. Синоптики говорят, что на этот уик-энд в Новой Англии будет жарче, чем в аду.

— Если станет уж совсем плохо, переселюсь в озеро. Эй, Сид?

— Эй, что?

Как и «отпускаю тебя», «эй, что?» пришло из детства.

— Наши предки из Праутс-Нек, так? Со стороны отца, мама пришла совсем из другого мира, где мужчины ходили в шелковых рубашках с отложным воротничком, женщины носили длинные комбинации, и все знали второй куплет «Дикси». С моим отцом она встретилась в Портленде, на каком-то спортивном мероприятии. Мамины родственники жили в Мемфисе и никому не позволяли забыть об этом.

— Вроде бы да, — ответил он. — Точно, оттуда. Но только не задавай мне много вопросов о нашем родовом древе, Майк. Я до сих пор не знаю, чем отличается племянник от кузена. То же самое я говорил и Джо.

— Говорил? — Внутри у меня все замерло... но нельзя сказать, что я очень уж удивился. После того, что я уже узнал, новость-то не бог весть какая.

— Будь уверен.

— А что она хотела знать?

— Все, что мне известно. То есть не так и много. Я мог рассказать ей о прапрадедушке мамы, которого убили индейцы, но материнская линия Джо не интересовала.

— Когда это случилось?

— Так ли это важно?

— Возможно, да.

— Попробую вспомнить. Наверное, в то время, когда Патрику вырезали аппендицит. Да, точно. В феврале девяносто четвертого. Может, и в марте, но скорее всего в феврале.

За полгода до ее смерти на автостоянке у «Райт эйд». А ведь я ничего не знал, ничего не замечал. Тогда она еще не забеременела. Ездила в Тэ-Эр. Задавала вопросы, по словам Билла Дина, не всегда приятные... но она продолжала их задавать. И я понимал, в чем причина. Если уж Джо за что-то бралась, сбить ее с взятого курса не представлялось возможным. Попробуйте вырвать тряпку из пасти терьера. Она задавала вопросы и мужчине в коричневом пиджаке спортивного покроя? Кто он, этот мужчина в коричневом пиджаке?

— Пэт как раз лежал в больнице. Доктор Альперт заверил меня, что беспокоиться не о чем, но, когда зазвонил телефон, я аж подпрыгнул... подумал, что он звонит сообщить, что Пэту стало хуже.

— Когда это ты стал такой тревожно-мнительной личностью, Сид?

— Не знаю, дружище, но, похоже, стал. Но позвонил не Альперт, а Джоанна. Она хотела знать, не жил ли кто-нибудь из наших предков, в третьем, а то и в четвертом поколении, в тех местах, где ты сейчас находишься. Я сказал, что не знаю, но тебе, возможно, об этом известно. Но она не хотела обращаться к тебе, потому что, по ее словам, готовила тебе сюрприз. Она тебя удивила?

— Более чем. Слушай, отец ловил лобстеров...

— Типун тебе на язык, он был художником-примитивистом. Мать до сих пор его так называет. — Сид не рассмеялся.

— Перестань. Он стал продавать кофейные столики и мебель для лужаек, разрисованную лобстерами после того, как ревматизм уже не позволял ему выходить в море.

— Я знаю, но мама отредактировала свою семейную жизнь. Сделала из нее сценарий для телесериала.

Тут он попал в десятку.

— Наш отец был рыбаком из Праутс-Нек...

— Скорее, перекати-поле. — Вот тут Сид рассмеялся. — Где вешал свою шляпу, там и был его дом...

— Перестань, дело серьезное. Свой первый рыбацкий баркас он получил от своего отца, так?

— Так нам говорили, — признал Сид. — «Ленивая Бетти» досталась Джеку Нунэну от Пола Нунэна. Который тоже жил в Праутс. В 1960 году «Бетти» здорово потрепал ураган «Донна».

Я родился двумя годами раньше.

— И в шестьдесят третьем отец выставил ее на продажу?

— Да, — согласился Сид. — Не знаю, что потом стало с баркасом, но на нем еще плавал дед Пол. Помнишь уху из лобстеров, которую мы ели в детстве, Майки?

— Как же не помнить! — Как и большинство мальчишек, выросших на побережье Мэна, я никогда не заказывал в ресторане лобстеров — досыта наелся ими в детстве. Я подумал о деде Поле, который появился на свет где-то в последнем десятилетии прошлого века. У Пола Нунэна родился Джек Нунэн, у Джека — Майк и Сид Нунэны, и это практически все, что я знал о своих предках по отцовской линии. Правда, все эти Нунэны выросли достаточно далеко от того места, где я сейчас обливался потом.

Они срали в одну выгребную яму.

Дивоур ошибся, только и всего. Когда мы, Нунэны, не ходили в шелковых рубашках с отложным воротничком и не приобрели мемфисского лоска, мы были простыми праутснекцами. И маловероятно, что пути моего и Дивоурова прадедов могли пересечься. Старик сам годился мне в деды, то есть ни о каком совпадении поколений не могло быть и речи.

Но если Дивоур ошибался, почему Джо интересовалась историей моей семьи?

— Майк? — раздался в трубке голос Сида. — Ты еще здесь?

— Да.

— У тебя все в порядке? Голос у тебя что-то не очень.

— Все дело в жаре, — ответил я. — Да еще твое чувство обреченности искажает восприятие. Спасибо, что позвонил, Сид.

— Спасибо, что ты есть, старший брат.

— До скорого. — И я положил трубку.

Я пошел на кухню за стаканом холодной воды. Наполняя его из-под крана, я услышал, как за спиной на передней панели холодильника заскользили магниты. Я резко обернулся, вода выплеснулась на босые ноги, но я этого и не заметил. Я напоминал ребенка, который думает, что успеет увидеть Санта-Клауса, прежде чем тот нырнет в дымовую трубу.

И я действительно успел заметить, как девять букв втянуло внутрь окружности. На мгновение они сложились в одно слово:

carladean

а потом что-то огромное и невидимое пронеслось мимо меня. Ни один волос не шевельнулся на моей голове, но казалось, будто меня отшвырнуло в сторону. Так бывает, когда стоишь у края платформы в подземке и мимо тебя проносится вырвавшийся из тоннеля поезд. От изумления я вскрикнул, выронил на стол стакан, вода разлилась. Пить мне уже расхотелось, да и температура на кухне «Сары-Хохотушки» резко упала.

Я с шумом выдохнул и увидел вырвавшийся изо рта парок, совсем как в январский день.

Только один выдох, может, два, сконденсирова лись в пар, но сконденсировались, и секунд на пять пленка пота, покрывавшая все тело, превратилась в тонкий ледок.

Слово CARLADEAN разметало в разные стороны. Так в мультфильмах разлетаются звезды из глаз. Не только это слово, но и окружность из фруктов и овощей. Магниты градом посыпались на пол. Кухня заполнилась звериной яростью.

И что-то ей уступило, покинуло поле боя с печальным вздохом: «Ах, Майк. Ах, Майк». Именно этот голос я записал на скрайбер. Тогда полной уверенности у меня не было, но теперь я не сомневался — голос принадлежит Джо.

Но кем был второй призрак? Почему он разметал буквы?

Карла Дин. Не жена Билла, ту звали Яветт. Его мать? Бабушка?

Я медленно прошелся по кухне, собирая с пола магниты, потом прилепил их все к передней панели «кенмора». Никто не вырывал их из моих рук, никто не замораживал пот у меня на шее, колокольчик Бантера не звенел. Однако я знал: на кухне я не один.

CARLADEAN — это слово собрала на передней панели Джо. Она хотела, чтобы я пообщался с Карлой Дин.

А кто-то другой не хотел. Кто-то другой орудийным ядром пронесся мимо меня, чтобы разметать буквы, прежде чем я успею прочитать написанное.

В доме жила Джо. В доме жил мальчик, плачущий по ночам.

А кто еще?

Кто еще делил со мной кров?

Глава 20

В первый момент я их не увидел, и не без причины: казалось, половина населения Касл-Рока оккупировала в ту жаркую субботу городской парк. Ярко светило солнце, малышня копошилась на детской площадке, старики в ярко-красных жилетках (видимо, члены какого-то клуба) играли в шахматы, группа молодых людей расположилась на травке, слушая парнишку, который под гитару пел веселую песенку из репертуара Йена и Сильвии*.

Никто не бегал трусцой, собаки не гонялись за «фрисби». Жара не располагала к лишним телодвижениям.

Я повернулся к эстраде, на которой как раз устраивался ансамбль из восьми человек, называвшийся «Каслрокцы» (я их уже слышал, играли они, мягко говоря, так себе), когда маленький человечек врезался в меня сзади и обхватил мои ноги повыше колен, едва не свалив на траву.

---

* Дуэт Йена Тайсона (р. 1933) и Сильвии Фрикер (р. 1940) образовался в 1959 году. В 60-е был популярен как в США, так и в Канаде.

— Поймала! — радостно завопил человечек.

— Кира Дивоур! — В голосе Мэтти слышались и смех, и раздражение. — Ты собьешь его с ног!

Я наклонился, выпустил из руки пакет из «Макдональдса» и подхватил Киру. До чего же приятно держать на руках здоровенького ребенка. Только так можно почувствовать, какая же в них бурлит энергия. Я не растрогался, во всяком случае, слезы на глаза у меня не навернулись (кстати, сентиментальные сцены в фильмах с детства выбивали из меня слезу), но я подумал о Джо. И о ребенке, которого она носила под сердцем, когда упала на автостоянке. Да, подумал и о нем.

Ки визжала от восторга и смеялась, широко раскинув руки. Мэтти забрала ей волосы в два хвостика, и они болтались из стороны в сторону.

— Нельзя укладывать на землю своего квортербека*! — улыбнулся я, и, к моей радости, Кира тут же прокричала, пародируя меня:

— Низя укладывать на землю своего куойтейбека! Низя укладывать на землю своего куойтейбека!

Я вновь поставил ее на землю, мы оба заливались смехом. Ки отступила на шаг, зацепилась ножкой за ножку и плюхнулась на траву, смеясь еще сильнее. У меня мелькнула злорадная мысль: если б старик все это видел, то кусал бы локти от зависти. Теперь вам ясно, как скорбели мы о его кончине.

Подошла Мэтти. Выглядела она именно так, как я и представил ее себе при нашей первой

---

* В американском футболе — основной игрок команды, на котором лежат функции разыгрывающего.

встрече, — очаровательная девушка, увидеть которую можно в респектабельном загородном клубе, или беседующей с подружкой, или чинно сидящей за обедом с родителями. Белое платье без рукавов, туфельки на низком каблуке, волосы, свободно падающие на плечи, чуть-чуть помады на губах. И сияние в глазах, которого раньше не было. Когда она обняла меня, я ощутил запах ее духов, почувствовал ее маленькие, упругие грудки.

Я поцеловал ее в щеку, она звонко чмокнула меня у самого уха.

— Скажите, что теперь все начнет меняться к лучшему, — прошептала она.

— Иначе и быть не может, — ответил я, и она еще крепче прижалась ко мне. А потом отстранилась.

— Надеюсь, вы принесли много еды, потому что пригласили в гости двух очень голодных женщин. Так, Кира?

— Я улозила на землю своего квойтейбека! — Кира откинулась назад, уперлась локотками в землю и рассмеялась, глядя в яркосинее небо.

— Пошли! — Я подхватил ее на руки, сунул под мышку и понес к ближайшему столику. Ки брыкалась, махала руками и смеялась. Я усадил ее на скамью. Она тут же сползла под столик, гибкая, словно угорь. Рот ее не закрывался от смеха.

— Достаточно, Кира Элизабет, — одернула ее Мэтти. — Сядь за стол и покажись нам с другой стороны.

— Хоесая девотька, хоесая девотька. — Она уселась на скамью рядом со мной. — Вот моя дьюгая стойона, Майк.

— Я знаю, — ответил я.

В пакете лежали «бигмаки», жареный картофель для меня и Мэтти и ярко раскрашенная коробка, изобретение Рональда Макдональда* и его оставшихся неизвестными помощников.

— Мэтти, я полутила Сьястливый Домик! Майк принес мне Сьястливый Домик! В нем игьюски!

— Так давай посмотрим, что в твоем домике.

Кира открыла коробочку, пошарила в ней, широко улыбнулась и извлекла, как мне показалось, большой комок пыли. На мгновение я вернулся в сон, тот самый, в котором Джо лежала под кроватью, положив книгу на лицо. *Дай ее сюда*, рявкнула она на меня. *Это мой пылесос.* Возникла еще какая-то ассоциация, возможно, из другого сна. Но сразу я не сообразил, какая именно.

— Майк? — В голосе Мэтти смешались любопытство и легкая тревога.

— Это собатька! — воскликнула Ки. — В моем «Сьястливом Домике» сидела собатька!

Да, конечно. Собачка. Маленькая набивная собачка. И серая, не черная... хотя я не мог сказать, чем важен для меня тот или другой цвет.

— Это очень хороший приз. — Я взял собачку. Мягкая, приятная на ощупь и серая, что еще лучше. Серая — это нормально. Почему — одному Богу известно. Я вернул собачку Ки, улыбнулся.

— Как ее зовут? — спросила Ки, оглядывая собачку со всех сторон. — Как зовут собатьку, Майк?

---

* Макдональд, Рональд — создатель первой в США сети кафе быстрого обслуживания (действует с 1955 г.).

Я ответил без запинки:

— Стрикленд.

И тут же подумал, что это имя озадачит Ки, но она только еще больше оживилась.

— Стикен! — Собачка запрыгала по коробке. — Стикен! Стикен! Мою собатьку зовут Стикен.

— Кто такой Стрикленд? — с улыбкой спросила Мэтти. Она уже начала разворачивать гамбургер.

— Персонаж из одной книги. — Я наблюдал, как Ки играет с собачкой. — Плод писательского воображения.

— Мой дедушка ýмей, — сообщила Ки пять минут спустя.

Мы все еще сидели за столиком, но с едой уже почти покончили. Стрикленд, набивной песик, охранял остатки жареного картофеля. И оглядывал людей, прогуливающихся, сидящих за столиками и на траве, и думал, нет ли среди них жителей Тэ-Эр, которые следят за нами во все глаза и ждут не дождутся, чтобы рассказать об увиденном дома. Никого из знакомых я не заметил, но ведь в Тэ-Эр я и раньше-то знал далеко не всех, а в последние годы вообще не приезжал к озеру.

Мэтти озабоченно поглядела на Ки, но я решил, что беспокоиться не о чем: ребенок сообщал новость, а не горевал.

— Я знаю.

— Дедушка был отень стаенький. — Ки пухлыми пальчиками взяла два картофельных столбика и отправила в рот. — Он сейчас с Иисусом Хьистом. Нам много говойили об Иисусе Хьисте в Эл-би-ша.

«Да, Ки, — подумал я, — твой дед, должно быть, учит Иисуса Христа, как пользоваться программой «Пиксель-изл», и интересуется, нет ли у него под рукой блудницы».

— Иисус Хьистос ходил по воде и пьевьасял вино в макайоны.

— Да, что-то такое он делал. Грустно, когда люди умирают, правда?

— Будет гьюстно, если умьот Мэтти, будет гьюстно, если умьошь ты, а дедушка был отень стаеньким. — Она говорила так, словно хотела объяснить очевидное. — На небесах его вылетят.

— Ты правильно все понимаешь, детка.

Мэтти поправила резинки на хвостиках Ки. В лучах заходящего солнца ее загар как-то по-особому оттеняла белизна платья, которое она наверняка купила на распродаже, и в этот момент я осознал, что люблю ее. И мысль эта неприятия у меня не вызвала.

— Я скутяю по седой нанни, — продолжила Ки. Вот тут на ее лице проступила печаль. Она взяла со стола собаку, попробовала накормить столбиком жареного картофеля, поставила обратно. Маленькая, симпатичная мордашка стала задумчивой, и мне вдруг почудилось, что в ней проглядывают черты деда. Очень смутно, но фамильное сходство угадывалось. Еще один призрак. — Мом говоит, тьто седая нанни улетит в Калифойнию с остатками деда.

— Останками, детка, — поправила ее Мэтти. — То есть его телом.

— Седая нанни вейнется и пьиедет ко мне, Майк?

— Я не знаю.

— У нас была интеесная игья. Вь йифмы. — Печали на лице прибавилось.

— Твоя мама рассказывала мне об этой игре.

— Она не вейнется. — Ки сама ответила на свой же вопрос. Очень большая слеза скатилась по ее правой щеке. Она взяла Стрикленда, поставила его на задние лапы, потом опустила на все четыре. Мэтти обняла дочь, но Ки этого даже не заметила. — На самом деле седая нанни не любила меня. Только пытвойялась, тьто любит. Это была ее йабота.

Мы с Мэтти переглянулись.

— С чего ты это взяла? — спросил я.

— Не знаю, — ответила Ки. Неподалеку от гитариста появился жонглер с покрытым белой краской лицом. В воздухе замелькало с десяток ярких мячей. Кира слегка повеселела. — Момми, момми, мозно мне посмотьеть на этого сметьного белого теловека?

— Ты наелась?

— Да.

— Поблагодари Майка.

— Низя укладывать на землю своего куойтейбека! — Ки радостно рассмеялась и сделала вид, что хочет схватить меня за ногу. — Спасибо, Майк.

— Не за что, — улыбнулся я.

— Можешь дойти до того дерева, но не дальше, — строго посмотрела на нее Мэтти. — А знаешь почему?

— Тьтобы ты могла меня видеть. Дальсе не пойду.

Она схватила Стрикленда, побежала было к жонглеру, но остановилась и через плечо глянула на меня.

— Навейное, это люди из холодильника. — Говорила она очень серьезно.

Сердце у меня учащенно забилось.

— И что сделали люди из холодильника, Ки?

— Сказали, тьто седая нанни меня не любит. — И она побежала к жонглеру, не замечая жары.

Мэтти проводила ее взглядом и повернулась ко мне.

— Я никому не рассказывала о «людях из холодильника». И Ки тоже. Вы узнали об этом первым. Никаких людей в холодильнике, конечно, нет, но буквы двигаются по передней панели сами по себе. Словно это гадальная доска.

— Они складываются в слова?

Мэтти долго молчала. Потом кивнула.

— Не всегда, но бывает. — Вновь пауза. — Вернее, практически всегда. Ки говорит, что это письма от людей из холодильника. — Она улыбнулась, но в глазах застыл испуг. — Это какие-то особые буквы? Или у нас очередной случай полтергейста?

— Не знаю. Я сожалею, что принес их, раз они создают лишние хлопоты.

— Да перестаньте. Вы подарили их Ки, а для нее вы сейчас главный человек. Она только о вас и говорит. Вот и сегодня она хотела одеться как можно наряднее, несмотря на смерть дедушки. И настояла на том, чтобы я надела что-нибудь красивое. Обычно она так к людям не относится. Общается с ними, когда они есть, и забывает, как только они уходят. Иногда мне кажется, что так и надо.

— Вы обе сегодня очень нарядные. Заявляю авторитетно.

— Спасибо. — Она с любовью посмотрела на Ки, которая стояла около дерева, не отрывая глаз от жонглера. А жонглер уже отложил мячи и теперь работал с индейскими дубинками. Мэтти взглянула на меня: — Вы поели?

Я кивнул, и она принялась собирать все пакетики и обертки в большой пакет. Я стал помогать, наши пальцы соприкоснулись, она схватила меня за руку, сжала.

— Спасибо вам. За все, что вы для меня сделали. Большущее вам спасибо.

В ответ я тоже сжал ее руку и отпустил.

— Знаете, я даже подумала о том, что Ки двигает буквы сама. Усилием воли.

— Телекинез?

— Наверное, это так называется. Только Ки может складывать из букв самые простые слова. Кот, пес.

— А что появлялось на холодильнике?

— В основном имена. Один раз — ваше. Один раз — вашей жены.

— Джо?

— Нет, полное. Джоанна. Роджетт — несколько раз. Джеред... Бриджет. Два последних обычно появляются вместе. Один раз выскочило Кито, — это слово она произнесла по буквам.

— Кито, — повторил я, подумав: Кира, Киа, Кито. — Имя мальчика, да?

— Да. На суахили оно означает драгоценный ребенок. Я это вычитала в моей книге детских имен. — Она посмотрела на своего драгоценного ребенка, и мы отправились к ближайшему мусорному контейнеру.

— Еще какие-нибудь имена были?

Она задумалась.

— Пару раз появлялся Рег. Один раз — Карла. Вы понимаете, что Ки прочесть-то этих имен не может, не то чтобы написать? Она спрашивала меня, что это за слова.

— А вам не приходило в голову, что Ки могла скопировать их из книги или журнала? Что она учится писать, используя буквы-магниты вместо карандаша и бумаги?

— Такое, конечно, возможно... — По голосу не чувствовалось, что она в это верит. Неудивительно. Я и сам не поверил бы.

— Я хочу сказать, вы не видели, как буквы двигались сами по себе по передней панели холодильника? — Я надеялся, что в вопросе не слышалось того нетерпения, с которым я ждал ответа.

Она рассмеялась довольно-таки нервозно:

— Господи, да нет же!

— Это все?

— Иногда люди из холодильника оставляют послания. «Привет», «Пока» или «Хорошая девочка». А вчерашнее я записала на бумажке, чтобы показать вам. Кира попросила меня об этом. Действительно, послание странное.

— Какое же?

— Лучше бы показать его вам, но бумажку я оставила в бардачке «скаута». Напомните мне о ней, когда будем уезжать.

— Хорошо. Обязательно напомню.

— Такое ощущение, что в моем трейлере поселились призраки, señor*, — продолжила Мэтти. — Та же история, что и с надписью на муке.

---

* сеньор *(исп.)*.

Я собрался было рассказать ей об обитателях моего холодильника, но раздумал. У нее и так хватало хлопот... во всяком случае, я исходил из этого.

Бок о бок мы стояли на траве и смотрели на Ки, которая по-прежнему не отрывала глаз от жонглера.

— Вы позвонили Джону? — спросил я.

— Конечно.

— Как он отреагировал?

Мэтти повернулась ко мне, глаза лучились от смеха.

— Можно сказать, запрыгал от радости.

— Оно и понятно.

Она кивнула и вновь посмотрела на Киру. А я подумал, какая она красивая. Стройная фигура, миленькое личико.

— Он ругался из-за того, что я напросился на ленч?

— Да нет же, идея отметить случившееся ему понравилась.

Понравилась, значит. Я уже начал чувствовать себя третьим лишним.

— Он даже предложил пригласить адвоката, который ездил с вами к Дарджину. Мистера Биссонетта? Плюс частного детектива, которого Джон нанял по рекомендации мистера Биссонетта. Вы не возражаете?

— Конечно, нет. Как вы, Мэтти? Все нормально?

— Нормально. — Она повернулась ко мне. — Мне даже несколько раз позвонили. Внезапно я стала популярной.

— Понятно.

— В основном трубку сразу вешали, но один джентльмен не поленился назвать меня шлюхой, а дама заявила: «Он умер из-за тебя, сука. Ты довольна?» — и положила трубку, прежде чем я успела ответить, что да, очень довольна, спасибо за звонок.

Но выглядела Мэтти не довольной, а несчастной и виноватой, словно умер Макс Девоур только потому, что она желала ему смерти.

— Жаль, что так вышло.

— Ничего страшного. Честное слово. Мы с Кирой так долго были одни, и чуть ли не все это время я прожила в страхе. А теперь у меня появились настоящие друзья. И если цена тому — несколько анонимных звонков, я готова ее заплатить.

Она стояла совсем рядом, смотрела на меня, и я не сдержался. Вину я возлагаю на лето, волнующий запах духов Мэтти и четыре года, проведенные мною без женщины. В таком порядке. Я обнял ее за талию и до сих пор помню, как под моими пальцами материя скользила по голой коже. Потом я поцеловал ее, и она ответила на поцелуй, причем в ее губах чувствовалось любопытство, а не испуг. А сами губы были теплые, мягкие и сладкие.

Мы очнулись одновременно и чуть подались назад. Ее руки остались на моих плечах. Мои — на ее талии, чуть повыше бедер. Глаза ее сияли еще ярче, щеки разрумянились.

— Господи, как же мне этого хотелось. С того самого момента, как Ки ухватила тебя за ноги, а ты взял ее на руки.

— Джон наших поцелуев на людях не одобрил бы. — Голос у меня дрожал, сердце едва не выскакивало из груди. Семь секунд, один поцелуй, а у меня уже все встало. — Собственно,

Джон не одобрил бы никаких наших поцелуев. Видишь ли, он положил на тебя глаз.

— Знаю, но я положила глаз на тебя. — Повернув голову, она убедилась, что Ки по-прежнему стоит у дерева и наблюдает за жонглером.

А кто мог наблюдать за нами? В такой жаркий вечер кто-нибудь вполне мог приехать из Тэ-Эр в Касл-Рок, чтобы поесть мороженого и послушать музыку в городском парке. Кто-нибудь из тех, кто покупает в «Лейквью» свежие овощи и распространяет свежие сплетни? Завсегдатай авторемонтной мастерской Брукса? Мы вели себя как безумцы, но сделанного не вернешь. Я убрал руки с ее талии.

— Мэтти, они могут поместить нашу фотографию в иллюстрированный словарь к слову «непристойность».

Она тоже опустила руки, отступила на шаг, не отрывая взгляда от моих глаз.

— Знаю. Я, конечно, молодая, но далеко не глупая.

— Я не хотел...

Она подняла руку, останавливая меня.

— Ки ложится спать около девяти. Она привыкла засыпать, когда стемнеет. Я ложусь позже. Приезжай ко мне, если хочешь. Припарковаться можно за трейлером. — Она улыбнулась. Улыбка вышла очень даже сексуальной. — Когда нет луны, автомобиль там никто не увидит.

— Мэтти, ты же мне в дочери годишься.

— Возможно, но я не твоя дочь.

Мое тело знало, чего оно хочет. Будь мы сейчас в ее трейлере, я бы немедленно уступил его желаниям. Собственно, я и сейчас особо не сопротивлялся. Почему-то я снова подумал о прадедушках, моем и Дивоура — поколения не совпадали. Не относилось ли это и к нам с Мэтти? И потом, я не верил, что люди автоматически приобретают право делать то, что им хочется, как бы им этого ни хотелось. Не всякую жажду надобно утолять. Чего-то делать совсем даже и не следует... наверное, я веду речь именно об этом. Однако я не мог утверждать, что наша возможная близость входила в число запретных плодов, а я ее хотел, чего скрывать. Очень хотел. Раз за разом я вспоминал, как скользило платье по теплой коже, когда я обнял Мэтти за талию. И уж конечно, она не была моей дочерью.

— Ты меня поблагодарила, — сухо ответил я. — Этого более чем достаточно. Честное слово.

— По-твоему, это благодарность? — Она нервно рассмеялась. — Майк, тебе сорок, не восемьдесят. Ты не Гаррисон Форд*, но мужчина видный. Ты талантлив, мне с тобой интересно. Ты мне очень нравишься, и я хочу, чтобы ты был со мной. Хочешь, чтобы я сказала «пожалуйста»? Нет проблем. Пожалуйста, будь со мной.

Да, она говорила не только о благодарности. В этом у меня сомнений не было. Я вот знал, что в тот день, когда я вернулся к работе, она звонила мне, одетая в белые шорты и топик. Знала ли она, что в тот момент было на мне? Снилось ли ей, что я лежу с ней в постели и мы трахаемся до умопомрачения, а в саду горят японские фонарики, и Сара Тидуэлл предлагает свой вариант игры в рифмы, придуманной седой нанни: мэндерлийский вариант, с сэндерли и кэндерли?

---

* Форд, Гаррисон (р.1942) — известный голливудский киноактер.

Просила ли она во сне делать все, что я захочу?

И потом, эти люди из холодильника. Еще одна связывающая нас ниточка, пусть она и тянется из потустороннего мира. Я не решался сказать Мэтти о том, что творилось в моем доме, но она, возможно, и так это знала. В глубине подсознания. В ее подвале, где трудятся синие воротнички. Ее парни и мои парни, члены одного невидимого профсоюза. И возможно, моя сдержанность обусловливалась не высокой нравственностью. Может, я чувствовал, что наше единение опасно?

Но меня так тянуло к ней!

— Мне нужно время, чтобы подумать.

— Ты думаешь не о том. Ты меня хочешь?

— Так хочу, что меня это пугает.

И прежде чем я успел сказать что-то еще, мой слух уловил знакомую мелодию. Я повернулся к парнишке с гитарой. Он покончил с репертуаром раннего Боба Дилана* и заиграл песню, от слов которой губы поневоле растягивались в улыбку.

Ты хочешь рыбку половить
В моем пруду?
Ты только свистни, милый мой,
Тотчас приду.
Но чтобы вышло все у нас
Тип-топ, о'кей,
Должна быть толще твоя снасть,
прочней, длинней.

---

* Циммерман, Роберт Аллен (р.1941 г.) — композитор, гитарист, один из самых популярных современных певцов.

«Рыбацкий блюз». Сочиненный и впервые исполненный Сарой Тидуэлл и «Ред-топами». А уж потом кто только не пел эту песню, от Ма Рейни* до «Лавин спунфул»**. Сара Тидуэлл обожала песни с, мягко говоря, очевидным подтекстом.

Но прежде чем парнишка начал второй куплет, в котором пелось о том, как глубоко может уйти снасть, на эстраде громко ударили в барабан и певец «Каслрокцев» объявил в микрофон: «Полная тишина, мы начинаем!» Парнишка убрал руку со струн, жонглер перестал ловить индейские дубинки, и они попадали на траву. «Рокцы» грянули марш, под который так и хотелось кого-то пришибить, а Кира прибежала к нам.

— Пьедставление закontилось. Ты йасскажешь мне сказку, Майк? О Гансе и Мансе?

— О «Гансе и Гретель», — поправил я Ки. — С удовольствием. Но в более тихом месте. От этого оркестра у меня болит голова.

— У тебя болит голова от музыки?

— Немножко.

— Тогда пойдем к машине Мэтти.

— Отличная мысль.

Кира побежала вперед, чтобы занять скамейку на краю парка. Мэтти тепло улыбнулась мне и протянула руку. Наши пальцы тут же переплелись, словно проделывали это не один год. «Я хочу, чтобы начали мы медленно, прак-

---

* Приджетт, Гертруда М. (1886—1939) — знаменитая исполнительница блюзов.

** Известная поп-группа, созданная в 1965 г. и развалившаяся в 1968 г. За столь короткий срок десять песен «Лавин спунфул» успели возглавить американский хит-парад.

тически не шевелясь, — подумал я. — И я захвачу с собой самую толстую, прочную и длинную снасть. Ты можешь на это рассчитывать. А потом мы поговорим. Возможно, даже увидим, как зарождающийся рассвет выхватывает из темноты мебель. Когда ты в постели с любимой, особенно в первый раз, пять утра — священное время».

— Тебе надо иногда отдыхать от своих мыслей, — заметила Мэтти. — Готова спорить, большинство писателей так и делают.

— Скорее всего ты права.

— Как мне хочется, чтобы мы оказались дома! Я бы зацеловала тебя, чтобы тебе стало не до слов. А если у тебя и появились бы какие-то мысли, то они пришли бы к тебе в моей постели.

Я посмотрел на красный диск заходящего солнца.

— Даже если бы мы перенеслись сейчас в трейлер, Кира еще не заснула бы.

— Это правда, — в ее голосе звучала печаль. — Правда.

Кира уже добежала до скамейки, стоящей у щита с надписью «Общественная городская автостоянка», и забралась на нее, держа в руке набивную собачку, подарок «Макдональдса». Я попытался убрать руку, но Мэтти не разжала пальцы.

— Все нормально, Майк. В Эл-би-ша их учат, что друзья всегда держатся за руки. Только взрослые вкладывают в это иной смысл.

Она остановилась, посмотрела на меня.

— Я хочу тебе кое-что сказать. Может, для тебя это пустяк, но для меня — нет. До Лэнса у меня никого не было. И после тоже. Если ты придешь ко мне, то будешь у меня вторым. Больше говорить об этом я не буду. Сказать «пожалуйста» — можно, но умолять я не стану.

— Я...

— На ступеньках, что ведут к дверце трейлера, стоит горшок с помидорами. Ключ я оставлю под ним. Не думай. Просто приходи.

— Не сегодня, Мэтти. Я не могу.

— Сможешь, — возразила она.

— Скоее, копуси, — крикнула Кира, подпрыгивая на скамейке.

— Это он копуша! — откликнулась Мэтти, ткнув меня кулаком в ребра. А потом добавила шепотом: — Копуша во всем. — Высвободила руку и побежала к дочери. Загорелые ноги так и мелькали под подолом белого платья.

В моем варианте «Ганса и Гретель» колдунью звали Деправия. Кира смотрела на меня во все глаза, когда я добрался до того места, где Деправия просит Ганса высунуть пальчик из клетки, чтобы она увидела, достаточно ли он откормлен.

— Страшно? — спросил я.

Ки энергично замотала головой. Я искоса глянул на Мэтти. Она кивнула и махнула рукой, предлагая мне продолжить, и я рассказал сказку до конца. Деправия сгорела в печи, а Гретель нашла ее загашник с выигрышными лотерейными билетами. Дети купили себе водный мотоцикл и жили долго и счастливо на восточном берегу озера Темный След. К тому времени «Каслрокцы» мучили Гершвина, а красный диск солнца уже коснулся западного горизонта. Я отнес Киру к «скауту», посадил на детское сиденье, закрепил ремень безопасности и вспомнил, как в прошлый раз помогал усаживать девочку и случайно коснулся груди Мэтти.

— Надеюсь, после этой сказки тебе не приснится страшный сон. — Едва эти слова сорвались с моего языка, я осознал, до чего же ужасная эта сказка.

— Стйасные сны мне не снятся, — буднично так ответила Ки. Улыбнулась. — Холодильник. — Она повернулась к Мэтти. — Покажи ему кьоссфойд, Момми.

— Ой, спасибо, я чуть не забыла. — Мэтти порылась в бардачке и достала сложенный листок. — Эта надпись появилась на холодильнике сегодня утром. Я скопировала ее, послушав Ки. Она сказала, ты знаешь, что это такое. Сказала, что в кроссвордах ты — дока.

Говорил ли я Кире о том, что увлекаюсь кроссвордами? Почти наверняка нет. Удивило меня, что ей об этом известно? Да нет же. Я взял листок, развернул, взглянул на запись:

d
go
w
ninely2

— Это кьоссфойд, Майк? — спросила Кира.

— Похоже на то... только очень простой. Но если он что-то и означает, пока я не знаю, что именно. Могу я забрать этот листок?

— Да, — кивнула Мэтти.

Вновь взявшись за руки, мы обошли «скаут» спереди, держа курс на водительскую дверцу.

— Дай мне немного времени. Я понимаю, это фраза женщины, но...

— Бери, — кивнула она. — Только не слишком много.

Но проблема-то заключалась в том, что никакого времени мне и не требовалось. Я знал, что нам вдвоем будет очень хорошо. В постели. А потом?

Без этого «потом» мы обойтись не могли. Я это прекрасно понимал, да и Мэтти тоже. С Мэтти «потом» обещало растянуться на долгие годы. Такая перспектива пугала, но и манила.

Я поцеловал Мэтти в уголок рта. Она рассмеялась, ухватила меня за мочку.

— Мог бы этим и не ограничиваться. — Она взглянула на Ки, которая с интересом наблюдала за нами. — Но на этот раз я тебя отпускаю.

— Потелуй Ки! — воскликнула девочка, протягивая ко мне ручонки.

Я вновь обошел джип и поцеловал ее. По пути домой я подумал о том, что я мог бы стать Ки отцом. Этого мне хотелось ничуть не меньше, чем оказаться в постели ее матери. И желание это все усиливалось и усиливалось.

После того как Мэтти побывала в моих объятьях, «Сара-Хохотушка» показалась мне особенно пустой — спящий разум без сновидений. Я проверил переднюю панель холодильника, убедился, что магниты разбросаны в полном беспорядке, и достал банку пива. Выйдя на террасу, я пил пиво и наблюдал, как гаснут последние лучи заката, пытаясь сосредоточиться на людях из холодильника и загадочных надписях, появившихся на передних панелях: «загляни на 19» — на Сорок второй дороге и «загляни на 92» — на Уэсп-Хилл-роуд. Что бы это значило? Разные участки Улицы? Секторы береговой линии? Черт, да кто ж его знает?

Потом я подумал о Джоне Сторроу, о том, как он опечалится, узнав (тут я процитировал Сару-Хохотушку, которая произнесла эту фразу задолго до Джона Мелленкампа*), что другой мул бьет копытами в стойле Мэтти. Но более всего мои мысли занимало другое: воспоминания о том, как я первый раз прижал ее к себе, первый раз поцеловал. Нет более мощного человеческого инстинкта, чем разбуженная страсть. Она не даст покоя, требуя довести дело до конца. Ткань платья скользила под моими руками по ее коже...

Я резко повернулся и поспешил в северное крыло, чуть ли не бегом, на ходу срывая с себя одежду. Встав под холодную струю, я стоял под ней долгих пять минут, дрожа, как лист на ветру. А когда выключил воду, я вновь стал человеком, а не комком оголенных нервов. Я насухо вытерся и тут же подумал о брате Джо Френке, о том, что, кроме меня, только он может почувствовать присутствие Джо в «Саре-Хохотушке». Я так и не собрался пригласить его в коттедж у озера, а теперь сам не знал, хочу ли этого. Почему-то мне ни с кем не хотелось делиться моими призраками. Однако если Джо что-то писала, Френк мог об этом знать. Конечно, она не призналась ему, что беременна, но...

---

* Мелленкамп, Джон (р. 1951) — певец, гитарист, один из самых удачливых рок-музыкантов 70—80-х годов, песни которого многократно занимали самые высокие места в хит-парадах.

Я взглянул на часы. Четверть десятого. В трейлере, что стоит неподалеку от пересечения Уэсп-Хилл-роуд и Шестьдесят восьмого шоссе, Кира, должно быть, уже заснула... а ее мать положила запасной ключ под горшок на ступеньках. Я подумал о Мэтти. О ее бедрах под моими руками, о запахе ее духов — и отогнал эти образы. Не мог же я всю ночь стоять под холодным душем. А звонить Френку Арлену в четверть десятого еще рано.

Он, однако, снял трубку после второго гудка и по голосу чувствовалось, что он очень рад моему звонку. Возможно, радость эта подогревалась и тем, что он уже выпил на три или четыре банки пива больше, чем я. Как водится, мы поболтали о пустяках, он упомянул о смерти моего знаменитого соседа. Спросил, был ли я с ним знаком. Да, ответил я, вспомнив, как Макс Дивоур направил на меня свое кресло-каталку. Френк пожелал знать, что это был за человек. Трудно сказать, ответил я. Глубокий старик, прикованный к инвалидному креслу, страдающий от эмфиземы легких.

— Наверное, он сильно исхудал?

— Да. Послушай, Френк, я звоню насчет Джо. Я тут заглянул в ее студию и обнаружил там мою пишущую машинку. И меня не покидает мысль о том, что она что-то писала. Может, хотела сделать маленькую заметку о нашем коттедже, потом решила этим не ограничиваться. Ты же знаешь, его назвали в честь Сары Тидуэлл. Исполнительницы блюзов.

Долгая пауза.

— Я знаю, — наконец ответил Френк. И я понял, что говорить об этом ему не хочется.

— А что еще ты знаешь, Френк?

— Что она боялась. По-моему, она что-то узнала, и это что-то ее пугало. Мне кажется, дело в том...

И тут меня осенило. Наверное, мне следовало догадаться об этом сразу, когда Мэтти описывала мне мужчину в коричневом пиджаке, но я не догадался, потому что ее слова очень меня расстроили.

— Ты приезжал с ней сюда, а? В июле 1994 года? Вы посмотрели, как играют в софтбол, а потом по Улице вернулись к дому.

— Как ты узнал? — Он чуть ли не кричал.

— Тебя видели. Один из моих друзей. — Я пытался выдержать нейтральный тон, но едва ли мне это удалось. Я и злился, и радовался, как случается, если твой ребенок с виноватым видом появляется в доме в тот самый момент, когда ты уже собрался звонить в полицию.

— Я едва не рассказал тебе об этом за день или два до ее похорон. Помнишь, мы сидели в том пабе...

В пабе «У Джека», после того как Френк устроил скандал в похоронном бюро из-за завышенной, по его мнению, стоимости гроба. Я даже помнил его взгляд, когда сказал ему, что Джо умерла беременной.

Пауза затягивалась, потом в трубке послышался озабоченный голос Френка:

— Майк, я надеюсь, ты не думал...

— Наоборот, думал. О том, что моя жена завела роман. Если хочешь, скажи, что по отношению к ее памяти это неблагородно, но у меня есть на то причины. В последние месяцы своей жизни она много чего мне не говорила. А что она говорила тебе?

— Практически ничего.

— Ты знал, что она прекратила работу во всех благотворительных организациях? Прекратила, не сказав мне ни слова?

— Нет. — Думаю, он не лгал. С чего ему лгать, Джо давно умерла. — Господи, Майк, если бы я это знал...

— Что произошло в тот день, когда вы приезжали сюда? Расскажи мне.

— Я был в своей типографии в Сэнфорде. Джо позвонила мне... откуда — уже не помню. Наверное, с одной из стоянок на автостраде.

— Между Дерри и Тэ-Эр?

— Да. Она ехала в «Сару-Хохотушку» и хотела, чтобы я встретил ее там. Попросила поставить автомобиль на подъездной дорожке, если я приеду первым, но в дом не входить... войти я мог: я знал, где у вас лежит запасной ключ.

Конечно, знал. В жестянке под террасой. Я сам ему и показывал.

— Она сказала, почему не хочет, чтобы ты входил в дом?

— Ты подумаешь, что я чокнутый.

— Не подумаю, можешь мне поверить.

— Она сказала, что дом опасен.

Какое-то время я молчал, потом спросил:

— Ты приехал первым?

— Да.

— И подождал Джо снаружи?

— Да.

— Ты почувствовал какую-либо опасность?

Теперь надолго замолчал он.

— Понимаешь, на озере было много людей. Катера, воднолыжники, не мне тебе рассказывать... но шум моторов, смех... у дома они как бы затихали. Ты обращал внимание, как тихо у коттеджа, даже когда вокруг шумят?

Разумеется, замечал. «Сара-Хохотушка» словно находилась в кармане тишины.

— А опасность ты почувствовал?

— Нет, — неохотно ответил он. — Для себя — нет. Но я и не почувствовал, что дом пуст. Я... черт, у меня возникло ощущение, что за мной наблюдали. Я сел на одну из шпал, что служат у тебя ступеньками, и стал ждать сестру. Наконец она приехала. Поставила свой автомобиль в затылок моему, обняла меня... но не отрывала глаз от дома. Я спросил, чего она меня вызвала, но она ответила, что не может сказать, и просит не говорить тебе, что мы приезжали сюда. Сказала что-то вроде: «Если он выяснит сам, значит, так и должно быть. Рано или поздно мне придется обо всем ему рассказать. Но сейчас я не могу, потому что для этого мне необходимо полностью завладеть его вниманием. А когда он пишет книгу, такое невозможно».

Я почувствовал, что краснею.

— Она так сказала, да?

— Именно. Потом добавила, что должна войти в дом и кое-что там сделать. Она хотела, чтобы я подождал снаружи. Сказала, что я должен вбежать в дом, если она позовет. А если нет — оставаться за порогом.

— Она хотела, чтобы кто-то был рядом на случай беды?

— Да, причем тот, кто не станет задавать вопросы, на которые она не хочет отвечать. То есть я. Такая уж у меня доля.

— И?

— Она вошла в дом. Я сидел на капоте моего автомобиля, курил. Тогда я еще курил. И знаешь, начал чувствовать: что-то не так. Словно в доме ее кто-то поджидал, причем этот кто-то не любил Джо. Может, даже хотел обидеть, а то и ударить ее. Наверное, это чувство передалось мне от Джо. Она держалась настороже, постоянно оглядывалась на дом, даже когда обнимала меня. И в то же время я ощущал что-то еще. Как... Ну не знаю...

— Какие-то флюиды?

— Да! — выкрикнул он. — Флюиды. Плохие флюиды! Не те, о которых поют «Бич бойз».

— Что же произошло?

— Я сидел и ждал. Выкурил только две сигареты, так времени прошло минут двадцать, максимум полчаса, но мне казалось, что я просидел на капоте гораздо дольше. И я все время замечал, как звуки с озера поднимаются по склону и... как бы это сказать... замирают. И птицы у коттеджа не пели, только вдалеке. Наконец она вышла из дома. Я услышал, как хлопнула дверь на террасе, затём ее шаги. Я позвал ее, спросил, все ли с ней в порядке, она ответила, что беспокоиться не о чем. Крикнула, чтобы я оставался там, где стою. Ей вроде бы не хватало дыхания, словно она переносила с места на место что-то тяжелое или откуда-то прибежала.

— Она пошла в свою студию или к озеру?

— Не знаю. Отсутствовала она минут пятнадцать, я как раз успел выкурить еще одну сигарету, а потом вышла на крыльцо у подъездной дорожки. Заперла дверь на ключ, подергала, чтобы убедиться, что все закрыто, потом сбежала по ступенькам ко мне. Выглядела она куда лучше На лице читалось облегчение. Так выглядят люди после того, как покончили с какой-то грязной работой, которую долго откладывали. Она предложила мне прогуляться по тропе, которую назвала Улицей, к местному загородному клубу...

— «Уэррингтон».

— Да, да. Сказала, что купит мне пива и сандвич. Что и сделала, в баре, расположенном на дальнем конце пристани.

В «Баре заходящего солнца», около которого я впервые увидел Роджетт.

— А потом вы пошли взглянуть на софтбольный матч.

— Идея Джо. Она выпила три банки пива, а я только одну. Сказала, что кому-нибудь удастся хороший удар и мяч долетит до деревьев, она в этом уверена.

Увиденное и рассказанное Мэтти приобрело бо́льшую четкость. Что бы там ни сделала Джо, ее распирало от радости. Во-первых, она рискнула войти в дом. Рискнула схлестнуться с призраками и выжила. Она выпила три пива, чтобы отпраздновать победу, и пренебрегла скрытностью... Впрочем, и прошлые приезды в Тэ-Эр она не особо маскировала. Френк же вспомнил ее высказывание о том, что если уж я сам все выясню — значит, быть тому. Так себя не ведут, если пытаются скрыть от посторонних любовную связь. Теперь я понимал, что тайна Джо долго бы не жила. Она обо всем мне бы рассказала, когда я дописал книгу. Если бы не умерла.

— Какое-то время вы смотрели на игру, а потом по Улице вернулись к коттеджу.

— Да.

— Заходили в него?

— Нет. К тому времени алкоголь из нее практически выветрился, и я решил, что ей можно садиться за руль. Она еще смеялась, когда мы стояли у кромки площадки для софтбола, но на обратном пути даже не улыбнулась. Посмотрела на коттедж и сказала: «Точка, Френк. Больше я в эту дверь не войду».

У меня по коже пробежал холодок, потом мурашки.

— Я спросил ее, что происходит, что она выяснила. Я знал, что она что-то пишет, она мне говорила...

— Она говорила всем, кроме меня. — Однако горечи в моем голосе не было. После того как я установил, кем был мужчина в коричневом пиджаке спортивного покроя, горечь и злость — а злился я как на Джо, так и на себя, — тускнели в сравнении с чувством безмерного облегчения. Я и не осознавал, как давил на меня этот незнакомец.

— Должно быть, у нее были причины так говорить, — вздохнул Френк. — Ты это знаешь, не так ли?

— Но с тобой она не поделилась.

— Я лишь знаю, что началось все со статьи, которую Джо решила написать. Я уверен, что поначалу она ничего не говорила тебе, чтобы потом удивить. Она читала книги по местной истории, но в основном расспрашивала людей — выслушивала их рассказы о прошлом, уговаривала показать старые письма, дневники... убеждать она умела. Этого у нее не отнимешь. Ты об этом знал?

— Нет, — ответил я. У Джо не было любовника, но она могла его завести, возникни у нее такое желание. Она могла бы переспать с Томом

Селлеком*, о чем сообщил бы всей стране «Взгляд изнутри», а я бы продолжал молотить по клавиатуре моего «Пауэрбука», пребывая в блаженном неведении.

— Если она на что-то и наткнулась, то именно тогда, — добавил Френк.

— И ты мне ничего не сказал. Прошло четыре года, а ты мне ничего не сказал.

— Тогда я виделся с ней в последний раз. — В голосе Френка не слышалось ни смущения, ни извинительных ноток. — И при расставании она попросила ничего не говорить тебе об этой поездке к коттеджу. Сказала, что все расскажет сама, когда сочтет нужным, а потом она умерла. После ее смерти я решил, что все это уже и не важно. Майк, она была моей сестрой. Она была моей сестрой, и я обещал.

— Ладно. Я понимаю.

И я понимал, но далеко не все. На что наткнулась Джо? Узнала, что Нормал Остер утопил своего сына-младенца под струей колонки? Что в начале века ребенок-негр угодил в капкан, поставленный на зверя? Что другого ребенка, возможно, появившегося на свет после любовных утех Сынка и Сары Тидуэлл, близких родственников, мать утопила в озере? И держала под водой, заливаясь безумным смехом?

— Если ты хочешь, чтобы я извинился, Майк, считай, что это уже сделано.

— Не хочу. Френк, вспомни, что еще она сказала тебе в тот день?

— Она сказала, что теперь знает, как ты нашел этот коттедж.

---

* Селлек, Том (р. 1945) — голливудский киноактер, известный своими амурными похождениями.

— Что она сказала?

— Джо сказала, что тебя позвали, когда ты понадобился.

Поначалу я даже лишился дара речи, потому что Френк Арлен полностью разрушил одну из основополагающих аксиом, на которых базировалась моя семейная жизнь. Эти аксиомы настолько фундаментальны, что не возникает и мысли поставить их под сомнение. Сила тяжести притягивает к земле. Свет дает возможность видеть. Стрелка компаса указывает на север. Вот это я называю аксиомами.

Я всегда исходил из того, что именно Джо предложила купить «Сару-Хохотушку», когда у нас завелись настоящие деньги. В нашей семье домами занималась она, точно так же, как я — автомобилями. Джо выбирала квартиры, когда мы могли позволить себе только квартиры; Джо вешала картину на выбранное ею место и указывала мне, куда прибить полку. Джо влюбилась в дом в Дерри и в конце концов убедила меня, что дом этот не так уж и велик, и мы просто обязаны его купить. Наше гнездышко строила Джо.

Джо сказала, что тебя позвали, когда ты понадобился.

И возможно, так оно и было. Нет, я мог бы выразиться иначе, если б вспоминал все, а не только то, что хотелось.

Именно так и было. Я первый предложил купить летний домик в западном Мэне. Я начал собирать буклеты с выставленными на продажу домами и охапками приносить их домой. Я начал покупать местные журналы вроде «Даунист» и всегда начинал просмотр с последних страниц, отведенных объявлениям риэлторов.

Я первый увидел фотографию «Сары-Хохотушки» в одном из сверкающих глянцем буклетов и позвонил риэлтору, указанному под фотографией, а потом Мэри Хингерман, после того как уговорил риэлтора дать мне ее телефон.

«Сара-Хохотушка» очаровала и Джоанну... думаю, этот коттедж очаровал бы любого, кто увидел бы его в лучах осеннего солнца, среди деревьев в разноцветье листвы, но нашел его все-таки я.

Да, опять эта избирательная память. Не так ли? «Сара» нашла меня.

Тогда почему я не догадывался об этом раньше? Почему ни о чем не подозревал, когда меня привели сюда в первый раз?

Оба вопроса имели один и тот же ответ. Под него подпадал и третий вопрос: почему Джо, узнав что-то экстраординарное насчет коттеджа, озера, даже всего Тэ-Эр, ничего не стала мне говорить. Я отсутствовал, только и всего. Впал в транс, с головой ушел в одну из моих глупых книг. Фантазии, роящиеся в моей голове, загипнотизировали меня, а с загипнотизированным человеком можно делать все что угодно.

— Майк? Ты меня слышишь?

— Конечно, Френк. Будь я проклят, если знаю, что́ так могло ее напугать!

— Она упоминала еще одного человека. Какого-то Ройса Меррилла. Отметила, что он глубокий старик. Сказала: «Мне бы не хотелось, чтобы Майк говорил с ним. Боюсь, старикан может выпустить джинна из бутылки и скажет Майку больше, чем ему следует знать». Как по-твоему, что она имела в виду?

— Видишь ли... вроде бы ходят слухи, что здесь жил кто-то из моих далеких предков, но семья моей матери из Мемфиса. Нунэны — из Мэна, но не из этой части штата. — Однако я уже и сам в это не верил.

— Майк, у тебя такой голос, словно тебе нехорошо.

— Я в полном порядке. Наоборот, чувствую себя лучше, чем раньше.

— Так ты понимаешь, почему я не говорил тебе об этом прежде? Если б я знал, какие мысли могли у тебя возникнуть... если б я...

— По-моему, понимаю. Поначалу мыслей этих у меня не было и в помине, но если это дерьмо забирается в голову...

— В тот вечер, вернувшись в Сэнфорд, я подумал, что дело тут не только в обычных штучках Джо. Ты же помнишь ее «о черт, на луне тень, сегодня вечером сидим дома». Она всегда отличалась суеверностью, стучала по дереву, бросала через плечо щепотку соли, если просыпала ее. Эти сережки с четырьмя листочками, которые она обычно носила...

— Она обычно снимала пуловер, если надевала его задом наперед, — добавил я. — Говорила, что иначе весь день пойдет наперекосяк.

— Правда? Не знал. — Я буквально увидел, как он улыбается.

И тут же перед моим мысленным взором возникла Джо, с золотистыми искорками в левом глазу. И мне уже больше никого не хотелось. Никто не мог мне ее заменить.

— Она думала, что в коттедже затаилось зло, — продолжил Френк. — Пожалуй, это все, что мне известно.

Я подтянул листок бумаги, написал на нем «Ки».

— Понятно. — К тому времени она, возможно, уже знала, что беременна. И опасалась...

дурного воздействия, — а воздействия тут были, это я знал наверняка. — Ты полагаешь, большую часть всего этого она почерпнула у Ройса Меррилла?

— Нет, она просто упоминала его. Думаю, она опрашивала десятки людей. Ты знаешь человека по фамилии Клостер? Глостер? Что-то в этом роде?

— Остер. — Под «Ки» мой карандаш выводил какие-то загогулинки. — Кенни Остер. Ты о нем?

— Похоже на то. Ты же знаешь, если Джо за что-то бралась, то уже не отступалась... как терьер, раскапывающий крысиную нору.

Да. Как терьер, раскапывающий крысиную нору.

— Майк? Мне приехать?

— Нет.

Вот в этом я ни капельки не сомневался. Ни Гарольду Обловски, ни Френку делать тут нечего. Здесь что-то происходило, и процесс этот не допускал постороннего вмешательства. Малейшее изменение параметров, и все пойдет насмарку. Френк мог порушить естественный ход событий... и не без ущерба для себя.

— Нет. Я просто хотел выяснить кое-какие обстоятельства. И потом, я пишу. Если в это время в доме кто-то есть, я чувствую себя не в своей тарелке.

— Ты позвонишь, если понадобится моя помощь?

— Обязательно.

Я положил трубку, пролистал телефонный справочник, нашел Р. Меррилла на Дип-Бэйроуд. Набрал номер, после дюжины гудков вновь положил трубку. Ройс обходился без автоответчика. Неужели лег спать, подумал я. С другой стороны, староват он для танцев в «Каунти барн» в Харрисоне.

Я взглянул на бумажку. «Ки», ниже — загогулинки. Я написал «Кира», вспомнил, как она первый раз, представляясь мне, произнесла свое имя, как Киа. Под «Кирой» добавил «Кито», ниже, после короткого колебания, написал «Карла». Обвел эти имена в рамочку. Рядом с ними на листке появились Джоанна, Бриджет и Джеред. Люди из холодильника. Те самые, что хотели, чтобы я заглянул на 19 и 92.

— Иди, Моисей, и ты придешь в Землю Обетованную, — поделился я своими мыслями с пустым домом. Огляделся. Нас только трое — я, Бантер да часы с хвостом-маятником... но я-то знал, что это не так.

Тебя позвали, когда ты понадобился.

Я направился на кухню за следующей банкой пива. Фрукты и овощи выстроились в окружность. В середине я прочитал:

lye stille

Как на старинных надгробиях — God grant she lye stille*. Я долго смотрел на эти буквы, потом вспомнил, что оставил «Ай-би-эм» на террасе. Занес в дом, поставил на обеденный стол, вновь начал писать мою глупую книгу. Через четверть часа полностью погрузился в нее, хотя откуда-то издалека до меня доносилось погромыхивание грома и звяканье колокольчика

* По воле Божией покойся с миром.

Бантера. Когда же часом позже я вновь оказался у холодильника, опять пришел за пивом, слов на передней панели прибавилось:

ony lye stille

Я на это внимания не обратил. Мне было без разницы, лежали ли они тихо или прыгали до потолка под серебряной луной. Джон Шеклефорд начал вспоминать свое прошлое, вспоминать мальчика, которому он был единственным другом. Заброшенного всеми Рэя Гэррети.

Я писал до полуночи. Гроза так и не началась, ночь выдалась жаркая. Я выключил «Айби-эм» и пошел спать, не думая, насколько мне помнится, ни о ком... забыв даже Мэтти, которая лежала в своей постели не так уж и далеко от «Сары-Хохотушки». События романа выжгли все реалии окружающего мира, во всяком случае, временно. Хорошо это или плохо, не знаю. Но точно помогает коротать время.

Глава 21

Я шел на север по Улице, увешанной японскими фонариками, но они не светились, потому что происходило все это днем, ясным днем. Жаркая дымка середины июля исчезла, небо стало прозрачно-синим, каким оно бывает только в октябре. А под ним темным сапфиром синело озеро, поблескивая в солнечных лучах. Деревья, окрашенные в осенние тона, горели, как факелы. Южный ветер шуршал у моих ног опавшей листвой. Японские фонарики кивали, показывая, что осень им очень даже по душе. Издалека долетала музыка. «Сара и Ред-топы». В голосе Сары, как обычно, звучал смех... только почему он больше походил на рычание?

— Белый парень, я бы никогда не убила своего ребенка. Как ты мог такое подумать!

Я резко обернулся, ожидая увидеть ее за своей спиной, но на Улице никого не было. Хотя...

Зеленая Дама стояла на прежнем месте, только, по случаю осени, переменила платье и стала Желтой Дамой. А сосна, что высилась позади, засохшей веткой указывала путь: иди на север, молодой человек, иди на север. Чуть дальше по тропе росла другая береза, та, за которую я ухватился, когда мне почудилось, что я тону.

Я ждал, что это ужасное ощущение вернется — во рту и горле появится металлический привкус воды, но ничего не произошло. Я посмотрел на Желтую Даму, потом на «Сару-Хохотушку». Коттедж я обнаружил на прежнем месте, но он значительно уменьшился в размерах: ни северного крыла, ни южного, ни второго этажа. Не говоря уже о студии Джо. Дама-береза отправилась из 1998 года в прошлое вместе со мной. Так же, как и вторая береза. Что же касается остального...

— Где я? — спросил я Желтую Даму и кивающие японские фонарики. И тут же понял, что вопрос надо уточнить. — В каком я году? — Ответа не последовало. — Это сон, да? Я в собственной постели и происходит все это во сне?

Где-то на озере дважды крикнула гагара. Один крик — да, два — нет. *Нет, это не сон, Майкл. Я не знаю, как это называется, может, мысленное путешествие во времени, но это не сон.*

— Это действительно происходит? — спросил я у дня, и откуда-то сверху, там, где тропа, которая со временем станет Сорок второй дорогой, бежала к проселку, нынешнему Шестьдесят восьмому шоссе, каркнула ворона. Один раз.

Я подошел к березе, нависшей над озером, обхватил рукой ствол (вспоминая при этом, как обхватывал талию Мэтти, ощущая пальцами скольжение ткани по обнаженной коже), всмотрелся в воду, ожидая увидеть утонувшего мальчика, боясь увидеть его. Мальчика я не увидел, но что-то лежало на дне, среди камней, корней и водорослей. Ветер, гнавший легкую рябь, стих, и мне удалось разглядеть трость с золотой рукояткой. Трость «Бостон пост». С привязанными к ней двумя лентами, белыми с красными полосками по краю. Трость Ройса напомнила мне о выпускном школьном вечере и жезле, которым маршал класса указывал родителям, где им надо сесть. Теперь я понял, почему старая обезьяна не отвечала на телефонные звонки: он давно уже боялся брать трубку. Я это знал. А кроме того, знал, что Ройс Меррилл еще не родился. Потому что здесь была Сара Тидуэлл, я слышал, как она пела, а в 1903 году, когда Ройс появился на свет божий, Сара уже пару лет как отбыла, вместе со всеми «Ред-топами».

— Ступай вниз, Моисей, — сказал я трости с лентами, лежащей на дне. — Путь твой лежит в Землю Обетованную.

И я зашагал на звуки музыки, подгоняемый прохладным воздухом и резкими порывами ветра. Теперь я слышал голоса, много голосов. Люди пели, смеялись, кричали. А все перекрывал чей-то густой бас: «Заходите, друзья, скорее, скорее, скорее! Поторопитесь, следующее представление начинается через десять минут. Вас ждет Ангелина, Женщина-Змея, она сверкает, она извивается, она зачарует вас и западет вам в сердце, но не подходите к ней слишком близко, потому что укус ее смертелен! Посмотрите на Хендо, мальчика с песьим лицом, прозванного Ужас Южных Морей! Посмотрите на Человека-Скелет! Посмотрите на Джилу-Чудовище, предки которой пугали людей в незапамятные времена! Посмотрите на Бородатую Женщину и Убийцу Марсиан! Они все ждут вас в шатре, заходите, друзья, скорее, скорее, скорее, скорее!»

Я слышал, как поскрипывает карусель, приводимая в движение паровым двигателем, и звякает колокол на вершине столба, когда кто-то из лесорубов выигрывал для своей ненаглядной набивную игрушку. А радостные женские крики подсказывали, что силу он продемонстрировал поистине молодецкую. Из тира доносились выстрелы, где-то мычала корова... и до меня начали долетать ароматы, которые с детства ассоциировались с деревенскими ярмарками: запах свежеиспеченного хлеба, жареных лука и перца, сахарной ваты, навоза и сена. Я шел все быстрее, а гитары и контрабасы звучали все громче. Сердце учащенно билось. Мне предстояло увидеть их выступление, увидеть на сцене Сару Тидуэлл и «Ред-топов». И не в безумном сне, а наяву. Они уже начали, так что скорее, скорее, скорее!

Дома Уэшбурнов (для миссис М. — дома Брикеров) как не бывало. А чуть дальше того места, где ему предстояло появиться, по крутому склону поднималась лестница с широкими деревянными ступенями. Она напомнила мне другую лестницу, что вела от парка развлечений к берегу в Олд-Орчард. Тут японские фонарики горели, несмотря на то что в небе светило солнце. Музыка звучала все громче. Сара пела «Джимми Кларк Корн».

Я поднимался по ступеням навстречу смеху и крикам, музыке «Ред-топов», поскрипыванию карусели, запахам жареной еды и домашних животных. Венчала лестницу деревянная арка, по которой вилась надпись:

ДОБРО ПОЖАЛОВАТЬ НА ФРАЙБУРГСКУЮ ЯРМАРКУ ДОБРО ПОЖАЛОВАТЬ В ДВАДЦАТЫЙ ВЕК

В этот самый момент маленький мальчик в коротких штанишках и женщина в рубашке навыпуск и юбке до лодыжек прошли под аркой, направляясь ко мне. Они замерцали, одежда и плоть сделались прозрачными. Я видел их скелеты и черепа, просвечивающие сквозь улыбки. Мгновение — и они исчезли.

И тут же у арки, со стороны ярмарки, появились два фермера: один в соломенной шляпе, второй — с большой трубкой. Я понял, что арка — пространственно-временной барьер, разделяющий ярмарку и Улицу. Однако я не боялся, что этот барьер сможет каким-то образом воздействовать на меня. Барьер существовал для других, я же составлял исключение.

— Все путем? — спросил я. — Я могу пройти?

На вершине столба «Испытай себя» громко и отчетливо звякнул колокол. Один раз — да, два — нет. Я продолжил подъем.

Теперь я видел колесо Ферриса, вращающееся на фоне яркого неба, то самое колесо, что запечатлела фотография, приведенная в книге Остина «Дни Темного Следа». Каркас — металлический, ярко раскрашенные гондолы — деревянные. К колесу вела широкая дорога, чем-то напоминающая центральный проход в церкви, усыпанная опилками. Опилки набросали специально: практически все мужчины жевали табак.

Несколько секунд я постоял на верхней ступеньке, оставаясь с озерной стороны арки. Все-таки я боялся того, что может произойти, пройди я под ней. Боялся умереть или исчезнуть, но еще больше боялся не найти пути назад, и до конца вечности остаться гостем Фрайбургской ярмарки, проводившейся на рубеже веков. Аналогичный случай описан в одном из рассказов Брэдбери.

Но Сара Тидуэлл перетянула меня в другой мир. Я не мог не увидеть ее собственными глазами. Не мог не послушать, как она поет. Не мог, и все тут.

Проходя под аркой, я почувствовал, как по телу пробежала дрожь, до меня донесся многоголосый вздох. Вздох облегчения? Разочарования? Не могу сказать. Я сразу понял, что по другую сторону арки все разительно переменилось. Лицезреть какое-то событие через окно и присутствовать на нем — далеко не одно и то же. Из наблюдателя я превратился в участника.

Цвета разом прибавили в яркости. Запахи, только что нежные, едва уловимые, вызывающие ностальгию, едва я миновал барьер, стали резкими, будоражащими, поэзия уступила место прозе. Где-то неподалеку жарили мясо и сосиски, варили шоколад. Мимо прошли два мальчика с одним на двоих коконом сахарной ваты. В руке каждый сжимал вязаный кошелек с несколькими монетками, выделенными родителями по случаю праздника.

— Эй, мальчики! — позвал их мужчина в синей рубашке, при улыбке сверкавший золотым зубом. — Не хотите попрыгать через молочные бутылки и выиграть приз? Сегодня у меня еще никто не проигрывал!

«Ред-топы» веселили публику «Рыбацким блюзом». Я-то думал, что подросток в городском парке Касл-Рока играет вполне прилично, но теперь стало ясно, насколько копия не похожа на оригинал. Где уж засушенной бабочке сравняться с живой? Сара Тидуэлл пела, а я точно знал, что каждый из стоящих перед сценой фермеров, с мозолистыми руками, в соломенных шляпах, жующих табак, представлял себе, что поет она исключительно для него и именно с ним проделывает все то, что скрывалось за текстом.

Я направился к оркестру, слыша мычание коров и блеяние овец в выставочных загонах ярмарки. Миновал тир и площадку, где бросали кольца. Прошел мимо шатра, перед которым две девушки медленно извивалась в танце, а мужчина с тюрбаном на голове играл на флейте. Все это я видел и на афише, нарисованной на брезенте, но всего за десять центов мог взглянуть и на живую Ангелину. Я прошел мимо входа в «Галерею уродов», лотка с жареной кукурузой, Дома Призраков с разрисованными брезентовыми стенами и крышей. Призраки вылезали из разбитых окон, выползали из печных труб.

Все здесь — смерть, подумал я... но из Дома доносился веселый детский смех и радостные вопли. Я прошел мимо столба «Испытай себя». Путь к колоколу на вершине указывали надписи: **МАЛЫШУ НУЖНА СОСКА**, **МАМЕНЬКИН СЫНОК**, **ПОПРОБУЙ ЕЩЕ**, **БОЛЬШОЙ МАЛЬЧИК**, **НАСТОЯЩИЙ МУЖЧИНА**, а уже под самым колоколом, красными буквами — **ГЕРКУЛЕС!** Небольшая толпа собралась вокруг молодого рыжеволосого мужчины. Он снимал рубашку, обнажая мускулистый торс. Усач с торчащей во рту сигарой, протягивал ему молот. Я прошел мимо лотка с вышивкой, мимо павильона, в котором люди сидели на скамьях и играли в бинго, мимо бейсбольной площадки. Я их видел и в то же время не видел. Я был в трансе. «Тебе придется перезвонить, — иной раз говорила Джо Гарольду. — В настоящее время Майкл в Стране Больших Фантазий». Не смотрел я вокруг и по другой причине: интересовали меня только люди, стоявшие на сцене перед колесом Ферриса. Восемь или десять негров. И женщина с гитарой — солистка. Сара Тидуэлл. Живая. В расцвете сил. Она откидывала голову и смеялась в октябрьское небо.

Из транса меня вывел раздавшийся за спиной крик:

— Подожди, Майк! Подожди!

Я обернулся и увидел бегущую ко мне Киру. В белом платьице в красную полоску и соломенной шляпе с синей лентой. В одной руке она сжимала Стрикленда, и уже почти добежав до меня, она повалилась вперед, зная, что я успею подхватить ее на руки. Я и подхватил, а когда шляпа свалилась с ее головы, поймал и водрузил на место.

— Я завалила своего куойтейбека! — засмеялась Кира. — Опять.

— Совершенно верно. Ты у нас прямо-таки Крутой Джо Грин. — Одет я был в комбинезон (из нагрудного кармана торчал край застиранной банданы) и заляпанные навозом сапоги. Я взглянул на белые носочки Киры и увидел, что куплены они не в магазине, а сшиты дома. И на соломенной шляпке я бы не нашел ярлычка «Сделано в Мексике» или «Сделано в Китае». Эту шляпку сделала в Моттоне жена какого-то фермера, с красными от стирки руками и распухшими суставами.

— Ки, а где Мэтти?

— Дома, она не смогла пийийти.

— А как ты попала сюда?

— Поднялась по лестнице. Там очень много ступенек. Тебе следовало подоздать меня. Ты мог бы понести меня, как и йаньше. Я хотела послусать музику.

— Я тоже. Ты знаешь, кто это, Кира?

— Да, мама Кито. Потойопись, копуса.

Я направился к сцене, думая, что нам придется стоять в последнем ряду, но толпа раздавалась перед нами, пропуская меня с Кирой (очаровательной маленькой гибсоновской девочкой*, в белом в красную полоску платье и шляпке с синей лентой) на руках, к самой сцене. Одной ручонкой она обнимала меня за шею, и зрители расступались перед нами как Красное море перед Моисеем.

Они не поворачивались, чтобы посмотреть на нас. Хлопали в ладоши, топали ногами, кричали, увлеченные музыкой. В сторону они отступали независимо от их желания, словно под действием магнитного поля, в котором зрители и мы с Кирой являли собой одинаковые полюса магнита. Некоторые женщины краснели, но песня им определенно нравилась, одна смеялась так, что слезы градом катились по щекам.

---

* Гибсон, Чарлз Дэйна (1867—1944) — художник, иллюстратор мод, создал образ гибсоновской девушки, ставшей идеалом красоты в начале XX века.

Выглядела она года на двадцать два — двадцать три. Кира указала на нее пухлым пальчиком и будничто так заметила:

— Ты знаешь начальницу Мэтти в библиотеке? Это ее нанни.

Бабушка Линди Бриггс, цветущая, как роза, подумал я. Боже мой!

«Ред-топы» стояли на сцене под гирляндами из белой, красной и синей бумаги, словно бродячие во времени музыканты. Я узнал их всех. Точно такими запечатлела их фотография в книге Эдуарда Остина. Мужчины в белых рубашках, черных жилетках, черных брюках. Сынок Тидуэлл стоял в глубине сцены, в дерби, как и на фото. А вот Сара...

— Потему на этой зенсине платье Мэтти? — спросила Кира, и ее начала бить дрожь.

— Не знаю, милая. Не могу сказать. — Но я не мог и спорить: в этом белом без рукавов платье Мэтти приходила на нашу последнюю встречу в городском парке.

Оркестр взял короткий перерыв, но музыка не смолкла. Реджинальд Сынок Тидуэлл, перебирая пальцами струны гитары, подошел к Саре. Они наклонились друг к другу, она — смеющаяся, он — серьезный. Встретились взглядами, пытаясь переиграть друг друга. Зрители хлопали и визжали от восторга, остальные «Ред-топы» смеялись. Я понял, что не ошибся: передо мной стояли брат и сестра. Не заметить фамильного сходства мог только слепой. Но смотрел я, главным образом, не на лица, а на бедра и зад Сары, обтянутые белым платьем. Кира и я были одеты по моде начала столетия, но Сара явно опередила свое время. Ни тебе панталон, ни нижних юбок, ни хлопчатобумажных чулок.

Никто словно и не замечал, что платье у нее выше колен: по тогдашним меркам с тем же успехом она могла выйти на сцену голой. А такого нижнего белья, бюстгальтера с лайкрой и нейлоновых трусиков, в те времена и в помине не было. И если бы я положил руки ей на талию, то почувствовал бы, как скользит материя по голой коже. Коричневой — не белой. *Что ты хочешь, сладенький?*

Сара отпрянула от Сынка, бедра и зад волнующе ходили под белым платьем. Сынок вернулся на прежнее место и оркестр заиграл вновь. А Сара спела очередной куплет «Рыбацкого блюза». Спела, не отрывая от меня глаз:

Прежде чем заняться делом,
Вместе удочку проверим.
Прежде чем забросить леску,
Мы проверим ее вместе.
И не думай, милый мой,
Не надейся, дорогой,
Что утонем в волнах страсти,
Прежде чем проверим снасти.

Толпа радостно взревела. А Кира у меня на руках дрожала все сильнее.

— Я боюсь, Майк, — призналась она. — Не ньявится мне эта зенсина. Она меня пугает. Она укьяла платье Мэтти. Я хотю домой.

И Сара словно услышала ее сквозь шум толпы и грохот музыки. Она запрокинула голову, губы ее широко растянулись, и она рассмеялась, уставившись в бездонное небо. Я увидел ее зубы. Большие и желтые. Зубы голодного зверя. И решил, что согласен с Кирой: она пугала.

— Хорошо, цыпленок, — прошептал я на ухо Кире. — Мы уже уходим.

Но прежде чем я успел шевельнуться, воля этой женщины (как сказать по-другому — не знаю) арканом ухватила меня и удержала на месте. Теперь я понял, кто стремглав промчался мимо меня на кухне, чтобы смести с передней панели холодильника слово CARLADEAN: я почувствовал тот же леденящий холод. Точно так же можно установить личность человека по звуку его шагов.

Оркестр заиграл новую мелодию, а Сара запела. Письменной записи этой песни не сохранилось, во всяком случае мне на глаза она не попадалась.

Ни за какие сокровища мира,
Ни за какие коврижки,
Я б не обидела и не обижу
Эту малышку.
Дайте хоть гору алмазов, рубинов,
Тиха я буду, скромна.
Я ж не злодейка с душою звериной,
Пусть не боится она.

Толпа ревела, словно не слышала ничего более забавного, но Кира расплакалась. Сара, увидев это, выпятила грудь, а буфера у нее были поувесистее, чем у Мэтти, и она затрясла ими, смеясь своим фирменным смехом. Странные в этот момент она вызывала чувства. Вроде бы жалость, но не сострадание. Казалось, у нее вырвали сердце, а грусть осталась еще одним призраком, воспоминанием о любви на костях ненависти.

И как щерились ее смеющиеся зубы!

Сара подняла руки и на этот раз завибрировало все ее тело, словно она читала мои мысли и смеялась над ними. Как желе на тарелке, если использовать строку из другой песни, относящейся к тому же времени. Ее тень ходуном ходила по заднику, и, взглянув на него, я понял, что нашел то самое существо, которое преследовало меня в моих мэндерлийских снах. То была Сара. Именно Сара выскакивала из дома и набрасывалась на меня.

Нет, Майк. Ты близок к разгадке, но еще не нашел ее.

Нашел или не нашел... я решил, что с меня хватит. Я повернулся и положил руку на головку Ки, пригибая ее личиком к моей груди. Она уже обеими ручонками крепко схватилась за мою шею.

Я думал, мне придется проталкиваться сквозь толпу: они легко пропустили нас сюда, но могли забыть о дружелюбии, стоило нам тронуться в обратный путь. *Не связывайтесь со мной*, думал я. *Вам это ни к чему.*

Зрители пришли к тому же выводу. На сцене оркестр заиграл другую мелодию, и Сара без паузы перешла от «Рыбацкого блюза» к «Кошке и собаке». Зрители так же освобождали нам дорогу, не удостаивая меня и мою маленькую девочку даже взгляда. Один молодой человек широко раскрыл рот (в двадцать лет у него уже недоставало половины зубов) и заорал: «УРА-А-А-А»! Да это же Бадди Джеллисон, внезапно дошло до меня. Бадди Джеллисон, чудом помолодевший с шестидесяти восьми лет до двадцати. Потом я понял, что волосы у него не того цвета — светло-каштановые, а не черные (даже в шестьдесят восемь у Бадди не было ни единого седого волоса). Я видел перед собой деда Бадди, а может, и прадеда. Но мне было не до этого. Я лишь хотел выбраться отсюда.

— Извините, — сказал я, проталкиваясь мимо.

— Городского пьяницы у нас нет, сукин ты сын, — процедил он, не взглянув на меня, продолжая хлопать в ладоши в такт музыке. — Мы по очереди выполняем его обязанности.

Все-таки это сон, подумал я. *Это сон и вот тому доказательство.*

Но мне не могли присниться запах табака в его дыхании, окружающие меня ароматы толпы, вес испуганного ребенка, сидящего на моей руке. И рубашка моя стала горячей и мокрой в том месте, где к ней прижималось лицо Киры. Девочка плакала.

— Эй, Ирландец! — позвала Сара с эстрады, и голос ее так напоминал голос Джо, что я чуть не вскрикнул. Она хотела, чтобы я обернулся, я чувствовал, как она пытается воздействовать на меня силой воли... но не поддался.

Я обогнул трех фермеров, которые передавали друг другу глиняную бутыль, и вышел из толпы. Передо мной лежал усыпанный опилками проход между павильонами, палатками, лотками. Упирался он в арку, которая вела к лестнице, Улице, озеру. К дому. Я знал, что на Улице мы будем в полной безопасности.

— Я почти закончила, Ирландец! — кричала Сара мне вслед. В голосе слышалась злость, но злость эта не убивала смех. — Ты получишь то, что хочешь, сладенький, тебе будет хорошо, но ты не должен мешать мне завершить начатое. Слышишь меня, парень? Отойди и не мешай! Хорошенько запомни мои слова!

Я поспешил к арке, поглаживая Ки по головке, ее лицо по-прежнему прижималось к моей рубашке. Соломенная шляпка свалилась с головы девочки, я попытался поймать ее на лету, но в руке у меня осталась только оторвавшаяся от шляпки лента. *Ну и ладно,* подумал я. *Мы должны выбраться отсюда, это главное.*

Слева от нас на бейсбольной площадке какой-то мальчуган кричал: «Вилли перебросил мяч через изгородь, Ма! Вилли перебросил мяч через изгородь, Ма!» Монотонно так кричал, как заведенный. Когда мы проходили павильон для бинго, какая-то женщина завопила, что выиграла. У нее закрыты все цифры и она выиграла. Над головой солнце внезапно спряталось за тучу. Наши тени исчезли. День заметно потускнел. Расстояние до арки сокращалось слишком медленно.

— Мы узе дома? — Ки чуть ли не стонала. — Я хотю домой, Майк. Позялуйста, отнеси меня домой, к момми.

— Отнесу, — пообещал я. — Все будет хорошо.

Когда мы проходили мимо столба «Испытай себя», рыжеволосый мужчина надевал рубашку. Он исподлобья посмотрел на меня — местные питают инстинктивное недоверие к приезжим, и я понял, что знаю его. Со временем у него появится внук, Дикки, и в конце столетия, в честь которого эта ярмарка и проводилась, ему будет принадлежать автомастерская на Шестьдесят восьмом шоссе.

Женщина, отходящая от лотка с вышивкой, остановилась, ткнула в меня пальцем, ее верхняя губа приподнялась в волчьем оскале. Ее лицо показалось мне знакомым. Откуда я мог ее знать? Наверное, видел ее в Тэ-Эр. Значения это не имело. А если и имело, сейчас мне было не до этого.

— Не следовало нам пйиходить сюда, — простонала Ки.

— Я понимаю, о чем ты, — ответил я, — но, думаю, выбора у нас не было, цыпленок. Мы...

Они вышли из «Галереи уродов». Я увидел их и остановился, не дойдя до нее двадцать ярдов. Семеро мужчин в одежде лесорубов, но четверых я мог в расчет не брать: полупрозрачные, седые, призраки, ничего больше. Совсем больные, может, даже мертвые, не опаснее фотографий. А вот реальность остальной троицы сомнений не вызывала. Они существовали, если, конечно, существовала и вся ярмарка. И возглавлял всю компанию крепкий старик в вылинявшей синей армейской фуражке. Он посмотрел на меня, и я сразу узнал глаза. Те же глаза оценивающе оглядывали меня поверх кислородной маски.

— Майк? Потему мы остановились?

— Все в порядке, Ки. Только не поднимай головку. Это все сон. Утром ты проснешься в своей постельке.

— Хойосо.

Семеро стояли в ряд, рука к руке, сапог к сапогу, перегораживая проход, отсекая нас от арки и Улицы. Армейская Фуражка занял место по центру. Остальные шестеро были куда как моложе, некоторые лет на пятьдесят. Двое самых бледных, почти прозрачных, стояли бок о бок справа от старика, и я подумал, а не прорваться ли мне сквозь них. По моему разумению, плоти в этой парочки было не больше, чем в том призраке, что барабанил по гидроизоляции в подвале «Сары-Хохотушки»... А если я ошибался?

— Отдай ее мне, сынок! — Голос звучал жестко, неумолимо. Старик протянул руки. Макс Дивоур. Он вернулся даже после смерти, он жаждал опеки над ребенком. Нет, все-таки не Макс. Я уже знал, что это не Макс. Скулы чуть другие, щеки более ввалившиеся, глаза тоже синие, но чуть другого оттенка.

— Где я? — спросил я его, и мужчина в тюрбане (индус, может, настоящий, может, загримированный, родившийся где-нибудь в Сандаски, штат Огайо), сидевший перед шатром Ангелины, опустил флейту и уставился на меня. Перестали извиваться и девушки-змеи, обнялись, прижались друг к другу. — Где я, Дивоур? Если наши прадеды срали в одну выгребную яму, где я сейчас?

— Я возьму ее, Джеред, — предложил мужчина помоложе, из тех, кто существовал в этой реальности. Он подобострастно глянул на Дивоура, и мне стало нехорошо, потому что я узнал в нем отца Билла Дина. Мужчина, который со временем стал одним из самых уважаемых старожилов округа Касл, в молодости был шестеркой Дивоура.

Не клейми его позором, прошептала Джо. *Никого из них не клейми позором. Они были очень молоды.*

— Стой, где стоишь! — раздраженно рявкнул Дивоур. Фред Дин аж отпрянул. — Он отдаст ее сам. А если нет, мы возьмем ее.

Я посмотрел на мужчину, стоявшего крайним слева, третьего, что виделся мне реальным. Это был я? Нет, никакого сходства с собой я не находил. Что-то в его лице показалось знакомым, но...

— Отдай ее, Ирландец, — продолжил Дивоур. — Даю тебе последний шанс.

— Нет.

Дивоур кивнул, словно ожидал услышать именно эти слова.

— Тогда мы ее возьмем. Пора с этим кончать. Пошли, ребята.

Они двинулись на меня, и тут я понял, кого напоминает мне мужчина, замыкающий левый фланг, в стоптанных сапогах, штанах из парусины. Кенни Остера, собака которого обожала пирожные. Кенни Остера, маленького брата которого его отец утопил под струей колонки.

Я обернулся. «Ред-топы» все играли, Сара все пела, тряся задом и воздевая руки к небу, толпа перед эстрадой все перекрывала центральный проход. Путь туда мне заказан, это я понимал. Если я подамся назад, то мне придется воспитывать маленькую девочку в начале двадцатого столетия, зарабатывая на жизнь писанием дешевых ужастиков и романчиков. С одной стороны, ничего страшного в этом нет... но нельзя забывать про молодую женщину, отделенную от нас милями и годами, которой будет недоставать дочери. Может, ей будет недоставать нас обоих.

Я повернулся к арке и увидел, что лесорубы совсем рядом. Кто-то из них казался более реальным, чем другие, более живым, но все они были мертвяками. Все до единого. Я посмотрел на того, среди потомков которого был Кенни Остер, и спросил:

— Что вы сделали? Ради Бога, скажи, что вы натворили?

Он протянул ко мне руки:

— Отдай ее, Ирландец. Ничего другого тебе делать и не нужно. Ты и та молодая женщина наплодите других детей. Сколько захотите. Она молода, она будет рожать, как крольчиха.

Я впал в транс, и если бы не Кира, они бы забрали ее у меня.

— Тьто происходит? — закричала она, не отрывая лица от моей рубашки. — Тем-то воняет! Тем-то узясно воняет! Майк, это надо пьекйатить!

И тут я тоже ощутил запах. Тухлого мяса и болотного газа. Гниющих внутренностей. Диво-ур казался более живым, чем его шестерки, он излучал тот же магнетизм, что и его правнук, но он был мертвяком, как и остальные. С того маленького расстояния, что теперь разделяло нас, я различал маленьких червячков, что выедали его ноздри и глаза.

Внизу нет ничего, кроме смерти, подумал я. *Не это ли говорила мне моя жена?*

Они тянулись к нам своими грязными руками, чтобы сначала коснуться Киры, а потом забрать ее у меня. Я отступил на шаг, посмотрел направо, увидел других призраков, вылезающих из окон, выползающих из печных труб. Прижимая Киру к груди, метнулся к «Дому призраков».

— Хватайте его! — проревел Джеред Диво-ур. — Хватайте его, ребята! Хватайте этого говнюка! Черт бы его побрал!

Я взлетел по ступенькам, чувствуя, как что-то мягкое елозит по моей щеке: маленькая набивная собачка Киры, которую она по-прежнему сжимала в ручонке. Я хотел оглянуться, посмотреть, близко ли они, но не решился. Если я споткнусь...

— Эй! — каркнула женщина в окошечке кассы. Копна завитых волос, косметика, наложенная садовой лопатой, слава Богу, она мне никого не напомнила. — Эй, мистер, вам надо купить билет!

Нет времени, мадам, нет времени.

— Остановите его! — кричал Дивоур. — Он — паршивый вор! Это не его девочка! Остановите его!

Но никто меня не остановил, и с Ки на руках я нырнул в темноту «Дома призраков».

Из дверей я попал в такой узкий коридорчик, что протискиваться пришлось боком. Из темноты на нас смотрели фосфоресцирующие глаза. Впереди что-то гремело, сзади догонял грохот сапог по ступенькам. Кассирша преградила им путь, предупреждая, что им придется пенять на себя, если они что-то поломают.

— И не думайте, что это просто слова! — кричала она. — Это развлечение для детей, а не для таких громил, как вы!

Впереди вращалось что-то большое и громоздкое. Что именно, поначалу я понять не мог.

— Опусти меня на пол, Майк! — воскликнула Кира. — Я хотю идти сама!

Я поставил ее на пол и нервно оглянулся. Они столпились у коридорчика, перекрывая доступ уличному свету.

— Кретины! — вопил Дивоур. — Не все сразу! По одному! Господи! — Послышался крепкий удар, кто-то вскрикнул. Я повернулся к Кире. Она уже вошла во вращающуюся бочку, покачивая руками, чтобы сохранить равновесие. И, как это ни покажется странным, смеялась.

Я последовал за ней, но через несколько шагов упал.

— Иди сюда! — крикнула Кира с другой стороны бочки. Она захихикала, когда я, только поднявшись, снова упал. Из одного кармана вывалилась бандана, из другого — пакетик с леденцами. Я оглянулся, чтобы посмотреть, далеко ли лесорубы. Бочка воспользовалась этим, чтобы вновь перевернуть меня. Теперь я знал, каково приходится белью в стиральной машине.

Я добрался до края бочки, вылез, встал, взял Киру за руку, и мы двинулись в глубины «Дома призраков». Мы прошли шагов десять, и тут рядом кто-то хищно зашипел, словно гигантская кошка. Кира вскрикнула, я попытался поднять ее на руки. Ноги обдало жаром, шипение повторилось. Только на этот раз Кира не вскрикнула, а засмеялась.

— Пошли, Ки! — шепнул я. — Скорее.

Мы пошли, оставив позади паровой вентиль. Миновали зеркальный коридор. Зеркала превращали нас то в карликов, то в высоченных гигантов с вытянутыми физиономиями. Мне вновь пришлось торопить Киру: она хотела строить себе рожицы. Позади я слышал, как лесорубы пытаются преодолеть бочку. Я слышал ругательства Дивоура, только теперь... уверенности в них поубавилось. По пандусу мы съехали на большую брезентовую подушку. Едва мы коснулись ее, она издала неприличный звук, будто кто-то испортил воздух, и Кира зашлась смехом. Смеялась она так, что по щекам потекли слезы, она каталась по подушке, дрыгала ногами. Мне пришлось схватить ее под мышки и оторвать от подушки.

Еще один узкий коридор, в котором пахло сосной. За одной из стен два «призрака» звенели цепями, размеренно так, словно рабочие на конвейере, делающие привычное дело и беседующие о том, куда поведут вечером своих подружек. Сзади уже не доносились настигающие нас шаги. Кира уверенно вела меня вперед, держа за руку. Когда мы подошли к двери, разрисованной языками пламени и с табличкой

ДОРОГА В АД

Кира без малейшей задержки распахнула ее. В этом коридоре потолок заменяло красное стекло, окрашивая его в розовый цвет, пожалуй, слишком приятный для Ада.

Шли мы по нему довольно-таки долго, и тут я понял, что уже не слышу ни музыки «Сары и Ред-топов», ни звяканья колокола на столбе «Испытай себя», ни поскрипывания карусели. Впрочем, удивляться не приходилось: мы отмахали не меньше полумили. Разве на деревенской ярмарке могли построить такой длинный «Дом призраков»?

Наконец коридор вывел нас к трем дверям. Одна — по правую руку, вторая — по левую, третьей коридор заканчивался. На правой был нарисован трехколесный красный велосипед, На левой — моя зеленая «Ай-би-эм». Рисунок на центральной заметно выцвел от времени — значит, появился гораздо раньше двух остальных. А нарисовали на ней детский снегокат. *Да это же снегокат Скутера Ларриби*, подумал я. *Тот самый, что украл Дивоур.* У меня по коже побежали мурашки.

— А вот и наши игрушки! — весело воскликнула Кира. И подняла Стрикленда, чтобы он мог увидеть красный трехколесный велосипед.

— Да, похоже на то, — согласился я.

— Спасибо, что вынес меня оттуда, — улыбнулась Кира. — Эти люди узясно меня напугали, а вот домик с пьизйаками мне поньявился. Спокойной ноти. И Стикен зелает тебе спокойной ноти.

Не успел я произнести хоть слово, как она толкнула дверь с нарисованным на ней трехколесным велосипедом и переступила порог. Дверь тут же захлопнулась за Кирой, а я в этот момент увидел ленту с ее шляпки. Она торчала из нагрудного кармана. Какое-то мгновение я смотрел на ленту, потом попытался повернуть ручку двери. Ручка не поворачивалась, а когда я стукнул ладонью по двери, то почувствовал, что сделана она не из дерева, а из крепчайшего металла. Я отступил на шаг, склонил голову, прислушиваясь. Ни звука не доносилось со стороны коридора, откуда мы пришли.

Я нахожусь меж двух времен, подумал я. Вот, значит, что имеется в виду, когда говорят «ускользнуть через щелочку». На самом деле ускользают в межвременной зазор. *Тебе тоже пора*, услышал я Джо. *Если не хочешь остаться в зазоре навсегда, пошевеливайся.*

Я взялся за ручку двери, на которой была нарисована пишущая машинка. Она легко повернулась. За дверью меня ждал новый коридор, с деревянными стенками и запахом сосны. Я не хотел туда идти, этот коридор напоминал длинный гроб, но другого пути у меня не было. Я шагнул вперед, и дверь захлопнулась за моей спиной.

Господи, думал я. *Я в темноте, в замкнутом пространстве... самое время испытать паническую атаку, которыми славится Майкл Нунэн.*

Но грудь не сжало железными обручами, хотя сердце билось часто-часто, а кровь бурлила от избытка адреналина. Я по-прежнему контролировал свое тело. Опять же темнота не была кромешной. Видел я немного, но света хватало, чтобы я различал и стены, и дощатый пол. Я обмотал синюю ленту вокруг запястья, свободный конец зажал между пальцами. И двинулся по коридору.

Шел я долго, коридор то и дело поворачивал. Я ощущал себя микробом, пробирающимся по кишке. Наконец я добрался до двух дверей, чуть утопленных в арках, и остановился перед ними, гадая, какую же мне выбрать, и тут услышал за левой колокольчик Бантера. Я прошел через нее. С каждым шагом колокольчик звенел все громче. В какой-то момент к нему присоединились раскаты грома. Осенняя прохлада ушла, вновь стало жарко и душно. Я глянул вниз и увидел, что сапоги и комбинезон исчезли. Их заменили теплое нижнее белье и колючие носки.

Еще дважды я оказывался на распутье и всякий раз выбирал дверь, за которой слышался колокольчик Бантера. Когда я стоял перед второй парой дверей, из темноты до меня донесся голос: «Нет, жена президента не пострадала. На ее чулках его кровь».

Я двинулся дальше и остановился, осознав, что носки больше не колются, а ноги не потеют в кальсонах. На мне остались трусы, в которых я обычно спал. Оглядевшись, я увидел, что нахожусь в собственной гостиной и осторожно лавирую среди мебели, чтобы не удариться обо что-нибудь босыми ногами. За окном уже слегка просветлело. Я добрался до длинного стола, который разделял гостиную и кухню, взглянул на кота Феликса. Пять минут девятого.

Я подошел к раковине и пустил воду. Потянувшись за стаканом, я увидел, что моя рука по-прежнему обмотана лентой со шляпы Ки. Я развернул ее и положил между кофеваркой и кухонным телевизором. Набрав в стакан воды, я напился и осторожно двинулся по коридору, ведущему в северное крыло. Его подсвечивал ночник, горящий в ванной. Я завернул туда, облегчился, а потом прошел в спальню. И увидел, что простыни смяты, но совсем не так, как в ночь оргии с Сарой, Мэтти и Джо. Оно и понятно. Я же поднялся с кровати и, превратившись в лунатика, отправился на прогулку. И приснилась мне ярмарка во Фрайбурге. Живой такой сон, яркий.

Только лента от шляпки Ки ясно указывала, что на ярмарке я побывал не во сне. Никак это лента не укладывалась в понятие сна, исчезающего, когда резко, когда постепенно, после пробуждения. Я поднял руки к лицу, глубоко вдохнул через нос. Руки пахли сосной. А на мизинце, при тщательном рассмотрении, я обнаружил крошечную капельку смолы.

Я сел на кровать, подумал, не надиктовать ли рассказ о случившемся со мной на «Мемоскрайбер», но вместо этого откинулся на подушки. Слишком я устал. Вдалеке погромыхивал гром. Я закрыл глаза и уже начал засыпать, когда тишину дома прорезал вопль. Резкий, отчаянный. Я тут же сел, схватившись за грудь.

Кричала Джо. При нашей совместной жизни таких ее криков слышать мне не доводилось, но я точно знал, что это она.

— Не трогай ее! — крикнул я в темноту. — Кто бы ты ни был, не трогай ее!

Она закричала вновь, словно кто-то, вооружившись ножом, дубинкой, раскаленной кочергой, наслаждался тем, что не обязан повиноваться мне. Но этот крик донесся с несколько большего расстояния, чем первый. За вторым криком последовал третий, все удаляющийся от меня. Громкость криков снижалась, как в случаях с плачем маленького мальчика.

Четвертый приплыл ко мне из далекого далека, и «Сара» затихла. Но дом, в котором я находился, продолжал жить и дышать, пусть и бесшумно. Он чувствовал жару, слышал раскаты грома.

Глава 22

В конце концов мне удалось войти в транс, но ничего путного из этого не получилось. Я всегда держу под рукой блокнот, записываю в нем имена и фамилии персонажей, пояснения к страницам, хронологию событий. Так вот, в блокноте я чего-то и черкал, а вот лист, вставленный в каретку «Ай-би-эм», оставался девственно чист. Мне не досаждало бешеное сердцебиение, на глаза ничто не давило, не возникало проблем с дыханием... короче, паника не вцепилась в меня своими когтями, но и книга не шла. Энди Дрейк, Джон Шеклефорд, Рэй Гэррети, красавица Реджина Уайтинг... все они стояли, повернувшись спиной ко мне, не желая ни разговаривать, ни двигаться. Уже отпечатанные страницы лежали на привычном месте слева от пишущей машинки, придавленные куском кварца, который я подобрал на дороге, а новые прибавляться к ним не желали. Не желали и все.

Я осознавал иронию ситуации, может, даже мораль. Долгие годы я уходил от проблем реального мира, сбегал в Нарнии*, созданные моим воображением. Теперь же реальный мир надвинулся на меня, меня окружили таинственные существа, некоторые из них далеко не безобидные, и шкаф закрылся передо мной.

Кира, написал я, а потом окружил слово вензельком. Получилась некое подобие розы. Ниже я нарисовал кусок хлеба, сверху украсил его беретом. Так Нунэн представлял себе гренок по-французски. Буквы Л.Б. я взял в круглые скобки. Нарисовал футболку, на ней — утку. Не очень-то похожую на настоящую, но все-таки утку. Ниже написал: КРЯ, КРЯ. Еще ниже: Должна улететь. Bon voyage**.

В другой части той же страницы я написал Дин, Остер и Дивоур. Перечислил тех, кто показался мне наиболее реальными, тех, кто представлял собой наибольшую опасность. Потому что у них были потомки? Но ведь в сторону они отступали независимо от их желания, а потомки наверняка были у всех семерых. В то время детей рожали чуть ли не каждый год. Только в каком времени я побывал? Я спрашивал Дивоура, но он мне не ответил.

В жаркое душное утро происшедшее со мной никак не воспринималось как сон. Тогда как это называть? Видение? Путешествие во времени? А если и путешествие, то ради чего, с какой целью меня в него отправили? Что мне хотели

---

* Сказочные повести о Нарнии, стране, попасть в которую можно через волшебный шкаф, написаны английским писателем Клайвом Степлзом Льюисом и переведены на многие языки, в том числе и на русский.

** Счастливого пути *(фр.)*.

сообщить, кто хотел? Я хорошо помнил фразу, которую произнес перед тем, как очнуться от кошмара, по ходу которого я побывал в студии Джо и принес оттуда мою пишущую машинку: *я не верю, все это ложь.* Вот и теперь я не верил. Наверное, не имея на руках хоть каких-то фактов, проще отметать все чохом.

У верхнего края страницы я написал: ОПАСНОСТЬ. Большими буквами, а потом обвел слово жирной линией. От линии провел стрелку к Кире. От нее другую стрелку — к Должна улететь. Bon voyage. Добавил МЭТТИ.

Под хлебом в берете нарисовал маленький телефонный аппарат. Над ним — воздушный шарик и слово на нем: П-П-ПОЗВОНИ! и едва поставил восклицательный знак, как зазвонил беспроводный телефон. Лежал он на ограждении террасы. Я обвел МЭТТИ кружком и взял трубку. Нажал на кнопку On/Off.

— Майк? — Голос звенел от радости и облегчения.

— Да. Как дела?

— Великолепно! — ответила она, и я обвел кружком Л.Б. — Линди Бриггс позвонила десять минут тому назад... Я только что закончила говорить с ней. Майк, она снова берет меня на работу! Это прекрасно, правда?

Безусловно. А главное, только так и можно удержать ее в Тэ-Эр. Я вычеркнул Должна улететь. Bon voyage, зная, что теперь Мэтти никуда не поедет. И как мне просить ее об этом. Я подумал: если бы я знал чуть больше.

— Майк? Ты...

— Полностью с тобой согласен. — Мэтти возникла перед моим мысленным взором: стоит на кухне, крутит пальцами телефонный шнур, длинноногая, в джинсовых шортах и белой футболке с желтой уткой на груди. — Надеюсь, в голосе Линди слышался стыд. — Я обвел нарисованную мною футболку.

— Да. И говорила она достаточно откровенно, чтобы... ну, обезоружить меня. Сказала, что эта Уитмор позвонила ей в начале прошлой недели. И поставила вопрос ребром. Если Линди увольняет меня, библиотека продолжает получать деньги, компьютеры, программное обеспечение. Если нет, рог изобилия будет перекрыт. Линди сказала, что ей пришлось выбирать между благом города и несправедливостью... сказала, что решение это было одно из самых трудных, какие ей довелось принимать...

— Понятно, — моя рука двигалась сама по себе, словно планшетка над гадальной доской, выводя слова: ПОЖАЛУЙСТА, ДАЙ Я ПОГОВОРЮ. — Возможно, в этом есть доля правды, но, Мэтти... сколько, по-твоему, зарабатывает Линди?

— Я не знаю.

— Готов спорить, что больше, чем любые три библиотекаря в других маленьких городах штата Мэн вместе взятые.

До меня долетел голосок Ки: «Могу я поговойить с ним, Мэтти? Могу я поговойить с Майком? Позялуйста, дай я поговойю».

— Через минуту, цыпленок, — и Мэтти продолжила, обращаясь уже ко мне: — Возможно. Но главное для меня в том, что я вновь получила работу. Ради этого я готова не поминать прошлое.

Я нарисовал книгу. Затем несколько переплетенных колец между ней и футболкой с уткой.

— Ки хочет поговорить с тобой. — Мэтти засмеялась. — Она утверждает, что сегодня ночью вы вдвоем побывали на Фрайбургской ярмарке.

— Однако! Ты хочешь сказать, что у меня было свидание с очаровательной девушкой, а я его проспал?

— Похоже, что так. Так я передаю трубку?

— Конечно.

— Хорошо, держи, болтушка.

Что-то затрещало: трубка переходила из рук в руки, и послышался голос Ки.

— На яймайке я поймала тебя за ноги, Майк! Я поймала своего куойтейбека!

— Неужели? Потрясающий был сон, правда, Ки?

На другом конце провода надолго воцарилась тишина. Мне оставалось только гадать, как воспринимает Мэтти молчание телефонной болтушки. Наконец Ки решилась:

— Ты тозе там был. Мы видели как зенсины извивались под флейту... столб с колоколом на вейсине... мы засли в дом пьизйаков... ты упал в ботьке! Это был не сон... нет?

Я мог бы убедить Ки в обратном, но решил, что идея эта не из лучших, в определенном смысле, опасная идея.

— На тебе были красивые платье и шляпка, — ответил я.

— Да! — В голосе слышалось огромное облегчение. — А ты был...

— Кира, перестань. И послушай меня.

Она тут же замолчала.

— Я думаю, хорошо бы тебе как можно меньше рассказывать об этом сне. Твой маме или кому-то еще. Кроме меня.

— Кьоме тебя.

— Да. То же относится и к людям из холодильника. Хорошо?

— Хойосё. Майк, там была леди в платье Мэтти.

— Я знаю. — Я и так понимал, что рядом с Кирой никого нет, раз она обсуждает со мной ночное происшествие, но все-таки спросил: — Где сейчас Мэтти?

— Поливает цветы. У нас много цветов, целый миллион. А мне надо вытейеть со стола. Это моя обязанность. Я не возьазаю. Мне дазе ньявится. Мы ели гьенок по-фьанцузски. Всегда едим по воскьесеньям. Осень вкусно, особенно с клубнитьным сийопом.

— Я знаю. — Я нарисовал стрелку к куску хлеба в берете. — Гренок по-французски — вкуснятина. Ки, ты сказала маме о женщине в ее платье?

— Нет. Я подумала, тьто она испугается. — Ки понизила голос. — Она идет!

В трубке вновь зашуршало и послышался голос Мэтти:

— Этот разговор освежил в твоей памяти воспоминание о свидании с моей дочерью?

— Если и освежил, то ее память, — ответил я.

Мысленная связь между мною и Мэтти, безусловно, существовала, но к ярмарке это не имело ни малейшего отношения, в этом я не сомневался.

Она засмеялась. Мне нравилось, как звучит ее смех в это утро... и мне не хотелось ее огорчать... но я не хотел и другого, не хотел, чтобы она принимала белую линию, разделяющую на дороге полосы встречного движения за островок безопасности.

— Мэтти, тебе нельзя забывать об осторожности, понимаешь? Да, Линди Бриггс взяла тебя на работу, но это не означает, что теперь в городе живут только твои друзья.

— Я понимаю, — ответила она. Опять я подумал, а не предложить ли ей на какое-то время увезти Киру в Дерри. Они могли бы до конца лета пожить в моем доме, пока здесь все не придет в норму. Да только она не поехала бы. Она согласилась на мое предложение нанять высокооплачиваемого нью-йоркского адвоката только потому, что ее загнали в угол. А тут у нее был выбор. Или она думала, что он у нее есть, и как я мог повлиять на нее? Фактов у меня не было, только предчувствие. Я видел лишь нависшую над ней темную тень.

— Я хочу, чтобы ты особенно остерегалась двоих мужчин. Один из них — Билл Дин. Второй — Кенни Остер. У него...

— ...большая собака с платком на шее. Он...

— Это Тейника! — донесся издалека голос Ки. — Это Тейника!

— Иди поиграй во дворе, цыпленок.

— Я вытийаю стол.

— Вытрешь позже. А сейчас иди во двор. — Последовала пауза: Мэтти провожала взглядом девочку. Стрикленда она забрала с собой. И хотя Ки вышла из трейлера, Мэтти заговорила приглушенным голосом, словно боялась, что ее подслушают: — Ты пытаешься напугать меня?

— Нет. — Я вновь и вновь обводил слово ОПАСНОСТЬ. — Но я хочу, чтобы ты не забывала об осторожности. Билл и Кенни, возможно, входили в команду Дивоура, как Футмен и Осгуд. Не спрашивай, с чего я так решил, ответа у меня нет. Это только интуиция, но с тех пор, как я вернулся в Тэ-Эр, она здорово обострилась.

— Что ты хочешь этим сказать?

— На тебе белая футболка с желтой уткой?

— Как ты узнал? Ки сказала?

— Она взяла с собой маленькую собачку из «Счастливого домика»?

Долгое молчание. Наконец едва слышное:

— Боже мой, — а затем снова: — Как...

— Я не знаю как. Я не знаю, по-прежнему ли... над тобой нависает угроза, но чувствую, что она есть. И над Ки тоже. — Больше я ничего сказать не мог, боялся, что у нее поедет крыша.

— Но он мертв! — закричала она. — Старик мертв! Почему он не может оставить нас в покое?

— Может, и оставил. Может, и нет. Но вреда от того, что ты не будешь забывать об осторожности, никакого, так?

— Нет, — ответила она. — Обычно так оно и есть.

— Обычно?

— Почему бы тебе не приехать ко мне, Майк? Может, мы сходим вместе на ярмарку?

— Может, осенью и сходим. Втроем.

— Я бы хотела.

— А пока я все думаю о ключе.

— Думать — это половина твоей проблемы, Майк. — Мэтти вновь рассмеялась. Уже грустно. И я понял, что она имела в виду. Только она не понимала, что вторая половина — интуиция, предчувствие, как ни назови. Это качели, и в конце концов, думал я, именно они убалтывают большинство из нас до смерти.

Я занес «Ай-би-эм» в дом и положил на нее рукопись. Я отписался, во всяком случае, на какое-то время. Из шкафа больше ничего не видно. Пока не разрешатся реальные проблемы, об Энди Дрейке и Джоне Шеклефорде лучше забыть. Надев брюки и рубашку, кажется, впервые за много недель, я вдруг подумал, что некая сила пыталась отвлечь меня от происходящего той самой историей, часть которой я уже напечатал. Вернув мне способность писать. Логичное предположение. Работа всегда была для меня наркотиком, уводила от действительности куда лучше спиртного или «меллерила»*, который лежал в аптечке в ванной. А может, работа выполняла лишь функции передаточной системы, служила шприцем, содержимое которого и составляли то ли сны, то ли видения. Может, настоящим наркотиком являлся транс. Состояние транса. Особое состояние, в которое обязательно надо войти. Я умел впадать в транс, вот и выходил на связь с потусторонними силами.

С длинного стола, разделявшего кухню и гостиную, я схватил ключи от «шевроле» и взглянул на холодильник. Магниты вновь об-

---

* препарат из группы нейролептиков, большие дозы вызывают состояние, аналогичное опьянению.

разовали окружность. А в ней — послание, которое я уже видел, только теперь написанное по всем правилам грамматики, спасибо дополнительным буквам:

help her*.

— Я делаю все, что могу, — буркнул я и вышел из дома.

В трех милях к северу по Шестьдесят восьмому шоссе, в той его части, что называется Касл-Рок-роуд, есть большая теплица с примыкающим к ней магазинчиком. Назывался он «Саженцы и рассада». Джо проводила в нем немало времени, покупая какие-то мелочи для сада или просто болтая с двумя женщинами, которые там хозяйничали. Одной из них была Элен Остер, жена Кенни.

Я подъехал к магазинчику в десять часов. Несмотря на воскресный день, он, естественно, работал (во время туристического сезона для магазинов Мэна это обычное дело). Я припарковался рядом с «бимером» с нью-йоркскими номерами, дослушал прогноз погоды (на ближайшие два дня обещали такую же жару) и вылез из машины. Тут же из магазина вышла женщина в лифчике от купальника, шортах и широкополой желтой пляжной шляпе. В руках она держала пакет с торфяным мхом. Она улыбнулась мне. Я ответил очень сдержанной улыбкой, показывающей, что она меня не заинтересова-

---

* Помоги ей *(англ.)*.

ла. Да и с чего? Она же из Нью-Йорка, а значит, не марсианка.

В магазине царили жара и влажность, не сравнимые с уличными. Лайла Проулкс, совладелица магазина, разговаривала по телефону. Маленький вентилятор у кассового аппарата гнал воздух прямо на нее. Увидев меня, она помахала рукой. Помахал рукой и я, с таким ощущением, что проделывает это кто-то еще. Работая или нет, я все равно находился в состоянии транса. Сомнений тут быть не могло.

Я прошелся по магазину, брал в руки то одно, то другое и искоса поглядывал на Лайлу, дожидаясь, пока она положит трубку и я смогу поговорить с ней... не расслабляясь ни на секунду. Наконец трубка легла на рычаг, и я подошел к прилавку.

— Майкл Нунэн собственной персоной! До чего же приятно вас видеть! — Она начала пробивать чеки на мои покупки. — Я очень сожалею о случившемся с Джоанной. Должна первым делом сказать об этом. Мы очень любили Джо.

— Спасибо, Лайла.

— Не за что. Больше об этом можно и не говорить, но выразить свое отношение надо сразу. Я всегда так считала и буду считать. Именно сразу. Решили покопаться в саду?

— Когда станет чуть прохладнее.

— Да. Ужасная жара. — Тут она указала на одну из моих покупок. — Хотите положить в специальный пакет? Мой лозунг — предусмотрительность никогда не повредит.

Я кивнул, потом взглянул на маленькую доску объявлений, стоявшую у прилавка. Прочитал надпись мелом на черной поверхности:

Свежая черника. Прямо из леса.

— Я возьму пинту ягод. Если только собраны они не в пятницу. Без пятничных ягод я вполне могу обойтись.

Лайла энергично покивала, словно очень даже хорошо знала, о чем я толкую.

— Еще вчера они были на кусте. Думаю, вы согласитесь со мной, что ягода свежая.

— Абсолютно. Черника — кличка собаки Кенни, не так ли?

— Странная кличка, это точно. Господи, как мне нравятся большие собаки, если они умеют себя вести. — Лайла повернулась, достала из маленького холодильника пинту черники и уложила пластиковый контейнер с ягодами в отдельный пакет.

— А где Элен? — спросил я. — У нее выходной?

— Нет, конечно. Если она в городе, то ее можно выгнать отсюда только палкой. Она, Кенни и дети поехали в Таксачусеттс. Они и семья ее брата снимают на две недели коттедж на побережье. Уехали все. Старина Черника будет гонять чаек, пока не свалится без сил. — Лайла рассмеялась, громко, вроде бы искренне. Напомнив мне этим Сару Тидуэлл. А может, Сару Тидуэлл напомнил мне не смех Лайлы, а она сама. Потому что в глазах ее смеха не было. Маленькие, расчетливые, они изучали меня с холодным любопытством.

А может, хватит, одернул я себя. *Чтобы они все были в этом замешаны — такое просто невозможно!*

А может, возможно? Есть такое понятие, как городское сознание. Тот, кто в этом сомневается, никогда не бывал на городских собраниях в Новой Англии. А если есть сознание, почему не быть подсознанию? И если мы с Кирой можем наладить телепатическую связь, почему ее не могут наладить другие, пусть даже и не подозревая об этом? Мы дышим одним воздухом и ходим по одной земле. Озеро и все, что лежит под ее поверхностью, — наше общее. Так же, как и Улица, по которой бок о бок прогуливаются прилежные щенки и шкодливые псы.

Я уже укладывал свои покупки в большой пакет с ручками, когда Лайла сообщила мне последнюю городскую новость:

— Бедный Ройс Меррилл. Вы слышали?

— Нет.

— Вчера вечером упал с лестницы в подвал. Я, конечно, и представить себе не могу, каким ветром человека его возраста занесло на подвальную лестницу, но, полагаю, чтобы понять причину, надо дожить до его лет.

«Он умер?» — хотел я спросить, но вовремя остановился. Подобный вопрос в Тэ-Эр задавался иначе.

— Он скончался?

— Еще нет. Машина «скорой помощи» из Моттона доставила его в Центральную окружную больницу. В коматозном состоянии. Они полагают, что он так и не придет в себя, бедняга. С ним умрет целая эпоха.

— Полагаю, это так, — согласился я. — А дети у него есть?

— Нет. Мерриллы жили в Тэ-Эр двести лет. Один из них погиб на Семетери-Ридж*. Но старые семьи вымирают. Приятного вам отдыха, Майк. — Лайла улыбнулась, но глаза остались холодными и расчетливыми.

Я сел в «шеви», поставив пакет с покупками на пассажирское сиденье, и сидел какое-то время, не трогая автомобиль с места. Прохладный воздух кондиционера холодил шею. Кенни Остер в Таксачусеттсе. Это хорошо. Шаг в правильном направлении.

Но оставался еще мой сторож.

— Билла нет. — Яветт стояла в двери, стараясь полностью заслонить собой дверной проем (а сделать это ой как сложно при росте пять футов и три дюйма и весе в сотню фунтов), оценивая меня взглядом вышибалы, не пропускающего в ночной клуб пьяницу, которому он уже успел съездить по уху.

Я стоял на крыльце уютного, ухоженного домика, построенного на вершине Пибоди-Хилл, откуда открывался прекрасный вид на Нью-Хемпшир и Вермонт. Слева от дома выстроились ангары, в которых Билл хранил необходимые ему оборудование и инструменты. Все выкрашенные в серый цвет, каждый с табличкой

ДИН КЭАТЕЙКИНГ

Разнились таблички только номерами: 1, 2 и 3. Перед ангаром с номером 2 застыл новенький

* Речь идет об одном из многочисленных сражений колонистов с индейцами.

«додж рэм» Билла. Я посмотрел на джип, потом на Явегг. Она еще сильнее поджала губы. Еще чуть-чуть, подумал я, и они просто исчезнут.

— Он поехал в Норт-Конвэй вместе с Батчем Уиггинсом. На пикапе Батча. За...

— Не надо лгать ради меня, дорогая. — За спиной Явегг возник Билл.

До полудня оставался еще час, день, как говорится, только начинался, но я никогда не слышал в голосе человека такой безмерной усталости. А когда он пересек холл и вышел из тени на яркий свет, солнце как раз разогнало туман, я увидел, что Билл все же выглядит на свои годы. Каждый год отметился на его лице, а некоторые, похоже, дважды. Одет он был в привычные рубашку и брюки цвета хаки, он из тех, кто будет носить эту униформу до самой смерти, но плечи у него поникли, словно он неделю таскал тяжелые бревна. Лицо осунулось, щеки запали, отчего глаза сразу стали очень большими, а челюсть выступила вперед. Передо мной стоял глубокий старик. И семейное дело передать ему было некому. Все старые семьи вымирали, как только что сказала Лайла Проулкс. Может, оно и к лучшему.

— Билл... — начала Явегг, но он поднял руку, останавливая ее. Мозолистые пальцы тряслись.

— Побудь на кухне. Нам надо поговорить. Много времени это не займет.

Явегг посмотрела на него, потом на меня, и губы исчезли. Рот превратился в черную линию, прочерченную карандашом. В глазах читалась ненависть.

— Не утомляйте его, — обратилась она ко мне. — Он всю ночь не спал. Из-за жары, — и она ретировалась в прохладу холла. Вы не заметили, что в домах стариков прохладно в любую жару?

Билл сунул руки в карманы, рукопожатие в его планы явно не входило.

— Мне нечего тебе сказать. Наши пути разошлись.

— Почему, Билл? Почему наши пути должны разойтись?

Он смотрел на запад, туда, где холмы терялись в жарком мареве, и молчал.

— Я лишь стараюсь помочь этой молодой женщине.

Он коротко глянул на меня, но в его взгляде я прочитал многое.

— Да, да. Помогаешь себе забраться ей в трусы. Я видел мужчин из Нью-Йорка и Нью-Джерси, которые приезжали сюда с молоденькими подружками. На уик-энд. Летом — поплавать в озере, зимой — покататься на лыжах. Мужчины, которые приезжают с такими девушками, всегда выглядят одинаково. На их лицах все читается без слов. Теперь вот и ты выглядишь, как они.

Я испытывал злость и раздражение, но подавил желание дать ему резкую отповедь. А он на это очень рассчитывал.

— Что здесь произошло? — спросил я. — Что сделали ваши отцы, деды и прадеды Саре Тидуэлл и ее семье? Выгнали отсюда?

— Не было нужды. — Билл оглядывал холмы. На глаза навернулись слезы, но лицо было непроницаемо. — Они уехали сами. Снялись с места и уехали. Мой отец говорил, что нет ниггера, у которого не чесались бы пятки.

— Кто поставил капкан, в который попался ребенок Сынка Тидуэлла? Твой отец, Билл? Фред?

Глаза дернулись, лицо — нет.

— Я не понимаю, о чем ты говоришь.

— Я слышу, как он плачет в моем доме. Ты можешь представить себе, каково слышать в собственном доме плач мертвого ребенка? Какой-то мерзавец поймал его в капкан, словно ласку, а теперь он плачет в моем гребаном доме!

— Тебе понадобится новый сторож. Я больше не могу присматривать за твоим домом. И не хочу. А хочу я, чтобы ты сошел с моего крыльца.

— Что происходит? Ради Бога, помоги мне.

— Если не сойдешь сам, я помогу тебе добрым пинком.

Еще несколько мгновений я смотрел на него, на мокрые от слез глаза и застывшее лицо, наглядные свидетельства раздвоения его личности.

— Я потерял жену, старый ты козел. Женщину, которую ты, по твоим же словам, любил и уважал.

Вот тут лицо дернулось. Он посмотрел на меня. В глазах читались изумление и боль.

— Она умерла не здесь. И это никак не связано с... Она могла не приезжать в Тэ-Эр... у нее могли быть свои причины не приезжать в Тэ-Эр... но ее просто хватил удар. Это могло случиться где угодно. Когда угодно.

— Я в это не верю. Думаю, и ты тоже. Что последовало за ней в Дерри, может, потому, что она была беременна...

Глаза Билла широко раскрылись. Я дал ему шанс что-нибудь сказать, но он им не воспользовался.

— ...или потому, что она слишком много знала?

— Она умерла от удара. — Голос Билла дрожал. — Я сам читал некролог. Она умерла от чертова удара.

— Что она узнала? Скажи мне, Билл, пожалуйста.

Последовала долгая пауза. Но еще до того, как она закончилась, я понял, что пробить броню Билла мне не удалось.

— Я скажу тебе только одно, Майк, — отступись. Ради спасения своей бессмертной души, отступись, и пусть все идет своим чередом. Все и пойдет, отступишься ты или нет. Эта река всегда впадает в море, независимо от того, нравится это кому-то или нет. Отступись, Майк. Из любви к Господу нашему.

Тебе дорога твоя душа, Нунэн? Божья бабочка в коконе плоти, которая вскоре начнет гнить так же, как и моя?

Билл повернулся и направился к двери, стуча каблуками по крашеным доскам крыльца.

— Держись подальше от Мэтти и Ки, — предупредил я его. — Если ты появишься рядом с трейлером...

Он повернулся ко мне, в солнечных лучах заблестели дорожки слез на щеках. Билл достал бандану из заднего кармана брюк, вытер лицо.

— Я не собираюсь выходить из этого дома. И очень сожалею, что вернулся из Виргинии, но вернулся главным образом из-за тебя, Майк. Эти двое на Уэсп-Хилл могут меня не бояться. Нет, я им ничего плохого не сделаю.

Он вошел в дом и закрыл за собой дверь. Я застыл на месте, не в силах поверить тому, что у нас с ним состоялся такой вот разговор. С Биллом Дином, который совсем недавно упрекал меня, что я не разделил свою печаль, вызванную смертью Джо, с местными жителями. С Биллом, который так тепло встретил меня.

А потом я услышал щелчок. Должно быть, за всю свою жизнь он ни разу не запирал дверь на замок, когда находился дома, а вот тут запер. В тишине жаркого июльского дня звук этот разнесся далеко. И подвел черту под моей долгой дружбой с Биллом Дином. Я повернулся и, понурившись, пошел к автомобилю. Я не стал оборачиваться, когда услышал, как за моей спиной раскрылось окно.

— Не смей больше приезжать сюда, городской негодяй! — прокричала Яветт Дин. — Ты разбил ему сердце! Не смей больше приезжать! Не смей! Никогда!

— Пожалуйста, — в голосе миссис М. слышалась мольба, — не задавайте мне больше вопросов, Майк. Я должна быть у Билла Дина на хорошем счету. Точно так же, как моя мать не могла идти супротив Нормала Остера или Фреда Дина.

Я переложил трубку к другому уху.

— Я хочу лишь узнать...

— В этой части света сторожа правят всем. Если они говорят приезжему, что тот должен нанять того плотника или этого электрика, приезжий так и поступает. А если сторож говорит, что кого-то надо уволить, потому что человек это ненадежный, его увольняют. Или ее. А для приходящей горничной слово сторожа ценно вдвойне в сравнении с плотником, сантехником или электриком. Если ты хочешь, чтобы тебя рекомендовали и продолжали рекомендовать, такие люди, как Фред и Билл Дины или Нормал и Кенни Остер, не должны иметь к тебе никаких претензий. Понимаете? Когда Билл узнал, что я рассказала вам о Нормале Остере, он чуть не набросился на меня с кулаками, так рассердился.

— Брата Кенни Остера... которого Нормал утопил под струей воды из колонки... его звали Керри?

— Да. Многие называют своих детей схожими именами, считают, что это оригинально. Я ходила в школу с братом и сестрой, которых звали Роланд и Роланда Тьеро. Думаю, Роланд сейчас в Манчестере, а Роланда вышла замуж за парня из...

— Бренда, ответьте мне только на один вопрос. Я никому об этом не скажу. Пожалуйста.

Затаив дыхание, я ждал, что в сейчас в трубке послышится отбой. Но нет, раздался голос миссис М.:

— Какой?

— Кто такая Карла Дин?

Вновь долгая пауза. Я вертел в руке ленту со шляпки Ки, которую та носила в начале столетия.

— Вы никому ничего не скажете?

— Клянусь.

— Сестра-близнец Билла. Она умерла шестьдесят пять лет тому назад, во время пожаров. — Билл утверждал, что пожары эти — дело рук деда Ки, его прощальный подарок Тэ-Эр. — Я не знаю, как это случилось. Билл об этом никогда не говорит. Если он узнает, что я рассказала об этом вам, в Тэ-Эр я уже не застелю ни одной кровати. Он за этим проследит. — А потом, полным отчаяния голосом, добавила: — Он все равно может узнать.

Учитывая мой личный опыт и кое-какие умозаключения, я мог утверждать, что в этом она недалека от истины. Но даже если бы он и узнал, миссис М. могла не беспокоиться за свое будущее, потому что отныне и до конца дней она получала бы от меня ежемесячный чек. Я не собирался говорить ей об этом по телефону — негоже оскорблять самолюбие янки. Просто поблагодарил, заверил в том, что буду нем как рыба, и положил трубку.

Я посидел за столом, не сводя глаз с Бантера, а потом спросил:

— Кто здесь?

Ответа не последовало.

— Да ладно, нечего скромничать. Пройдемся к девятнадцати или к девяносто двум. А если не хочешь, давай просто поговорим.

Вновь никакого ответа. Колокольчик на шее мыши даже не дрогнул. Я подтянул к себе блокнот с записями, которые сделал, когда разговаривал по телефону с братом Джо. Имена Киа, Кира, Кито и Карла я взял в рамочку. Теперь я зачеркнул нижнюю поперечину рамочки и добавил к списку Керри.

Многие называют своих детей схожими именами, сказала миссис М. *Считают, что это оригинально.*

Ничего оригинального я в этом не видел. Меня от этой схожести бросало в дрожь.

Тут мне пришла в голову мысль о том, что по крайней мере двое из перечисленных детей утонули: Керри Остер под струей колонки, Киа Нунэн, пусть и размером не больше семечка подсолнуха, в умирающем теле матери. И я видел призрак третьего ребенка, утонувшего в озере. Кито? Его звали Кито? Или другого мальчика, который угодил в капкан и умер от заражения крови?

Они называют своих детей схожими именами, они считают, что это оригинально.

Сколько детей со схожими именами было изначально? Сколько из них осталось в живых? Я думал, ответ на первый вопрос особого значения не имеет. Потому что уже знал ответ на второй. Эта река всегда впадала в море, сказал Билл Дин.

Карла, Керри, Кито, Киа... все умерли. Осталась только Кира Дивоур.

Я вскочил так резко, что свалил стул. Об пол он ударился с таким грохотом, что я вскрикнул. Я уже понял, что надо уезжать, и немедленно. Больше никаких звонков. И хватит мне изображать Энди Дрейка, частного детектива. Какой из меня защитник несчастной красавицы? Мне следовало довериться инстинкту самосохранения и убраться отсюда в первый же вечер. Что ж, ошибку еще не поздно исправить. Сейчас сяду в «шеви» и умчусь в Дер...

Яростно зазвенел колокольчик Бантера. Я повернулся: невидимая рука мотала его из стороны в сторону. Сдвижная дверь на террасу заездила вправо-влево, с грохотом ударяясь об ограничительные штыри. Книга кроссвордов и сборник телевизионных программ раскрылись, зашелестели страницы. Что-то застучало по полу, словно кто-то, разумеется, невидимый, полз ко мне, молотя кулаками по доскам.

Порыв ветра, не холодного, теплого, таким иной раз обдает тебя на платформе подземки, если стоишь недалеко от тоннеля, налетел на меня. В нем я услышал странный голос, который вроде бы говорил мне *бай-бай*, словно желал счастливого пути. А когда до меня дошло, что голос говорит совсем другое: *Ки-Ки, Ки-Ки, Ки-Ки,* что-то ударило меня в спину и подтолкнуло вперед. Огромным таким, мягким кулаком. Я врезался в стол, ухватился за него, чтобы устоять на ногах, перевернул поднос с солонкой, перечницей, зажимом для салфеток и вазочкой, в которую миссис М. поставила маргаритки. Вазочка скатилась со стола и разбилась. Включился телевизор на кухне, какой-то политик рассуждал с экрана о надвигающейся на нас инфляции. Заиграл музыкальный центр, заглушив политика: «Роллинг стоунз» пели песню Сары Тидуэлл «Мне недостает тебя, крошка». Наверху заревел детектор дыма. Потом второй, третий. Мгновением позже к ним присоединился вой противоугонной сигнализации «шеви». Гремело, трещало, звенело все, что могло греметь, трещать, звенеть.

Что-то теплое и мягкое схватило меня за запястье. Я наблюдал, как моя рука плюхнулась на блокнот, раскрыла его на чистой странице, тут же пальцы ухватились за лежащий неподалеку карандаш. И я начал писать, сначала медленно, потом все быстрее, с такой силой нажимая на карандаш, что грифель едва не рвал толстую бумагу:

помоги ей не уезжай помоги ей не уезжай помоги ей помоги нет нет милый пожалуйста не уезжай помоги ей помоги ей помоги ей

Я исписал практически всю страницу, когда в гостиной воцарился холод, словно из июля она перенеслась в январь. Пот на коже превратился в ледяную корочку, из носа закапало, воздух паром выходил изо рта. Непроизвольное движение пальцев, и карандаш переломился надвое. За моей спиной последний раз яростно звякнул колокольчик Бантера и затих. Откуда-то сзади донеслись два хлопка, словно одновременно открыли две бутылки шампанского. И все закончилось. Призраки, уж не знаю, сколько их было, покинули мою гостиную. Я остался в гордом одиночестве.

Я выключил музыкальный центр в тот самый момент, когда Мик и Кейт затянули «Воющего волка», побежал наверх, отключил детекторы дыма. Высунулся из окна спальни для гостей на втором этаже, нацелил на «шеви» брелок-пульт, который висел на кольце с ключами, нажал кнопку. Сирена противоугонной сигнализации смолкла.

Остался только каркающий политик в телевизоре. Я спустился на кухню, разделался с политиком и застыл, так и не убрав руку с кнопки выключения телевизора. Смотрел я на кота-часы. Хвост наконец-то перестал качаться из стороны в сторону, а большие пластмассовые глаза лежали на полу. Выскочили из орбит.

Ужинать я поехал в «Деревенское кафе». Прежде чем сесть за стойку, я взял с полки воскресный номер «Телеграммы» (заголовок гласил: **КОМПЬЮТЕРНЫЙ МАГНАТ ДИВОУР УМИРАЕТ ТАМ, ГДЕ РОДИЛСЯ И ВЫРОС**). На фотографии Дивоур выглядел тридцатилетним. Он улыбался. У большинства людей улыбка естественная. По лицу Дивоура чувствовалось, что учиться улыбаться ему пришлось долго и упорно.

Я заказал фасоль, оставшуюся от субботнего фасолевого ужина Бадди Джеллисона. Мой отец не сыпал афоризмами, этим у нас заведовала мама, но он всегда говорил, по воскресеньям разогревая в духовке субботнюю тушеную фасоль, что фасоль и жаркое вкуснее на второй день. Я это запомнил. Как и еще одну премудрость, усвоенную от отца: всегда мыть руки, сходив в туалет на автобусной станции.

Я читал статью о Дивоуре, когда подошла Одри и сказала, что Ройс Меррилл скончался, не приходя в сознание. Отпевание, добавила она, состоится во вторник в Большой Баптистской церкви. Прощаться с ним придет много народу, едва ли не все захотят проводить в последний путь самого старого человека округа, последнего владельца золотой трости «Бостон пост». Она спросила, приду ли я в церковь. Я ответил, что скорее всего нет. Но не стал добавлять, что в это же время буду праздновать победу с Мэтти Дивоур и ее адвокатом.

Пока я ел, накатил и схлынул последний за день поток посетителей кафе. Они заказывали бургеры и фасоль, куриные сандвичи и пиво. Кто-то жил в Тэ-Эр, кто-то приехал на лето. Я ни на кого не смотрел, со мной никто не заговаривал. Поэтому я понятия не имею, кто оставил салфетку на моей газете. Однако когда я просмотрел первый разворот и хотел взять второй, со спортивным разделом, салфетка лежала на газете. Я поднял ее, чтобы отложить в сторону, и увидел надпись на обратной стороне. Большими, черными буквами.

УБИРАЙСЯ ИЗ ТЭ-ЭР!

Я так и не узнал, кто оставил эту салфетку на моей газете. Наверное, это мог сделать кто угодно.

Глава 23

Марево вернулось и постепенно трансформировалось в сумерки. Ярко-красный шар солнца, погружаясь в затянувшую западный горизонт дымку, окрасило его пурпуром. Я сидел на террасе, наблюдал за закатом и пытался решить кроссворд. Получалось не очень. Когда зазвонил телефон, я прошел в гостиную, бросил сборник кроссвордов на рукопись (до чего же мне надоело смотреть на название романа) и взял трубку.

— Слушаю?

— Что у вас там творится? — пожелал знать Джон Сторроу. Даже не стал тратить время на то, чтобы поздороваться. Впрочем, злости в его голосе не чувствовалось, только разморенность. Видать, жара совсем доконала его. — Я пропустил самое интересное!

— Я напросился на ленч во вторник, — ответил я. — Надеюсь, вы не возражаете.

— Отнюдь, чем больше народу, тем веселее. — Голос звучал искренне. — Что за лето, а? Что за лето! Никаких катаклизмов не произошло? Землетрясений? Извержений вулканов? Массовых убийств?

— Массовых убийств не наблюдается, но старик умер.

— Черт, да весь мир знает, что Макс Дивоур отбросил коньки, — воскликнул Сторроу. — Вы меня удивляете, Майк! Сообщить мне такую сногсшибательную новость!

— Я про другого старика. Ройса Меррилла.

— Это вы о... постойте. Старикан с золотой тростью, который выглядел как экспонат из «Парка Юрского периода»?

— Он самый.

— Понятно. А в остальном...

— А в остальном все под контролем, — ответил я, вспомнил о выскочивших из орбит глазах Феликса и чуть не рассмеялся. Остановила меня лишь уверенность в том, что Джон Сторроу звонит мне не ради веселых баек, а чтобы узнать, какие у нас отношения с Мэтти. И что я мог ему сказать? «Пока ничего не происходит»? Разве что один поцелуй, пусть и крепкий. Разве это указывало на радужные перспективы?

Я этого не знал. Но Джон спрашивать не стал, в первую очередь его волновало другое.

— Послушайте, Майк, я позвонил потому, что мне есть что вам рассказать. Думаю, вас это удивит и позабавит.

— Удивляться и забавляться — что может быть лучше? Выкладывайте, Джон.

— Мне позвонила Роджетт Уитмор... вы ведь не давали ей номера моих родителей, так? Сейчас я в Нью-Йорке, но она звонила в Филадельфию.

— У меня нет телефона ваших родителей. На автоответчике вы его не надиктовали.

— Да, конечно. — Никаких извинений, о подобных пустяках он не думал. Я же забеспокоился, не понимая, что все это значит. — Я дал его Мэтти. Как вы думаете, Уитмор могла позвонить Мэтти, чтобы узнать этот номер? Мэтти дала бы его ей?

— Я не уверен, что Мэтти пописала бы на Роджетт, если б увидела, что та горит синим пламенем.

— Как вульгарно, Майкл! — Сторроу рассмеялся. — Может, Уитмор добыла его так же, как Дивоур раздобыл ваш номер?

— Возможно, — ответил я. — Я не знаю, что произойдет через месяц-другой, но сейчас она наверняка имеет доступ к персональному компьютеру Макса Дивоура. И если кто-нибудь знает, какие там надо нажимать кнопки, так это она. Она звонила из Палм-Спрингса?

— Да. Сказала, что только что обсудила с адвокатами Дивоура его завещание. По ее словам, дедуля оставил Мэтти Дивоур восемьдесят миллионов долларов.

Я промолчал. Его сообщение меня не позабавило, но уж точно удивило.

— Вы потрясены, а? — радостно спросил Джон.

— Вы хотите сказать, что он завещал их Кире, — наконец сумел выговорить я. — Чтобы она могла распоряжаться ими по достижению совершеннолетия.

— Нет, как раз этого он и не сделал. Я трижды спросил об этом Уитмор и только после ее третьего ответа стал что-то понимать. В его безумии просматривалась определенная система. Видите ли, там есть одно условие. Если бы деньги были завещаны малолетнему ребенку, а не матери, это условие не имело бы никакой силы. Забавно, конечно, если учесть, что Мэтти не так уж и давно сама стала совершеннолетней*.

— Забавно, — согласился я, подумав о том, как ее платье скользило под моей рукой по гладкой коже. А еще я подумал о Билле Дине, который сказал, что мужчины, приезжающие с девушками ее возраста, выглядят одинаково и по их лицам все ясно без слов.

— И что же это за условие?

— Мэтти должна оставаться в Тэ-Эр ровно год с момента кончины Дивоура, то есть до семнадцатого июля 1999 года. Она может уезжать на день, но каждый день в девять вечера должна укладываться в свою постель на территории Тэ-Эр-90, или денег ей не видать. Слышали вы когда-нибудь такую чушь? Если не считать какого-то старого фильма с Джорджем Сандерсом.

— Нет, — ответил я и вспомнил наш с Кирой визит на Фрайбургскую ярмарку. Даже в смерти он ищет опеки над ребенком, подумал я тогда. Так оно и выходило. Он хотел, чтобы они оставались здесь. Даже в смерти он хотел, чтобы они оставались в Тэ-Эр-90.

— Его нельзя обойти? — спросил я.

— Разумеется, его нельзя обойти. Этот гребаный псих с тем же успехом мог написать, что она получит восемьдесят миллионов, если целый год будет пользоваться исключительно синими тампонами. Но она получит эти восемьдесят миллионов. Я за этим прослежу. Я уже переговорил с тремя из наших специалистов по недвижимости

---

* По американским законам человек становится совершеннолетним в двадцать один год.

и... послушайте, а может, мне привезти одного из них во вторник? Все равно, если Мэтти согласится, вопросами недвижимости будет заниматься Уилл Стивенсон. — Он уже взлетел на седьмое небо, хотя, я мог в этом поклясться, не выпил ни капли. Его пьянили открывающиеся возможности. По его разумению мы находились на той стадии, которая в сказке соответствует счастливому концу. Золушке уже пришлась впору хрустальная туфелька.

— ...конечно, Уилл староват, ему лет триста, а то и поболе, так что на вечеринке он не будет душой общества, но...

— Не лучше ли оставить его дома? — предложил я. — Время поработать с завещанием Дивоура у вас еще будет. Что же касается ближайшего будущего, то у Мэтти не возникнет никаких проблем с выполнением этого идиотского условия. Ее же опять взяли на работу, помните?

— Да, белый буйвол умер, и все стадо разбежалось. — Джон хохотнул. — И как это все будет выглядеть? Свежеиспеченная мультимиллионерша выдает книги и рассылает извещения с напоминанием о необходимости своевременной уплаты месячных взносов. Хорошо, во вторник будем только веселиться!

— Отлично.

— Будем веселиться до упаду.

— До упаду — это для молодых. А уж нам, которые постарше, позвольте остаться на ногах.

— Как скажете. Я уже позвонил Ромео Биссонетту, и он обещал привезти Джорджа Кеннеди, частного детектива, который разузнал столько интересного о Дарджине. Биссонетт говорит, что после одного-двух стаканчиков

Джордж становится таким весельчаком... Я уже подумал, что привезу стейки от «Питера Люгера». Я вам об этом говорил?

— Вроде бы нет.

— Лучшие стейки в мире! Майкл, вы понимаете, что́ получила эта молодая женщина? Восемьдесят миллионов долларов!

— Теперь она сможет поменять «скаути».

— Что?

— Ничего. Вы прилетаете завтра вечером или во вторник утром?

— Во вторник, в десять утра, аэропорт округа Касл. «Нью-Ингленд эйрлайнс». Майк, с вами все в порядке? Голос у вас какой-то странный.

— Все в порядке. Я там, где мне и положено быть. Во всяком случае, я так думаю.

— Положено кем?

Я вышел на террасу. Вдали погромыхивал гром. Жара держалась, не чувствовалось и дуновения ветерка. От заката остался розовый отсвет. Небо у западного горизонта напоминало белок налитого кровью глаза.

— Не знаю, но у меня такое ощущение, что в самое ближайшее время все прояснится. Я встречу вас в аэропорте.

— Хорошо. — И тут он прошептал с трепетом и восторгом: — Восемьдесят миллионов гребаных американских долларов.

— Большая куча капусты, — согласился я и пожелал ему спокойной ночи.

Наутро я пил черный кофе и ел гренок на кухне, слушая телевизионного синоптика. Судя по всему, от прогнозов, снимков из космоса и перемещений атмосферных фронтов крыша у него немного поехала, потому что вид у него был совершенно безумный.

— Нам предстоит пережить еще тридцать часов этого ужаса, а вот потом нас ждут большие перемены, — говорил он, указывая на большую серую тучу зависшую над Средним Западом. Маленькие молнии (спасибо компьютерной графике) так и выпрыгивали из нее. За тучей из космоса просматривалась вся Америка, до самой Мексики, и тамошние температуры не добирали до наших градусов пятнадцать. — Как вы видите, сегодня нас ждут все те же девяносто пять градусов*. Ночью и завтра утром едва ли станет прохладнее. Но во второй половине завтрашнего дня грозовые фронты доберутся до западного Мэна, и я думаю, вас всех интересует, что за этим последует. В среду станет значительно прохладнее и над нами вновь засияет чистое небо, но этому будут предшествовать грозы, сильные ливни, а местами и град. Торнадо — большая редкость в Мэне, но завтра некоторым городам в западном и центральном Мэне предстоит познакомиться с ними поближе. Тебе слово, Эрл.

— Однако! — воскликнул Эрл, ведущий утреннего блока новостей, свеженький такой, розовый, как поросеночек. — Ну и прогнозец ты выдал, Винс. Торнадо в Мэне!

— «Однако», — передразнил я ведущего. — Еще раз скажи «однако», Эрл. И повторяй, пока мне не надоест.

— Священная корова, — сказал Эрл, наверное, чтобы позлить меня, и тут зазвонил телефон. Я направился в гостиную, чтобы взять

* по шкале Фаренгейта, что соответствует 36 градусам по Цельсию.

трубку, по пути искоса глянув на изувеченные часы. Ночь прошла спокойно, ни рыданий, ни криков, ни путешествий во времени, но часы меня тревожили. Безглазые, мертвые, они, казалось, предвещали беду.

— Слушаю?

— Мистер Нунэн?

Голос я знал, но поначалу не мог понять, кому он принадлежит. И все потому, что его обладательница назвала меня мистер Нунэн. Для Бренды Мизерв последние чуть ли не пятнадцать лет я был Майком.

— Миссис М.? Бренда? Что...

— Я больше не смогу работать у вас, — выпалила она. — Я очень сожалею, что не предупредила заранее, я всегда всех предупреждала о своем уходе, даже старого пьяницу мистера Кройдена... но другого выхода у меня нет. Пожалуйста, поймите меня.

— Билл узнал, что я вам звонил? Клянусь Богом, Бренда, я никому не сказал ни...

— Нет. Я с ним не разговаривала, он со мной тоже. Я просто не могу прийти в «Сару-Хохотушку». Сегодня ночью мне приснился сон. Ужасный сон. Мне снилось... что на меня очень уж сердятся. И, если я приду, со мной что-то случится. Выглядеть все будет как несчастный случай, но... только выглядеть.

«Глупости все это, миссис М., — хотел я сказать. — Вы уже вышли из того возраста, когда верят страшным историям о призраках и длинноногих чудищах, которые травят у костра».

Да только не мог я такого сказать. Потому что происходящее в моем доме никак не походило на походную байку. Я это знал, а она знала, что я знаю.

— Бренда, если из-за меня у вас возникли какие-то сложности, приношу искренние извинения.

— Уезжайте, мистер Нунэн... Майк. Уезжайте в Дерри и побудьте там какое-то время. Для вас это наилучший выход.

Я услышал, как буквы заскользили по передней панели холодильника, и обернулся. На этот раз я увидел, как формировалась окружность из овощей и фруктов. Она оставалась незамкнутой, пока в середину не проскользнули четыре буквы, а потом маленький пластиковый лимон заполнил разрыв. Я прочитал:

yats,

и тут же буквы переместились, образовав:

stay*

А потом и окружность, и слово развалились.

— Майк, пожалуйста. — Миссис М. плакала. — Завтра похороны Ройса. Там будут все самые уважаемые жители Тэ-Эр... все старожилы.

Разумеется, будут. Старые мешки с костями, которые многое знали, но все держали при себе. Да только кого-то из них моя жена сумела разговорить. В том числе и Ройса. А теперь он мертв. Как и Джо.

— Будет лучше, если вы уедете. Вы могли бы захватить с собой и эту молодую женщину. Ее и маленькую девочку.

---

* Stay — оставайся *(англ.)*, yats — зеркальное отображение stay.

Но мог ли я захватить их с собой? Я в этом сильно сомневался, полагая, что нам троим придется оставаться в Тэ-Эр, пока все не закончится… и я уже начал понимать, когда это произойдет. Надвигалась гроза. Летняя гроза. Может, торнадо.

— Бренда, спасибо, что позвонили. Но я вас не отпускаю. Будем считать, что вы в отпуске, хорошо?

— Ладно… как вам будет угодно. Вы хоть подумаете над тем, что я вам сказала?

— Обязательно. И я никому не скажу о нашем разговоре, так?

— Так! — воскликнула она, а потом добавила: — Но они узнают. Билл и Яветт… Дикки Брукс из автомастерской… старик Энтони Уэйленд, Бадди Джеллисон, все остальные… они узнают. До свидания, мистер Нунэн. Мне так жаль вас и вашу жену. Вашу бедную жену. Так жаль, — и в трубке раздались гудки отбоя.

Я долго сжимал в руке телефонную трубку. А потом, словно лунатик, медленно положил ее на стол, пересек гостиную и снял со стены безглазые часы. Я бросил их в мусорную корзину и направился к озеру, чтобы поплавать. Мне вспомнился рассказ У.Ф. Харви «Августовская жара», который завершался фразой: «От такой жары человек может сойти с ума».

Плаваю я неплохо (разумеется, не под градом камней), но к плоту я поначалу поплыл, как новичок: боялся, что кто-то схватит меня за ногу и потащит ко дну. Может, утонувший мальчик. Однако за ноги меня никто не хватал, я сразу успокоился и, еще не доплыв до плота, начал наслаждаться прохладой воды, скользящей по моему телу. Поднявшись по лесенке и распластавшись на досках плота, я чувствовал себя куда лучше, чем после стычки с Дивоуром и Роджетт Уитмор. Я все еще пребывал в трансе и к тому же испытывал невероятный прилив энергии. Поэтому я не придал особого значения отказу миссис М. работать у меня. Она вернется, когда все закончится, думал я. Обязательно вернется. А пока... может, и хорошо, что она будет держаться подальше от коттеджа.

На меня очень уж сердятся. И, если я приду, со мной что-то случится.

Действительно. Она могла порезаться. Упасть с лестницы, ведущей в подвал. Могла даже заработать инсульт, перебегая залитую солнцем автомобильную стоянку.

Я сел и посмотрел на стоящую на высоком берегу «Сару», на террасу, нависающую над склоном, шпалы-ступеньки, сбегающие к Улице. Я сидел на плоту лишь несколько минут, но уже всем телом ощущал липкий жар летнего дня. Поверхность воды превратилась в зеркало. Я видел на ней отражение коттеджа, и в этом отражении окна «Сары» напоминали наблюдающие за мной глаза.

Я прикинул, что фокус этого феномена находится аккурат на Улице, протянувшейся между настоящей «Сарой» и ее отражением. *Здесь все и произошло,* сказал Дивоур. А другие старожилы? Большинство из них, как и я, наверняка знали: Ройса Меррилла убили. И вполне возможно — почему нет? — то, что убило его, окажется среди них, когда они соберутся в церкви на похоронную службу, или потом, когда они будут стоять у его могилы. Оно может подпитаться оставшимися у них жизненной силой, чувством вины, воспоминаниями, принадлежностью к Тэ-Эр, чтобы довести дело до конца.

И меня очень радовало, что завтра в трейлере будут и Джон, и Ромео Биссонетт, и Джордж Кеннеди, который становился душой общества, пропустив стаканчик или два. Радовало, что в тот день, когда старожилы Тэ-Эр соберутся вместе, чтобы предать тело Ройса Меррилла земле, рядом с Мэтти и Ки буду не только я. Меня уже не волновала история Сары и «Редтопов». Не заботило, какие призраки живут в моем доме. Я хотел лишь пережить завтрашний день. И очень надеялся, что его переживут и Мэтти, и Ки. Я знал, что мы поедим до того, как пойдет дождь и разразится обещанная гроза. И если мы сможем отбиться от стариков, думал я, то наши жизни и наше будущее станут такими же безоблачными, как и небо после прохождения грозового фронта.

— Я прав? — спросил я. Не ожидая ответа, просто у меня вошло в привычку рассуждать вслух, но где-то в лесу, к востоку от дома, ухнула сова. Один раз, как бы подтверждая: переживете завтра, и все уладится. Уханье о чем-то мне напомнило, вызвало какие-то ассоциации. Я попытался поднапрячь память, но она выдала мне лишь название прекрасного старого романа, который я когда-то читал: «Я слышал, сова позвала меня по имени».

Я прыгнул с плота в воду, прижав колени к груди и обхватив их руками, словно ребенок, изображающий орудийное ядро, и оставался под водой до тех пор, пока воздух в легких не превратился в раскаленную жидкость, а потом вынырнул на поверхность. Проплыл тридцать ярдов, пока дыхание не восстановилось, нашел взглядом Зеленую Даму и взял курс на берег.

Я вылез из воды, начал подниматься по шпалам-ступенькам, остановился, вернулся на Улицу. Какое-то время собирался с духом, а потом зашагал к той березе, что грациозно нависла над водой. Обхватил белый ствол, как и в пятницу вечером, посмотрел в воду, не сомневаясь, что увижу утонувшего ребенка, мертвые глаза, уставившиеся на меня с раздувшегося коричневого лица, почувствую во рту и горле привкус озерной воды: *помогите, я тону, отпустите меня, о Боже, отпустите меня.* Но ничего не увидел, ничего не почувствовал. Ни тебе мертвого мальчика, ни трости «Бостон пост», увитой лентами, ни привкуса озерной воды во рту.

Я повернулся, посмотрел на серую скалу, торчащую из земли. Подумал: *здесь, именно здесь,* но мысль эта лишь промелькнула и исчезла. Гнилостный запах, уверенность в том, что именно здесь произошло что-то ужасное, не появились.

А когда я поднялся наверх и прошел на кухню за банкой пепси, меня встретила пустая передняя панель холодильника. Магниты исчезли все — и буквы, и овощи, и фрукты. Я их так и не нашел. Наверное, смог бы найти, если б уделил этому время, но в тот понедельник лишнего времени у меня не было.

Я оделся и позвонил Мэтти. Мы поговорили о грядущем ленче, о том, как волнуется Ки, о том, как нервничает Мэтти: в пятницу ей предстояло возвращаться на работу, а она опасалась, что местные жители будет с ней очень суровы (еще больше она боялась их холодности). Мы поговорили и о деньгах, и я быстро понял, что она до сих пор не верит в реальность наследства.

— Лэнс, бывало, говорил, что его отец из тех, кто покажет кусок мяса умирающей от голода собаке, а затем съест его сам. Но раз у меня снова есть работа, нам с Ки голод не грозит.

— Но если ты действительно получишь такие большие деньги...

— Да перестань. — Она рассмеялась. — Даже думать об этом не хочу. Я же не сумасшедшая, верно?

— Нет, конечно. Между прочим, а как там люди из холодильника? Что-нибудь пишут?

— Все это более чем странно. Они исчезли.

— Люди из холодильника?

— Про них я ничего сказать не могу, а вот букв-магнитов, которые ты подарил Ки, нет. Когда я спросила об этом Ки, она заплакала и сказала, что их утащил Алламагусалам. А потом глубокой ночью, когда все люди спят, съел их.

— Алла — кто?

— Алламагусалам. — Мэтти хихикнула. — Еще один маленький подарок от дедушки. У микмаков это слово означало демон или чудовище... я нашла его в словаре. Зимой и весной Кире часто снились страшные сны с этим самым алламагусаламом.

— Милый, однако, у нее был дедушка.

— Просто душка. Из-за пропажи букв Ки очень расстроилась. Я едва успокоила ее перед тем, как отвезти в библейскую школу. Между прочим, Ки интересуется, придешь ли ты в пятницу на выпускной вечер. Она и ее приятель Билли Турджен будут рассказывать историю о детстве Моисея.

— Не пропущу ни за какие коврижки, — ответил я... Но пропустил. Мы все пропустили.

— Как, по-твоему, куда могли подеваться магнитные буквы?

— Понятия не имею.

— Твои на месте?

— Конечно, только в слова они не складываются. — Я смотрел на чистую переднюю панель холодильника. На лбу у меня выступил пот. Я чувствовал, как капельки ползут к бровям. — Ты... даже не знаю, как и сказать... что-то чувствовала?

— Ты спрашиваешь, слышала ли я, как похититель алфавита вылезал через окно?

— Ты знаешь, про что я.

— Скорее да, чем нет. — Пауза. — Мне показалось, что ночью я слышала какие-то звуки. Около трех часов. Я даже встала и вышла в коридор. Никого, естественно, не увидела. Но... ты, наверное, заметил, какая стоит жара?

— Да.

— А вот прошлой ночью она куда-то подевалась из моего трейлера. Там было холодно, как на Северном полюсе. Клянусь, я видела идущий у меня изо рта пар.

Я ей поверил. Потому что уже наблюдал то же самое.

— Буквы еще оставались на холодильнике?

— Не знаю. Я не дошла до конца коридора, так что кухни не видела. Бросила короткий взгляд в гостиную и вернулась в постель. Можно сказать, побежала в постель. Иной раз кажется, что постель — самое безопасное место. — Мэтти нервно рассмеялась. — Детское поверье. Стоит укрыться с головой, и никакие чудища тебе не страшны. Только поначалу... когда я легла... даже не знаю... я подумала, что в постели уже кто-то лежал. Словно он прятался под кроватью, а когда я вышла в коридор, юркнул в постель. Неприятное было ощущение.

Дай ее сюда. Это мой пылесос, подумал я и содрогнулся.

— Что? — резко спросила Мэтти. — Что ты сказал?

— Я спросил, о ком ты подумала. Кто первым пришел тебе в голову?

— Дивоур, — без запинки ответила Мэтти. — Он. Но в кровати никого не было. — Пауза. — Жаль, что там не было тебя.

— Мне тоже.

— Спасибо и на этом. Майк, а что ты об этом думаешь? У меня до сих пор по коже бегут мурашки.

— Я думаю, может... — наверное, в тот момент я хотел рассказать ей, что произошло с буквами, прилепленными к передней панели моего холодильника. Но если бы я начал говорить, то где бы остановился? И многому ли она могла поверить? — ...может, их взяла Ки. Во сне подошла к холодильнику, сняла буквы и спрятала их где-нибудь под трейлером? Такое могло быть?

— Знаешь, по мне лучше, чтобы их взяли призраки с ледяным дыханием, чем гуляющая во сне Ки, — ответила Мэтти.

— Сегодня ночью уложи ее в свою постель, — предложил я и тут же уловил ее мысленный ответ: *Я бы предпочла уложить в мою постель тебя.*

— Ты заедешь к нам сегодня? — спросила она после короткой паузы.

— Пожалуй, что нет. — Пока мы разговаривали, она ела йогурт маленькой ложечкой. — Но завтра мы обязательно увидимся. На торжественном ленче. Или обеде.

— Я надеюсь, мы успеем поесть до грозы. Обещают сильные ливни.

— Я уверен, что успеем.

— А ты все думаешь? Спрашиваю потому, что ты мне приснился, когда я снова уснула. Мне снилось, как ты целовал.

— Я все еще думаю, — ответил я. — Долго и упорно.

На самом деле я не помню, думал ли я о чем-то в тот день. Зато помню другое: меня все сильнее утягивало в состояние транса, которое я так плохо объяснил. Ближе к сумеркам, несмотря на жару, я отправился на долгую прогулку. Дошел до пересечения Сорок второй дороги с шоссе. На обратном пути остановился у луга Тидуэлл, наблюдая, как с неба уходит красный отлив, слушая гром, рокочущий где-то над Нью-Хемпширом. Вновь ощутил, как тонка пленка реальности, не только здесь, но и везде, как она растянута, словно кожа над плотью и кровью, чего при жизни мы не осознаем. Я смотрел на деревья и видел руки. Я смотрел на кусты и видел лица. *Призраки,* говорила Мэтти. *Призраки с холодным дыханием.*

И время — тоже тонкая пленка. Мы с Кирой действительно побывали на Фрайбургской ярмарке, если не в нашей реальности, то в одном из параллельных миров, мы действительно перенеслись в 1900 год. И стоя у луга Тидуэлл, я чувствовал, что «Ред-топы» совсем рядом, в своих аккуратных белых домиках. Я буквально слышал переборы их гитар, шепот голосов, смех. Я буквально видел свет ламп в домиках, до моего носа долетал запах жарящегося мяса. «Скажи, милый, ты помнишь меня? — пела Сара Тидуэлл в одной из своих песен. — Я сладенькая, но уже не твоя».

Что-то зашебуршилось по мою левую руку. Я повернулся, ожидая, что сейчас из леса выйдет Сара, в платье Мэтти и ее же белых кроссовках. В сумраке мне могло показаться, что они идут сами по себе...

Наконец я разглядел сурка, направляющегося домой после трудового дня, но мне больше не хотелось стоять у луга и наблюдать, как сумерки переходят в ночь, а на землю ложится туман. Я поспешил к своему дому.

Вернувшись, я, вместо того чтобы войти в коттедж, зашагал по тропе, ведущей к студии Джо. Туда я не заходил с той ночи, когда во сне притащил на второй этаж пишущую машинку. Путь мне освещали зарницы.

Здесь царила жара, но затхлости не чувствовалось. Наоборот, пахло чем-то приятным, наверное, какими-то травами, собранными Джо. В студии тоже стоял кондиционер, и он работал. Я включил его и какое время постоял перед потоком холодного воздуха. Такое это удовольствие, когда холодный воздух обдувает разгоряченное тело. О том, что при этом можно простудиться, я даже не думал.

Зато в остальном никакого удовольствия я не испытывал. Тяжелое чувство придавило меня. Даже не грусть, скорее — отчаяние. Наверное, причиной тому стал разительный контраст: так мало осталось от Джо в «Саре-Хохотушке», и так много здесь. Я представил себе нашу семейную жизнь в образе кукольного домика (а может, семейная жизнь и есть кукольный домик?), в котором закреплена только половина игрушечной обстановки. Закреплена маленькими магнитами или потайными кабелями. Что-то пришло и приподняло наш кукольный домик за один угол, и я полагал, надо сказать спасибо, что наш домик пинком не отбросили с дороги. Но не отбросили, только приподняли за один угол. Мои вещи остались на местах, а вещи Джо заскользили...

И вот куда их вынесло.

— Джо? — спросил я, усаживаясь на ее стул. Ответа не последовало. Никто не стукнул по стене. Ворона не каркнула, сова не ухнула. Я положил руку на стол, где стояла пишущая машинка, поводил ею по гладкой поверхности, собирая пальцами и ладонью пыль.

— Мне недостает тебя, дорогая, — сказал я и заплакал.

А когда слезы иссякли, в который уже раз, я вытер лицо подолом футболки, словно ребенок, и огляделся. Изображение Сары Тидуэлл стояло на столе, а на стене висела фотография, которой я не помнил. Очень старая, едва различимая. Центральное место на ней занимал большой, в рост человека, крест, поставленный на небольшой прогалине на склоне над озером. Прогалина эта, должно быть, уже давно заросла деревьями.

Я смотрел на какие-то баночки, ящички, вышивки, вязание Джо. Зеленый ковер на полу. Стаканчик с карандашами на столе, карандашами, которые она брала, которыми писала. Я взял один, моя рука замерла над чистым листом бумаги... но ничего не произошло. Я чувствовал, что в студии есть жизнь, я чувствовал, что за мной наблюдают... но желания помочь не ощущалось.

— Я кое-что знаю, но этого недостаточно, — проговорил я. — А вот из того, чего я не знаю, главное заключается в следующем: кто написал на холодильнике «помоги ей»? Ты, Джо?

Ответа я не получил.

Я еще посидел, надеясь, но уже зная, что напрасно, потом встал, выключил кондиционер, выключил свет и вернулся в дом. Вышел на террасу, понаблюдал за всполохами зарниц. В какой-то момент я достал из кармана синюю шелковую ленту, повертел в руке. Неужели она вернулась со мной из 1900 года? Мысль эта казалась безумной и одновременно вполне логичной. Ночь выдалась жаркой и душной, как и все предыдущие. Я представил себе, как старожилы Тэ-Эр, а может, и Моттона, и Харлоу, вытаскивают из шкафов парадную одежду, готовясь к завтрашним похоронам. А в трейлере на Уэсп-Хилл-роуд Ки сидела на полу и смотрела по видаку «Книгу джунглей»: мудрый Балу учил Маугли законам джунглей. А Мэтти, устроившись на диване, читала новый роман Мэри Хиггинс Кларк и негромко напевала. Обе были в коротких пижамах, Ки — в розовой, Мэтти — в белой.

Какое-то время спустя я перестал их чувствовать. Они исчезли, как с увеличением расстояния исчезает радиосигнал. Я направился в северную спальню, разделся, лег на постель, которую с утра никто не застилал, и тут же заснул.

Проснулся я глубокой ночью, потому что кто-то водил горячим пальцем по моей спине. Повернулся и в свете молнии увидел лежащую рядом женщину. Сару Тидуэлл. Она улыбалась. Зрачков в ее глазах не было. *Сладенький, я почти вернулась*, прошептала она в темноте. Мне почудилось, что она вновь потянулась ко мне, но, когда снова вспыхнула молния, вторая половина кровати опустела.

Глава 24

Откровение не всегда продукт деятельности призраков, двигающих буквы-магниты на передней панели холодильника. И во вторник утром меня осенило. Случилось это, когда я брился и думал о том, как бы не забыть купить пива. Откровение, по своему обыкновению, пришло ниоткуда. Меня словно громом поразило.

Я поспешил в гостиную, чуть ли не бегом, на ходу стирая с лица пену. Быстро глянул на сборник кроссвордов, лежащий на моей рукописи. Туда я заглянул первым делом, стараясь понять, что означают указания «иди к девятнадцати» и «иди к девяноста двум». С одной стороны, вроде бы и логично, а с другой — какое отношение имел этот сборник к Тэ-Эр-90. Я купил его в Дерри, там и начал заполнять. Едва ли призраки Тэ-Эр могли выказать интерес к сборнику кроссвордов из Дерри. А вот телефонный справочник...

Я схватил его со стола. Довольно-таки тонкий, хотя он и охватывал номера всей южной части округа Касл — Моттон, Харлоу, Кашвакамак и Тэ-Эр. Прежде всего я проверил количество страниц, чтобы убедиться в наличии девяносто второй страницы. Она оказалась даже не последней. Номера владельцев телефонов, фамилии которых начинались с двух последних букв алфавита, располагались на странице 97.

Значит, ответ следовало искать в справочнике, и только в нем.

— Я попал в десятку, так? — спросил я Бантера. — Мне нужен именно телефонный справочник?

Колокольчик не шелохнулся, не звякнул.

— Пошел ты... что может понимать мышиная голова в телефонном справочнике?

Начал я с девятнадцати. Раскрыл справочник на девятнадцатой странице, отданной на откуп букве F. Девятнадцатым на ней значился Гарольд Фейллз. Мне эта фамилия ничего не говорила. Хватало там Фелтонов и Феннеров, попался один Филкершэм и несколько Финни, я насчитал полдюжины Флагерти и еще больше Фоссов. Последнюю строчку на девятнадцатой странице занимал Фрэмингхэм. И эту фамилию я вроде бы слышал впервые, но...

Фрэмингхэм, Кеннет П.

Секунду-другую я смотрел на эту строчку, и тут до меня начало доходить. И уж конечно, в этом мне нисколько не помогли послания на холодильнике.

Ты не видишь того, что, как тебе кажется, видишь, сказал я себе. *Как если бы ты покупал синий «бьюик»...*

— Синие «бьюики» попадаются везде, — поделился я своими наблюдениями с Кеннетом

Фрэмингхэмом. — Приходится пинками расталкивать их, чтобы освободить дорогу. Такая вот у нас жизнь. — Но мои руки дрожали, когда я переворачивал страницы, добираясь до девяносто второй.

Там меня встретили фамилии, начинающиеся с буквы Т, но в нижней части страницы уже пошла буква У. Я узнал телефон Элтона Убика и Кэтрин Уделл. Девяносто вторую страницу я не стал и искать, потому что ключом к разгадке служили отнюдь не холодильные шарады. И все-таки именно в справочнике таился ответ. Я закрыл его, какое-то время посидел, держа его в руках (с обложки мне улыбались счастливые мужчина и женщина, набравшие полные корзинки черники), а потом открыл наобум, на этот раз на букве М. Если знаешь, что искать, все становится ясным с первого взгляда.

Все эти К.

Да, конечно, попадались Стивены, Джоны и Марты, значились в справочнике Мизерв М., Мессер В., Джейхауз Т. Однако снова и снова я видел К. — люди пользовались правом не указывать в справочнике свое имя. На странице пятьдесят я насчитал больше двадцати К. и не меньше дюжины C*. Что же касается имен. Двенадцать Кеннетов на одной пятидесятой странице, выбранной совершенно случайно, включая троих Кеннетов Муров и двоих Кеннетов Мантеров. Четыре Катерины и две Кэтрин. А еще Кейзи, Киана, Кифер.

— Господи помилуй, это же лавина, — прошептал я.

* Английская буква С (си) в сочетании с разными гласными может читаться или как «к», или как «эс».

Я пролистал справочник, отказываясь верить своим глазам, но одна страница ничем не отличалась от другой. Сплошные Кеннеты, Кэтрин, Кейты. Кимберли, Кима, Кайма. Кэмми, Киа (а мы-то думали, что это оригинальное имя), Кендра, Кейла и Къел, Кайл. Кирби и Кирк. Одну женщину звали Кисси Боуден, одного мужчину — Кито Ренни (Кито, имя с холодильника Ки и Мэтти). И везде инициал К., превосходя числом обычно самые распространенные инициалы С., Т. и Э. Россыпи К., от страницы к странице.

Я повернулся, чтобы посмотреть на часы, не хотелось опаздывать в аэропорт и заставлять ждать Джона Сторроу, но узнать время мне не удалось. Феликс не только лишился глаз, но и остановился. Я громко рассмеялся и испугался своего смеха: в нем слышались безумные нотки.

— Возьми себя в руки, Майк, — приказал я себе. — Вдохни поглубже, сынок.

Я вдохнул. Задержал дыхание. Выдохнул. Взглянул на электронные часы на микроволновой печке. Четверть девятого. Времени больше чем достаточно, чтобы успеть в аэропорт. Я вернулся к справочнику. И тут меня вновь осенило: конечно, откровение было не чета первому, но зато куда более практичное.

Западный Мэн — относительно изолированная территория, глубинка, но приток населения все-таки наблюдался, а в последней четверти прошлого века место это стало очень популярным у пенсионеров, предпочитавших активный образ жизни: рыбалку, охоту, лыжи. Телефонный справочник позволял отделить новичков от старожилов. Барбиксы, Паретты, Куидланы, Донахью, Смолнэки, Дроваки, Блиндермейеры — пришельцы. Джелберты, Мизервы, Пиллсбюри,

Спрусы, Террье, Перро, Стэнчфилды, Старберды, Дюбэ — все из округа Касл. Вы понимаете, о чем я, да? Если на странице двенадцать вы видите целую колонку Боуи, не может быть и тени сомнения в том, что это семейство с давних пор жило в западном Мэне. Не только жило, но и успешно пополняло свои ряды.

У Пареттов и Смолнэков встречались и инициалы К., и имена, начинающиеся с «К», но редко. Основной урожай «К» приходился на старожилов, семьи, с давних пор обосновавшиеся в округе Касл.

И внезапно перед моим мысленным взором возник черный надгробный камень, взметнувшийся в небо, выше самого высокого дерева в окрестностях озера, монолит, накрывающий своей тенью весь округ Касл. Картинка была такой ясной и четкой, что от ужаса я закрыл глаза и бросил телефонный справочник на стол. Я подался назад, дрожа всем телом. А глаза я закрывал с тем, чтобы не видеть продолжения: надгробный камень отсекает солнце, и у его подножия, словно букет на могиле, лежит Тэ-Эр-90. Сын Сары Тидуэлл утонул в озере Темный След... или его утопили. Но она сделала все, чтобы он остался в памяти людей. Создала ему мемориал. Мне оставалось лишь гадать, знают ли в городе о том, что открылось мне. И решил, что едва ли. Телефонный справочник обычно открывают, чтобы найти конкретный номер, и не читают, как книгу, строчка за строчкой. Мне оставалось лишь гадать, заметила ли это Джо... обнаружила ли, что каждая из семей-старожилов называла хотя бы одного ребенка в честь погибшего сына Сары Тидуэлл.

Ума у Джо хватало. Я решил, что заметила.

***

Я вернулся в ванную, вновь размазал по лицу пену, добрился. В гостиной взял телефонную трубку. Набрал три цифры, замер. Повернулся к озеру. Мэтти и Ки уже встали, и обе, в фартуках, возились на кухне, радостные, веселые. У них же сегодня праздник! Они наденут нарядную одежду, будет играть музыка! Ки помогала Мэтти готовить печенье и пирог. А когда печенье и пирог отправятся в духовку, они возьмутся за салаты. Если б я позвонил Мэтти и сказал, собери пару чемоданов, вы с Ки проведете недельку в «Диснейленде», Мэтти восприняла бы мои слова как шутку, а потом посоветовала бы поскорее закругляться с домашними делами и ехать в аэропорт, чтобы не опоздать к прилету Джона. А если бы я стал настаивать, напомнила бы мне, что Линди предложила ей работу и предложение это будет аннулировано, если она не появится в библиотеке в пятницу, в два часа пополудни. А если бы я продолжал гнуть свое, то в ответ услышал бы короткое «нет».

Потому что в транс мог входить не только я. Не только я обладал шестым чувством.

Я положил телефонную трубку на подставку и ретировался в северную спальню. Рубашка намокла от пота еще до того, как я застегнул последнюю пуговицу. Утро выдалось таким же жарким, как и предыдущие, может, на пару градусов жарче. В аэропорт я успевал с запасом. В этот день желание повеселиться отсутствовало напрочь, но мне не оставалось ничего другого, как принять участие в торжестве, намеченном к проведению у трейлера Мэтти и Ки. Не оставалось ничего другого.

***

Джон не назвал мне номера рейса, но я не сомневался, что мы без труда найдем друг друга. Воздушные ворота округа состоят из одной взлетно-посадочной полосы, трех ангаров и здания аэровокзала, по размерам и внешнему виду напоминающего автозаправку. Безопасность обеспечивает Лесси, почтенного возраста колли Брека Пеллерина, которая коротает дни на линолеуме и подергивает ушами, когда самолет садится или взлетает.

Я заглянул в кабинет Пеллерина, спросил, прибудет ли самолет из Бостона в десять, точно по расписанию, или задержится. Он ответил, что самолет уже на подлете, и выразил надежду, что человек, которого я встречаю, улетит вскоре после полудня или останется на ночь. Потому что, добавил Брек Пеллерин, вечером и ночью ожидается прохождение мощного грозового фронта. Я и так это знал. Моя нервная система уже почувствовала нарастание напряжения, и я имел в виду не только атмосферное электричество.

Из здания аэровокзала я вышел к посадочной полосе, сел на скамейку с рекламой «Супермаркета Кормье» («ЗАЛЕТАЙТЕ В НАШ СУПЕРМАРКЕТ — ЛУЧШЕГО МЯСА ВАМ НЕ НАЙТИ ВО ВСЕМ МЭНЕ»). Солнце серебряной монетой повисло на восточном склоне раскаленного добела неба. Мама всегда жаловалась, что в такую погоду у нее болит голова, но я знал, что скоро погода переменится. И надеялся, что к лучшему.

В десять минут одиннадцатого с юга донесся комариный писк. Четверть часа спустя двухмоторный самолетик вынырнул из жаркого марева, его колеса коснулись посадочной полосы, и он покатил к аэровокзалу. Прилетели четверо, и Джон Сторроу первым спустился по лесенке-трапу. Я улыбнулся, увидев его. Не мог не улыбнуться. Он вышел из самолета в черной футболке с надписью на груди «МЫ — ЧЕМПИОНЫ» и шортах цвета хаки, из-под которых торчали классические городские колени: молочно-белые и костлявые. Он попытался удержать в одной руке сумку-холодильник и брифкейс. Я подхватил сумку, может, за четыре секунды до того, как он бы выронил ее, и сунул под мышку.

— Майк! — воскликнул он, подняв одну руку с раскрытой ладонью.

— Джон! — Я вскинул свою, подыгрывая ему (на ум тут же пришло слово «эвоэ» из арсенала знатока кроссвордов), и звонко хлопнул по его ладони. Его симпатичное лицо расплылось в улыбке, и я почувствовал укол совести. Мэтти не настаивала на присутствии Джона, скорее наоборот, и, по большому счету, для Мэтти он ничего не сделал: Дивоур отдал концы до того, как он вступил в дело. И все-таки я винил себя в том, что втянул его в эту историю.

— Пошли. Еще несколько минут этой чудовищной жары, и я расплавлюсь. Полагаю, автомобиль у вас с кондиционером?

— Безусловно.

— А как насчет магнитолы? Есть она у вас? Если да, то по дороге я прокручу вам одну любопытную запись.

— Где ж нынче найти автомобиль без магнитолы? — Я указал на сумку-холодильник: — Стейки?

— Так точно. Из «Питера Люгера». Лучшие...

— ...в мире. Вы говорили.

Когда мы вошли в здание аэровокзала, кто-то позвал меня: «Майкл?»

Я повернулся и увидел Ромео Биссонетта, адвоката, который наставлял меня во время допроса у Дарджина. В одной руке он держал коробку, завернутую в синюю бумагу и перевязанную белой лентой. А за его спиной с просиженного стула поднимался высокий мужчина с копной седых волос. В коричневом костюме, синей рубашке и при галстуке с заколкой в виде клюшки для гольфа. Выглядел он скорее как фермер, приехавший на аукцион. С первого взгляда мне не показалось, что такой человек после двух стаканчиков может стать отменным весельчаком, но я не сомневался, что передо мной частный детектив. Он переступил через сонную колли, пожал мне руку.

— Джордж Кеннеди, мистер Нунэн. Рад познакомиться с вами. Моя жена прочитала все ваши книги.

— Поблагодарите ее от моего имени.

— Обязательно. Одна у меня в машине... в переплете... — Он засмущался, так случается со многими, когда они хотят обратиться с просьбой. — Вас не затруднит написать ей несколько слов?

— С удовольствием. Готов написать прямо сейчас, пока не забыл. — Я пожал руку Ромео. — Рад видеть вас, Ромео.

— Лучше Ромми, — ответил он. — Я тоже, — и протянул мне коробку. — Это наш общий с Джорджем подарок. Мы подумали, что вы его заслужили, придя на помощь попавшим в беду.

Вот теперь я увидел в Кеннеди весельчака, каковым он мог стать после пары стаканчиков.

из тех, кто может вскочить на столик, соорудить из скатерти юбку и станцевать. Я взглянул на Джона, но тот лишь пожал плечами, как бы говоря: не спрашивай, ничего не знаю.

Я развязал бант, подсунул палец под скотч, стягивающий бумагу, вскинул голову. Успел заметить, как Ромми Биссонетт ткнул локтем в бок Кеннеди. Оба они улыбались.

— Надеюсь, из коробки ничто не выпрыгнет и не крикнет «га-га»? — спросил я.

— Ни в коем разе, — улыбка Биссонетта стала шире.

Что ж, почему не подыграть, если ситуация того требует, решил я. Развернул бумагу, открыл белую картонную коробку, убрал лоскут материи. Проделывая все это, я улыбался, а потом почувствовал, как улыбка сначала застыла на моих губах, а потом и вовсе исчезла. Сердце екнуло, я едва не выронил коробку из рук.

В ней лежала кислородная маска, которую Дивоур держал на коленях, когда «наехал» на меня на Улице. К этой самой маске он время от времени прикладывался, пока они с Роджетт следовали вдоль берега, не подпуская меня к мелководью. Ромми Биссонетт и Джордж Кеннеди преподносили мне скальп мертвого врага, решив, что это будет забавно...

— Майк? — озабоченно спросил Ромми. — Майк, с вами все в порядке? Это же шутка...

Я мигнул и понял, что никакой кислородной маски в коробке нет — как мне только могла прийти в голову такая глупость? Во-первых, размерами эта маска больше, чем маска Дивоура, во-вторых, она матовая, а не прозрачная. В коробке лежала...

С моих губ сорвался нервный смешок. По лицу Ромми Биссонетта разлилось облегчение. Кеннеди вновь заулыбался. Лишь Джон ничего не мог понять.

— Занятная штуковина, — кивнул я. Вытащил маленький микрофон, вмонтированный в маску, и оставил его болтаться на шнуре. Чем-то он напомнил мне хвост Феликса.

— Что это такое? — вырвалось у Джона.

— Адвокат с Парк-авеню. — Ромми посмотрел на Джорджа, который понимающе покивал. — Никогда такого не видели, да? Это стеномаска. Стенографист пользовался ею во время допроса Майка. Майк просто не мог отвести от нее глаз...

— Она меня пугала, — прервал его я. — Старик, сидящий в углу и что-то бормочущий в маску Зорро...

— Этой маской Джерри Блисс пугает многих, — пробасил Кеннеди. — Он — последний, кто ими пользуется. У него их штук десять или одиннадцать. Я знаю, потому что эту мне продал он.

— Я подумал, что это милый сувенир, — добавил Ромми, — но, когда вы ее увидели, у вас было такое лицо, будто мы положили в коробку отрубленную руку... я даже испугался, вдруг перепутал подарочные коробки. В чем дело?

— Июль выдался долгим и жарким, — ответил я. — Давайте спишем все на него. — Я подцепил пальцем одну из лямок стеномаски, поднял ее.

— Мэтти ждет нас к одиннадцати, — напомнил Джон. — Выпьем пива, побросаем «фрисби».

— Я — дока и в первом, и во втором, — признался Джордж Кеннеди.

На автостоянке Джордж направился к запыленной «алтиме», с заднего сиденья достал потрепанный экземпляр «Мужчины в красной рубашке».

— Фрида заставила меня взять именно эту книгу. У нее есть более новые, но этот роман — ее любимый. Извините, что вид у книги такой неприглядный — Фрида перечитывала роман раз шесть.

— Мне тоже он нравится больше других. — Я сказал чистую правду. — И мне нравится, когда мои книги читают, а не ставят на полку. — Тоже правда.

Я раскрыл книгу и написал: «Фриде Кеннеди, чей муж протянул мне руку помощи. Спасибо за то, что позволили ему уделить мне время. И я очень рад, что вам нравятся мои книги. Майк Нунэн».

Для меня это длинное посвящение, обычно я ограничиваюсь «Наилучшими пожеланиями» и «Удачи вам», но тут мне хотелось, чтобы они забыли, как перекосилось мое лицо, когда я увидел их невинный подарок. Пока я писал, Джордж спросил, работаю ли я над новым романом.

— Нет, — ответил я. — Аккумулятор на подзарядке. — И протянул ему книгу.

— Фрида огорчится.

— Я понимаю. Но у нее всегда есть «Мужчина в красной рубашке».

— Мы поедем следом. — Ромми открыл дверцу «алтимы», и тут на западе громыхнуло. Не громче, чем всегда, но то был не сухой гром.

Мы все это поняли и, как по команде, повернулись в том направлении.

— Думаете, успеем поесть до дождя? — спросил меня Джордж.

— Да, — ответил я. — На пределе.

Я остановил «шеви» у ворот автостоянки, глянул направо, проверяя, свободна ли дорога, и заметил, что Джон задумчиво смотрит на меня.

— Хотите что-то спросить?

— Мэтти говорила, что вы работаете над книгой, ничего больше. Сюжет забуксовал или что-то еще?

С сюжетом «Друга детства» никаких проблем у меня не возникло... но этому роману предстояло остаться незаконченным. В это утро я мог ручаться, что так оно и будет. Мальчики в подвале по какой-то причине решили, что на нем надо ставить крест. Спрашивать почему, мне не хотелось: я мог нарваться на неприятный ответ.

— Что-то еще. И я не знаю точно, что именно. — Я вырулил на шоссе, посмотрел в зеркало заднего обзора, убедился, что Ромми и Джордж следуют за нами в маленькой «алтиме» Джорджа. В Америке все больше крупных мужчин пересаживались на маленькие автомобильчики. — И что вы хотели дать мне послушать? Если это местное домашнее караоке, я пас. Не хочу слушать, как вы распеваете последние нетленки.

— Да нет же, я хочу предложить вам что-то более интересное. Куда как более интересное.

Он раскрыл брифкейс, порылся в нем, достал пластиковый футляр с кассетой. С маркировкой: 7-20-98*, то есть со вчерашней записью.

— Мне это очень понравилось. — Он включил магнитолу, вставил в нее кассету.

Я надеялся, что уже выбрал причитающуюся на этот день квоту неприятных сюрпризов, но, как скоро выяснилось, ошибся.

— Извините, пришлось закруглять другой разговор, — донесся из динамиков «шеви» елейный, как и положено адвокату, голос Джона. Я мог поклясться, что в момент записи его бледные колени не торчали у всех на виду.

Послышался хрипловатый, прокуренный смешок. У меня скрутило желудок. Я вспомнил, как впервые увидел ее у «Бара заходящего солнца», в черных шортах и черном цельном купальнике. И выглядела она как беженка из клиники, где лечат голодом.

— Вы хотите сказать, что вам понадобилось время на включение магнитофона? — уточнила она, и я вспомнил, как начал меняться цвет воды, когда она угодила мне камнем в затылок. Со светло-оранжевого на темно-красный. Вот тогда я первый раз глотнул озерной воды. — Я не возражаю. Записывайте, если хотите.

Джон наклонился вперед, вытащил кассету.

— Слушать это совсем не обязательно. Ничего особо интересного там нет. Я думал, вы похихикаете над ее болтовней... но на вас лица нет. Может, мне сесть за руль? Вы побледнели как гребаный мел.

— Я вас довезу. Поставьте кассету. А потом я расскажу вам о том, что приключилось со

* В Америке принято сначала указывать месяц, а уже потом — день.

мной в прошлую пятницу... при условии, что это останется между нами. Им знать не обязательно. — Я мотнул головой в сторону «алтимы». — Мэтти тоже. Особенно Мэтти.

Он поднес кассету к магнитоле, взглянул на меня:

— А надо ли?

— Да. Побледнел я от неожиданности. Не ожидал услышать ее голос. Господи, качество воспроизведения превосходное.

— В юридической фирме «Эвери, Маклейн и Бернстайн» все высшего качества. Между прочим, у нас разработана очень строгая инструкция, четко регламентирующая, что можно записывать на пленку, а чего — нельзя. Если у вас возник такой вопрос.

— Не возник. Как я понимаю, эти записи никоим образом нельзя представить суду в виде вещественных доказательств.

— В некоторых, очень редких случаях судьи на это идут, но записи мы делаем для другого. Четыре года назад, когда меня только взяли на работу, такая вот пленка спасла человеку жизнь. Спасибо Программе защиты свидетелей*. Теперь он живет в другом городе и под другой фамилией.

— Ставьте кассету.

Он поставил, нажал клавишу «Пуск».

Джон. Как вам пустыня, мисс Уитмор?
Уитмор. Жарко.
Джон. Подготовка к похоронам проходит успешно? Я знаю, как сложно...

---

* Комплекс мер обеспечения безопасности лиц, которые предоставляют следственным органам информацию, необходимую для раскрытия или предотвращения опасных преступлений.

Уитмор. Вы мало чего знаете, адвокат, поверьте мне на слово. Может, хватит чесать языком?

Джон. Как скажете.

Уитмор. Вы сообщили условия завещания мистера Дивоура его невестке?

Джон. Да, мэм.

Уитмор. Ее реакция?

Джон. Пока сказать нечего. Возможно, мы поговорим об этом после утверждения завещания. Но, разумеется, вам известно, что такие дополнительные распоряжения редко принимаются во внимание судом.

Уитмор. Что ж, если эта дамочка уедет из города, мы это проверим, не так ли?

Джон. Полагаю, что да.

Уитмор. Когда будете праздновать победу?

Джон. Простите?

Уитмор. Да перестаньте. У меня сегодня шестьдесят встреч, а завтра похороны босса. Вы ведь собираете отметить это событие с ней и с ее дочерью? Вы знаете, что она пригласила писателя? Своего трахальщика?

Джон, радостно улыбаясь, повернулся ко мне:

— Вы слышали, как она это произнесла? Она пытается скрыть свою ненависть, а может, и зависть, но не может. Ее просто выворачивает наизнанку.

Голос Джона долетал откуда-то издалека. Последние слова Уитмор («писателя, своего трахальщика») вогнали меня в транс. Мне вспомнились другие слова, произнесенные ею на берегу озера: *Мы хотим посмотреть, как долго ты продержишься на плаву.*

Джон. Я склонен думать, что вам, мисс Уитмор, нет никакого дела до того, что собираюсь делать я или друзья Мэтти. Позвольте дать вам маленький совет. Вы общайтесь со своими друзьями и уж позвольте Мэтти Дивоур...

Уитмор. Передай ему мои слова.

Мне. Она говорила обо мне. И тут до меня дошло: она говорила *со мной.* Ее тело, возможно, находилось за тысячу миль, но голос и злая душа обретались в салоне «шеви».

И воля Макса Дивоура. Не то бессмысленное дерьмо, что его адвокаты записали на бумажках, а его истинная воля. Старикан умер, это точно, но даже в смерти он по-прежнему пытался заполучить опеку над ребенком.

Джон. Кому я должен передать ваши слова, мисс Уитмор?

Уитмор. Скажи ему, что он так и не ответил на вопрос мистера Дивоура.

Джон. Какой вопрос?

Твоя шлюха сосет?

Уитмор. Спроси его. Он знает.

Джон. Если вы говорите о Майке Нунэне, то его вы можете спросить сами. Этой осенью вы увидите его в суде по делам о наследствах округа Касл.

Уитмор. Я очень в этом сомневаюсь. Завещание мистера Дивоура составлено и заверено здесь.

Джон. Тем не менее оно будет утверждаться в штате Мэн, там, где он умер. Я в этом совершенно уверен. И когда вы в следующий раз покинете округ Касл, Роджетт, вы будете существенно лучше разбираться в тонкостях закона.

Впервые в ее голосе зазвучала злость, она уже не говорила, а каркала.

Уитмор. Если вы думаете...

Джон. Я не думаю. Я знаю. Прощайте, мисс Уитмор.

Уитмор. Вам бы лучше держаться подальше от...

Щелчок, гудки отбоя, механический голос: «Девять сорок утра... июля... двадцатое». Джон нажал клавишу «Eject», кассета выскочила из магнитолы, он убрал ее в брифкейс.

— Я бросил трубку. — Он словно рассказывал мне о своем первом прыжке с парашютом. — Бросил, и все. Она рассвирепела, правда? Я ее здорово разозлил?

— Да, конечно. — Я знал, что он хочет услышать от меня именно это, хотя придерживался иного мнения. Разозлил — да, но чтобы сильно — едва ли. Потому что своей цели она добилась. Роджетт позвонила, чтобы поговорить со мной. Сказать, что она обо мне думает. Напомнить, каково плыть с разбитой головой. Напугать меня. И ей это удалось.

— На какой вопрос вы не ответили? — полюбопытствовал Джон.

— Я не знаю, что она имела в виду, но я могу сказать, почему побледнел, услышав ее голос. Если вы будете держать язык за зубами и захотите послушать.

— Ехать нам еще восемнадцать миль. Выкладывайте.

Я рассказал ему о вечере пятницы. Разумеется, о видениях не упомянул, ограничился Майклом Нунэном, который решил на закате дня прогуляться по Улице. Стоял у березы, склонившейся над озером, наблюдал, как солнце закатывается за горы, и тут появились **они**. Начиная с того момента, когда Дивоур двинул на меня инвалидное кресло, и заканчивая той минутой, когда я ступил на твердую землю, я придерживался истины, практически ничего не прибавив и не убавив.

И когда я закончил рассказ, Джон продолжал молчать. Так что нетрудно представить себе, какое впечатление произвело на него случившееся. Обычно он болтал без умолку.

— Так что? — спросил я. — Комментарии? Вопросы?

— Поднимите волосы, чтобы я мог посмотреть, что у вас за ухом.

Я подчинился, и его глазам открылся большой кусок пластыря и синяк. Джон наклонился ко мне, чтобы получше рассмотреть боевую рану.

— Священное дерьмо! — вырвалось у него.

Теперь пришла моя очередь помолчать.

— Эти старикашки едва вас не утопили.

Я продолжал молчать.

— Они пытались утопить вас за то, что вы помогли Мэтти.

Что я мог на это сказать?

— И вы никуда не заявили?

— Хотел, — признался я, — но потом сообразил, что выставлю себя в дурном свете. Широкая общественность сочтет меня плаксой и нытиком. И уж конечно, лгуном.

— А что может знать Осгуд?

— Насчет того, что они едва не утопили меня? Ничего. Он — посыльный, ничего больше.

Вновь Джон надолго замолчал. Потом протянул руку и прикоснулся к шишке на моей голове.

— Ой!

— Извините. — Пауза. — Господи. А потом он вернулся в «Уэррингтон» и покончил с собой. Майкл, мне не следовало привозить сюда эту кассету.

— Ничего страшного. Только не вздумайте рассказывать об этом Мэтти. Я специально начесываю волосы на ухо, чтобы она не увидела пластырь.

— Вы когда-нибудь ей расскажете?

— Возможно. Только после его смерти должно пройти достаточно много времени, чтобы мы могли смеяться, слушая о моем заплыве с полной выкладкой.

— То есть не скоро.

— Похоже на то.

Пару миль мы проехали молча. Я чувствовал, что Джон ищет способ возродить атмосферу веселья, и полностью одобрял его намерения. Наконец он наклонился вперед, нашел на радио что-то очень громкое в исполнении «Ганз-эндроузиз»*.

---

* современная популярная американская рок-группа.

— Будем веселиться до упаду. Так?

Я улыбнулся. Мне это далось нелегко, потому что в ушах все еще стоял голос старухи.

— Если вы настаиваете.

— Да. Безусловно.

— Для адвоката ты хороший парень, Джон.

— И ты ничего, для писателя.

На этот раз улыбка на моем лице выглядела более естественно и задержалась надолго. Мы миновали границу Тэ-Эр-90, и в этот самый момент солнце разорвало дымку и залило все ярким светом. Я уж решил, что это знак перемен к лучшему, но потом посмотрел на запад. Там, над Белыми горами, собирались с силами черные облака.

Глава 25

Я думаю, для мужчин любовь — это вожделение и восторг, смешанные в равных долях. Восторг часть женщин понимает. Насчет вожделения... им кажется, что понимают. Очень немногие, где-то одна из двадцати, в какой-то мере представляют себе, что есть мужское вожделение, и как глубоко укоренилось оно в сознании мужчины. Какое влияние оказывает оно на их сон и состояние души. И я говорю не о вожделении, точнее, похоти сатиров, насильников или растлителей малолетних. Я веду речь о вожделении продавцов обувных магазинов и директоров средних школ.

Не упоминая писателей и адвокатов.

К трейлеру Мэтти мы подъехали без десяти одиннадцать, и когда я остановил мой «шеви» рядом с ее стареньким джипом, дверь трейлера распахнулась, и Мэтти вышла на верхнюю ступеньку. У меня перехватило дыхание, и я почувствовал, что точно так же перехватило дыхание и у сидящего рядом Джона.

Такой красавицы, что стояла сейчас в дверном проеме ржавого трейлера, видеть мне еще не доводилось. Розовые шорты, розовый топик, не доходящий до талии. Шорты не слишком короткие, чтобы выглядеть дешевкой (одно из любимых словечек моей матери), но аккурат такие, чтобы вызывать фривольные мысли. Топик с тоненькими бретельками, завязанными узлами на плечах, также позволял мечтать о многом. Волосы Мэтти свободно падали на плечи. Она улыбалась и махала нам рукой. Я подумал: «Ей это удалось — пригласи ее в обеденный зал загородного клуба в таком наряде, и все будут глазеть только на нее».

— О Боже, — выдохнул Джон. В голосе его слышалась неприкрытая страсть. — Все это и еще пакетик чипсов.

— Да. Поставь глаза на место, а не то они совсем вылезут из орбит.

Он поднял руки к лицу, как бы показывая, что следует моему совету. Джордж уже поставил «алтиму» рядом с моим «шеви».

— Пошли. — Я открыл дверцу. — Нас ждут.

— Я не смогу прикоснуться к ней, Майк, — прошептал Джон. — Растаю.

— Пошли, сластолюбец.

Мэтти спустилась по ступенькам, миновав горшок с помидором. Ки следовала за ней, в таком же наряде, что и мать, только темно-зеленого цвета. На нее опять напала стеснительность: одной рукой она держалась за ногу Мэтти, кулачок второй сунула в рот.

— Гости приехали! Гости приехали! — радостно воскликнула Мэтти и бросилась мне в объятия. Крепко обняла, поцеловала в уголок рта. Я тоже крепко обнял ее, чмокнул в щечку. Потом она повернулась к Джону, прочитала надпись на его футболке, захлопала в ладоши, обняла его. Он держался достаточно уверенно для мужчины, опасавшегося растаять от ее прикосновений, и закружил ее в воздухе. Мэтти ухватилась руками за его шею и смеялась.

— Богатая дама, богатая дама, богатая дама! — несколько раз повторил Джон, прежде чем позволил подошвам белых туфелек Мэтти вновь соприкоснуться с землей.

— Свободная дама, свободная дама, свободная дама! — ответила она ему. — К черту богатство! — И, прежде чем он успел ответить, поцеловала в губы. Его руки поднялись, чтобы обнять ее, но Мэтти выскользнула и шагнула к Ромми и Джорджу, которые стояли бок о бок, словно ждали, пока кто-нибудь объяснит им, чем мормонская церковь отличается от остальных.

Я уже хотел представить ее мужчинам, но меня опередил Джон. При этом его рука все-таки осуществила задуманное: он обнял ее за талию и увлек к Ромми и Джорджу.

И в это же время маленькая ручка скользнула в мою. Я опустил голову, встретился взглядом с Ки. Посмотрел на ее мордашку, серьезную, бледную, красивую. Ее светлые волосы, только что вымытые, блестящие, удерживала в хвосте бархатная закрутка.

— Люди из холодильника меня больсе не любят. — Ки уже не см ялась. В глазах стояли слезы. — Мои буквы убезяли.

Я поднял ее, посадил на руку, как и в тот день, когда она, в купальнике, храбро шагала на разделительной полосе Шестьдесят восьмого шоссе. Поцеловал в лоб, потом в кончик носа. Кожа ее напоминала шелк.

— Я знаю. Я куплю тебе новые.

— Обесяес? — Темно-синие глаза пристально смотрели на меня.

— Обещаю. И я научу тебя таким редким словам, как зигота и дискретность. Я знаю множество редких слов.

— Сколько?

— Сто восемьдесят.

С запада долетел очередной раскат грома. Взгляд Ки метнулся к черным облакам и снова встретился с моим.

— Я боюсь, Майк.

— Боишься? Чего?

— Не знаю. Зенсины в платье Мэтти. Музьтин, котойих мы видели. — Она заглянула за мое плечо. — А вон идет момми. — Я не раз слышал, как актрисы с такой же интонацией произносили: «Только не на глазах у детей». Кира завертелась на моей руке. — Опусти меня.

Я поставил ее на землю. Мэтти, Джон, Ромми и Джордж шли к нам. Ки побежала к матери, Мэтти взяла ее на руки, оглядела нас, словно генерал, обозревающий вверенные ему войска.

— Пиво привезли? — спросила она меня.

— Так точно, — отрапортовал я. — Ящик «бада», различные прохладительные напитки плюс лимонад.

— Отлично. Мистер Кеннеди...

— Джордж, мэм.

— Хорошо, Джордж. Но, если еще раз назовете меня мэм, я щелкну вас по носу. Я — Мэтти. Вас не затруднит съездить в «Лейквью дженерел»... — она указала на супермаркет, расположенный на Шестьдесят восьмом шоссе, в полумиле от нас, — ...и привезти льда?

— Нисколько.

— Мистер Биссонетт...

— Ромми.

— За северным углом этого трейлера небольшой огород. Сможете вы найти пару хороших кустиков салата?

— Думаю, с этим я справлюсь.

— Джон, давайте положим мясо в холодильник. А ты, Майк... — Она указала на мангал. — Брикеты саморазгорающиеся. Достаточно бросить спичку и отойти. За работу.

— Да, моя госпожа. — Я упал перед ней на колени. Вот тут Ки наконец-то захихикала.

Смеясь, Мэтти протянула руку и помогла мне подняться.

— Не теряйте времени, сэр Галахад. Скоро пойдет дождь. Я хочу, чтобы мы успели наесться до отвала и укрыться от ливня в трейлере.

В городе вечеринки начинаются приветствиями в дверях, собиранием пальто, легкими или воздушными поцелуями (и откуда пошли все эти странности?). На природе все начинается с работы. Ты что-то приносишь, что-то перетаскиваешь, что-то ищешь, к примеру, железные щипцы или решетки для мангала. Хозяйка просит мужчин перенести столик на другое место, потом решает, что прежнее было лучше, и мужчины тащат столик обратно. И в какой-то момент ты понимаешь, что и в этом можно найти удовольствие.

Я соорудил из брикетов высокую пирамиду и поднес спичку. Огонь радостно загорелся, и я отступил на шаг, вытирая со лба пот. Синоптики обещали похолодание, но до него еще надо было дожить. Пока же солнце жарило с прежней силой, хотя на западе и продолжали сгущаться тучи. Там словно раздувался огромный черный шар.

— Майк?

Я обернулся к Кире:

— Что, милая?

— Ты позаботисься обо мне?

— Да, — без запинки ответил я.

Поначалу что-то в моем ответе обеспокоило ее, возможно, быстрота реакции, потом она улыбнулась.

— Хоёсё. Посмотьи, к нам идет ледяной теловек!

Джордж вернулся из супермаркета. Поставил «алтиму» рядом с моим «шеви», вылез из кабины. Мы с Кирой направились к нему, Кира крепко держала меня за руку. Подошел и Ромми, жонглируя тремя кустиками салата: не думаю, что он мог бы составить конкуренцию тому жонглеру, что в субботний вечер зачаровал Киру в парке Касл-Рока.

Джордж открыл заднюю дверцу «алтимы» и вытащил два мешка со льдом.

— Магазин закрыт. На двери бумажка: «ОТКРОЕМСЯ В ПЯТЬ ВЕЧЕРА». Я решил, что ждать очень уж долго, взял лед, а деньги бросил в почтовый ящик.

Они, разумеется, закрылись на время похорон Ройса Меррилла. Нарушили неписаный, но свято соблюдавшийся закон: в разгаре летнего сезона все магазины работают от зари до зари. И все ради похорон старика. С одной стороны, трогательно. А с другой — у меня по коже пробежал холодок.

— Мозьно мне понести лед? — спросила Кира.

— Можно, только не превратись в сосульку. — Джордж осторожно передал Кире пятифунтовый мешок со льдом.

— Сосулька, — хихикнула Кира и пошла к Мэтти, которая уже ждала ее у трейлера. — Момми, посмотьи! Я — сосулька!

Я взял у Джорджа второй мешок.

— Я знаю, что автомат по приготовлению льда стоит у магазина, но разве они не заперли его на замок?

— С большинством замков я на дружеской ноге, — ответил Джордж.

— Понятно.

— Майк! Лови! — Джон бросил красную «фрисби». Она поплыла ко мне, но высоко. Я подпрыгнул, схватил ее, и внезапно в моей голове заговорил Дивоур: *Что с тобой, Роджетт? У тебя сбился прицел? Достань его!*

Я посмотрел вниз, увидел, что Ки не отрывает от меня глаз.

— Не думай о гьюсном.

Я улыбнулся девочке, протянул ей «фрисби».

— Хорошо, о грустном больше не думаем. Давай, маленькая. Брось ее маме. Поглядим, как у тебя это получится.

Ки ответила улыбкой, повернулась и точно переправила «фрисби» Мэтти. Тарелка летела так быстро, что Мэтти едва ее поймала. Я сразу понял, что быть Кире Дивоур чемпионкой по «фрисби».

От Мэтти «фрисби» перелетела к Джорджу, который повернулся к ней боком, полы его старомодного коричневого пиджака взметнулись, и ловко поймал тарелку у себя за спиной. Мэтти смеялась и аплодировала, нижний обрез топика флиртовал с ее пупком.

— Воображала! — крикнул Джон со ступенек.

— Ревность — отвратительное чувство, — поделился Джордж своими мыслями с Ромео Биссонеттом и бросил ему «фрисби». Тарелка полетела к Джону, но сбилась с курса и ударилась о стенку трейлера. Джон сбежал со ступенек, чтобы поднять ее. А Мэтти повернулась ко мне.

— Мой проигрыватель на столике в гостиной. Там же и компакт-диски. Они, конечно, старые, но все равно это музыка. Принесешь?

— Конечно.

Я вошел в трейлер. Там властвовала жара, несмотря на три включенных вентилятора. Я еще раз оглядел дешевую мебель, репродукцию Ван Гога на кухоньке, «Ночных ястребов» Эдуарда Хоппера над диваном, выцветшие занавески. Мэтти изо всех сил старалась создать уют. Глядя на все это, я жалел ее и злился на Макса Дивоура. Пусть он и умер, но мне все равно хотелось дать ему хорошего пинка.

В гостиной на маленьком столике у дивана я увидел новый роман Мэри Хиггинс Кларк с закладкой. Рядом с книгой лежали две ленты, которыми Мэтти заплетала косы Ки. Ленты показались мне знакомыми, но я никак не мог вспомнить, где же я их уже видел. Какое-то время я постоял, хмурясь, роясь в памяти, а потом взял проигрыватель, компакт-диски и ретировался.

— Эй, друзья! — воскликнул я. — Давайте потанцуем.

Я держал себя в руках, пока она не начала танцевать. Не знаю, как на кого, а на меня танцы действуют именно так. Я держал себя в руках, пока она не начала танцевать. А потом потерял голову.

«Фрисби» мы перебрасывались за трейлером, во-первых, чтобы не злить шумом и весельем съезжающихся на похороны горожан, во-вторых, потому, что задний двор очень подходил для игры: ровная площадка и низкая трава. Пару раз не поймав «фрисби», Мэтти скинула туфельки, босиком метнулась в трейлер, тут же вернулась в кроссовках. И уж потом управлялась с тарелкой куда как лучше.

Мы бросали «фрисби», подзуживали друг друга, пили пиво, смеялись. Ки частенько не могла поймать тарелку, но бросала она ее, для трехлетней девочки, отменно и играла с полной самоотдачей. Ромми поставил проигрыватель на ступеньки, и двор заполнила музыка конца восьмидесятых и начала девяностых годов: «У-2», «Теаз фор Айз», «Эюритмикс», «Кроудид Хауз», «Э Флок оф Сигалз», «А-Ха», «Бэнглз», Мелисса Этеридж, Хью Льюис и «Ньюз». Мне казалось, что я знаю каждую песню, каждый рифф*.

Мы потели, прыгали, бегали под ярким солнцем. Мы ловили взглядом длинные, загорелые ноги Мэтти и слушали заливистый смех Ки. В какой-то момент Ромми Биссонетт споткнулся и покатился по земле, осыпая ее содержимым своих карманов, и Джон так смеялся, что ему пришлось сесть. Ноги не держали. Слезы градом катились из глаз. Ки подбежала и прыгнула на его беззащитный пах. Смех Джона, как отрезало. «О-о-х!» — выдохнул он. В его еще блестящих от слез глазах стояла боль, а ушиблен-

---

* небольшая ритмическая фигура, часто служит сопровождением к сольной импровизации (в эстрадной музыке).

ные гениталии, безусловно, пытались заползти обратно в тело.

— Кира Дивоур! — воскликнула Мэтти, с тревогой глядя на Джона.

— Я улозила моего квойтейбека! — гордо возвестила Ки.

Джон сумел-таки ей улыбнуться, с трудом поднялся.

— Да. Уложила. Рефери не оставит этого без внимания.

— Как ты, парень? — На лице Джорджа читалась озабоченность, но в голосе была улыбка.

— Нормально, — ответил Джон и бросил ему «фрисби». — Продолжим.

Раскаты грома становились все громче, но черные облака по-прежнему оккупировали лишь западный горизонт: над нами синело чистое небо. Птички пели, цикады стрекотали. Над мангалом дрожал горячий воздух: брикеты практически превратились в угли, решетка раскалилась, подготовившись к встрече с нью-йоркскими стейками. «Фрисби» все летала — красный кружок на фоне зеленой листвы и синего неба. Я пребывал во власти вожделения, но держал себя в руках. Ничего особенного, мужчины всего мира чуть ли не все время пребывают в таком состоянии, и ничего, полярные шапки не тают. Но Мэтти начала танцевать, и все изменилось.

Дон Хенли* запел под гитарный перебор.

---

* Хенли, Дон (р. 1947) — барабанщик и вокалист. Организовал группу «Иглз», одну из самых популярных американских рок-групп середины 70-х. После распада группы выступал сольно. Его песни неоднократно попадали в десятку лучших.

— Боже, как я люблю эту песню, — воскликнула Мэтти. «Фрисби» прилетела к ней. Она поймала тарелку, бросила на землю, ступила на нее, как на красный круг от луча прожектора на сцене ночного клуба, и завибрировала в танце. Заложила руки за шею, потом опустила на бедра, потом убрала за спину. Она танцевала на «фрисби», поднявшись на мыски. Она танцевала, не двигаясь. Она танцевала, как пелось в той песне, словно волна в океане.

Пел он о девушке, которая хочет только одного: танцевать, танцевать и танцевать.

Женщины становятся сексуальными, когда танцуют, невероятно сексуальными, но я среагировал не на секс. С одним лишь вожделением я бы справился, но тут было не просто вожделение, и меня захлестнуло с головой. Никогда в жизни я не видел никого прекраснее Мэтти. Не женщина в шортах и коротком топике танцевала на «фрисби», но возродившаяся Венера. В ней сосредоточилось все то, чего не хватало мне последние четыре года, когда я был не в себе и не осознавал, что мне чего-то не хватает. Разница в возрасте не имела значения. И если окружающим казалось, что у меня текут слюнки, шут с ними. Если я терял чувство собственного достоинства, гордость, самообладание — не беда. Четыре года, проведенные в полном одиночестве, научили меня, что это не самая страшная потеря.

Сколько она танцевала, стоя на «фрисби»? Не знаю. Наверное, недолго, не больше минуты, потом поняла, что мы все неотрывно смотрим на нее (в какой-то степени они все видели то, что видел я, и чувствовали то же самое). Думаю, что за эту минуту (или около того) ни один из нас не сподобился вдохнуть.

Мэтти сошла с «фрисби», смеясь и краснея. Она смущалась, но при этом не испытывала никакой неловкости.

— Извините... Я просто... Люблю я эту песню.

— «Она хочет только одного — танцевать, танцевать и танцевать», — напомнил Ромми основной лейтмотив песни Дона Хенли.

— Да, иногда это все, чего она хочет, — согласилась Мэтти и покраснела еще сильнее. — Извините, мне нужно в ванную. — Она бросила мне «фрисби» и взбежала по ступенькам.

Я глубоко вздохнул, попытался адаптироваться в реальном мире и увидел, что Джон занят тем же. На лице Джорджа Кеннеди читалась легкая обалделость, словно ему дали успокоительное и оно начало действовать.

Пророкотал гром. На этот раз куда ближе.

Я бросил «фрисби» Ромми.

— Что скажешь? — Мы все уже давно перешли на ты.

— Думаю, я влюблен, — ответил он, а затем тоже вернулся на грешную землю. — Еще я думаю, что нам пора жарить стейки, если мы хотим съесть их во дворе. Хочешь мне помочь?

— С удовольствием.

— Я тоже помогу, — вызвался Джон.

Мы вошли в трейлер, оставив Джорджа с Ки. Поднимаясь по ступенькам, я услышал, как Ки спрашивает Джорджа, много ли тот поймал преступников. Мэтти стояла у раскрытого холодильника и выкладывала стейки на тарелку.

— Как хорошо, что вы пришли. Я уж хотела съесть их сырыми. Никогда не видела таких прекрасных стейков.

— А я никогда не видел более прекрасной женщины, чем ты. — Голос Джона звучал искренне, но Мэтти лишь рассеянно улыбнулась ему. Я отметил про себя: нельзя говорить комплименты женщине в тот момент, когда она держит в руках пару замороженных стейков. Должного впечатления это не произведет.

— Ты умеешь жарить мясо? — спросила она меня. — Говори правду, потому что они слишком хороши, чтобы вверять их судьбу дилетанту.

— Мастерства мне не занимать.

— Хорошо, беру тебя на работу. Джон, будешь ему помогать. Ромми, мы с тобой займемся салатами.

— С удовольствием.

Джордж и Ки уже уселись на пластиковых стульях, словно давние друзья в своем лондонском клубе. Джордж рассказывал Ки, как он перестреливался с Ролфом Нидо и Очень плохой бандой на Лиссабонской улице в 1993 году.

— Джордж, что случилось с твоим носом? — спросил Джон. — Он вдруг очень вытянулся.

— А тебе что до этого? — парировал Джордж. — Разве ты не видишь, что мы разговариваем?

— Мистей Кеннеди поймал много пьеступников, — сообщила нам Кира. — Он поймал Отень плохую банду и упьятал их в тюйму.

— Точно, — кивнул я. — А еще мистер Кеннеди получил «Оскара» за сыгранную им роль в фильме «Люк — Твердая Рука».

— Абсолютно верно. — Джордж поднял правую руку, скрестил средний и указательный пальцы. — Я и Пол Ньюман.

Джон засмеялся. Да так заразительно, что я тут же присоединился к нему. Мы хохотали как сумасшедшие, выкладывая стейки на решетку. Просто удивительно, что обошлось без ожогов.

— Посему они смеются? — спросила Ки Джорджа.

— Потому что они глупые людишки со слабеньким умишком, — ответил Джордж. — А теперь слушай Ки... я поймал их всех, кроме Черепа. Он успел запрыгнуть в свой автомобиль, а я — в свой. Конечно, подробности погони не пристало слушать маленькой девочке...

Но Джордж все-таки начал их выкладывать, а мы с Джоном стояли у мангала и улыбались.

— Отлично, да? — спросил Джон, и я кивнул.

Мэтти принесла кукурузу, завернутую в алюминиевую фольгу. За ней шел Ромми, держа в руках большую салатницу и стараясь заглянуть поверх нее, чтобы, не дай Бог, не споткнуться.

Мы сели за столик для пикника, Джордж и Ромми — по одну сторону, Мэтти и мы с Джоном — по другую. Кира устроилась во главе стола, на стопке старых журналов, которые положили на пластиковый стул. Мэтти повязала ей на шею посудное полотенце. Кира согласилась на такое унижение по двум причинам: а) она была в новой одежде; б) посудное полотенце все-таки не слюнявчик.

Поели мы с аппетитом — салат, стейк (Джон говорил правду — лучшего стейка есть мне не доводилось), жареная кукуруза, торт на десерт. К тому времени, когда мы добрались до торта, гром гремел совсем близко и задул горячий ветер.

— Мэтти, если мне больше никогда не удастся так хорошо поесть, я не удивлюсь, — посмотрел на нее Ромми. — Премного благодарен за то, что пригласила меня.

— И тебе спасибо. — У нее в глазах стояли слезы. Одной рукой она взяла мою руку, другой — руку Джона. Пожала. — Вам всем спасибо. Если б вы знали, каково было нам с Ки до того, как... — Она тряхнула головой, вновь сжала наши с Джоном руки, отпустила. — Но теперь все в прошлом.

— Посмотрите на малютку, — подал голос Джордж.

Ки откинулась на спинку стула, глазки у нее закрывались. Волосы вылезли из закрутки и падали на щечки. На носу белела капелька крема, к подбородку прилипло кукурузное зернышко.

— Я бьосила «фьизьби» пять тысять йаз, — сообщила нам Кира. — Я устала.

Мэтти приподнялась. Я остановил ее.

— Позволь мне?

Она, улыбаясь, кивнула:

— Если хочешь.

Я взял Киру на руки и понес к трейлеру. Гром загремел снова, низко, протяжно, словно зарычала гигантская собака. Я взглянул на надвигающиеся тучи и краем глаза уловил какое-то движение: старый синий автомобиль медленно катил по Уэсп-Хилл-роуд на запад, к озеру. А внимание я обратил на него исключительно из-за глупой наклейки на бампере. Такую же я видел в «Деревенском кафе»: «НОГОТЬ СЛОМАЛСЯ — БЕРЕГИ ПАЛЕЦ».

Я поднялся с Кирой по ступенькам, осторожно повернулся боком, чтобы не ударить ее головой о дверной косяк.

— Позаботься обо мне, — прошептала она во сне. И такая грусть звучала в ее голосе, что у меня по коже побежал холодок. Она словно знала, что просит невозможного. — Позаботься обо мне. Я маленькая, мама говойит, что я малышка.

— Я позабочусь о тебе. — Я поцеловал ее в лобик. — Не волнуйся, Ки. Спи.

Я отнес девочку в ее комнатку и положил на кровать. К тому времени она окончательно сомлела. Я вытер крем с носа, снял зернышко кукурузы с подбородка. Взглянул на часы: без десяти два. Старожилы собираются в Большой баптистской церкви. Билл Дин в костюме и сером галстуке. Бадди Джеллисон в шляпе. Он стоит у церкви с еще несколькими мужчинами, которые решили покурить, прежде чем идти на службу.

Я повернулся. В дверях стояла Мэтти.

— Майк. Пожалуйста, подойди.

Я шагнул к ней. На этот раз мои руки и ее талию не разделяла ткань. Кожа у нее была теплая, такая же шелковистая, как и у дочери. Она вскинула голову, чтобы посмотреть на меня, ее губы разошлись. Бедрами она подалась вперед, а когда почувствовала ими кое-что твердое, прижалась к этой окаменелости еще сильнее.

— Майк.

Я закрыл глаза. Мне показалось, будто я распахнул дверь в ярко освещенную комнату, где смеялись и разговаривали люди. И танцевали. Потому что иногда кроме этого нам больше ничего не надо.

Я хочу войти, подумал я. *Вот чего я хочу, вот что я хочу сделать. Позволь мне это сделать. Позволь...*

И тут я осознал, что произношу все это вслух, быстро шепчу на ухо Мэтти, а мои руки так и ходят по ее спине, ощупывают позвоночник, лопатки, потом перемещаются вперед, чтобы охватить ладонями маленькие груди.

— Да, — ответила она. — Мы оба этого хотим. Да. Это прекрасно.

Она подняла руки и осторожно, большими пальцами, вытерла слезы, смочившие кожу под моими глазами. Я отпрянул.

— Ключ...

Мэтти улыбнулась:

— Ты знаешь, где он.

— Вечером я приду.

— Хорошо.

— Я... — Мне пришлось откашляться. Я посмотрел на крепко спящую Киру. — Мне было так одиноко. Похоже, я этого даже не знал, но я так мучился от одиночества.

— Я тоже. И я знала, что тебе так же одиноко. Пожалуйста, поцелуй меня.

Я поцеловал. По-моему, наши языки соприкоснулись, но полной уверенности у меня нет. Но я запомнил, какая она была живая, энергичная.

— Эй! — позвал со двора Джон, и мы отпрянули друг от друга.

— Я рада, что ты наконец-то принял решение, — прошептала Мэтти. Она повернулась и убежала по узкому коридорчику. Когда она говорила со мной в следующий раз, не думаю, что она понимала, с кем говорит и где находится. В следующий раз она говорила со мной, когда умирала.

— Не буди ребенка, — услышал я ее слова, обращенные к Джону.

— Извини, не подумал, — ответил он.

Я постоял еще с минуту, восстанавливая дыхание, протиснулся в ванную, плеснул в лицо холодной воды. Повернувшись, чтобы взять полотенце, я увидел в ванной пластикового кита.

Помнится, я еще подумал, что он, наверное, выдувает пузыри из дыхательного отверстия. Более того, мне в голову пришел сюжет детской истории о ките, который при выдохе выбрасыва т в небо огромный фонтан воды. Как же назвать кита? Вилли? Слишком уж просто. Вильгельм. То, что надо, — и величественно, и забавно. Вильгельм Кит-Фонтан.

Я помню, как над головой громыхнул гром. Помню охватившее меня счастье: я принял решение и теперь с нетерпением ждал ночи. Помню тихие мужские голоса, и такие же тихие ответы Мэтти: она показывала куда что поставить. А потом их голоса вновь зазвучали снаружи: они вышли из трейлера.

Я посмотрел вниз и увидел, что бугор на брюках заметно осел. Помнится, я еще подумал, что нет более смешного зрелища, чем сексуально возбужденный мужчина, и я точно знал, что мысль эта уже приходила мне в голову, скорее всего в одном из моих снов. Я вышел из ванной, заглянул в комнатку Ки — она повернулась на бочок и все так же крепко спала, — зашагал по коридорчику. И почти дошел до гостиной, когда услышал выстрелы. Я сразу понял, что это не гром. Мелькнула мысль об обратной вспышке в глушителе мотоцикла какого-нибудь юнца и исчезла. Я предчувствовал: что-то должно случиться... но я ждал призраков, а не выстрелов. Роковая ошибка.

Пах-пах-пах! Стреляли из автоматического оружия, как потом выяснилось, из «глока»* ка-

---

* Пистолет-пулемет, который может стрелять как одиночными патронами, так и очередями; еще в начале девяностых стоял на вооружении частей спецназа.

либра 9 мм. Закричала Мэтти — от ее пронзительного крика у меня все похолодело внутри. Я услышал, как вскрикнул от боли Джон и заорал Джордж Кеннеди: «Ложитесь, ложитесь! Ради Бога, скорее ложитесь!»

Что-то ударило в трейлер, что-то рассекло воздух прямо передо мной, клянусь, звук я слышал. Потом на кухонном столе что-то жалобно звякнуло, и от салатницы, которую принесли со двора, остались одни осколки.

Я бросился к двери, буквально слетел с бетонных ступенек. Увидел перевернутый мангал, от разлетевшихся углей уже загоралась трава. Ромми Биссонетт сидел, вытянув перед собой ноги, уставившись на лодыжку, залитую кровью. Мэтти стояла на четвереньках у мангала, волосы свешивались на лицо. Она словно пыталась задуть угли. Джон, шатаясь, шел ко мне, протягивая руку. Из раны в предплечье лилась кровь.

И еще я увидел автомобиль, который уже попадался мне на глаза: старый седан с веселенькой наклейкой. Теперь он ехал к шоссе. Находившиеся в нем люди проехали мимо нас к озеру, чтобы убедиться, что мы на месте, а теперь возвращались. Стрелок все еще высовывался из окна переднего пассажирского сиденья. Я видел в его руках дымящееся оружие. С откидным каркасным прикладом. Его лицо закрывала синяя лыжная шапочка с прорезанными в ней глазницами.

А над головой протяжно загремел гром.

Джордж Кеннеди неспешно шагал к автомобилю, откидывая попадающиеся на пути угли, не обращая внимания на красное пятно, расползающееся по правой штанине повыше колена. Его рука нырнула под полу пиджака. Джордж не прибавил скорости, даже когда стрелок повернулся к водителю, тоже в синей маске, и закричал: «Поехали! Скорее! Скорее!» Джордж не торопился, абсолютно не торопился, и я понял, почему он не снимал пиджак даже бросая «фрисби», еще до того, как увидел револьвер в его руке.

Синий автомобиль («форд» выпуска 1987 года, зарегистрированный на имя миссис Соне Белливу из Обурна и, согласно ее заявлению, украденный днем раньше) не останавливался и во время стрельбы. Тогда он, съехав на обочину, медленно прокатился вдоль трейлера, а теперь резко вильнув, выехал на середину дороги, сшиб почтовый ящик Мэтти и оставил за собой шлейф пыли.

Джордж по-прежнему не торопился. Поднял револьвер, левой рукой ухватился за запястье правой, чтобы при выстреле она не ушла вверх, и ему не пришлось бы целиться заново. И пять раз нажал на спусковой крючок. Две первые пули ушли в багажник, я увидел появившиеся в нем дырки. Третья разнесла заднее стекло «форда», и я услышал, как кто-то вскрикнул от боли. Куда попала четвертая, я не знаю. Зато пятая пробила левое заднее колесо. «Форд» повело влево. Водителю почти удалось удержать автомобиль на шоссе, но потом он полностью потерял управление. В тридцати ярдах от трейлера Мэтти «форд» вынесло в кювет, и он завалился набок. Потом багажник охватило пламя. Должно быть, одна из пуль Джорджа пробила бак. Стрелок уже пытался выбраться из кабины через окно.

— Ки... забери... отсюда... Ки, — услышал я хриплый, свистящий шепот.

Мэтти ползла ко мне. Половина ее головы, правая, выглядела, как всегда, а вот левая... Синий глаз сверкал сквозь слипшиеся окровавленные волосы, к загорелому плечу прилипли кусочки черепных костей: пуля попала в голову. Как бы мне хотелось, чтобы кто-нибудь еще сказал вам, что Майкл Нунэн умер до того, как все это увидел, но не могу.

— Ки... Майк, забери Ки...

Я опустился на колени, обнял ее. Она вырывалась. Молодая, сильная, она вырывалась, хотя серое вещество ее мозга выпирало сквозь разбитый череп. Даже при смерти она думала о своей дочери, пыталась ей помочь, пыталась ее спасти.

— Мэтти, все хорошо. — А шестое чувство перенесло меня в Большую баптистскую церковь, где запели «Блажен, кто верует», но глаза большинства скорбящих были пусты, совсем как тот глаз, что смотрел на меня сквозь окровавленные волосы. — Мэтти, успокойся, все хорошо.

— Ки... забери Ки... не подпускай их...

— Они ее не обидят, Мэтти, я обещаю.

Она извивалась в моих объятиях, скользкая, как рыба, тянулась окровавленными руками к трейлеру. Розовые шорты и топик стали ярко-алыми. Брызги крови летели на землю. С дороги донесся глухой взрыв: рванул бензобак «форда». Черный дым поднялся к черному небу. И тут же долго и протяжно прогремел гром. Небо словно вопрошало: «Вам нужен шум? Да? Что ж, будет вам шум».

— Скажи, что с Мэтти все в порядке, Майк! — донесся до меня звенящий от боли голос Джона. — Ради Бога, скажи мне, что...

Он упал на колени рядом со мной, его глаза закатывались, пока между веками не осталось ничего, кроме белков. Он потянулся ко мне, схватил за плечо, вырвал клок рубашки и повалился на землю, потеряв сознание. Из уголка рта потекла струйка слюны. В двенадцати футах от меня Ромми, сжав зубы, чтобы не закричать от боли, пытался подняться. Джордж стоял посреди Уэсп-Хилл-роуд, перезаряжая револьвер. Патроны он доставал из мешочка, который, должно быть, лежал в кармане пиджака. При этом Джордж пристально следил за стрелком, который все вылезал из кабины, не желая сгореть в ней заживо. Вся правая штанина Джорджа стала красной от крови. Жить он будет, подумал я, но вряд ли сможет носить этот костюм.

Я крепко держал Мэтти. Прижался губами к ее уху, тому, что осталось целым.

— Кира в порядке. Она спит. С ней ничего не случится, я обещаю.

Казалось, Мэтти поняла. Она перестала вырываться, лишь задрожала всем телом. «Ки... Ки...». То были последние, произнесенные ею слова. Она протянула руку, ухватила пучок травы, вырвала из земли.

— Сюда! — услышал я голос Джорджа. — Иди сюда, сукин сын, и не вздумай бежать.

— Как она? — спросил прихромавший ко мне Ромми. С белым как полотно лицом. И не стал дожидаться моего ответа. — О Господи! Святая Мария, Матерь Божья, молись за нас, грешных, ныне, и в час смерти нашей! Благословенна ты между женами и благословен плод чрева Твоего Иисус. О Мария, без греха первородного зачатая, молись за нас, к Тебе прибегающих. О нет, Майк, нет! — и он вновь начал молиться, на этот раз на французском.

— Прекрати! — оборвал я его, и он замолчал, словно ждал моего приказа. — Пойди в трейлер и посмотри, как там Кира.

— Хорошо. — Он заковылял к трейлеру. При каждом шаге с его губ срывался стон, но он не останавливался. Я ощущал запах горящей травы. Налетающий ветер пах дождем. А на моих руках умирала Мэтти.

Я прижимал ее к себе, раскачиваясь взад-вперед. Тем временем в Большой баптистской церкви над гробом Ройса читали сто тридцать девятый псалом: «...Я сказал Господу: Ты — Бог мой...» Пастор говорил, марсиане внимали. Я же укачивал Мэтти под черными тучами. Я собирался приехать сюда этой ночью, достать ключ из-под горшка с помидором и войти к ней. Совсем недавно она танцевала в белых кроссовках на красной «фрисби», танцевала, как волна в океане, а сейчас она умирала на моих руках среди горящей травы, а мужчина, который любил ее разве что немного меньше, чем я, лежал рядом без сознания. И кровь покрывала его правую руку от короткого рукава футболки с надписью на груди

МЫ — ЧЕМПИОНЫ

до худощавого, веснушчатого запястья.

— Мэтти, — позвал я. — Мэтти, Мэтти, Мэтти. — Я качал ее и поглаживал рукой по правой половине лба, которую каким-то чудом не запачкала кровь: волосы упали на левую, изуродованную сторону. — Мэтти, Мэтти, ах, Мэтти!

Сверкнула молния — первая, которую я увидел в этот день. Подсветила надвинувшиеся с запада тучи. Мэтти дрожала в моих объятиях, всем телом, от шеи до кончиков пальцев. Губы ее крепко сжались. Брови сошлись у переносицы, словно она о чем-то задумалась. Рука поднялась в попытке ухватить меня за шею: так человек, падающий в пропасть, старается ухватиться за что угодно, лишь бы остановить или хотя бы замедлить падение. Потом рука упала и застыла на траве, ладонью кверху. Тело ее содрогнулось в последний раз, и она покинула наш мир.

Глава 26

После этого, до того момента как все закончилось, я находился в трансе. Несколько раз выходил из него, к примеру, когда листок с генеалогическим древом выпал из одного из блокнотов Джо, но на очень короткие промежутки времени. Ощущения в чем-то были такие же, как и в моем сне с Мэтти, Джо и Сарой, в чем-то напоминали те, что я испытывал, когда едва не умер от свинки, но в целом сравнить мне их не с чем. Транс он и есть транс. Находясь в нем, я обретал сверхъестественные способности. Видит Бог, я бы прекрасно без них обошелся.

Подошел Джордж, ведя перед собой мужчину в синей шапочке-маске. Джордж уже здорово хромал. Сильно воняло горелой резиной.

— Она мертва? — спросил Джордж. — Мэтти?

— Да.

— Джон?

— Не знаю, — ответил я, и тут же Джон дернулся, застонал. Он был жив, но потерял много крови.

— Майк, слушай, — начал Джордж, но, прежде чем он продолжил, из горящего в кювете автомобиля донесся жуткий крик. Орал водитель, сгоравший заживо. Стрелок начал поворачиваться на крик, и Джордж поднял револьвер.

— Замри, а не то застрелю.

— Вы не можете обречь его на такую смерть! — Из-под маски голос стрелка звучал глухо. — Собаку, и ту спасают от такой смерти.

— Он уже мертв, — ответил Джордж. — А к автомобилю ближе чем на десять футов можно подойти только в асбестовом костюме. — Джорджа качнуло, а лицо его цветом не отличалось от капельки крема, которую я стер с носа Ки. Стрелок всем своим видом показал, что сейчас бросится на него, и Джордж поднял револьвер еще выше.

— Если тебе чего-то хочется, действуй. Только учти, я не промахнусь. Это я тебе гарантирую. А теперь снимай маску.

— Нет.

— Ты мне надоел. Не забудь передать привет Господу, — и Джордж оттянул ударник револьвера.

— Господи! — вырвалось у стрелка, и он стянул маску.

Откровенно говоря, я не удивился, увидев Джорджа Футмена. Из пылающего автомобиля донесся очередной вопль, последний. Клубы черного дыма все поднимались к небу. Вновь загрохотал гром.

— Майк, пойди в трейлер и найди, чем его связать, — попросил меня Джордж Кеннеди. — Еще минуту, может, две, я смогу удержать его на прицеле, но не больше, потому что истекаю кровью. Ищи скотч. Им можно повязать и Гудини.

Футмен переводил взгляд с меня на Джорджа, потом посмотрел на Шестьдесят восьмое шоссе, как это ни странно, совершенно пустынное в этот далеко не поздний час. А может, ничего странного в этом и не было: синоптики совершенно правильно предсказали время прохождения грозового фронта. Туристы и обитатели летних коттеджей укрылись от дождя. А местные...

Местные... в определенном смысле слушали. Не могу подобрать более точного определения. Пастор говорил о Ройсе Меррилле, о его долгой жизни и плодотворной деятельности, о том, как он служил родине во время мира и войны, но старожилы его не слушали. Они слушали нас, точно так же, как раньше толпились вокруг динамика в «Лейквью дженерел» и слушали прямой репортаж с поединка тяжеловесов.

Билл Дин так крепко сжимал запястье Яветт, что костяшки его пальцев побелели. Он причинял ей боль... но она не жаловалась. Она хотела, чтобы он держался за нее. Почему?

— Майк! — Голос Джорджа заметно ослабел. — Пожалуйста, помоги мне. Этот парень опасен.

— Отпустите меня, — повернулся к нему Футмен. — Вам же будет лучше.

— Как бы не так, сукин ты сын.

Я встал, направился к трейлеру, поднялся по бетонным ступенькам мимо горшка с помидором, под которым лежал ключ. Молния разорвала небо, оглушительно громыхнул гром.

Ромми сидел на стуле за кухонным столом. С еще более бледным, чем у Джорджа лицом.

— Девочка в порядке. — Слова давались ему с трудом. — Но она вроде бы просыпается... Я больше ходить не могу. Лодыжка ни к черту.

Я шагнул к телефонному аппарату.

— Без толку. — Голос у него заметно подсел. — Уже пробовал. Полная тишина. Наверное, линия повреждена. Господи, как же больно!

Я выдвинул ящики на кухне, начал рыться в поисках скотча, бельевой веревки. Если Кеннеди потеряет сознание, пока я здесь, думал я, Футмен отберет у него револьвер, застрелит его, застрелит Джона, лежащего без сознания на дымящейся траве. Покончив с ними, он придет сюда и застрелит меня и Ромми. А потом настанет черед Киры.

— Нет! — сказал я себе. — Он оставит ее в живых.

Возможно, это был бы наихудший вариант.

Попадались мне только ножи, ложки, вилки, пакеты для сандвичей, мешки для мусора, аккуратно схваченные резинкой продовольственные талоны, держалки для кастрюлей и сковородок.

— Майк, где Мэтти?

Я повернулся с виноватым видом, будто меня застали за разглядыванием порнографических картинок. Заспанная Кира, с растрепанными волосами, разрумянившаяся от сна, стояла в коридорчике. Закрутка для волос охватывала левое запястье, как браслет. В ее широко раскрытых глазах застыл ужас. Ее разбудили не выстрелы, даже не крик матери. Разбудили ее мои мысли.

В тот же миг я осознал, что мне следовало както экранировать их, но с этим я опоздал. Совсем недавно она выудила из моей головы все, что касалось Дивоура, и сказала, что не надо думать о грустном. А теперь, прежде чем я успел возвести защитный барьер, из моих мыслей она узнала о случившемся с ее матерью.

Рот ее раскрылся. Глаза округлились еще больше. Она пронзительно закричала и бросилась к двери.

— Нет, Кира, нет! — Я метнулся через кухню, едва не наткнувшись на Ромми (он уже ничего не соображал от боли), и успел-таки перехватить ее. И одновременно увидел, как Бадди Джеллисон покидает Большую баптистскую церковь через черный ход. В сопровождении двоих мужчин, которые курили с ним до начала службы. Теперь я понимал, почему Билл Дин так крепко держал за руку Яветт, и любил его за это. Любил их обоих. Что-то хотело, чтобы Билл ушел с Бадди и другими... но Билл остался на месте.

Кира вырывалась из моих рук, крича:

— Отпусти меня, я хотю к момми, отпусти, я хотю к момми... к момми...

Я произнес ее имя, с той единственной интонацией, которую только она могла уловить, понять. Кира перестала вырываться, повернулась ко мне лицом. Ее огромные глаза заблестели от слез. Еще несколько мгновений она смотрела на меня, смиряясь с мыслью о том, что выходить из трейлера ей нельзя. Я поставил ее на пол. Она попятилась, пока не уперлась спиной в посудомоечную машину. Уселась на пол... и зарыдала, вне себя от горя. Видите ли, она все поняла. Мне пришлось ей кое-что показать, иначе она не осталась бы в трейлере, пришлось... и я смог это сделать, потому что мы оба вошли в транс.

Пикап с надписью на борту «БАММ КОНСТРАКШН», в котором сидели Бадди и двое мужчин, уже катил в нашу сторону.

— Майк! — крикнул Джордж. В его голосе слышались панические нотки. — Надо бы тебе поспешить.

— Держись! — ответил я. — Держись, Джордж!

Мэтти сложила грязную посуду около раковины, но я не сомневался, что разделочный столик был совершенно чист, когда я бросился Кире наперерез. А теперь его покрывал слой сахара, высыпавшегося из перевернутой банки. И по сахару прошлась чья-то невидимая рука, написав:

— Как бы не так! — прорычал я и вновь склонился над ящиками. Ни скотча, ни веревки. Не было даже паршивой пары наручников, хотя у хорошей хозяйки их должно быть уж не меньше трех. А потом меня осенило: надо заглянуть в шкафчик под мойкой. Когда я вышел из трейлера, Кеннеди уже качало из стороны в сторону, а Футмен пристально следил за ним, выбирая момент для атаки.

— Ты нашел скотч? — спросил Джордж Кеннеди.

---

* Теперь уходи.

— Я нашел кое-что получше, — ответил я. — Скажи мне, Футмен, кто заплатил тебе? Дивоур или Уитмор? Или ты не знаешь?

— Пошел ты на хрен!

Правую руку я держал за спиной. Левой указал на дорогу и изобразил на лице изумление.

— Что это задумал Осгуд? Скажи ему, чтоб убирался отсюда.

Футмен повернул голову, инстинктивно, и я ударил его по затылку молотком, который нашел в ящике с инструментами под мойкой Мэтти. Раздался ужасный звук, брызнула кровь, я почувствовал, как подалась под железом кость. Футмен рухнул как подкошенный, я выронил молоток, к горлу подкатила тошнота.

— Отлично! — прокомментировал Джордж. — Возможно, излишне радикальное решение, но учитывая... учитывая...

Он не рухнул, как Футмен, а опускался медленно, все еще держа тело под контролем, но в итоге тоже отключился. Я поднял револьвер, посмотрел на него, затем зашвырнул в кусты по другую сторону дороги. Для себя пользы в оружии я не видел. Скорее, наоборот, оно могло доставить мне лишние неприятности.

Еще двое мужчин покинули церковь. А также четыре женщины в черных платьях, под вуалями. Мне следовало поторопиться. Я расстегнул брюки Джорджа и стянул их вниз. Пуля пробила бедро, но рана уже практически не кровила, закупоренная сгустком свернувшейся крови. С Джоном дело обстояло иначе: кровь из раны в предплечье продолжала течь ручьем. Я вытащил ремень из его брюк и стянул им руку повыше раны. Потом отвесил

Джону пару оплеух. Его глаза раскрылись, вроде бы он меня узнал.

— Открой рот, Джон! — приказал я.

Он только смотрел на меня. Я наклонился к нему и, когда наши носы едва не соприкоснулись, рявкнул:

— ОТКРЫВАЙ РОТ! БЫСТРО!

Он открыл, как ребенок, когда медицинская сестра просит его сказать «а-а-а». Я засунул конец ремня между губами.

— Закрывай! — Он закрыл рот, зажал ремень зубами. — Вот так и держи. Держи, даже если потеряешь сознание.

Времени, чтобы убедиться, понял он меня или нет, не было. Я встал, огляделся. Злобное черное небо, все в змеях-молниях. Такого видеть мне еще не доводилось.

По бетонным ступенькам я взлетел в трейлер. Ромми уже повернулся лицом к столу, положил на него руки, на них — голову. Кира попрежнему сидела у посудомоечной машины и заливалась слезами.

Я поднял ее на руки, почувствовал, что она описалась.

— Нам пора идти, Кира.

— Я хотю Мэтти! Я хотю Мэтти! Я хотю мою Мэтти. Сделай так, тьтобы ей не было больно! Сделай так, тьтобы она не умийала!

Я направился к двери. Проходя мимо столика с романом Мэри Хиггинс Кларк, я увидел ленты для волос — ленты, которыми мать и дочь поначалу хотели заплести волосы Киры, но потом отказались от этой мысли, остановив свой выбор на закрутке. Белые ленты с красными полосками по краям. Красивые. Не останавливаясь, я подхватил их, сунул в карман брюк, потом пересадил Киру на другую руку.

— Я хотю Мэтти! Я хотю момми! Сделай так, тьтобы она вейнулась! — Кира начала вырываться. Забарабанила кулачками по моей голове. — Опусти меня! Отпусти! Отпусти!!!

— Нет, Кира.

— Отпусти меня! Отпусти! ОТПУСТИ! ОТПУСТИ!

Я понял, что сейчас она вырвется из моих рук. А потом, уже в дверях трейлера, она перестала сопротивляться.

— Дай мне Стикена! Хочу Стикена!

Я не понимал, о чем она говорит, но посмотрел, куда она указывала, и мне все стало ясно. На дорожке, неподалеку от горшка с помидором, под которым Мэтти прятала запасной ключ, лежала набивная игрушка из «Счастливого домика». Игры на улице отразились на внешности Стрикленда. От пыли светло-серый мех заметно потемнел. Однако если игрушка могла успокоить девочку, почему отказывать ей в этой маленькой радости? А о грязи и микробах в такой ситуации следовало забыть.

— Я дам тебе Стрикленда, если ты пообещаешь закрыть глаза и не открывать их, пока я тебе не разрешу. Обещаешь?

— Обесяю! — Она дрожала всем тельцем, и огромные слезы, такие бывают только в сказках, но не в реальной жизни, покатились по ее щекам. Пахло горелым. То ли травой, то ли мясом. К горлу подкатила тошнота, но мне удалось подавить приступ.

Ки закрыла глаза. Еще две слезы скатились мне на руку. Большие и горячие. Одну руку Кира вытянула перед собой, растопырив пальцы. Я спустился по ступенькам, поднял игрушку, задумался. Сначала ленты, теперь собака. Ленты-то ладно, но не хотелось давать Кире набивную собаку, чтобы она взяла ее с собой. Не хотелось, а с другой стороны...

Она же серая, Ирландец, прошептал голос НЛО. *Нечего из-за нее беспокоиться, она серая. А в твоем сне набивная игрушка была черной.*

Я смутно понимал, о чем толкует голос, да и не хотел понимать. Сунул Стрикленда в ладошку Ки. Она схватила игрушку, поднесла к лицу, поцеловала пыльный мех, по-прежнему не открывая глаз.

— Стикен помозет момми, Майк. Стикен — волсебная собатька.

И Кира уткнулась носом мне в шею. Я пересек двор, открыл переднюю дверцу моего автомобиля со стороны пассажирского сиденья, опустил на него девочку. Она тут же улеглась, закрыв голову руками, не выпуская собачки из пухлых пальчиков. Я велел ей так и лежать, не поднимая головы. Она ничем не показала, что услышала меня, но я и так знал, что мои слова дошли до нее.

Нам следовало поспешить, потому что старожилы приближались. Старожилы хотели довести дело до конца. А укрыться от них мы могли только в одном месте, только в одном месте мы могли чувствовать себя в безопасности — в «Саре-Хохотушке». Но уехать сразу же я не мог.

В багажнике лежало одеяло, старое, но чистое. Я вытащил его, вновь пересек двор, остановился рядом с Мэтти Дивоур, набросил одеяло на ее тело. Под одеялом она стала совсем маленькой. Повернувшись, я увидел, что Джон смотрит на меня. Его глаза остекленели от шока, но я чувствовал, что он постепенно приходит в себя. Зубами он по-прежнему держал ремень. Ну вылитый наркоман, перетягивающий руку перед тем, как уколоться.

— Э не мо ыть, — промычал он, но я понял, что он хотел сказать: «этого не может быть».

— Помощь подоспеет через несколько минут. Держись. А мне надо ехать.

— Куда?

Я не ответил. Не успевал. Наклонился над Джорджем, пощупал пульс. Медленный, но наполненный. Рядом с ним тяжело дышал Футмен. Без сознания, но живой. Естественно, убить «папулю» не так-то просто. Ветер бросил в меня дымом от горящего автомобиля, и пах этот дым сгоревшей человеческой плотью. У меня в который уж раз скрутило желудок.

Я побежал к «шеви», скользнул за руль, задним ходом выехал на дорогу. Бросил один взгляд на двор: накрытое одеялом тело, трое мужчин на земле, черные дыры от пуль в стенке трейлера, распахнутая дверь. Джон приподнялся на здоровом локте, по-прежнему сжимая ремень зубами. Его плавающий взгляд задержался на моем автомобиле. Молния сверкнула так ярко, что мне пришлось прикрыть глаза рукой. А когда я убрал руку, вспышка погасла, и день скорее напоминал темные сумерки.

— Лежи, Кира, — обратился я к девочке. — Не поднимай головы.

— Я тебя не слысу. — Голос ее сел от слез. — Ки и Стикен спят.

— Хорошо, — ответил я. — Отлично.

Я проехал мимо горящего «форда», остановился у выезда на шоссе. Посмотрел направо и увидел пикап, припаркованный на обочине. На борту надпись

БАММ КОНСТРАКШН

В кабине — трое мужчин, все не спускают с меня глаз. У дверцы со стороны пассажирского сиденья сидел Бадди Джеллисон. Я узнал его по шляпе. Я медленно поднял правую руку, выставил средний палец, показал им. Мужчины не отреагировали, выражение застывших лиц не изменилось ни на йоту, но пикап тронулся с места и покатил ко мне.

Я повернул на Шестьдесят восьмое шоссе и под черным небом погнал «шеви» к «Саре-Хохотушке».

В двух милях от того места, где Сорок вторая дорога отходит от шоссе на запад, к озеру, стоял заброшенный сарай, на стене которого еще просматривалась выцветшая надпись: «МОЛОЧНАЯ ФЕРМА ДОНКАСТЕРА». Когда мы подъезжали к сараю, восточная половина неба осветилась мощной лиловато-белой вспышкой. Я вскрикнул, загудел гудок «шеви» — сам по себе, я в этом уверен. Из вспышки вылетела молния и вонзилась в сарай. С мгновение он стоял, как и прежде, только подсвеченный изнутри, а потом обломки разлетелись в разные стороны. Ничего похожего в реальной жизни я никогда не видел, только в кино. А уж последовавший удар грома чуть не разорвал мои барабанные перепонки. Кира жалобно пискнула и сползла с сиденья на пол, зажимая уши пухлыми ручонками. В одной руке она сжимала набивную собачку.

Минутой позже я въехал на Сахарный Гребень. Сорок вторая дорога отходила от шоссе у подножия северного склона. С вершины я увидел весь Тэ-Эр-90: леса, поля, сараи, даже кусочек озера. Все это лежало под черным, как угольная пыль, небом, по которому то и дело змеились молнии. Воздух так наэлектризовался, что начал светиться. А с каждым вздохом я ощущал во рту вкус пороха. За Гребнем все словно застыло. И мне никогда не забыть сюрреалистической четкости представшей передо мной картины. Я словно соприкоснулся с неким явлением природы, о существовании которого даже не подозревал.

Взглянув в зеркало заднего обзора, я увидел, что к пикапу присоединились еще два автомобиля, один из них с особым номерным знаком, указывающим на то, что принадлежит автомобиль ветерану войны. Когда я притормаживал, сбрасывали скорость и мои преследователи. Когда ускорялся, они тоже нажимали на педаль газа. Однако я не сомневался, что они прекратят преследование, как только я сверну на Сорок вторую дорогу.

— Ки? Ты в порядке?

— Сплю, — донеслось с пола.

— Хорошо, — кивнул я, и «шеви» покатил вниз по склону.

Я уже видел красные велосипедные рефлекторы, маркирующие поворот на Сорок вторую дорогу, когда пошел град. Большие куски белого льда сыпались с неба, барабанили по крыше, словно тяжелые пальцы, отлетали от капота. Начали скапливаться в зазоре между ветровым стеклом и капотом, в котором «прятались» дворники.

— Что это? — испуганно спросила Кира.

— Просто град, — ответил я. — Нам он не страшен. — И едва эти слова слетели с моих губ, как градина размером с небольшой лимон ударилась о мою сторону ветрового стекла и отлетела рикошетом, оставив после себя белую выбоину с побежавшими во все стороны трещинками. Неужели Джон и Джордж Кеннеди по-прежнему лежат под открытым небом? Я попытался мысленно дотянуться до них, но ничего не почувствовал.

Когда я сворачивал на Сорок вторую дорогу, град валил с такой силой, что я ничего перед собой не видел. Колеи засыпало льдом. Правда, под деревьями он сразу таял. Я включил фары. Яркий свет прорезал белую пелену.

Едва мы въехали под деревья, опять полыхнула лиловато-белая вспышка, и мне пришлось отвести взгляд от бокового зеркала, чтобы не ослепнуть. Кира закричала. Я оглянулся и увидел огромную старую ель, медленно валившуюся поперек дороги. Ее комель уже горел. Падая, ель оборвала провода.

Мы блокированы, подумал я. *И с другого конца дороги тоже. Мы здесь. Хорошо это или плохо, но мы здесь.*

Кроны деревьев с двух сторон смыкались над Сорок второй дорогой, за исключением того места, где она выходила к Лугу Тидуэлл. Град бомбардировал лес, как шрапнель, сшибая с деревьев ветки. Давно уже в этой части света не было такого страшного града. Падал он с четверть часа, не больше, но этого вполне хватило, чтобы уничтожить на полях почти весь урожай.

Над нами сверкали молнии. Я поднял голову и увидел большой оранжевый шар, за которым гнался шарик поменьше. Летели они сквозь деревья слева от нас, поджигая верхние ветви. Когда же мы добрались до Луга Тидуэлл, град сменился стеной дождя. Я бы не смог вести машину, если б мы тут же не нырнули под деревья. Под ними я все-таки мог продвигаться вперед, согнувшись над рулем и чуть ли не тычась носом в ветровое стекло: пытался хоть что-нибудь разглядеть в подсвеченной фарами водной стихии. Гром гремел без перерыва, а тут еще поднялся ветер и завыл меж верхушек деревьев. Перед «шеви» на дорогу свалилась толстая ветвь. Я переехал ее, слушая, как она скребет по днищу автомобиля.

Пожалуйста, не перекрывай нам дорогу, взмолился я, уж не знаю кому. *Пожалуйста, позволь мне доехать до дому. Позволь нам укрыться в доме.*

К тому времени, когда я свернул на подъездную дорожку, ветер усилился до ураганного. Деревья гнуло чуть ли не до земли, дождь лил как из ведра. Подъездная дорожка превратилась в реку, но я без малейшего колебания крутанул руль — на Сорок второй дороге мы оставаться не могли: если бы на автомобиль упало большое дерево, нас с Кирой раздавило бы, как двух букашек.

Я прекрасно понимал, что тормозить нельзя: автомобиль могло занести и вода утянула бы его, и нас вместе с ним, в озеро. Поэтому я включил первую передачу и не мешал потоку тянуть нас вниз по подъездной дорожке к едва проглядывающему сквозь водную стену бревенчатому коттеджу. Невероятно, но в доме кое-где горел свет, и окна напоминали иллюминаторы погрузившегося на девять футов батискафа. Автономный генератор работал... во всяком случае, пока.

Молнии отбрасывали блики на озеро, зелено-синий огонь освещал черную чашу воды, по краю обрамленную белыми бурунами волн. Одна из столетних сосен, что еще недавно высилась слева от тропы-лестницы, переломилась пополам и упала верхушкой в озеро. Где-то позади нас с громким треском рухнуло на землю еще одно дерево. Кира закрыла уши руками.

— Все в порядке, маленькая, — успокоил ее я. — Мы уже здесь, уже приехали.

Я заглушил двигатель, выключил фары. А без них ничего не мог разглядеть: день превратился в ночь. Попытался открыть дверцу. Поначалу ничего не вышло. Я толкнул дверцу сильнее, и ее буквально вырвало из моей руки. Я вылез из кабины и в яркой вспышке молнии увидел, как Кира ползет ко мне по сиденью, с побледневшим от ужаса лицом, с круглыми глазами. Дверь качнуло назад, и она с силой ударила меня по заду, но я этого просто не заметил. Я наклонился, взял Киру на руки, вновь выпрямился. Холодный дождь мгновенно вымочил нас до нитки. Впрочем, какой дождь? Мы словно стояли под водопадом.

— Моя собатька! — взвизгнула Кира. Наверное, взвизгнула, хотя я едва расслышал ее. Зато я видел ее лицо и пухлые пальчики, которые ничего не сжимали. — Стикен! Я уйонила Стикена!

Я посмотрел вниз, и точно, потоком воды Стрикленда несло по асфальту подъездной дорожки мимо крыльца. Еще чуть-чуть, и вода увлекла бы его вниз по склону. Возможно, Стрикленд мог зацепиться за какой-нибудь корешок, но с тем же успехом мог оказаться и в озере.

— Стикен! — рыдала Ки. — Моя СОБАТЬКА!

И в тот момент паршивая набивная собачка значила для нас больше всего на свете. Я бросился за ней с Ки на руках, забыв о проливном дожде, ветре и ярких вспышках молний. И тем не менее игрушка должна была добраться до склона быстрее меня — водный поток мчался слишком стремительно.

Но у края асфальта Стрикленда задержало трио растущих там подсолнухов, которые немилосердно трепал ветер. Они то поднимались, то клонились к земле, словно истово отбивали поклоны Господу нашему: «Да, Иисус! Благодарим Тебя, Господи!» Подсолнухи показались мне знакомыми. Не могли это быть те самые подсолнухи, что проросли сквозь доски крыльца в моем сне (и на фотографии, которую прислал мне Билл Дин), и все-таки это были они; безусловно, они. Три подсолнуха, как три ведьмы в «Макбете», три подсолнуха с головками, как прожектора. Я вернулся в «Сару-Хохотушку»; я находился в трансе; я вернулся в свой сон и на этот раз растворился в нем.

— Стикен! — Ки билась и извивалась в моих руках. — Майк, позялуйста, Майк!

Раскат грома рванул над головой, словно бочка пороха. Мы оба закричали. Я упал на одно колено, схватил маленькую набивную собачку. Кира вырвала ее у меня и принялась неистово целовать. Я поднялся на ноги под очередной раскат грома, резкий, как удар хлыста. Я смотрел на подсолнухи, они — на меня, как бы говоря: *Привет, Ирландец, давно не виделись, правда?* Потом, поудобнее посадив Киру на руку, повернулся и направился к крыльцу. Каждый шаг давался с трудом: вода доходила до колен, поток тащил еще не растаявшие градины. Оторванная ветром ветка пролетела мимо и упала на то место, где я только что опускался на колено, чтобы поднять игрушку.

Я взбежал на крыльцо, ожидая, что навстречу выскочит Тварь в белом саване, но, разумеется, никто на крыльце меня не встретил. А вокруг продолжала бушевать стихия. Так что страхов хватало и без Твари.

Ки сжимала собачку обеими руками, и я не удивился, увидев, что от воды и грязи Стрикленд из серого стал черным. Ведь набивную собачку именно такого цвета я видел в своем сне. Но отступать было поздно. От урагана мы могли укрыться только в «Саре-Хохотушке». Я открыл дверь и с Ки на руках переступил порог.

Центральная часть «Сары», сердце коттеджа, простояла чуть ли не с сотню лет и повидала много ураганов. Тот, что обрушился на озерный край в этот июльский день, был скорее всего самым мощным, но едва я вошел в дом (мы с Ки жадно хватали ртами воздух, словно люди, которые едва не утонули), как понял: коттедж выстоит. Толстенные бревенчатые стены создавали ощущение, что мы в банковском сейфе. Рев ветра и гром изрядно поутихли и уже не наводили ужас. Изредка на крышу с громким стуком падала ветка. Где-то — как я предположил, в подвале — хлопала открывающаяся и закрывающаяся дверь. Звук этот напоминал выстрел стартового пистолета. Маленькая ель, упав, выдавила кухонное стекло. Теперь вершинка зависла над плитой, отбрасывая тень на разделочный столик и горелки. Я хотел отломать ее, но передумал: пусть и дальше затыкает дыру в окне.

Я отнес Киру в гостиную, и мы долго смотрели на озеро — черную воду под черным небом. В непрерывных вспышках молний мы видели, как ветер гнет к земле растущие по берегам деревья. И коттедж жалобно стонал, отчаянно сопротивляясь желанию ветра оторвать его от фундамента и сбросить вниз, в черную воду.

Раздался мелодичный звон. Кира оторвала головку от моего плеча, огляделась.

— У тебя мышь.

— Да, это Бантер.

— Он кусается?

— Нет, милая, он не кусается. Он... как кукла.

— А потему звенит его колокольтик?

— Он рад нашему приходу.

Я хотел, чтобы она приободрилась, потом увидел, что она вспомнила о Мэтти. А какая уж радость без Мэтти... Над нашими головами что-то огромное рухнуло на крышу, лампы замерцали, Кира вновь начала плакать.

— Не надо, милая. — Я закружил с ней по гостиной. — Не надо, Ки, не плачь. Не плачь, милая, не надо.

— Я хотю к момми! Я хотю к моей Мэтти!

Я кружил по гостиной и укачивал Киру, как, по моему разумению, укачивают детей, у которых разболелся животик. Для трехлетней крохи она слишком многое понимала, а потому я не знал, сможет ли она выдержать те ужасные страдания, что выпали на ее долю. Вот я и держал ее на руках и укачивал. Шортики ее намокли от мочи и дождя, горячие ручонки обнимали шею, на щечках смешались копоть и слезы, волосы висели мокрыми слипшимися прядями, из-под пальцев, сжимающих промокшую насквозь набивную собачку, текла грязная вода. Я кружил и кружил по гостиной «Сары-Хохотушки», под единственной горящей тусклым светом лампочкой. Генератор не может обеспечить постоянного напряжения, вот и лампочка то становилась чуть ярче, то притухала. То и дело позвякивал колокольчик Бантера, словно музыка, доносящаяся из мира, который мы иногда чувствуем, но никогда не видим. Наверное, я что-то ей напевал, наверное, пытался установить с ней мысленный контакт, и мы все глубже погружались в транс. А над нами неслись тучи и проливались дождем, который тушил пожары, вызванные молниями. Дом стонал, через разбитое окно нас то и дело обдавало порывами холодного ветра, но все-таки я чувствовал себя в безопасности. Мы добрались до дома, а дом, как известно, крепость.

Наконец слезы перестали течь из ее глаз. Щечкой она приникла к моему плечу, и когда мы в очередной раз проходили мимо выходящих на озеро окон, я увидел, как она широко раскрытыми глазами смотрит на бушующую стихию. Устроившись на руках у высокого мужчины с редеющими волосами. И тут я понял, что сквозь нас я без труда могу разглядеть стоящий в гостиной стол. Наши отражения в стекле сами стали призраками, подумал я.

— Ки? Хочешь что-нибудь съесть?

— Я не голодна.

— Может, выпьешь стакан молока?

— Нет, какао. Я замейзла.

— Конечно, замерзла. А какао у меня есть.

Я попытался опустить ее на пол, но она отчаянно ухватилась за мою шею, прижавшись ко мне всем тельцем. Я выпрямился и поудобнее усадил ее на руку. Она сразу же успокоилась.

— Кто здесь? — спросила Ки и начала дрожать. — Кто здесь, кйоме нас?

— Я не знаю.

— Какой-то мальтик. Я видела его там. — Она указала Стриклендом на сдвижную стеклянную дверь, ведущую на террасу (все стулья перевернуло и разметало по углам, одного я не досчитался, наверное, его перебросило через ограждение). — Он тейный, как в том забавном соу, котойое мы видели с Мэтти. Там и дйюгие тейные люди. Зенсина в больсой сляпе. Музьсина в синих бъюках. Остальных не могу йазглядеть. Но они наблюдают. Наблюдают за нами. Ты их не видись?

— Они не причинят нам вреда.

— Ты увейен? Увейен?

Я не ответил.

Нашел коробку «Свисс-мисс» за банкой с мукой, надорвал один из пакетиков, высыпал содержимое в чашку. Громыхнуло прямо над головой. Кира подпрыгнула у меня на руке, жалобно заверещала. Я прижал ее к себе, поцеловал в щечку.

— Не опускай меня на пол, Майк. Я боюсь.

— Не опущу. Будь умницей.

— Я боюсь этого мальтика, и музьсину в синих бйюках, и зенсину в сляпе. Это та зенсина, тьто носила платье Мэтти. Они — пйи-зйяки?

— Да.

— Они плохие, как те люди, тьто пйеследовали нас на яймайке? Да?

— Не знаю, Ки, в этом-то все и дело.

— Но мы это выясним.

— Что?

— Ты так подумал. «Мы это выясним».

— Да, — признал я. — Так я и подумал. Примерно так.

Пока вода грелась в чайнике, я с Ки на руках прошел в главную спальню, в надежде найти для девочки что-нибудь из одежды Джо, но все ящики в комоде Джо были пусты. Так же, как и ее половина стенного шкафа. Я поставил Ки на большую кровать, на которой после возвращения в «Сару-Хохотушку» практически не спал, может только раз или два днем, раздел ее, отнес в ванную, завернул в большое банное полотенце. Она дрожала от холода, губы посинели. Другим полотенцем я вытер ее волосы. Все это время она не выпускала из руки Стрикленда, и набивка уже начала вылезать из швов.

Я открыл шкафчик с лекарствами, порылся в нем, нашел то, что искал, на верхней полочке: бенадрил*. Некоторые растения вызывали у Джо аллергию, и она принимала его как антигистаминное средство. Подумал о том, чтобы посмотреть на коробочке срок годности, и чуть не рассмеялся. Какая разница? Я посадил Ки

---

* В России это лекарство называется димедрол, помимо антигистаминного обладает снотворным эффектом.

на крышку унитаза и выдавил из заклеенных пленочкой ячеек четыре бело-розовые капсулы. Сполоснул стакан для чистки зубов, набрал в него воды. Проделывая все это, я заметил в зеркале ванной какое-то движение в главной спальне. Сказав себе, что это движутся тени деревьев, сгибаемых ветром, я протянул капсулы Ки. Она уже хотела взять их, потом замялась.

— Выпей. Это лекарство.

— Какое? — Маленькая ручонка застыла над капсулами.

— Против грусти. Ты умеешь глотать капсулы, Ки?

— Да. С двух лет.

Какое-то мгновение она еще колебалась, смотрела на меня, словно заглядывала в душу, убеждаясь, что я ей не лгу. Наверное, убедилась, потому что взяла капсулы и положила в рот, одну за другой. Проглотила, запивая маленькими глотками, снова посмотрела на меня.

— Мне все есе гйюстно, Майк.

— Они действуют не сразу.

Я открыл ящик для рубашек и нашел в нем старую футболку с надписью «Харлей-Дэвидсон». Конечно, Ки она была велика, но я завязал сбоку узел, и футболка превратилась в саронг, который то и дело спадал с одного ее плеча. Получилось даже красиво.

В заднем кармане брюк я всегда ношу расческу. Я достал ее, и со лба и висков Ки зачесал волосы назад. Она все больше становилась похожей на прежнюю Ки, но чего-то не хватало. Чего-то, непонятным образом связанного с Ройсом Мерриллом. Дурацкая мысль, но...

— Майк? Какая тьость? О какой тьости ты думаесь?

Вот тут мне все стало ясно.

— Я думаю не о трости, а о леденце*. Знаешь, есть такие полосатые леденцы на палочке? — А из кармана я достал две белые ленты. Красные края в мерцающем свете казались кровавыми. — Как вот эти ленты. — Волосы Ки я завязал в два хвостика. Итак, ленты в волосах, черная собачка в руке, подсолнухи переместились на несколько футов к северу, но они *были*. Все более или менее так, как в моем кошмарном сне.

Гром вновь резанул по барабанным перепонкам, неподалеку рухнуло дерево, свет погас. После пяти секунд темно-серой темноты лампочки зажглись вновь. Я понес Ки на кухню. Когда мы проходили мимо двери в подвал, из-за нее послышался смех. Я его услышал, Ки — тоже. Я это понял по ее глазам.

— Позаботься обо мне, — прошептала она. — Позаботься обо мне, потому тьто я отень маленькая. Ты обесял.

— Я позабочусь.

— Я люблю тебя, Майк.

— Я люблю тебя, Ки.

Вода кипела. Я наполнил чашку наполовину, добавил молока — чтобы охладить какао и для калорийности. С Ки на одной руке и чашкой в другой я направился к дивану. Проходя мимо стола в гостиной, глянул на пишущую машинку. На ней лежала моя рукопись, сверху — сборник кроссвордов. Чем-то они напомнили мне не очень-то и нужные бытовые приборы, которые

---

* На английском трость и леденец на палочке обозначаются одним словом — cane.

сразу сломались, а теперь уже просто ни на что не годились.

Молния осветила полнеба, залив гостиную лиловым светом. В этом свете гнущиеся от ветра деревья напоминали растопыренные пальцы, и мне показалось, что я увидел женщину, которая стояла позади нас у печки. В соломенной шляпе с широченными полями.

— Тьто знатит, йека потьти добйялась до мойя? — спросила Ки.

Я сел, протянул ей чашку:

— Выпей.

— Потему эти люди пйитинили моей момми зло? Они не хотели, тьтобы она веселилась?

— Скорее всего, — ответил я и заплакал. Ки сидела у меня на коленях, а я обеими руками вытирал слезы.

— Тебе тозе надо было пйинять пилюли от гйюсти. — Ки протянула мне чашку, большие банты на ее хвостиках качнулись. — Вот. Отпей.

Я глотнул какао с молоком. В северном крыле дома что-то заскрежетало. Мерное гудение генератора оборвалось, гостиная вновь погрузилась в серую темноту. Тени побежали по маленькому личику Ки.

— Теперь пей ты. — Я вернул ей чашку. — И не поддавайся страху. Может, свет снова зажжется. — И лампы зажглись, правда, теперь генератор хрипел и кашлял, а мерцание заметно усилилось.

— Йясскази мне сказку, — попросила Ки. — О Золотинке.

— О Золушке.

— Да, о ней.

— Хорошо. Но сказочникам надо платить. — Я вытянул губы дудочкой и почмокал.

Ки протянула мне чашку. Какао было вкусным и сладким. Не то что ощущение чужих взглядов. Но пусть они наблюдают. Пусть наблюдают, пока могут.

— Жила-была красивая девушка, которую звали Золушка...

— Давным-давно! Так натинается эта сказка! Так натинаются все сказки!

— Правильно, я забыл. Давным-давно жила-была красивая девушка по имени Золушка, и были у нее две злые сводные сестры. Их звали... ты помнишь?

— Тэмми Фей и Вэнна.

— Именно так. Они заставляли Золушку делать всю грязную работу, выметать золу из камина, чистить собачью конуру во дворе. Но так уж случилось, что известная рок-группа «Оазис» давала во дворце концерт, на который пригласили всех трех девушек...

Я добрался до того места, где фея-крестная ловит мышей и превращает их в «мерседес», когда бенадрил возымел действие. Вот уж действительно лекарство от грусти. Ки сладко спала у меня на руках, а чашка с какао практически опустела. Я вынул ее из ослабевших пальчиков, поставил на кофейный столик, убрал со лба прядку волос.

— Ки?

Никакой реакции. Она уже отправилась в страну Сновидений. Наверное, еще потому, что днем ее разбудили, едва она успела заснуть.

Я поднял ее и отнес в северную спальню. Ножки болтались в воздухе, подол харлеевской футболки провис между коленками. Я положил Ки на кровать и укрыл до подбородка. Гром гремел, словно артиллерийская канонада, но она даже не пошевельнулась. Усталость, горе, бенадрил... все вместе они увели ее от призраков и печали. Оно и к лучшему.

Я наклонился и поцеловал Киру в щечку, которая уже не горела огнем.

— Я позабочусь о тебе. Я обещал, и позабочусь.

Словно услышав меня, Кира повернулась на бочок, положила руку со Стриклендом под щечку и умиротворенно вздохнула. Темная бахрома ресниц, полукругом лежащих на щеке, цветом резко отличалась от светлых волос. Меня захлестнула волна любви.

Позаботься обо мне, потому что я очень маленькая.

— Я позабочусь, малышка, — ответил я.

Я прошел в ванную и начал наполнять ванну водой, как однажды наполнял во сне. Она так и не проснется, подумал я, если до того, как генератор окончательно выйдет из строя, я сумею набрать достаточно теплой воды. Пожалел о том, что у меня нет резиновой игрушки, которую я мог бы дать ей на случай, если она проснется, вроде Кита Вильгельма, но у нее была собачка, да и скорее всего она бы и не проснулась. Я не собирался устраивать Кире купание под ледяной струей из колонки. Я же не жестокий человек и не безумец.

В шкафчике для лекарств лежали только одноразовые бритвенные станки, которые совершенно не подходили для еще одного, оставшегося у меня дела. Толку от них чуть. Зато один из мясницких ножей на кухне мог сослужить нужную службу. И если бы мне удалось налить в раковину горячую воду, я бы ничего не почувствовал. Буква «Т» на каждой руке, с перекладиной на запястье...

На мгновение я вышел из транса. Голос, мой собственный, но с интонациями Джо и Мэтти прокричал: *Что ты задумал?*

Господи, что ты задумал, Майк?

Громыхнул гром, лампы моргнули, дождь полил с новой силой, ветер все выл и выл. А я вернулся в то место, где все было ясно и понятно, а выбранный мною курс являлся единственно верным. Пусть все закончится: печаль, боль, страх. Я больше не хотел думать о том, как Мэтти танцевала на «фрисби», которая казалась световым пятном на сцене. Я не хотел быть здесь, когда Кира проснется, не хотел видеть вселенской тоски, которая наполнит ее глаза. Не хотел терпеть тягот этой ночи, не хотел встречать следующий день или день, который пришел бы ему на смену. Жизнь — это болезнь. Я собирался искупать Киру в теплой ванне и излечить ее от этой болезни. Я поднял руки. И в зеркале на дверце шкафчика для лекарств увидел, как поднимает их туманная фигура, Тварь. То был я. Я был той туманной фигурой, всегда был, и это откровение не вызывало у меня ни малейшего неприятия. Наоборот, грело душу.

Я опустился на колено, проверил воду. От нее исходило приятное тепло. Вот и отлично. Даже если генератор сейчас сломается, общая температура воды сильно не понизится. Ванна старая, глубокая. Шагая на кухню за ножом, я думал о том, что потом, после того, как вскрою вены в горячей воде в раковине, я тоже могу забраться в ванну. Нет, решил я. Это будет неправильно истолковано людьми, которые найдут нас, людьми с грязными умишками, которые выскажут еще более грязные предположения. Те, кто придет, когда ураган стихнет и дорогу расчистят от упавших деревьев. Нет, после ванны я насухо вытру ее и уложу в кровать вместе со Стриклендом. А сам сяду в кресло-качалку. Колени прикрою полотенцами, чтобы кровь не капала на ковер и тоже усну. Чтобы уже не проснуться.

Колокольчик Бантера все звенел. Только гораздо громче. Звон действовал мне на нервы, а кроме того, мог разбудить ребенка. Я решил это прекратить. Чего мне хотелось, так это тишины. Я уже направился к каминной доске, когда сильный порыв ветра обогнал меня. Меня обдало не холодным воздухом из разбитого окна, а теплым, как из тоннеля подземки. Порыв этот скинул с рукописи сборник кроссвордов, но папье-маше, прижимавшее страницы рукописи, осталось на месте. И как только я посмотрел на рукопись, колокольчик Бантера умолк.

В темной гостиной послышался голос. Слов я не разобрал. Да и что могли означать слова? Что мог означать еще один сигнал, еще один горячий привет из Потустороннего Мира?

Прогремел гром, я вновь услышал голос. На этот раз, потому что генератор окончательно сдох и лампы погасли, погрузив гостиную в серую темноту, одно слово мне удалось разобрать: *Девятнадцать.*

***

В нерешительности я потоптался на месте, потом начал поворачиваться и поворачивался, пока не оказался лицом к рукописи романа «Друг детства». И тут меня осенило. Мне открылась истина.

Речь шла не о сборнике кроссвордов, не о телефонном справочнике.

О моей книге. Моей рукописи.

Я шагнул к столу, хотя и помнил о том, что вода перестала наполнять ванну в северном крыле. С отключением генератора перестал качать и насос. Ничего страшного, решил я, воды уже набралось достаточно. Теплой воды. Я искупаю Киру, но сначала надо кое-что сделать. Заглянуть на девятнадцатую страницу, а потом, возможно, и на девяносто вторую. Я мог просмотреть и ее, потому что рукопись моя оборвалась на сто двадцать третьей. Со шкафа, в котором у меня хранились несколько сотен грампластинок, я схватил ручной фонарь, включил его, направил на стол. Белый круг лег на рукопись. В сумраке этого дня луч ручного фонарика по яркости не уступал лучу прожектора.

На странице девятнадцать Тиффи Тейлор, девушка по вызовам, ставшая впоследствии Реджиной Уайтинг, сидела в своей студии с Энди Дрейком, вспоминая тот день, когда Джон Сэнборн (так называл себя Джон Шеклефорд) спас ее трехлетнюю дочь, Карен. И вот что я прочитал под раскаты грома и струи дождя, бьющие в сдвижную дверь, которая вела на веранду.

FRIEND, by Noonan/pg.19

over that way, I was sure of it", she said, "but when I couldn't see her anywhere, I went to look in the hot tub". She lit a cigarette. "What I saw made me feel like screaming, Andy — Karen was underwater. All that was out was her hand... the nail were turning purple. After that... I guess I dived in, but I don't remember; I was zoned out. Everything from then on is like a dream where stuff runs together in your mind. The yard-guy — Sanborn — shoved me aside and dived. His foot hit me in the throat and I couldn't swallow for a week. He yanked up on Karen's arm. I thought he'd pull it off her damn shoulder, but he got her. He got her".

In the gloom, Drake saw she was weeping. "God. Oh God, I thought she was dead. I was sure, she was"*

Я сразу все понял, но все-таки прикрыл блокнотом левое поле страницы. И прочитал первые буквы каждой строки, как слово крос-

---

* ДРУГ, роман Нунэна / стр. 19.

«Она не могла вылезти, я в этом не сомневалась, — сказала она, — но я не увидела ее и пошла к бассейну. — Она закурила. — А открывшееся мне едва не заставило меня закричать. Энди, Карен ушла под воду! На поверхности осталась только ее рука, и ногти уже начали синеть. Потом... Наверное, я прыгнула в бассейн, но не помню; я впала в транс. Все, что произошло потом, вспоминается мне как страшный сон. Этот парень, Сэнборн, оттолкнул меня в сторону и прыгнул в бассейн. Ногой он ударил меня по шее с такой силой, что я еще неделю ничего не могла глотать. Он дернул Карен за руку. Я подумала, что вырвет руку из плечевого сустава, но он вытащил девочку. Вытащил ее из воды.

В полумраке Дрейк видел, что она плачет.

— Боже, о Боже. Я думала, что она умерла. Я в этом не сомневалась» *(англ.)*.

сворда, записанное по вертикали. Получилось, что ответ, который я так долго искал, давным-давно ждал меня в моей же книге:

owls undEr studO

А если не обращать внимания на отступ на второй строчке снизу, выходило совсем уж замечательно:

owls undEr studIO*

Билл Дин, мой сторож, сидит за рулем своего пикапа.

Приехав сюда, он преследовал две цели: поздравить с возвращением в Тэ-Эр и предупредить насчет Мэтти Дивоур. Теперь с этим покончено, и он готов к отъезду. Он улыбается мне, демонстрируя дешевые вставные зубы. «Если у тебя будет возможность, поищи сов», — говорит он мне. Я спрашиваю его, зачем Джо потребовалась пара пластмассовых сов, и он отвечает, что вороны боятся сов и, видя их, не устраивают из крыш сортир. Я принимаю это объяснение, мне и без него есть о чем подумать, но... «Она словно приезжала только для того, чтобы распаковать сов...» — говорит он. И мне и в голову не приходит, во всяком случае, тогда, что по индейскому поверью совы нужны и для другого: они отгоняют злых духов. Если Джо знала, что пластмассовые совы отгоняют ворон, она наверняка знала и про духов.

---

* Совы под студией *(англ.)*.

Моя жена всегда собирала такие вот крупицы информации. Моя любопытная жена. Неисчерпаемый кладезь всяких полезных, и не очень, сведений.

Гремел гром. Сверкали молнии. Я стоял в гостиной, держа рукопись в трясущихся руках.

— Господи, Джо, — прошептал я, — что тебе удалось узнать?

И почему ты мне ничего не сказала?

Но ответ я, похоже, знал. Она не сказала мне, потому что чем-то я походил на Макса Дивоура; наши прадеды срали в одну выгребную яму. Но она ничего не сказала и своему родному брату. Меня почему-то это успокоило.

Я начал пролистывать рукопись, и по коже побежали мурашки.

Прежде чем переехать во Флориду, Джон Шеклефорд жил в Студио-Сити, штат Калифорния. Первая встреча Дрейка и Реджины Уайтинг прошла в студии. Последний известный адрес Рэя Гэррети: Апартаменты-студио, на Ки-Ларго. Лучшая подруга Реджины Уайтинг — Стеффи Андервуд. Муж Стеффи — Тоул Андервуд. Тут — двойное попадание в десятку*.

Совы под студией.

И так везде, на каждой странице, все равно что имена, начинающиеся с «К» в телефонном справочнике. Вновь монумент, только построила его не Сара Тидуэлл, тут сомнений быть не могло, а Джоанна Арлен Нунэн. Моя жена незаметно от бдительного надзирателя отправля-

---

* Underwood (Андервуд) — дословный перевод «под лесом», если от имени Towle (Тоул) в английском написании отбросить первую и последние буквы, получится owl — сова.

ла мне послания, молясь всем сердцем, что я их замечу и пойму.

На девяносто второй странице Шеклефорд беседовал с Дрейком в тюремной камере для встреч с посетителями. Он сидел, зажав руки между коленями, глядя на цепь, сковывающую его лодыжки, отказываясь посмотреть Дрейку в глаза.

FRIEND, by Noonan/pg. 92

only thing I got to say. Anything else, fuck, what good would it do? Life's a game, and I lost. You want me to tell you that I yanked some little kid out of the water, pulled her up, got her motor going again? I did, but not because I'm a hero or saint...*

Дальше я читать не стал. Зачем? Первые буквы строк, как и на девятнадцатой странице, складывались в то же послание: owls under studio. Наверное, я мог бы найти его же и на других страницах. Я вспомнил, как радовался, когда осознал, что психологического барьера больше нет и я вновь могу писать. Барьер исчез, все так, но не потому, что я разрушил его или нашел обходной путь. Его уничтожила Джо. Джо разделалась с ним, но отнюдь не для того, чтобы я и дальше мог писать второсортные детективы-триллеры. Я стоял под вспыш-

* Единственное, что я могу сказать. Говорить что-то еще смысла нет. Жизнь — это игра, и я оказался в проигравших. Вы хотите, чтобы я рассказал вам, что вытащил маленькую девочку из воды, а потом помог ей запустить тот моторчик, что бьется в груди. Да, помог, но не потому, что я — герой или святой...

ками молний, чувствуя, как кружатся вокруг мои невидимые гости, и вспоминал миссис Моугэн, мою первую учительницу. Когда наши усилия написать на классной доске буквы английского алфавита не приводили к желаемому результату, она накрывала детскую ручку своей, а уж две руки выводили на доске то, что и требовалось.

Вот так и Джо помогала мне.

Я пролистывал рукопись и повсюду натыкался на ключевые слова, иногда расположенные друг над другом так, чтобы прочитать их не составляло труда. Как же она старалась заставить меня услышать... а я не желал ничего делать, не докопавшись до причины.

Я положил рукопись на стол, но, прежде чем успел придавить ее пресс-папье, яростный порыв ледяного ветра налетел на меня и разметал листы по всей гостиной. А если б мог, разорвал бы их на мелкие клочки.

Нет! — вскричал источник арктического холода, когда я взялся за рукоятку фонаря. *Нет, сначала закончи свою работу!*

Ледяной ветер бил мне в лицо — словно кто-то невидимый стоял передо мной и дышал на меня, набирая полную грудь воздуха, словно тот плохой волк, что один за другим сдувал дома трех поросят.

Зажав фонарь под мышкой, я поднял руки и резко хлопнул в ладоши. Ледяные выдохи прекратились. Теперь холодным воздухом тянуло лишь из разбитого окна.

— Она спит, — объяснил я призраку, который никуда не делся, лишь затих, наблюдая за мной. — Время еще есть.

Вышел я через дверь черного хода, и ветер тут же взял меня в оборот, сгибая пополам, едва не валя с ног. В качающихся деревьях я видел зеленые лица, лица мертвецов. Дивоура, Ройса, Сынка Тидуэлла. Но чаще всего я видел лицо Сары.

Она мерещилась мне повсюду.

Нет! Возвращайся! Незачем тебе искать сов, сладенький! Возвращайся! Заверши начатое! Сделай то, ради чего пришел!

— Я не знаю, ради чего пришел, — ответил я. — И пока не выясню, ничего делать не буду!

Ветер взвыл, словно я нанес ему смертельное оскорбление, громадная ветвь отломилась от сосны, что росла справа от дома, обрушилась на крышу «шеви», прогнула ее, а потом свалилась на землю рядом со мной.

Хлопать в ладоши не имело смысла. Здесь был ее мир, не мой... Правда, находился я на самой его границе. Но с каждым шагом к Улице, к озеру, я углублялся в мир, где ткань времени истончалась и правили призраки. О Боже, что стало тому причиной?

Тропинка к студии Джо превратилась в ручей. Не пройдя и десятка шагов, я споткнулся о камень и повалился набок. Небо пропорол зигзаг молнии, раздался треск: обломилась еще одна ветка, что-то полетело на меня. Я поднял руки, закрывая лицо, откатился вправо, подальше от тропинки. Ветка упала за моей спиной, а меня потащило по скользкому от мокрой листвы и иголок склону. Наконец, я сумел подняться. Ветвь на тропе размерами превосходила ту, что помяла крышу моего автомобиля. Окажись я под ней, от меня мало бы что осталось.

Возвращайся! — злобно, надрывно шипел ветер.

Заверши начатое! — неслось с Улицы.

Займись своим делом! — обращался ко мне сам коттедж, стонущий под порывами ветра. *Занимайся своим делом и не лезь в мои!*

Но Кира и была моим делом. Кира, моя дочь.

Я поднял фонарь. Стекло треснуло, но лампочка, как и прежде, ярко горела. Сгибаясь под ветром, прикрывая рукой голову от падающих веток, я двинулся к студии моей умершей жены.

Глава 27

Поначалу дверь не желала открываться. Ручка поворачивалась легко, и я знал, что дверь не заперта, но то ли дерево разбухло от проливного дождя... то ли ее подпирали изнутри. Я отступил на шаг, чуть пригнулся и с разбега навалился на дверь плечом. На этот раз она подалась, немного, но подалась.

Значит, она. Сара. Стояла с другой стороны двери и не давала мне ее открыть. Как ей это удавалось? Как гребаный призрак мог противостоять физической силе?

Я подумал о грузовичке с надписью «БАММ КОНСТРАКШН» на борту... и мысль эта неожиданно стала тем заклинанием, что позволило мне увидеть пересечение Шестьдесят восьмого шоссе и Сорок второй дороги. В затылок пикапу пристроился седан каких-то старушек, за ним — еще три или четыре автомобиля. Во всех без устали работали «дворники», лучи фар прорезали стену дождя. Автомобили застыли вдоль обочины, словно выставленные на продажу в автосалоне. Но происходило это в другом месте, где не было ни покупателей, ни продавцов, лишь старожилы, молча сидевшие в своих машинах. Старожилы, как и я, впавшие в транс. Старожилы, ставшие источниками энергии.

Она подпитывалась от них. Грабила их. Точно так же она использовала Дивоура... и, разумеется, меня. Многие феномены, свидетелем которых я стал, создавались моей же собственной психической энергией. Забавно, знаете ли, когда думаешь об этом.

А может, тут более уместно употребить другое слово: «страшно».

— Джо, помоги мне, — попросил я, стоя под проливным дождем. Сверкнула молния, на мгновение превратив воду в расплавленное серебро. — Если ты любила меня, помоги.

Я отступил на шаг и вновь навалился на дверь. На этот раз никто мне не противостоял, и я буквально влетел в студию, зацепившись голенью за дверной косяк и рухнув на колени. Но удержал фонарь в руке.

На мгновение вокруг меня повисла тишина. Словно силы и призраки, присутствие которых я чувствовал, готовились к новому поединку. Все, казалось, застыло, хотя в лесу, по которому — со мной или без меня — любила бродить Джо, по-прежнему лил дождь, а ветер гудел в деревьях — безжалостный садовник, ломящийся напролом, за час выполняющий ту работу, которую другой делал бы десять лет. Потом дверь захлопнулась, и тут оно все и началось. Я видел все в слабом свете фонаря — включил его автоматически, не думая об этом. Какое-то время я не понимал, что происходит, видел лишь, как полтергейст уничтожает все то, что напоминало мне о жене.

Сотканный ею ковер сорвало со стены и теперь швыряло из угла в угол. От кукол отлетали головы. Стеклянный абажур под потолком разлетелся вдребезги, осыпав меня осколками. Задул ветер, холодный, но к нему тут же присоединился другой поток, теплый, даже горячий, и они сплелись в вихре, словно изображая бушующий за стенами ураган.

Миниатюрная копия «Сары-Хохотушки», сработанная из зубочисток и палочек от леденцов, которая стояла на книжном шкафу, взорвалась изнутри. Весло, прислоненное к стене, поднялось в воздух и, как копье, полетело мне в грудь. Мне пришлось броситься на пол, чтобы избежать столкновения. В мои ладони впились рассыпанные по ковру осколки, но под ковром я нащупал какой-то выступ. А весло тем временем ударилось в стену за моей спиной и переломилось надвое.

Теперь уже банджо, на котором училась играть моя жена, взмыло в воздух, дважды перевернулось, выдало несколько аккордов, а потом все пять струн лопнули одновременно. Банджо перевернулось в третий раз, и его с невероятной силой швырнуло об пол. Корпус разлетелся на щепочки, колки разнесло в разные стороны.

К вихрю прибавились какие-то звуки, яростные, звенящие от ненависти, потусторонние голоса. Я бы слышал жуткие крики, будь у призраков голосовые связки. Пыльный воздух кружился в свете моего фонаря, какие-то жуткие тени то сближались, то отдалялись. Мне показалось, что я услышал хрипловатый, прокуренный голос Сары: *Убирайся, сука! Вон отсюда! Тебя это не...* Последовал удар (неслышный, конечно), воздух столкнулся с воздухом, затем раздался пронзительный вопль. Я его узнал, я уже слышал его глухой ночью. Кричала Джо. Сара причиняла ей боль, Сара наказывала ее за непрошеное вмешательство, и Джо кричала.

— Нет! — Я вскочил. — Отстань от нее! Оставь ее в покое! — и двинулся вперед, размахивая фонарем, словно хотел отогнать Сару от Джо. Мимо меня пролетел рой баночек с засушенными цветами, травами, грибами. Они ударились о стену, посыпались на пол. Ни одна в меня не попала — чья-то невидимая рука отводила их в сторону.

А потом в воздух поднялся стол Джо со сдвижной крышкой. С полными ящиками он весил не меньше четырехсот фунтов, но взмыл вверх, словно перышко. Разнонаправленными потоками воздуха его качнуло сначала вправо, потом влево.

Джо закричала вновь, на этот раз не от боли, а от злости, а я попятился к закрытой двери, из последних сил, вымотанный донельзя. Выходило, что не только Сара могла подпитываться энергией живых. А потом стол полетел через комнату. Того, кто оказался бы перед ним, размазало бы по полу. Летел он с невероятной скоростью. Раздался разрывающий перепонки крик, недовольство выражала уже Сара, я это знал точно, и стол пробил стену, открывая доступ дождю и ветру. Крышка соскочила и повисла на одной петле, словно высунутый язык. Все ящички вылетели из пазов. Катушки с нитками, мотки пряжи, иголки, путеводители, справочники, блокноты — все высыпалось, как осколки костей и пучки волос из перевернутого гроба с давно истлевшими останками.

— Прекратите! — простонал я. — Прекратите, вы обе. Достаточно.

Но я бы мог ничего им не говорить. Если не считать дождя и ветра, в развалинах студии моей жены я пребывал в гордом одиночестве. Одно сражение закончилось. Следующее еще не началось.

Я присел, сложил пополам зеленый ковер, стараясь не разбрасывать насыпавшиеся на него осколки абажура. Под ковром открылся люк, ведущий в подпол-кладовку. Моя рука нащупала под ковром петлю люка. Я знал о кладовке, и у меня в голове мелькала мысль о том, что сов следует искать в ней. Но потом навалились всякие события, и про кладовку я забыл.

Я ухватился за утопленное в доски кольцо, потянул, готовый встретить упорное сопротивление, но люк открылся очень даже легко. А от запаха, волна которого накатила на меня, я просто остолбенел. Пахнуло не затхлостью, во всяком случае вначале, а любимыми духами Джо. Но тут же духи сменили другие запахи: дождя, корней, мокрой земли. Не слишком приятные запахи, но куда лучше, чем тот, что я учуял на Улице, у той чертовой березы, наклоненной над озером.

Я направил луч фонаря вниз. Три ступеньки. Что-то квадратное, как выяснилось чуть позже, старый унитаз. Я вспомнил, что Билл и Кенни Остер перетащили его сюда то ли в 1990-м, то ли в 1991 году. Металлические ящики, завернутые в пленку. Старые пластинки и газеты. Двухкассетный магнитофон в полиэтиленовом мешке. Видеомагнитофон — в другом мешке. А дальше, в углу...

Я сел на пол, свесил ноги в люк и почувствовал, как что-то коснулось лодыжки, которую я подвернул в озере. Направил луч фонаря между коленями и на мгновение увидел маленького черного мальчика. Не того, что утонул в озере. Постарше и более высокого. Лет двенадцати, а то и четырнадцати. Утонувшему едва ли было больше восьми.

Этот оскалил зубы и зашипел, как кот. Глаза были без зрачков. Такие же, как и у утонувшего в озере, совершенно белые, глаза статуи. И он качал головой. *Не спускайся в подвал, белый человек. Не тревожь покой мертвых.*

— Но тебе нет покоя, — ответил я и направил на него луч фонарика. И на мгновение увидел что-то отвратительное. Потому что смог заглянуть в него. И разглядел гниющие остатки языка во рту, глаз в глазницах, мозга в черепе. А потом он исчез, оставив после себя лишь кружащиеся в луче фонаря пылинки.

Я спустился по ступенькам, подняв фонарь над головой. По стенам подвала побежали тени.

Пола в подвале-кладовке (очень низком, не позволяющим выпрямиться в полный рост) не было. Его заменял деревянный настил, на который и ставили вещи и ящики, чтобы избежать соприкосновения с землей. Теперь под настилом бурлили потоки воды. Запах духов совсем исчез. Теперь тут пахло сыростью и, уж не пойму почему, дымом и огнем.

Я сразу увидел то, за чем пришел. Заказанные по почте пластмассовые совы, доставку которых Джо лично отследила в ноябре 1993 года, специально приехав в Тэ-Эр, стояли в северо-восточном углу. «Выглядели они как настоящие», — помнится, говорил Билл, и, клянусь Богом, он не погрешил против истины. В ярком свете фонаря они казались чучелами, упрятанными в мешок из тонкого, прозрачного пластика. Золотые ободки глаз, черные зрачки, темно-зеленые перышки, светло-оранжевый живот. Согнувшись в три погибели, я заковылял к ним по скрипящим, качающимся доскам настила, и, пожалуй, нисколько бы не удивился, если б обнаружил у себя за спиной преследующего меня чернокожего мальчугана. Добравшись до сов, я инстинктивно вскинул руку и стукнул кулаком по изоляции, слой которой отделял фундамент от пола студии. Подумав при этом: один удар — да, два — нет.

Пальцами я вцепился в пластиковый мешок и потянул сов к себе. Мне хотелось как можно быстрее выбраться из подвала. Не нравилось мне журчание воды под ногами. И запах дыма и огня не нравился, а он становился все сильнее, несмотря на продолжающуюся грозу. Может, Сара каким-то образом подожгла студию? Не хватало только сгореть заживо в сильнейший ливень.

Одна из сов стояла на пластмассовой подставке (оставалось только перенести ее на террасу, чтобы она отпугивала ворон), а вот у второй подставка отсутствовала. Я пятился к люку с фонарем в одной руке, второй таща за собой мешок с совами, вздрагивая при каждом ударе грома над головой. Но через несколько секунд концы отсыревшей клейкой ленты, стягивающей «горло» мешка, разошлись. Сова без подставки медленно повалилась на меня, ее золотисто-черные глаза не отрывались от моих.

Дуновение воздуха. Со слабым, но таким приятным запахом духов. Я ухватил сову за похожие на рога наросты на лбу и перевернул. Увидел в донной части два штыря, на которых крепилась подставка, и нишу между ними. А в нише лежала жестяная коробочка, которую я узнал еще до того, как вытащил. Джо приобрела ее в одном из магазинчиков, торгующих стариной, и написала МЕЛОЧИ ДЖО.

Я смотрел на коробочку с гулко бьющимся сердцем. Над головой гремел гром. Открытую крышку люка я уже не замечал, ничего не замечал, ничего не видел, кроме жестяной коробочки, которую держал в руке, размером с ящичек для сигар, но не такую глубокую. Второй рукой я взялся за крышку, снял ее.

Увидел сложенные листки бумаги, под ними два блокнотика, вроде тех, в которых я в процессе работы над книгой делал пометки и записывал действующих лиц. Блокноты стягивала резинка. А на сложенных листках лежал блестящий черный квадрат. О том, что это негатив, я понял, лишь когда поднес его к фонарю.

Негатив запечатлел Джо в разъемном сером купальнике. Она стояла на плоту, закинув руки за голову.

— Джо! — вырвалось у меня, а потом я уже не мог произнести ни слова: перехватило дыхание. Еще мгновение я сжимал пальцами негатив: не хотелось с ним расставаться, потом положил его в коробочку с листочками и блокнотами. Вот зачем она приезжала в «Сару-Хохотушку» в июле 1994 года: собрать все эти материалы и хорошенько спрятать. Она забрала сов с террасы (Френк слышал, как хлопнула дверь) и перетащила сюда. Я буквально видел, как она отвинчивает подставку от одной совы, засовывает жестяную коробочку в пластмассовое чрево, укладывает обеих сов в пластиковый мешок и волочет в подвал студии. А в это время ее брат сидит на капоте своего автомобиля, курит «Мальборо» и ощущает флюиды. Нехорошие флюиды. Я сомневался, что когда-либо узнаю все причины, которыми она руководствовалась, или смогу представить себе, о чем она думала, но в одном я не сомневался: она верила, что я каким-то образом доберусь до ее записей. Иначе зачем ей оставлять на самом видном месте негатив?

Сложенные листки представляли собой ксерокопии заметок из «Голоса Касл-Рока» и «Недельных новостей», газеты, которая, вероятно, со временем стала «Голосом Касл-Рока». На каждом листке стояла дата, выписанная рукой моей жены. Самая старая заметка датировалась 1865 годом и называлась **ЕЩЕ ОДИН ВЕРНУЛСЯ ЖИВЫМ**. Речь шла о Джереде Дивоуре, тридцати двух лет от роду. Внезапно я нащупал ответ на один из вопросов, который не давал мне покоя: о людях, принадлежавших к разным поколениям, которые не сочетались между собой. Я сидел на корточках на деревянном настиле подвала, и мне на ум пришла одна из песен Сары Тидуэлл. «Делают это и старики, и молодые, но без стариков молодым не понять, как это делается».

К тому времени когда Сара и «Ред-топы» появились в округе Касл и обосновались на лугу Тидуэлл, Джереду Дивоуру было шестьдесят семь или шестьдесят восемь лет. Старый, но крепкий. Ветеран Гражданской войны. К такому могли тянуться молодые. И песня Сары соответствовала действительности: старики могли показать молодым, как это делается.

Но что именно они сделали?

Заметки о Саре и «Ред-топах» ничего не прояснили. Я лишь мельком просмотрел их и отметил разве что общий тон. В них сквозило ничем не прикрытое пренебрежение. «Ред-топов» называли «нашими черными птичками с Юга» и «сладкоголосыми чернокожими». Указывалось на их «природное добродушие». В Саре отмечали «потрясающую для негритянки фигуру». Не остались без внимания «ее широкий нос, полные губы и высокий лоб». А также зачаровывающие как мужчин, так и женщин «приподнятое настроение, ослепительная улыбка и пронзительный смех».

Это были — Господи, спаси и охрани — рецензии. Можно сказать, положительные. С учетом «природного добродушия».

Я быстро добрался до последней из заметок, в поисках причин, побудивших «черных птичек с Юга» к отлету, но ничего не нашел. Зато наткнулся на вырезку из «Голоса» от 19 июля 1933 года (*загляни на 19*, вспомнилось мне). Заметка называлась **МНОГООПЫТНЫЙ ПРОВОДНИК-СЛЕДОПЫТ НЕ СМОГ СПАСТИ ДОЧЬ**. Из нее следовало, что Фред Дин вместе с четырьмя сотнями мужчин сражался с пожаром в восточной части Тэ-Эр, когда ветер неожиданно переменился и огонь пошел на северную часть озера, которая до этого считалась безопасной. В это время года многие местные жили там в летних домиках, собирали ягоды, ловили рыбу, охотились (об этом я знал и сам). Место это называлось Сияющей бухтой. Жена Фреда, Хильда, находилась там с трехлетними близнецами, Уильямом и Карлой, пока ее муж тушил лесной пожар. Компанию ей составляли жены и дети многих других добровольцев-пожарных.

С переменой ветра огонь быстро пошел на Сияющую бухту, как писала газета, «словно взрывная волна». Языки пламени легко перескочили через единственную защитную полосу, прорубленную в лесном массиве, и начали пожирать акр за акром. Мужчин, которые могли бы противостоять пожару, в Сияющей бухте не было, а женщины, конечно же, бороться с огнем не могли. Так же естественно, что они запаниковали, побросали в машины детей и пожитки и обратились в бегство. На узкой дороге один из старых автомобилей сломался. Огонь подступал все ближе, с апреля в западном Мэне не было дождей, так что пищи ему хватало, а на единственном пути к спасению образовалась пробка.

Добровольцы-пожарные успели прибыть на помощь, но, когда Фред Дин нашел свою жену (она среди прочих пыталась откатить заглохший «форд» в сторону), открылось ужасное: Билли крепко спал на полу у заднего сиденья, а вот Карлы в автомобиле не было. Перед отъездом из Сияющей бухты Хильда усадила близняшек на заднее сиденье. Как обычно, они сидели, взявшись за руки. Потом Билл задремал и сполз на пол. Хильда в это время укладывала вещи в багажник. Карла, должно быть, вспомнила про оставленную игрушку и вернулась в домик. А в это время ее мать села за руль и, не проверив, на месте ли дети, тронула старый «Де Сото»* с места. Карла или осталась в домике в Сияющей бухте, или шла по дороге, догоняя уехавшие автомобили. В любом случае ей грозила смерть в огне.

На узкой дороге не было никакой возможности развернуть автомобиль и поехать назад. Поэтому Фред Дин, отчаянный смельчак, побежал навстречу ярко-оранжевым языкам пламени и черному дыму. А пожар раскрыл огненные объятия, чтобы встретить его.

Я читал все это, стоя на коленях на дощатом настиле, и внезапно запах копоти и дыма усилился. Я закашлялся... а потом кашель заглушил металлический вкус озерной воды во рту и в горле. Вновь, на этот раз стоя на коленях под студией моей жены, я почувствовал, что тону. Вновь я наклонился вперед, но выблевал лишь жалкий комочек слюны.

Я повернулся и увидел озеро. Гагары кричали в мареве, направляясь ко мне, молотя крыльями по воде. Синеву неба затянула дымка. Пахло углем и порохом. С неба начал падать пепел. Восточный берег озера Темный След горел. Время от времени оттуда доносились громкие хлопки: взрывались деревья с дуплом. Взрывались, словно глубинные бомбы.

---

* Комфортабельный автомобиль, в различных модификациях выпускался фирмой «Крайслер» с 1928 г. в течение тридцати лет.

Я смотрел вниз, желая избавиться от этого видения, понимая, что через секунду-другую оно превратится в реальность, как это уже случалось с путешествием на Фрайбургскую ярмарку. Но вместо черных с золотистыми ободками глаз пластмассовой совы я увидел перед собой ярко-синие глаза маленькой девочки. Она сидела за столиком для пикника, вытянув перед собой пухлые ручонки, и плакала. Я видел ее так же ясно, как по утрам, когда брился, видел в зеркале отражение собственной физиономии.

Она не старше Киры, только толстушка, и волосы у нее темные, а не светлые. Такие, как были у ее брата, пока он не начал седеть в то невероятное лето 1998 года — года, до которого ей не дожить, если, конечно, кто-нибудь не придет ей на помощь. Она в белом шелковом платьице и красных гольфах, и она тянется ручонками ко мне, крича: «Папочка, папочка!» Я смотрю на нее, а потом что-то горячее проносится сквозь меня, и я понимаю, что тут призрак — я, а горячая волна — Фред Дин, бегущий к дочери. «Папочка!» — обращается она к нему — не ко мне. «Папочка!» — и обнимает его, не обращая внимания на то, что сажа марает ее белое платье.

Фред целует ее, а дождь из пепла усиливается. Гагары поднимаются в воздух, оглашая озеро печальными криками.

«Папочка, огонь приближается», — кричит Карла, когда он усаживает ее себе на руку.

«Я знаю, но бояться нечего, — говорит он. — Все у нас будет хорошо, сливка ты моя, ничего не бойся».

Огонь не приближается, он уже здесь. Восточная часть Сияющей бухты в языках пламени, и теперь они пожирают маленькие домики, в которых мужчины так любили расслабиться, вернувшись с охоты или рыбалки. Горит развешанное на веревках белье, выстиранное только утром. На землю летит дождь горящих листьев. Раскаленная капелька сосновой смолы попадает на шею Карлы, и девочка кричит от боли. Фред сшибает смолу и несет дочь к воде.

«Не делай этого! — кричу я. Я знаю, что не в моих силах что-либо изменить, но все равно пытаюсь. — Борись! Ради Бога, борись!»

«Папочка, кто этот мужчина?» — спрашивает Карла и указывает на меня в тот самый момент, когда вспыхивает домик Динов.

Фред смотрит в ту сторону, куда указывает ее пальчик, и на его лице отражается чувство вины. Он знает, что творит, и в этом весь ужас. В глубине души он знает, что он делает здесь, в Сияющей бухте, у которой заканчивается Улица. Он знает и боится, что кто-то станет свидетелем его деяний. Но он никого не видит.

Или видит? Его глаза на мгновение широко раскрываются, будто он заметил что-то подозрительное.

Возможно, воздушный вихрь. Или он чувствует мое присутствие? Возможно ли такое? Чувствует холодное дуновение в этой адской жаре? Как еще можно почувствовать руки, пытающиеся удержать его, если принадлежат они бестелесному существу? Потом он отворачивается и входит в воду рядом с маленьким причалом.

«Фред! — кричу я. — Ради Бога, посмотри на дочь! Неужели ты думаешь, что твоя жена специально одела ее в белое шелковое платье? Разве так одевают детей перед тяжелой дорогой?»

«Папочка, почему мы идем в воду?» — спрашивает она.

«Чтобы подальше уйти от огня, сливка».

«Папочка, я не умею плавать!»

«Плыть тебе не придется», — отвечает он, и от этих слов по моему телу пробегает дрожь! Потому что говорит он правду: плыть ей не придется, ни сейчас, ни потом. По крайней мере Фреду повезло больше, чем Нормалу Остеру: ему не пришлось топить своего ребенка под струей ледяной воды.

Подол белого платья Карлы всплывает на поверхность, словно водяная лилия. Красные гольфы мерцают сквозь толщу воды. Она крепко обнимает отца за шею, и теперь они уже среди гагар. Гагары бьют по воде мощными крыльями, взбивая пену, поднимая фонтаны брызг, и с интересом смотрят на мужчину и девочку. Воздух полон дыма, неба уже не видно. Я бреду за Фредом, ощущая прохладу воды, но мое тело не рассекает ее толщу. Восточный и северный берега озера в огне — и Фред Дин уходит все дальше от огненного полумесяца, с дочерью на руках, словно собираясь провести обряд крещения. И он по-прежнему убеждает себя, что старается ее спасти, только спасти, точно так же, как до конца своих дней Хильда будет убеждать себя, что девочка случайно забежала в домик за оставленной игрушкой, что она не бросила свою дочь, обрядив ее в белое шелковое платье и красные гольфы. Не бросила с тем, чтобы Карлу нашел ее отец, в свое время совершивший что-то ужасное. Это — прошлое, это — страна Былого, и здесь грехи отцов падают на детей, иной раз даже в седьмом поколении, которого еще нет и в помине.

Он все глубже заходит в воду, и Карла начинает кричать. Ее крики вливаются в хор гагар, но Фред останавливает их, целуя дочь в перекошенный ротик. «Я тебя люблю. Папочка любит свою сливку», — говорит он, а потом опускает ее в воду. Как при крещении, только на берегу не стоит хор. Никто не поет «Аллилуйя», а Фред не позволяет девочке вынырнуть на поверхность. Она отчаянно сопротивляется, одетая в белое платье мученицы, и он больше не может смотреть на нее: он переводит взгляд на западный берег озера, еще не охваченный пожаром (огонь туда так и не добрался), на еще синеющее над западным берегом небо. Пепел черным дождем сыплется с неба, слезы текут по его щекам. Карла все вырывается из его рук, которые держат ее под водой, а он уже говорит себе: «То был несчастный случай, трагический несчастный случай. Я понес ее в воду, потому что другого безопасного места просто не было, а она перепугалась, начала вырываться, сумела-таки выскользнуть из моих рук и...»

Я забываю, что здесь я — призрак. Я кричу: «Ки! Держись, Ки!» — и ныряю. Подплываю к ней, вижу ее насмерть перепуганное личико, вылезшие из орбит синие глаза, ротик бантиком, из которого к поверхности озера бегут серебряные пузырьки. Фред стоит по горло в воде, держит дочь под водой и говорит себе, раз за разом, что он пытается ее спасти, это единственная воз-

можность, он пытается ее спасти, это единственная возможность... Я тянусь к девочке, снова и снова тянусь к ней, моему ребенку, моей дочери, моей Ки (они все Ки, как мальчики, так и девочки, все они — мои дочери), но всякий раз мои руки проходят сквозь нее. А теперь, о ужас! — теперь она протягивает ко мне свои ручонки, молит о помощи. Но и ее ручонки проходят сквозь мои руки. Мы не можем ощутить друг друга, потому что здесь я — призрак.

Я — призрак, и, по мере того как ее сопротивление слабеет, я осознаю, что не могу... не могу... не могу...

Я не могу дышать — я тону.

Я согнулся пополам, открыл рот и на этот раз из него вырвался поток озерной воды, залив пластмассовую сову, которая лежала на досках у моих коленей. Коробочку «Мелочи Джо» я инстинктивно прижал к груди, чтобы не намочить ее содержимое, и это движение вызывает новый приступ рвоты. На этот раз озерная вода полилась не только изо рта, но и из носа. Я глубоко вдохнул, тут же закашлялся.

— Это должно закончиться, — пробормотал я и тут же осознал, что это и есть конец, пусть еще и непонятно, куда что повернется. Потому что Кира — последняя.

По ступенькам я поднялся в студию и сел на заваленный хламом пол, чтобы перевести дыхание. Снаружи грохотал гром и хлестал ливень, но мне показалось, что пик уже миновал и буйство стихии идет на убыль. Во всяком случае, у меня сложилось такое впечатление.

Я сидел, свесив ноги в люк, зная, понятия не имею, откуда, что никакие призраки более не схватят меня за лодыжку. Снял резинку, стягивающую оба блокнота. Раскрыл первый и увидел, что почти все страницы заполнены аккуратным почерком Джо — вон они, результаты поездок в Тэ-Эр в 1993-м и 1994 годах. Короткие комментарии, а в большинстве своем расшифровки магнитофонных записей. Думаю, сами кассеты поджидали меня в подвале, оставалось только их найти. Но скорее всего я мог прекрасно без них обойтись. Потому что всю основную информацию Джо перенесла в блокноты, я в этом нисколько не сомневался. Что случилось, кто что сделал, кто замел следы. В тот момент, однако, меня это нисколько не волновало. В тот момент мне хотелось только одного: сделать все возможное, чтобы Кире ничего не грозило. Для этого от меня требовалось только одно — сидеть тихо.

Я попытался надеть резинку на блокноты, но тот, который я еще не просмотрел, выскользнул из моей мокрой руки и упал на пол. Из него выскочил зеленый листок. Я поднял его и увидел следующее:

р.1868 Джеймс Нунэн — р.1866 Бриджет Нунэн — р. в Моттоне?.. Бентон Остер

Пол Нунэн р.1892 — Гарри Остер р.1885

Джек Нунэн р.1920 — Нормал Остер р.1915

р. '56 Сид и Майк Нунэн р.1958/Джо — р.1940 Кенни Остер — р. 1943 – ум.1945 Керри Остер

Наша К.? — р.1970 Дэвид Остер — р.1974 Киша Остер

В БЕЗОПАСНОСТИ ↑

На мгновение я вышел из того странного состояния, в котором пребывал в последние часы; мир вновь обрел привычные измерения. Но цвета оставались слишком уж яркими, а очертания предметов — чересчур четкими. Внезапно я оказался в шкуре солдата на ночном поле боя, которое неожиданно залил ослепительно белый свет. Свет, в котором видно все.

Предки моего отца жили в Нек, тут ошибки не было; моего прадеда звали Джеймс Нунэн, и он никогда не срал в ту же выгребную яму, что и Джеред Дивоур. Макс Дивоур то ли сознательно лгал Мэтти, то ли... ошибся, что-то перепутал. Удивляться этому не приходилось, старику шел восемьдесят шестой год. Даже такой мозг, как у Дивоура, мог давать сбои. Однако далеко от истины он не ушел. Потому что, если исходить из этого клочка бумаги, у моего прадеда была старшая сестра, Бриджет. И эта Бриджет вышла замуж за... Бентона Остера.

Мой палец двинулся ниже, к Гарри Остеру. Сын Бриджет и Бентона, родившийся в 1855 году.

— Святый Боже! — прошептал я. — Я прихожусь внучатым племянником деду Кенни Остера. А он был одним из них. Уж не знаю, что они там натворили, но Гарри Остер был одним из них. Вот она, ниточка, протянувшаяся ко мне.

С ужасом я вспомнил о Кире. В доме она одна, почти что час. Как я мог так сглупить? Пока я был в студии, в дом мог зайти кто угодно. Сара могла использовать кого...

И тут я понял, это не так. Убийц и детей-жертв связывало кровное родство, а теперь со сменой поколений кровь разжижалась. Потому что река почти добралась до моря. Билл Дин держался подальше от «Сары-Хохотушки».

Кенни Остер уехал с семьей в Таксачусеттс. Ближайшие родственники Ки — мать, отец, дед — умерли.

Остался лишь я. Лишь во мне текла нужная кровь. Если только...

Со всех ног я помчался к дому, поскальзываясь на каждом шагу. Мне не терпелось убедиться, что с Ки все в порядке. Я полагал, что сама Сара не сможет причинить Кире вреда, сколько бы энергии ни черпала она из старожилов... а если я ошибался?

Если я ошибался?

Глава 28

Ки по-прежнему крепко спала на боку, положив под щечку вывалянную в грязи маленькую набивную собачку. Собачка перепачкала ей шею, но я не смог заставить себя вынуть игрушку из расслабленных пальчиков. Из ванной доносилось размеренное «кап-кап-кап». Вода из крана продолжала течь в ванну. Холодный ветерок овеял мне щеки, пробежался вдоль спины, не вызвав неприятных ощущений. В гостиной звякнул колокольчик.

Вода еще теплая, сладенький, прошептала Сара.

Стань ей другом, стань ей папочкой. Сделай как я хочу.

Сделай то, чего мы оба хотим.

И я действительно этого хотел. Вот почему Джо поначалу пыталась держать меня подальше от Тэ-Эр и «Сары-Хохотушки». Потому-то и не говорила мне о своей беременности. Я словно открыл в себе вампира, для которого не существует таких понятий, как совесть и мораль. Этот вампир хотел только одного: унести Киру в ванную, опустить в теплую воду и держать там, наблюдая, как колышутся под водой белые с красными полосами ленты для волос. Точно так же Фред Дин наблюдал, как колышется под водой белое платье Карлы, то открывая, то закрывая красные гольфы. А вокруг горел лес. Эта часть моего «я» только и мечтала о том, чтобы расплатиться по старому счету.

— Господи! — пробормотал я, вытирая лицо дрожащей рукой. — Она же чертовски хитра. И силы ей не занимать.

Дверь ванной попыталась захлопнуться передо мной, но я открыл ее, преодолев сопротивление Сары. Распахнулась дверца шкафчика с лекарствами, ударилась о стену, зеркало разлетелось вдребезги. Содержимое шкафчика полетело мне в лицо, но я без труда отразил эту атаку. Какие снаряды из тюбиков с пастой, зубных щеток, пластиковых флаконов да ингаляторов? До меня донеслись ее возмущенные крики, когда я вытащил пробку из сливного отверстия ванны, и вода полилась в трубу. В Тэ-Эр и без Киры хватало утопленников. И тем не менее в тот самый момент меня охватило отчаянное желание вернуть пробку на место и довершить начатое, благо воды пока хватало. Но я сорвал пробку с цепочки и вышвырнул за дверь. В ответ дверца шкафчика для лекарств с треском захлопнулось, на пол полетели последние осколки зеркала.

— Скольких ты убила? — спросил я ее. — Скольких ты убила, помимо Карлы Дин, Кенни Остера и нашей Ки? Двоих? Троих? Пятерых? Скольких тебе надо убить, чтобы угомониться?

Всех! — прокричали в ответ. И Сариным голосом, и моим. Она сумела пробраться в мое сознание, как вор забирается в подвал дома... и я уже думал о том, что пустая ванна и обесточенный насос — не такая уж и помеха. Озеро-то рядом.

Всех! — опять прокричал голос. *Всех, сладенький!*

Разумеется, она должна убить всех, и точка. На меньшее Сара-Хохотушка согласиться не могла.

— Я помогу тебе обрести покой, — сорвалось с моих губ. — Обещаю.

Ванна опустела... но озеро... вот оно, в нескольких шагах, на случай, если я передумаю. Я вышел из ванной, посмотрел на Киру. Она лежала все в том же положении, ощущение, что Сара незримо присутствует в доме, исчезло. Затих и колокольчик Бантера. И все-таки мне было как-то не себе, не хотелось оставлять девочку одну. Но другого выхода у меня не было, если я хотел довести дело до конца, и не следовало мне тратить время попусту. Копы скоро окажутся здесь, невзирая на ураган и перекрывшие дорогу деревья.

Все так, но...

Я вошел в прихожую, подозрительно огляделся. Гром гремел по-прежнему, но уже с какой-то обреченностью. То же самое происходило и с ветром. А чувство, что за мной наблюдают, не ослабевало, причем на этот раз речь шла не о Саре. Я постоял еще какое-то время, стараясь убедить себя, что все дело в расшалившихся нервах, затем направился к двери.

Открыл ее, вновь огляделся, словно боялся, что кто-то или что-то прячется за книжным стеллажом. Возможно, Тварь. А может, другой призрак, который желал получить свой пылесос. Но нет, кроме меня, на этом клочке земли никого не было, а двигались разве что капли дождя, скатывающиеся по оконным стеклам.

Нескольких шагов до подъездной дорожки вполне хватило, чтобы я в очередной раз вымок насквозь. Впрочем, меня это уже не волновало. Я только видел, как тонула маленькая девочка, сам едва не утонул, и дождь, пусть даже очень сильный, не мог остановить меня. Я сбросил с крыши «шеви» ветку, которая прогнула ее, открыл заднюю дверцу.

Покупки, сделанные мною в магазине «Саженцы и рассада», дожидались меня на заднем сиденье, в пакете с ручками, который дала мне Лайла Проулкс. Лопатку и прививочный нож я видел, а вот третий купленный мною предмет находился в отдельном мешочке. «Положить его в мешочек? — спросила меня Лайла. — Предусмотрительность никогда не повредит». А потом, когда я уходил, она упомянула о том, что собака Кенни, Черника, сейчас гоняется за чайками, и добродушно рассмеялась. Только глаза ее не смеялись. Может, этим марсиане и отличались от землян — у марсиан глаза никогда не смеялись.

На переднем сиденье лежал подарок Ромми и Джорджа: стеномаска, которую я поначалу принял за кислородную маску Дивоура. Мальчики из подвала подали голос, во всяком случае зашептались, я перегнулся через спинку сиденья и ухватил стеномаску за эластичную ленту, понятия не имея, зачем она может мне понадобиться. Однако бросил в пакет, захлопнул дверцу и направился к ступеням из железнодорожных шпал, которые вели к Улице. По пути я сунулся под террасу, где мы держали кое-какие инструменты. Кирки я не нашел, зато ухватил штыковую лопату, которая очень бы сгодилась при раскопке могилы. А затем спустился на Улицу. Нужное место я мог найти и без Джо: Зеленая Дама указывала дорогу. Если бы ее и не было, если бы мой нос не уловил трупного запаха, думаю, я бы все равно нашел могилу: меня привело бы к ней мое измученное сердце.

Между мной и серым валуном, что выпирал из земли, стоял мужчина, и когда я остановился на последней ступени, он обратился ко мне до боли знакомым, скрипучим голосом:

— Эй, сутенер, где твоя шлюха?

Он стоял на Улице, под проливным дождем, но его одежда, какую обычно носили лесорубы — зеленые парусиновые брюки и клетчатая шерстяная рубашка, — оставалась сухой, как и выцветшая синяя армейская фуражка. Потому что капли дождя падали сквозь него. Казалось, передо мной стоит здоровый мужик, но на самом деле я видел всего лишь призрак, который ничем не отличался от Сары. Я напомнил себе об этом, ступая с лестницы на тропу, но сердце у меня все равно ухало, как паровой молот.

Он надел одежду Джереда Дивоура, но передо мной стоял не Джеред, а его правнук Макс, который начал свою карьеру кражей снегоката, а закончил самоубийством... но перед этим успел подготовить убийство своей невестки, которая посмела отказать ему, не отдала то, что он хотел заполучить.

Я шел к нему, а он сместился на середину Улицы, чтобы загородить мне дорогу. Я ощущал накатывающие от него волны холода. Я говорю чистую правду, совершенно точно передаю свои ощущения: от него волнами накатывал холод. И передо мной стоял именно Макс Дивоур, только нарядившийся в костюм лесоруба, словно собрался на маскарад, и скинувший двадцать с небольшим лет. Думаю, так он выглядел, когда у него родился Лэнс. Старый, но крепкий. К таким обычно тянется молодежь. И тут же, словно вызванные моей мыслью, за спиной старика замерцали новые силуэты, полностью перегородившие Улицу. Я уже видел их в обществе Джереда на Фрайбургской ярмарке, только теперь некоторых узнал. Естественно, Фреда Дина — в девятьсот первом году ему исполнилось девятнадцать, и свою дочь он утопит еще через тридцать лет. Еще одного, чем-то похожего на меня, Гарри Остера, первенца сестры моего прадедушки, тогда шестнадцатилетнего. На его щеках только начал появляться пушок, но он уже валил лес вместе с Джередом. И любое слово Джереда воспринимал как истину в последней инстанции. Еще один все время дергал головой и словно щурился... где-то я уже видел человека с таким вот тиком... Где? Я вспомнил — в «Лейквью дженерел». Этот молодой человек приходился отцом Ройсу Мерриллу. Остальных я не знал. Да и не хотел знать.

— Тебе здесь не пройти, — проскрипел Дивоур. И вытянул руки перед собой, словно хотел остановить меня. — Даже и не пытайся. Правильно я говорю, парни?

Слышится одобрительный ропот (кто ж пойдет против главаря?), но голоса доносятся издалека, и звучит в них скорее грусть, чем угроза. В мужчине в одежде Джереда Дивоура теплится некая псевдожизнь — наверное, потому, что в реальной жизни энергия в нем била ключом, а может, причина в том, что он умер недавно. Остальные же мало чем отличались от изображений на экране.

Я двинулся вперед, навстречу волнам холода, навстречу исходящему от них гнилостному запаху, тому самому, что исходил от Дивоура и при нашей прошлой встрече на Улице.

— И куда это ты идешь? — прорычал он.

— Гуляю, — ответил я. — Имею полное право. Улица — общественная собственность. Здесь могут прогуливаться бок о бок прилежные щенки и шкодливые псы. Ты сам это говорил.

— Ты ничего не понимаешь, — сказал мне Макс-Джеред. — И никогда не поймешь. Ты — из другого мира. Это наш мир.

Я остановился, с любопытством оглядел его. Время поджимало, я хотел с этим покончить... но мне хотелось знать правду, и я подумал, что Дивоур готов мне все рассказать.

— Попробуй растолковать мне. Убеди, что какой-то мир ты мог считать своим. — Я посмотрел на него, потом на столпившиеся за его спиной полупрозрачные силуэты. — Расскажи, что вы сделали.

— Тогда все было по-другому. Когда ты приехал сюда, Нунэн, то мог прошагать все три мили до Сияющей бухты и встретить на Улице не больше десятка человек. А после Дня труда* не встретил бы никого. Этот берег озера зарос кустами, тут и там Улицу перекрывают упав-

* национальный праздник США, отмечаемый в первый понедельник сентября.

шие деревья, а после этого урагана число их увеличится многократно. Некоторые завалы еще долго не расчистят. А вот в наше время... Лесов было больше, Нунэн, соседи жили далеко друг от друга, зато слово «сосед» что-то да значило. Иной раз от соседа зависела твоя жизнь. И тогда это действительно была улица. Можешь ты это понять?

Я мог. Мог, заглядывая в прошлое сквозь призрачные очертания Фреда Дина, Гарри Остера и остальных. Они были не просто фантомами — окнами в прошлое.

Вторая половина летнего дня... какого года? 1898? 1902? 1907? Не важно. В ту эпоху один год не отличался от другого, время, казалось, застыло. То самое время, которое старожилам вспоминается как золотой век. Страна Прошлого, Королевство Детства. Конец июля. Солнце заливает землю золотым светом. Озеро синее, поверхность поблескивает миллиардами искорок. А Улица! Трава на ней подстрижена, словно на газоне, она широка, как бульвар. Я понимаю, что это и есть бульвар, место, где местные жители могут показать себя, посмотреть на других. Улица — основное место общения, главный кабель в паутине, пронизывающей весь Тэ-Эр. Я все время чувствовал эту паутину, даже при жизни Джо я чувствовал, как эти кабели змеятся под землей, но все они отходили от Улицы.

Люди прогуливаются по Улице, протянувшейся вдоль восточного берега озера Темный След, прогуливаются группами и поодиночке, смеются, болтают под бездонным синим небом. Здесь, здесь берет начало эта невидимая паутина. Я смотрю на них и понимаю, что ошибался, принимая их всех за марсиан, жестоких и расчетливых инопланетян. К востоку от залитого солнцем бульвара высится темная громада лесов, холмов и оврагов, где может случиться всякая беда, от подвернутой ноги до неудачных родов, когда женщина умирает, прежде чем доктор успевает приехать из Касл-Рока на своей бричке.

Здесь нет электричества, нет телефонов, нет Службы спасения, здесь не на кого положиться, кроме как друг на друга, и некоторые из них уже не доверяют Господу Богу. Они живут в лесу и под тенью леса, но в летние солнечные дни выходят на берег озера. Они выходят на Улицу, вглядываются в лица друг друга и вместе радостно смеются. И вот тогда они ощущают себя единым целым, составной частью Тэ-Эр. По моей терминологии, входят в транс. Они — не марсиане; просто жизнь их проходит на границе света и тьмы, только и всего.

Я вижу приезжих, поселившихся в «Уэррингтоне», мужчин в белых фланелевых костюмах, двух женщин в длинных теннисных платьях с ракетками в руках. Между ними на трехколесном велосипеде лавирует мужчина. Переднее колесо поражает размерами. Группа отдыхающих останавливается, чтобы поговорить с молодыми парнями из Тэ-Эр.

Хотят узнать, смогут ли они принять участие в бейсбольном матче, который проводится в «Уэррингтоне» каждый вторник. Бен Меррилл, в недалеком будущем отец Ройса, отвечает: «Да, конечно, не думайте, что вас ждет увеселительная прогулка только потому, что вы из Нью-Йорка». Мужчины в белых костюмах сме-

ются, женщины в теннисных платьях следуют их примеру.

Чуть дальше один мальчишка бросает бейсбольный мяч, а другой ловит его самодельной рукавицей. За ними молодые мамы, собравшись кружком, толкуют о своих детях. Мужчины в рабочей одежде обсуждают погоду и урожай, политику и урожай, налоги и урожай. Учитель из «Консолидейтид хай» сидит на сером валуне, который я так хорошо знаю, и терпеливо объясняет урок хмурому мальчугану. Тому явно хочется быть в другом месте и заниматься другим делом. Я думаю, что со временем этот мальчуган станет отцом Бадди Джеллисона. «Ноготь сломался — береги палец», — думаю я.

Вдоль улицы выстроились рыбаки, и у всех приличный улов: озеро изобилует окунем, форелью, щукой. Художник, еще один отдыхающий, судя по накидке и модному берету, поставил мольберт и рисует далекие горы. Две женщины с интересом следят за его работой. Хихикая, мимо проходят девчонки, шепчутся о мальчиках, нарядах, школе. Чудесный, умиротворенный мир. Дивоур имел полное право сказать, что я его совершенно не знаю.

— Он прекрасен, — сказал я, с усилием возвращаясь в 1998 год. — Да, это так. Но о чем ведете речь вы?

— Как о чем? — Дивоур изображает изумление. — Она думала, что может прогуливаться здесь точно так же, как и остальные, вот о чем! Она думала, что может прогуливаться как белая женщина! С ее большими зубами, большими сиськами и заносчивой мордашкой. Она полагала себя особенной, не такой, как все, вот мы ее и проучили. Она хотела, чтобы я уступил ей дорогу, а когда у нее ничего не вышло, посмела дотронуться до меня своими грязными руками и толкнуть. Но ничего, мы научили ее хорошим манерам. Не так ли, парни?

Они одобрительно забормотали, но мне показалось, что у некоторых (а уж у юного Гарри Остера точно) перекосило физиономии.

— Мы указали ей ее место! — продолжил Дивоур. — Ясно дали понять, что она

паршивая негритоска. Именно это слово повторял он снова и снова, когда они рубили лес в то лето, лето 1901 года, лето, когда Сара и «Ред-топы» стали музыкальной сенсацией для этой части света. Сару, ее брата и весь негритянский клан приглашали в «Уэррингтон», чтобы они играли для приезжих; их кормили икрой и поили шампанским... во всяком случае, об этом вещал Джеред Дивоур своей пастве, когда во время перерыва на ленч они ели сандвичи с копченым мясом и солеными огурчиками, заботливо приготовленные их матерями (никто из молодых парней еще не успел жениться, хотя Орен Пиблз уже был обручен).

Однако не ее растущая слава злит Джереда Дивоура. И не приглашение в «Уэррингтон». И расстраивается он не из-за того, что Сара и ее братец сидят и едят за одним столом с белыми, и черные и белые пальцы берут хлеб с одного блюда. В «Уэррингтоне» живут приезжие, а в таких местах, как Нью-Йорк и Чикаго, сообщает он своим молодым и внимательным слушателям, белые женщины иногда даже трахаются с ниггерами.

«Нет! — вырывается у Гарри Остера, и он нервно оглядывается, словно боится увидеть за своей спиной белых женщин, забредших сквозь

лес на Боуи-Ридж. — Не может белая женщина трахаться с ниггером! Это уже перебор!»

Дивоур одаривает его взглядом, который красноречивее слов: Поживи с мое, и тогда посмотрим, что ты скажешь. Кроме того, ему без разницы, что происходит сейчас в Нью-Йорке и Чикаго. Во время войны он побывал в тех краях, и впечатлений ему хватило на всю жизнь. Да и воевал он не за освобождение негров. Он, Джеред Ланселот Дивоур, не возражал бы против того, чтобы ниггеры гнули спину на хлопковых полях до скончания века. Нет, он воевал, потому что считал необходимым проучить этих заносчивых южан, показать им, что никто не *имеет права выходить из игры, если не нравятся некоторые правила. Он воевал, чтобы восстановить справедливость. Они не имели никакого права выходить из состава Соединенных Штатов Америки. Вот он, в меру своих сил, и воздал им по заслугам!*

Нет, освобождение рабов ему до фонаря. Плевать ему и на хлопковые плантации, и на ниггеров, которые поют непристойные песни, а их за это угощают шампанским и йобстерами (так Джеред всегда коверкал слово «лобстеры»). Плевать ему на это, если они знают свое место и не разевают рот на чужое.

Но она не желает выполнять это правило. Эта заносчивая стерва все делает по-своему. Ее предупреждали — держись подальше от Улицы, но она не слушает. Она выходит на Улицу, прогуливается по ней в белом платье, словно белая дама, а иногда берет с собой своего сына, с африканским именем и без отца. Его отец небось провел с этой сучкой одну ночь в каком-нибудь стогу в Алабаме и только его и видели. А теперь она вышагивает по Улице, будто имеет на это полное право, хотя остальные стараются ее не замечать...

— Но это же ложь, не так ли? — спрашиваю я Дивоура.

Именно в этом причина злости старика? Ее замечают, с ней разговаривают. Она притягивает людей, может, своим смехом. Мужчины говорят с ней об урожае, женщины показывают своих детей. Более того, дают ей подержать на руках младенцев, а когда она улыбается им, они улыбаются в ответ. Девочки советуются с ней насчет того, как вести себя с мальчишками. Мальчишки... те просто смотрят. Но как они смотрят! Пожирают ее глазами и, полагаю, большинство из них думает о ней, когда запираются в туалете и начинают гонять шкурку.

Дивоур сникает. Он стареет прямо у меня на глазах, морщины углубляются, он превращается в того старика, который сбросил меня в озеро, потому что не терпел, когда ему перечили. Старея, он начинает растворяться в воздухе.

— Вот это бесило Джереда больше всего, так? Сару не отталкивали, ее не сторонились. Она прогуливалась по Улице, и никто не воспринимал ее как негритоску. К ней относились как к соседке.

Я находился в трансе, все глубже погружался в него, добрался уже до потока городского подсознания, который тек, словно подземная река. Пребывая в трансе, я мог пить из этого потока, мог наполнять рот, горло, желудок его водой с холодным металлическим привкусом.

Все лето Дивоур говорил с ними. Они были не просто его бригадой, они были его сыновьями: Фред, Гарри, Бен, Орен, Джордж Армбрастер и Дрейпер Финни, который на следующий год, летом, сломал себе шею и утонул, пьяным, сиганув в Идз-Куэрри. Никто и не подумал, что он покончил с собой, решили, что несчастный случай. В период между августом 1901 года и июлем 1902-го Дрейпер Финни пил, пил много, потому что только так и мог заснуть. Только так он мог отделаться от руки, неотрывно стоявшей перед его мысленным взором, руки, которая высовывалась из воды, а пальцы ее сжимались и разжимались, сжимались и разжимались, пока ты не начинал кричать: «Хватит, хватит, хватит, когда же это закончится!»

Все лето Джеред Дивоур твердил им об этой сучке, выскочке-негритоске. Все лето разглагольствовал об их ответственности перед обществом. Они, мол, мужчины, их долг — оберегать незыблемость устоев, они должны видеть то, на что закрывают глаза другие. И если не они, то кто?

Произошло это в солнечное августовское воскресенье, после полудня. Улица словно вымерла. Чуть позже, часам к пяти, на ней вновь появились бы люди. От шести вечера до заката народ валил бы валом. Но в три часа дня Улица пустовала. Методисты собрались на другом берегу в Харлоу и пели свои гимны под открытым небом. Отдыхающие в «Уэррингтоне» переваривали сытную трапезу, жареную курицу или добрый кусок мяса. По всему городу семьи усаживались за обеденный стол. А те, кто уже отобедал, дремали — кто на кровати, кто в гамаке. Саре нравился этот тихий час. Пожалуй, она любила его больше других. Слишком уж много времени она проводила на наспех сколоченных сценах и в прокуренных забегаловках, веселя своими песнями грубых, неотесанных мужланов. Да, ей нравились суета и непредсказуемость этой жизни, но иной раз она стремилась к тишине и покою. К неспешным прогулкам под жарким солнцем. В конце концов она уже не девочка. У нее сын, который скоро станет подростком. Но в то воскресенье она, должно быть, заметила, что на Улице слишком уж тихо. От луга она прошла с милю, не встретив ни души — даже Кито отстал: где-то в лесу собирал ягоды. Казалось, что весь город

вымер. Она, разумеется, знает, что «Восточная звезда» устраивает благотворительный ужин в Кашвакамаке, даже послала туда грибной пирог, потому что подружилась с несколькими дамами из «Восточной звезды». То есть все члены «Восточной звезды» сейчас там, завершают подготовку к приему гостей. Но она не знает, что в это воскресенье освящается Большая баптистская церковь, первая настоящая церковь, построенная в Тэ-Эр. И многие местные отправились туда, причем не только баптисты. С другой стороны озера до нее доносится пение методистов. Красиво они поют, слаженно, как хорошо настроенный инструмент.

Она не замечает мужчин, в большинстве своем это молодые парни, которые обычно не решаются поднять на нее глаза, пока самый старший из них не подает голос: «Вы только посмотрите, черная шлюха в белом платье и с красным поясом! Черт, да от такого много-

цветья просто рябит в глазах! У тебя что-то с головой, шлюха? Ты не понимаешь слов?»

Сара поворачивается к нему. Она испугана, но по ней этого не скажешь. Она прожила на свете тридцать шесть лет, с одиннадцати лет она знает, что у мужчины между ног и куда ему хочется засунуть сей предмет. Она понимает, если мужчины сбиваются в кучу, предварительно приложившись к бутылке (а она улавливает запах перегара), они теряют человеческий облик и превращаются в свиней. И если выказать страх, они набросятся на тебя, как свора псов, и, как псы, разорвут на куски.

К тому же они поджидали ее. Иначе не объяснить их появления на Улице.

— Что же это за слова, сладенький? — спрашивает она, не отступив ни на шаг. «Где люди? Куда они все подевались? Черт бы их побрал!» На другом берегу методисты поют псалом.

— Тебе говорили, что нечего гулять там, где гуляют белые, — отвечает ей Гарри Остер. Его юношеский голос ломается, и на последнем слове он срывается на фальцет.

Сара смеется. Она понимает, что сейчас не время смеяться, но ничего не может с собой поделать. Не может она удержать смех, как не может запретить мужчинам бросать похотливые взгляды на ее грудь и зад. Такова воля Божия. Больше винить в этом некого.

— Я гуляю где хочу, — отвечает она. — Мне говорили, что это общественная земля, и ни у кого нет права запрещать мне гулять по ней. И никто мне этого не запрещал. Покажите мне тех, кто запрещал.

— Они перед тобой, — заявляет Джордж Армбрастер с угрозой в голосе.

Сара смотрит на него с легким презрением, и от этого взгляда у Джорджа внутри все холодеет. А щеки заливает румянец.

— Сынок, — говорит она, — ты здесь только потому, что все приличные люди в другом месте. Почему ты позволяешь этому старику командовать тобой? Веди себя как должно и дай женщине пройти.

Я все это вижу. А образ Дивоура все тает и тает, наконец остаются одни глаза под синей фуражкой (сквозь них, в этот дождливый предвечерний час я вижу доски моего плота, бьющиеся о берег). Я вижу все. Я вижу, как она

идет прямо на Дивоура. Если она будет просто стоять, переругиваясь с ними, произойдет что-то ужасное. Она это чувствует, а своей интуиции она привыкла доверять. А если она пойдет на кого-то другого, старый масса набросится на нее сбоку, увлекая за собой всех этих щенков. Старый масса в синей фуражке — вожак стаи, и она должна взять верх над ним. Он силен, достаточно силен, чтобы мальчишки безропотно подчинялись ему, во всяком случае какое-то время, но недостает ему ее силы, ее решительности, ее энергии. В определенном смысле такое столкновение, лоб в лоб, ей по душе. Рег предупреждал ее: будь осторожнее, не торопи события, не набивайся к белым в друзья, пусть они делают первый шаг, но она идет своим путем, доверяет только собственным инстинктам. Да, перед ней семеро,*

---

* господин (*иск. англ.*).

но на самом деле ей противостоит только один, вот этот старик в синей фуражке.

Я сильнее тебя, старый масса, думает она, шагая к нему. Она ловит его взгляд и не позволяет отвести себе глаза. Он первым отводит глаза, уголок его рта дергается, между губами появляется и тут же исчезает кончик языка, совсем как у ящерицы. Это хороший знак... а потом он отступает на шаг, вот это совсем хорошо. И когда он делает этот шаг, молодежь разбивается на две или три группы, освобождая ей проход. С другого берега над гладкой, как стекло, поверхностью озера плывет пение методистов. Они по-прежнему славят Господа:

Когда мы с Господом идем
И Слово Его — свет,
Какою Славой осиян наш путь...

Я сильнее тебя, сладенький, мысленно говорит она Дивоуру. И я покрепче тебя буду. Ты хоть и белый, но я — матка-пчела, так что уйди с дороги, если не хочешь, чтобы я вонзила в тебя свое жало.

— Сука, — шипит он, но в голосе его слышится поражение. Он уже думает, что сегодня не его день, что в ней есть что-то такое, чего он не различал издали, что видно только с близкого расстояния, какое-то черное колдовство, которое он почувствовал только теперь. Так что лучше подождать другого раза, лучше...

А потом он цепляет ногой за корень или за камень (возможно, за тот самый камень, рядом с которым ей суждено лечь в землю) и падает. Старая фуражка отлетает в сторо-

ну, обнажая обширную лысину. Лопаются швы брюк.

И вот тут Сара совершает роковую ошибку. Может, подштанники Джереда Дивоура производят на нее неизгладимое впечатление, может, она просто не в силах сдержаться: звук рвущихся ниток очень уж похож на громкий пердеж. Так или иначе, она смеется... ее заливистый хрипловатый смех разносится над озером. И этим смехом она подписывает себе смертный приговор. Дивоур ни о чем не думает. Просто бьет ее сапогом, лежа, не поднимаясь с земли. Бьет в самое уязвимое, самое тонкое ее место — по лодыжкам. Она вскрикивает от боли, чувствуя, как ломаются кости. Падает на землю, зонтик от солнца выскальзывает из ее руки. Набирает воздух в легкие, чтобы закричать вновь, но Джеред опережает ее: «Заткните ей пасть! Шум нам ни к чему!»

Бен Меррилл падает на нее, все его сто девяносто фунтов. И воздух выходит из ее легких едва слышным выдохом. Бен, который никогда не танцевал с женщиной, не говоря уже о том, чтобы лежать на ней, мгновенно возбуждается.

Смеясь, начинает тереться о нее, а когда Сара пускает в ход ногти, он их не чувствует. Он словно превратился в один сплошной член, длиною с ярд. Она пытается выбраться из-под него, и он идет ей навстречу, перекатывается вместе с ней, так, что она оказывается сверху. А потом, к его полному изумлению, она бьет лбом по его лбу. Перед глазами вспыхивают звезды, но ему только восемнадцать лет, он силен как бык, так что сознание он не теряет, никуда не девается и эрекция.

Орен Пиблз, смеясь, рвет на ей платье. «Куча мала!» — кричит он и валится на нее сверху. И начинает тыкаться ей в зад, а Бен точно также энергично тыкается снизу ей в живот. Тыкается и ржет, хотя кровь течет у него по лицу из рассеченной брови.

И Сара знает, что погибла, если не сможет закричать. Если она закричит, если Кито услышит ее, он побежит за помощью и Рег...

Но она не успевает даже открыть рот, потому что старый масса приседает рядом на корточки и показывает ей нож с длиннющим лезвием. «Только вякни, и я отрежу тебе нос», — говорит он, и тут она сдается. Они все-таки взяли над ней верх, потому что она не вовремя засмеялась. Вот уж не повезло, так не повезло. Теперь их не остановить, и главное, чтобы Кито держался от них подальше. Пусть себе собирает ягоды, собирает и собирает, еще час, а то и больше. Он любит собирать ягоды, а через час этих мужчин здесь уже не будет. Гарри Остер хватает ее за волосы, тянет вверх, срывает платье с плеча, начинает целовать в шею.

Один только старый масса не набрасывается на нее. Старый масса стоит в шаге от кучи малы, поглядывает вдоль улицы. Его глаза превратились в щелочки. Старый масса похож на старого лиса, который передушил тысячи кур и знает все ловушки и уловки, на которые только способен человек. «Эй, ирландец, умерь свой пыл, — говорит он Гарри, затем оглядывает остальных. — Оттащите ее в кусты, *идиоты. В кусты, и подальше». В кусты они не оттаскивают. Не могут. Слишком уж им хочется овладеть ею. Но они оттаскивают ее за серый валун.*

Считают, что дальше незачем. Она редко молится, но сейчас ничего другого ей не остается. Она молит Господа, чтобы они оставили ее в живых. Она молит, чтобы Кито держался отсюда подальше и не спешил наполнить корзинку. А если заметит, что тут делается, не подходил бы к ним, а сразу бежал за Регом.

— Открывай рот, сука, — хрипит Джордж Армбрастер. — И не вздумай укусить.

Они имеют ее сверху и снизу, сзади и спереди, по двое и трое одновременно. Они имеют ее там, где любой, кто идет по Улице, заметит их, но старый масса стоит чуть в стороне, поглядывая то на молодых людей, попеременно спускающих штаны и наваливающихся на единственную женщину, то на Улицу, чтобы убедиться, что она по-прежнему пустынна.

Невероятно, но один из них, Фред Дин, говорит: «Извините, мэм», — кончив ей в рот. Словно случайно задел ее, проходя мимо.

И конца этому не видно. Сперма течет ей в горло, сперма залила промежность, кто-то укусил ее в левую грудь, и конца этому не видно. Они молоды, сильны, и когда кончает последний, первый, о Боже, уже готов занять его место. А на том берегу методисты поют «Возрадуемся, Иисус нас любит». Когда же старый масса подходит к ней, она думает: осталось немного, женщина, он последний, держись, еще чуть-чуть и все. Он смотрит на рыжего худенького паренька и еще одного, который щу-

рится и дергает головой, и велит им встать на стреме.

А сам намеревается вкусить ее плоти. Теперь-то сопротивления ждать не приходится. Он расстегивает пояс, расстегивает пуговицы ширинки, спускает подштанники, черные на коленях, грязно-желтые в мотне, опускается на колени, она видит, что маленький масса старого масса похож на змею со сломанным хребтом, и не может удержаться от смеха.

Залитая горячей спермой насильников, она смеется, смеется, смеется.

— Заткнись! — рычит Дивоур и бьет ее ребром ладони, едва не сломав скулу и нос. — Прекрати ржать!

— Наверное, у тебя встал бы, сладенький, если б на моем месте лежал один из твоих мальчиков, подняв к небу розовый зад? — спрашивает она и вновь смеется, в последний раз.

Дивоур поднимает руку, чтобы опять ударить ее, их обнаженные чресла соприкасаются, но его пенис так и не встает. Но прежде чем рука опускается на ее лицо, звенит детский голосок: «Ма! Что они делают с тобой, ма? Отпустите мою ма, сволочи!»

Она садится, сбрасывая с себя Дивоура, смех замирает, она ищет и находит глазами Кито, мальчика лет восьми, стоящего на Улице в аккуратном комбинезоне, соломенной шляпе и новеньких парусиновых башмаках, с корзинкой в руке. Губы его посинели от черники. В широко раскрытых глазах застыли недоумение и испуг.

— Беги, Кито! — кричит она. — Беги...

Красное пламя вспыхивает у нее в голове, она падает на спину, слышит доносящийся из-

далека голос старого масса: «Поймайте его! Нельзя его отпускать».

А потом она катится по длинному темному склону, а потом, заблудившись, уходит все дальше и дальше по коридору «Дома призраков», но даже оттуда она слышит его, она слышит своего маленького, она слышит, как он

кричит. И я слышал его крик, опускаясь на колени у серого валуна, с пакетом в руке. Я не помнил, как добрался сюда, не помнил, как шел по Улице, если и шел. Я плакал, ужас, жалость, печаль переполняли меня. Она сошла с ума? Скорее всего. А чему тут удивляться? Дождь еще лил, но небесные шлюзы уже начали прикрываться. Несколько секунд я смотрел на свои руки, мертвенно-белые на фоне серого валуна, потом огляделся. Дивоур и его прихвостни ушли.

В нос бил крепкий запах разложения, от которого я едва не терял сознание. Но я порылся в пакете, достал стеномаску, шутки ради подаренную мне Ромми и Джорджем, натянул ее на рот и нос. Осторожно вдохнул. Полегчало. Запах не пропал, но уже не валил с ног, как ей того хотелось.

— Нет! — закричала она, когда я схватил лопату и начал копать. Но я не останавливался, отбрасывая и отбрасывая землю, размягшую от дождя, податливую.

— Нет! Не смей!

Я не оглядывался, чтобы не дать ей шанса оттолкнуть меня. Внизу, на Улице, сил у нее куда больше, может, потому, что произошло все именно здесь. Возможно ли такое? Я этого не знал и не хотел знать. Думал я только об одном:

закончить начатое. Когда попадались корни потолще, я перерезал их прививочным ножом.

— Оставь меня в покое!

Вот тут я оглянулся, позволил себе один короткий взгляд. Причина тому — странное потрескивание, которым сопровождался ее голос. Зеленая Дама исчезла. Береза каким-то образом превратилась в Сару Тидуэлл. В зеленой кроне я видел лицо Сары. Под дождем и ветром лицо это колебалось, расплывалось, пропадало, появлялось вновь. И мне открылась разгадка происходящего. Я все увидел в ее глазах. Почти что человеческих глазах, которые смотрели на меня из листвы. И глаза эти переполняли ненависть и мольба.

— Я еще не закончила! — надрывно кричала она. — Он был хуже всех, разве ты этого не понимаешь? Он был хуже всех и его кровь течет в ее жилах. Мне не будет покоя, пока я не отомщу!

И тут с отвратительным звуком что-то начало рваться, трещать. Она вселилась в березу, превратила ее в свое тело и теперь вырывала корни из земли, чтобы добраться до меня. И вырвала бы, если б смогла. И задушила бы руками-ветками. Набила бы мне легкие и живот листьями, пока меня не раздуло бы как воздушный шар.

— Пусть он — чудовище, но Кира не имеет никакого отношения к тому, что он натворил, — ответил я. — И ты ее не получишь.

— Нет, получу! — кричала Зеленая Дама. И опять что-то рвалось и трещало. Только громче. К этим малоприятным звукам присоединился еще и скрежет. Я более не оглядывался. Не решался оглянуться. Лопата так и мелькала в моих руках. — Получу! — кричала она, и голос ее заметно приблизился. Она шла ко мне, но я отказывался обернуться. Не хватало мне только увидеть шагающее дерево. — Получу! Он забрал моего ребенка, а я заберу его.

— Уходи, — послышался новый голос.

У меня задрожали пальцы, черенок лопаты едва не выпал из рук. Я повернулся и увидел Джо, стоявшую чуть правее и ниже. Она смотрела на Сару, материализовавшуюся в галлюцинацию шизофреника — чудовищное зеленовато-черное создание, поскальзывающееся при каждом шаге по Улице. Сара покинула березу, однако прихватила с собой всю ее жизненную силу, оставив от дерева только засохший ствол. Существо это вполне могло сойти за Невесту Франкенштейна, какой вылепил бы ее Пикассо. Лицо Сары появлялось и исчезало, появлялось и исчезало.

Джо стояла в белой рубашке и желтых брюках, которые были на ней в день смерти. Сквозь нее озера я не видел. В отличие от полупрозрачных Дивоура и молодых кобелей, она материализовалась полностью. Я чувствовал, как от меня словно отсасывают энергию, и понимал, куда она уходит.

— Убирайся отсюда, сука! — рявкнула псевдо-Сара. И вскинула то ли руки, то ли ветви — точно так же, как в моем самом страшном кошмаре.

— Хрен тебе. — Голос Джо остался ровным и спокойным. Она повернулась ко мне: — Поторопись, Майк. Времени у тебя в обрез. Нам противостоит уже не она. Она впустила одного из Потусторонних, а они очень опасны.

— Джо, я тебя люблю.

— Я тоже лю...

Сара исторгла дикий вопль и начала вращаться. Листья и ветви стали терять форму, сливаться, сплавляться в некую бешено вращающуюся колонну. В колонне этой уже не было ничего человеческого. Зато из нее так и перла дикая, звериная энергия. И эта колонна прыгнула на Джо. Они столкнулись, и Джо тут же утратила цвет и плотность, превратившись в фантом, который Сара принялась терзать и рвать на куски.

— Поторопись, Майк! — только и успела крикнуть Джо. — Поторопись.

Я склонился над могилой.

Лопата на что-то наткнулась. Не на камень, не на корень. Я расчистил площадку в глубине, понял, что добрался до парусины. Теперь я махал лопатой, как заведенный, стремясь как можно быстрее отрыть страшную находку, опасаясь, что мне могут помешать. А за моей спиной в ярости ревела Тварь, и от боли исходила криком Джо. Ради мести Сара поступилась частью своей силы, чтобы призвать кого-то из Потусторонних. Так сказала Джо. Я не знал, о ком она говорила, да и не хотел знать. Зато я точно знал, что тело Сары — тот проводник, который связывал ее с Тэ-Эр. И если я успею...

Я очищал парусину от мокрой земли. На парусине проступили едва различимые буквы. «ЛЕСОПИЛКА ДЖ. М. МАККАРДИ». Лесопилка Маккарди сгорела во время пожара в 1933 году. Я видел фотографии. Когда я схватился за парусину, она порвалась под моими пальцами, и в нос мне ударил гнилостный, могильный запах. Я услышал сопение. Я услышал

Дивоура. Он лежит на ней и сопит, как хряк. Сара в полубреду что-то бормочет, ее

распухшие губы блестят от алой крови. Дивоур через плечо оглядывается на Дрейпера Финни и Фреда Дина. Они догнали мальчишку и привели его, но он кричит, не переставая, орет как резаный, орет с такой силой, что мертвого разбудит. И если они слышат, как на противоположном берегу озера методисты поют о «силе слова Божьего», то и методисты могут услышать вопли маленького ниггера.

— Суньте его под воду, чтобы замолчал, — говорит Дивоур, и в ту же секунду, словно слова эти — магическое заклинание, его конец начинает твердеть.

— О чем ты? — спрашивает Меррилл.

— Сам знаешь, — отвечает Дивоур. Он пыхтит, как паровоз, приподнимая блестящий на солнце голый зад. — Он нас видел. Хотите перерезать ему горло и перепачкаться в его крови? Я не возражаю. Берите мой нож, и за работу!

— Н-нет, Джеред! — в ужасе кричит Бен, его начинает бить дрожь.

Наконец-то у него все встало. Да, на это потребовалось чуть больше времени, но он далеко не мальчик, не то что эти щенки. Но уж теперь!.. Теперь он воздаст ей по заслугам за ее наглый смех, за ее заносчивость. И пусть смотрит весь город, плевать он на это хотел. Пусть приходят и смотрят. Он загоняет в нее свой член. До упора. И при этом отдает команды. Зад его мерно поднимается и опускается, поднимается и опускается.

— Кто-нибудь должен позаботиться о нем! Или вы хотите провести следующие сорок лет в Шоушенке?

Бен хватает Кито Тидуэлла за одну руку, Орен Піблз — за другую, но когда они притаскивают мальчишку на берег, от былой решимости не остается и следа. Одно дело — изнасиловать наглую негритянку, которая позволила себе посмеяться над Джередом, когда тот, споткнувшись, упал и порвал брюки. Но утопить испуганного ребенка, словно котенка в луже... это совсем другое.

Их пальцы разжимаются, они испуганно смотрят друг на друга, и Кито вырывается из их рук.

— Беги, милый! — кричит Сара. — Беги и приведи...

Джеред стискивает ей горло, обрывая на полуслове.

Мальчик падает, зацепившись ногой за свою корзинку с черникой, и Гарри и Дрейпер тут же настигают его.

— Что будем делать? — спрашивает побледневший как полотно Дрейпер, и Гарри отвечает:

— То, что надо, — вот что он ответил тогда, и теперь я поступаю точно так же, невзирая на запах, невзирая на Сару, невзирая на отчаянные крики моей умершей жены. Я вытаскиваю парусиновый саван из земли. Веревки, завязанные по торцам, держатся, но парусина рвется посередине.

— Поторопись! — кричит Джо. — Мне больше не выдержать.

Тварь рычит, исходя злобой. Резкий треск, словно деревянная дверь разлетелась в щепы, и отчаянный вопль Джо. Я подтаскиваю к себе пакет с надписью «Саженцы и рассада» и разрываю его в тот самый момент, когда

Гарри (приятели зовут его Ирландцем за рыжие волосы) хватает мальчишку за плечи и прыгает с ним в озеро. Мальчишка вырывается изо всех сил. Соломенная шляпа слетает с головы и плывет по воде.

— Возьмите ее! — кричит Гарри.

Фред Дин нагибается, достает шляпу.

Глаза у Фреда остекленели, как у боксера, пропустившего сильнейший удар. За их спиной хрипит Сара Тидуэлл. Как и разжимающиеся и сжимающиеся пальцы на руке мальчишки, высовывающейся из воды, хрип этот будет преследовать Дрейпера Финни, пока он не нырнет в Идз-Куэрри. Джеред усиливает хватку, при этом продолжая долбить Сару, пот льется с него рекой. Никакая стирка не смоет запах этого пота с его одежды. Он придет к выводу, что это «пот смерти», и сожжет одежду, чтобы избавиться от него.

И Гарри Остер хочет избавиться от всего этого.

Избавиться и не видеть больше этих людей, а особенно Джереда Дивоура, которого уже называет Сатаной. Гарри не может прийти домой и взглянуть в лицо отца, пока не закончится этот кошмар, пока жертвы не лягут в землю. А его мать! Как ему теперь смотреть в глаза его любимой матери, Бриджет Остер, круглолицей ирландки с седеющими волосами и необъятной, теплой грудью. Бриджет, у которой всегда находилось для него доброе слово. Бриджет Остер, святой женщины. Бриджет Остер, которая сейчас угощает пирогами прихожан на пикнике в честь открытия новой церкви. Бриджит Остер, его дорогой мамочки. Как он сможет предстать перед ее глазами, если она узнает, что его будут судить по обвинению в изнасиловании и избиении женщины, пусть и чернокожей женщины? Вот он и тащит упирающегося мальчишку на глубину.

Кито отчаянно сопротивляется. На шее Гарри появляется кровь. (Но царапина маленькая, и вечером Гарри скажет матери, что неловко задел ветку колючего куста, и позволит ей поцеловать царапину.) А потом он топит мальчишку. Кито смотрит на него снизу вверх, лицо его расплывается перед глазами Гарри, между лицом и поверхностью воды проплывает маленькая рыбешка. Окунек, думает Гарри. На мгновение задумывается, а что видит мальчишка, глядя сквозь толщу воды на лицо человека, который топит его, но тут же отгоняет эту мысль. Это всего лишь ниггер, напоминает он себе. Паршивый ниггер. И тебе он — никто.

Рука Кито высовывается из воды, маленькая коричневая ручонка. Гарри подается назад, не нужны ему новые царапины, но рука и не тянется к нему, только торчит над водой. Пальцы сжимаются в кулак. Разжимаются. Сжимаются в кулак. Разжимаются. Сжимаются в кулак.

Мальчишка вырывается уже не с такой силой, брыкающиеся ноги опускаются вниз. Глаза, что смотрят на Гарри из глубины, становятся сонными, но коричневая ручонка все торчит из воды, а пальцы сжимаются и разжимаются, сжимаются и разжимаются. Дрейпер Финни плачет на берегу.

Он уверен, что сейчас кто-нибудь появится на Улице и увидит, что они натворили... что они творят. Будь уверен: грехи твои выплывут наружу — так говорится в Лучшей книге всех времен. Будь уверен. Он открывает рот, чтобы сказать Гарри: «Прекрати. Может, еще не поздно повернуть все вспять, отпусти его, пусть живет», — но ни звука не срывается с его губ. За его спиной заходится в предсмертном хрипе Сара. А перед ним сжимаются и разжимаются пальцы ее сына, которого топят, как котенка, сжимаются и разжимаются, сжимаются и разжимаются. Когда же это закончится, думает Дрейпер. Господи, когда же это закончится? И словно в ответ на его мольбу, локоть мальчика начинает разгибаться, рука медленно уходит под воду, пальцы последний раз сжимаются в кулачок и застывают. Еще мгновение рука торчит из воды, а потом...

Ладонью я хлопаю себя по лбу, чтобы отогнать видения. За моей спиной трещат и ломаются мокрые кусты. Джо и ее соперница продолжают отчаянную борьбу.

Я сунул руки в дыру в парусиновом саване, как хирург, расширяющий операционное поле. Рванул. Со стоном парусина разорвалась от верхней веревки до нижней.

Внутри лежало то, что осталось от матери с сыном: два пожелтевших черепа, лбом ко лбу, словно ведущие задушевный разговор, женский, когда-то красный, а теперь совсем уже выцветший пояс, клочки одежды и... куча костей. Две грудные клетки, большая и маленькая. Две пары ног, длинные и короткие. Бренные останки Сары и Кито Тидуэллов, похороненные у озера чуть ли не сто лет тому назад.

Большой череп повернулся. Уставился на меня пустыми глазницами. Зубы клацнули, словно хотели укусить меня, кости зашевелились. Некоторые, из маленьких, тут же рассыпались в прах. Красный пояс дернулся, пряжка приподнялась, словно голова змеи.

— Майк! — закричала Джо. — Поторопись! Поторопись!

Я выхватил мешочек из разорванного пакета, достал из него пластиковую бутылку.

Lye* still

в такие вот слова сложились буквы-магниты на передней панели моего холодильника. Еще одно послание, которое не смог перехватить цербер-охранник. Сара Тидуэлл — страшный противник, но она недооценила Джо... недооценила телепатической связи тех, кто долгие годы прожил в радости и согласии. Я съездил в «Саженцы и рассаду», купил бутылку щелока, а теперь открыл ее и поливал щелоком кости Сары и ее сына, которые сразу начали дымиться.

Послышалось громкое шипение, какое раздается, если открыть бутылку с пивом или с газированным напитком. Пряжка расплавилась. Кости побелели и рассыпались, словно были из сахара. Перед моим мысленным взором вдруг возникли мексиканские ребятишки, с леденцами на длинных палочках, отлитыми в виде скелетов по случаю Дня поминовения усопших. Глазницы в черепе Сары расширялись, а щелок заливался в темную пустоту — ту, что когда-то занимал ее мозг, ту, где обретались ее созидающий дар и смеющаяся душа. В этих глазницах

---

* Помимо трактовки, приведенной выше, английское слово lye имеет еще одно значение — щелок.

я сначала прочитал изумление, а потом бесконечную печаль.

Челюсть отпала, зубы вывалились.

Череп сложился.

От пальцев не осталось и следа.

— О-о-о-о-о...

Вздох пронесся по мокрым деревьям, словно от порыва ветра... только порыв этот не набрал силу, а затих в насыщенном влагой воздухе. Во вздохе этом читалось безграничное горе и признание поражения. А вот ненависти я не услышал; ненависть исчезла, сгорела в щелоке, который я купил в магазине Элен Остер. А потом вздох, свидетельствующий об уходе Сары, сменился громким, почти человеческим криком какой-то птички, который и вывел меня из транса. Я поднялся с трудом (ноги едва держали меня) и оглядел Улицу.

Джо по-прежнему была рядом — полупрозрачный силуэт, сквозь который я видел озеро и очередной вал черных туч, надвигающихся со стороны гор. Что-то мелькало за ее спиной, возможно, птичка, на минуту покинувшая уютное и безопасное гнездо, чтобы посмотреть, сильно ли изменился мир, но меня она нисколько не интересовала. Я хотел видеть только Джо. Джо, которая пришла Бог знает из какого далека и пережила немыслимые страдания ради того, чтобы помочь мне. Я видел, что она вымоталась донельзя, измучена до предела, от нее осталось совсем ничего. Но Тварь из потустороннего мира исчезла без остатка. Джо, стоявшая в круге из скукожившихся березовых листьев, повернулась ко мне и улыбнулась.

— Джо! Мы прорвались!

Ее губы шевельнулись. Я слышал какие-то звуки, но слов разобрать не мог. Она стояла рядом, но голос ее долетал до меня словно с противоположного берега озера. Однако я понимал ее. Считывал слова с ее губ, если вас больше устроит рациональное объяснение, а скорее, слышал ее мысли, это уже из области романтики. Дело в том, что счастливые семейные пары понимают мысли друг друга. И частенько могут обойтись без слов.

— Теперь все будет хорошо, правда?

Я посмотрел на разрыв в парусине. От скелетов остались только редкие обломки костей. Я вдохнул и закашлялся, несмотря на стеномаску. Не от трупного запаха — от паров щелока. А когда вновь повернулся к Джо, она практически исчезла.

— Джо! Подожди!

— *Не могу помочь. Не могу остаться.*

Слова долетали из другой солнечной системы, едва читались на почти прозрачных губах. От нее остались одни глаза, плавающие на фоне черных облаков, глаза цвета озера за ее спиной.

— *Поторопись...*

И она ушла. Скользя по мокрой земле, я заковылял к тому месту, где она стояла, загребая ногами опавшие березовые листья, ухватился за пустоту. Наверное, я выглядел полным идиотом, промокший до костей, в стеномаске, закрывающей нижнюю половину лица, пытающийся обнять влажный серый воздух.

Я уловил слабый аромат ее духов... а потом остались только запахи мокрой земли да паров щелока. Зато уже не пахло и разложившимися трупами. Теперь они казались не более реальными, чем...

Чем что? Чем *что?* Или все это было, или ничего этого не было. Если ничего не было, то у меня совсем съехала крыша и мне прямая дорога в «Блу Уинг» на Джунипер-Хилл. Я посмотрел на серый валун, на мешок с костями, который я вырвал из земли, как сгнивший зуб. Над ним лениво курились редкие струйки дыма. Да уж, в реальности мешка, костей, дыма сомневаться не приходилось. Как и в реальности Зеленой Дамы, которая теперь превратилась в Черную Даму. Она засохла, стала такой же сухой, как и та сосновая ветвь, которую я принимал за руку.

Не могу помочь... не могу остаться... поторопись.

Не может помочь в чем? В какой еще помощи я нуждался? Дело сделано, верно? Сара ушла: душа последовала за костями, дорогие мои, сладкие ночные гостьи. Упокой, Господи, ее душу.

Но внезапно меня охватил ужас, который возник из воздуха и облепил меня, как мерзостный запах разложившейся плоти. В моем мозгу начало биться имя Киры, совсем как крик какой-нибудь экзотической птицы из тропических лесов: *Ки-Ки, Ки-Ки, Ки-Ки!* Я направился к ступенькам-шпалам и, несмотря на крайнюю усталость, на полпути уже бежал.

Поднялся по лестнице на террасу, вошел. В доме ничего не изменилось: если не считать окна на кухне, разбитого упавшим деревом, ураган «Сара-Хохотушка» выдержала. Но что-то было не так. Что-то я почувствовал, может, какой-то посторонний запах. Запах безумия? Не знаю.

В прихожей я остановился, посмотрел на книги, элморы леонарды и эды макбейны, разбросанные по полу. Словно их походя сбросила чья-то рука. Я видел и свои следы. Одни я оставил, когда приходил, другие — когда уходил. Они уже начали подсыхать. Больше ничьих следов тут быть не могло, в дом я Киру внес на руках. Но они были. Поменьше моих, но не такие маленькие, чтобы их оставил ребенок.

Я побежал в северное крыло, выкрикивая ее имя, но с тем же успехом я мог звать Мэтти, Джо или Сару. Слетая с моих губ, имя Киры звучало, как имя покойной. Покрывало было сброшено на пол. На кровати лежала только черная набивная собачка, точно так же, как и в моем сне.

Ки исчезла.

Глава 29

Я попытался установить контакт с Ки той частью моего сознания, которая последние несколько недель знала, во что Ки одета, в какой комнате трейлера находится, что делает. Разумеется, безрезультатно — и эту связь отрезало, как ножом.

Я позвал Джо, думаю, что позвал, но и она не откликнулась. Теперь я мог рассчитывать только на себя. И на Господа Бога. Если бы Он соблаговолил помочь мне. Помочь нам обоим. Я почувствовал поднимающуюся волну паники, попытался ее сбить. Я понимал, что сейчас мне необходим ясный ум. Потеря способности мыслить логически означала потерю Ки. По коридору я быстро вернулся в прихожую, стараясь не слышать мерзкий голосок у меня в голове, вещавший о том, что Ки уже потеряна, уже мертва. Я не хотел в это верить, не мог поверить, пусть и телепатическая связь между нами разорвалась.

Я вновь оглядел сброшенные на пол книги, посмотрел на дверь. Цепочка следов чужака тянулась от нее и к ней. Молния озарила небо, от раската грома заложило уши. Ветер вновь набирал силу. Я шагнул к двери, взялся за ручку, замер. Потому что заметил что-то постороннее, зажатое между дверью и дверной коробкой. Что-то похожее на паутину.

Длинный седой волос.

Мои глаза широко раскрылись. Я бы мог и сам обо всем догадаться. Догадался бы, если б не чудовищное напряжение этого дня, если б не калейдоскоп событий, обрушившихся на меня.

Прежде всего ключом к разгадке служило время окончания ее разговора с Джоном. Девять сорок утра, произнес металлический голос фиксирующего устройства, то есть Роджетт звонила в шесть сорок... если действительно звонила из Палм-Спрингса. У меня сразу возникли сомнения, еще в машине, когда мы ехали к Мэтти, я подумал, что Роджетт, должно быть, страдает бессонницей, если начинает заниматься делами еще до восхода солнца. Но это был не единственный довод в пользу того, что Роджетт и не собиралась улетать в Калифорнию.

В какой-то момент Джон вытащил кассету. Потому что я побелел как мел, вместо того, чтобы рассмеяться. Но я попросил поставить ее на место, чтобы мы могли дослушать все до конца. Объяснил, что побледнел от неожиданности: в душе я надеялся никогда больше не слышать ее голоса. Качество воспроизведения превосходное. Но на самом-то деле на пленку Джо отреагировали мальчики в подвале: конспираторы из моего подсознания. И отнюдь не ее голос испугал меня до такой степени, что побелело лицо. Испугал статический фон, характерный фон, сопровождающий все телефонные разговоры в Тэ-Эр, независимо от того, звонишь ты сам или звонят тебе.

Роджетт Дивоур ни на минуту не покидала Тэ-Эр. Я бы не простил себе, если б моя неспособность разгадать ее трюк стоила жизни Ки Дивоур. Не смог бы жить дальше. Я вновь и вновь говорил об этом Богу, сбегая по ступенькам-шпалам, навстречу ветру и потокам дождя.

Просто чудо, что я не свалился в воду. Половина досок от плота вынесло к берегу. Я мог бы напороться на десяток гвоздей и умереть, как вампир, в которого всадили осиновый кол. Такая мысль, безусловно грела душу.

Бег по скользкой от воды лестнице — не самое лучшее занятие для человека, состояние которого близко к паническому. Каждый шаг, похоже, эту панику только усиливал. И когда внизу я ухватился за ствол сосны, чтобы перевести дух и сообразить, что к чему, паника уже начала брать надо мной верх. В голове билось имя Ки, не оставляя места никаким другим мыслям.

Потом молния разорвала небо справа от меня и вышибла три нижних фута ствола громадной ели, которую видели Сара и Кито. Если бы я смотрел на нее, то точно б ослеп. Но мне повезло, и вспышку я уловил только боковым зрением. А гигантская, в двести футов ель, с грохотом повалилась в озеро. Пень ярко вспыхнул, невзирая на дождь.

На меня все это подействовало, как пощечина. Мозги прочистились, наверное, у меня появился последний шанс использовать их по прямому назначению. Почему я слетел по лестнице? Почему решил, что Роджетт понесла

Киру к озеру, где я в тот момент находился, вместо того, чтобы уйти с ней подальше от меня, на Сорок вторую дорогу?

Не задавай глупых вопросов. Она пошла сюда, потому что Улица ведет к «Уэррингтону». А в «Уэррингтоне» она и обреталась, одна, с того самого момента, как отправила тело своего босса в Калифорнию на принадлежащем ему самолете.

Она проникла в дом, пока я находился в подвале под студией Джо, вытаскивал из чрева совы жестянку, изучал ее содержимое. Она уже тогда унесла бы Ки, если б я дал ей такой шанс, но я вовремя спохватился. Поспешил в дом, боясь, вдруг что-то случилось, вдруг кто-то попытается украсть ребенка...

Роджетт разбудила ее? Ки видела ее и хотела предупредить меня, прежде чем опять заснула? Возможно. Я тогда пребывал в трансе, то есть между нами еще существовала телепатическая связь. Роджетт наверняка находилась в доме, когда я вернулся. Она даже могла прятаться в стенном шкафу в спальне северного крыла и следить за мной через щель. Какая-то часть моего сознания это знала. Эта часть чувствовала ее, чувствовала чье-то, помимо Сариного, присутствие.

А затем я снова ушел. Схватил пакет, который привез из «Саженцев и рассады», и спустился к озеру. Повернул направо, к северу. К березе, валуну, мешку с костями. Сделал то, что должен был сделать; а пока я этим занимался, Роджетт следом за мной спустилась по лестнице с Кирой на руках и повернула налево. На юг, к «Уэррингтону». У меня засосало под ложечкой, когда я понял, что, возможно, слышал Ки...

даже видел ее. Та птичка, которая что-то чирикнула сквозь пелену дождя. Ки к тому времени уже проснулась, должно быть, увидела меня, увидела Джо, попыталась меня позвать. Ей удался лишь один вскрик, потому что потом Роджетт заткнула малышке рот.

Как давно это случилось? Вроде бы уже прошла вечность, но я подозревал, что это не так. Скорее, минут пять, не больше. Но много ли нужно времени, чтобы утопить маленькую девочку? Перед моим мысленным взором возникла ручка Ки, высовывающаяся из воды. Пальчики сжимались и разжимались, сжимались и разжимались... Я отогнал это мерзостное видение. И подавил желание со всех ног броситься в «Уэррингтон». Не мог я одновременно бежать и бороться с паникой.

В этот момент мне более всего хотелось почувствовать присутствие Джо. Никогда раньше, за все годы, прошедшие после ее смерти, я так остро не чувствовал одиночества. Но она ушла. Похоже, безвозвратно. Мне оставалось надеяться только на себя, и я двинулся на юг, по заваленной деревьями Улице, иногда перелезая через стволы, продираясь сквозь листву, иногда обходил по склону. По пути я, наверное, произнес все молитвы, которые пришли на память. Но ни одна из них не могла отогнать лица Роджетт Уитмор, маячащего перед моим мысленным взором. Ее перекошенного криком, безжалостного лица.

Помнится, я еще подумал: это тот же «Дом призраков», только созданный самой природой. Мне казалось, что лес кишит нечистой силой.

Первый, самый мощный удар стихии вырвал из земли одни деревья и расшатал множество других. И теперь они то и дело рушились под напором ветра и дождя. Грохот от их падения заглушал все звуки. Проходя мимо коттеджа Батчелдеров — округлыми обводами он напоминал шляпу, небрежно брошенную на край стула, — я увидел, что крышу срезало как ножом.

Прошагав с полмили, я заметил на тропе одну из белых лент Ки. Поднял ее, подумав о том, что красные полосы по краям очень уж напоминают кровь. Сунул в карман и продолжил путь.

Пять минут спустя я подошел к старой, поросшей мхом сосне, перегородившей Улицу. Она рухнула совсем недавно, переломившись в нескольких футах от основания, и теперь ее крона полоскалась в озере. Ствол, однако, не оторвался от пня, держась на честном слове. Я присел на корточки, чтобы пролезть в узкий зазор между стволом и землей, и увидел свежие следы, кто-то только что прошел тем же путем. И еще я увидел вторую ленту Ки и отправил ее в карман вслед за первой.

Уже вылезая из-под сосны, я услышал, как падает очередное дерево, совсем близко. За грохотом падения последовал вскрик — не боли или страха, а удивления, даже злости. А потом, сквозь дождь и ветер, до меня донеслись слова Роджетт:

— Остановись! Не ходи туда, это опасно!

Я вскочил, даже не почувствовав, как острый конец обломавшейся ветви разорвал рубашку на пояснице и царапнул кожу, и побежал по тропе. Через маленькие деревья я перескакивал, не сбавляя ходу, через те, что побольше, перелезал, не думая о царапинах и порезах. В яркой вспышке молнии я увидел сквозь деревья серую громаду «Уэррингтона». В тот день, когда я впервые повстречал Роджетт, большое здание практически полностью скрывала зеленая стена, но теперь лес напоминал лохмотья. Два громадных дерева свалились на заднюю часть дома, так что и ему требовался изрядный ремонт. Чем-то они напоминали вилку и нож, которые после завершения трапезы положили крест на крест на пустую тарелку.

— Уходи! Не нузна ты мне, седая нанни! Уходи! — Голосок Ки звенел от ужаса, но как же он меня обрадовал!

В сорока футах от того места, где я на мгновение застыл, вслушиваясь в слова Роджетт, еще одно дерево лежало поперек Улицы. Роджетт стояла по другую сторону ствола, протягивая руку к Ки. С руки капала кровь, но смотрел я не на руку, а на Ки.

Понтонный причал между Улицей и «Баром заходящего солнца» уходил в озеро на добрых семьдесят, а то и на сто футов. Удобный такой причал, пройтись по которому в теплый летний вечер под руку с подругой или возлюбленной — одно удовольствие. Ураган еще не развалил его — пока не развалил, — но от ветра настил ходил ходуном. Мне вспомнился фильм, который я видел в далеком детстве: подвесной мостик, пляшущий над горной речкой. То же самое происходило и с причалом, соединяющим Улицу и «Бар заходящего солнца». Вода то и дело захлестывала его, причал скрипел, но держался. А вот от перил не осталось и следа. Кира уже преодолела половину хлипкого настила. Я видел по меньшей мере три черные прогалины между берегом и тем местом, где она стояла: совместными усилиями ветер и вода вышибли три доски. Металлические бочки, на которых покоился настил, то и дело бились друг о друга. Некоторые сорвало с якоря и отнесло к берегу. Доски под Кирой гнулись, и она, чтобы сохранить равновесие, подняла ручонки, словно канатоходец в цирке, балансирующий на тонком канате. Подол черной футболки обтягивал ее коленки.

— Возвращайся! — кричала Роджетт. Ее седые волосы торчали во все стороны. Черный блестящий плащ изорвался в клочья. Теперь она протягивала к Кире обе руки.

— Нет, седая нанни! — Кира затрясла головой, показывая, что возвращаться не собирается, а мне хотелось крикнуть — не тряси так головой, ты можешь упасть. Ее качнуло. Одна ручонка взлетела вверх, другая пошла вниз, в этот момент она походила на самолет, закладывающий резкий вираж. Если бы сейчас настил чуть накренился, Кира полетела бы в воду. Но она удержалась на ногах, восстановила равновесие, хотя мне и показалось, что ее босые ножки заскользили по мокрым доскам. — Уходи, седая нанни, ты мне не нузна! Уходи... пойди поспи, ты отень устала!

Меня Ки не видела, она смотрела только на седую нанни. И седая нанни не видела меня. Я упал на живот, по-пластунски заполз под дерево. Раскат грома прокатился над озером, эхом отразившись от далеких гор. Вновь приподнявшись на корточки, я увидел, что Роджетт медленно приближается к причалу. Но на каждый ее шаг Кира делал свой, отступая к «Бару заходящего солнца». Роджетт протягивала к ней здоровую руку, и на мгновение мне показалось, что она тоже кровоточит. Однако я тут же понял, что на пальцах у нее не кровь, а более темная субстанция. А когда она заговорила, догадался, что это шоколад.

— Давай поиграем в нашу игру, Ки, — ворковала Роджетт. — Начнешь первой?

Она шагнула к Ки, девочка отступила на шаг, покачнулась, взмахнула ручонками, чтобы удержаться на ногах. Сердце у меня остановилось, потом продолжило бег. И я двинулся на эту омерзительную старуху. Но не бегом. Я не хотел, чтобы она вышла из транса и сообразила, что ее ждет. Могла ли она выйти из транса? Не знаю. Меня нисколько не волновало, удастся ли ей это или нет. Черт, я же смог расколоть молотком череп Джорджа Футмена! А уж врезать этой уродине — одно удовольствие. На ходу я сжал пальцы в кулак.

— Что? Не хочешь начинать? Стесняешься? — От этого медового голосочка мне хотелось скрипеть зубами. — Хорошо, давай я. Хлопушка. Что рифмуется с хлопушкой, Ки? Зверушка... и игрушка... у тебя была игрушка, когда я пришла и разбудила тебя, верно, Ки? А как насчет того, чтобы посидеть у меня на коленях, деточка? Мы покормим друг друга шоколадом, как и прежде... Я расскажу тебе веселую сказку...

Еще шаг. Она подошла вплотную к причалу. Если б Роджетт просто хотела избавиться от Ки, то начала бы швырять в нее камни, как совсем недавно в меня, пока один из них не сбросил бы девочку в озеро. Но у нее и мыслей таких не было. За некоей чертой безумие — это дорога с односторонним движением, причем, в отличие от автострады, съездов на ней нет. И в отношении Ки у Роджетт были другие планы: утопить девочку в озере собственными руками. Только так и не иначе.

— Подойди, Кира, поиграй с седой нанни. — Она вновь протянула к девочке руку с шоколадной конфетой «Херши киссес». Шоколад протекал сквозь порванную фольгу. Кира оторвала от нее взгляд и наконец-то увидела меня. Я покачал головой, как бы говоря: не выдавай меня! Но куда там. Она просияла. Выкрикнула мое имя, и я увидел, как дернулись плечи Роджетт.

Последний десяток футов я пробежал, вскинув сцепленные руки, как дубинку, но в критический момент поскользнулся на мокрой земле, а Роджетт чуть отклонилась. Поэтому мой удар пришелся не в основание черепа, а лишь скользнул по плечу. Она покачнулась, припала на одно колено, но тут же поднялась. Глаза ее напоминали синие лампочки, только спирали в них светились не от электрического тока, а от ярости.

— Ты! — прошипела она.

А на причале Ки радостно выкрикивала мое имя, подпрыгивая на мокрых досках, взмахивая руками, чтобы сохранить равновесие. Волна перехлестнула через край причала, накрыла ее босые ступни.

— Держись, Кира! — крикнул я.

Роджетт воспользовалась тем, что я на мгновение отвлекся, повернулась и побежала к девочке. Я метнулся за ней, схватил за волосы, и они остались у меня в руке. Все. От неожиданности я даже остановился и уставился на мокрый седой скальп, облепивший мне пальцы.

Роджетт оглянулась через плечо и оскалилась — злобный лысый гном, вымоченный дождем, и я подумал: это же Дивоур, он совсем не умирал, каким-то образом он заставил эту женщину занять его место. Она покончила с собой, ее тело отправили в Калифорнию на...

Она отвернулась, но я и так все понял. К Ки бежала именно Роджетт, и напрасно я удивлялся ее сходству с Дивоуром. Просто тайное сделалось явным. Болезнь не только лишила ее волос, но и состарила. Я полагал, что ей под семьдесят. На самом же деле она была лет на десять моложе.

Многие называют своих детей схожими именами, как-то сказала мне миссис М. Макс Дивоур входил в их число, потому что назвал сына Роджером, а дочь — Роджетт. Возможно, и фамилия у нее была Уитмор — в более нежном возрасте она могла выйти замуж, но фамильное сходство не оставляло никаких сомнений в том, кто ее отец. Чтобы выполнить последнюю волю Сары, по доскам причала бежала тетя Ки.

А Ки быстро-быстро пятилась и уже не смотрела, куда ставит ножки. И я понимал, что теперь она точно свалится в воду, шансов остаться на причале у нее не было. Но прежде чем девочка упала, волна ударила о причал между ней и Роджетт, ударила в том месте, где из-под досок выбило несколько бочек и причал частично погрузился в воду. Брызги и пена поднялись и закружились, превращаясь в вихрь, из тех, что мне уже доводилось видеть. Роджетт остановилась по щиколотку в воде, я остановился в двенадцати футах от нее.

Вихрь превращался в человеческую фигуру, и прежде чем я сумел разглядеть лицо, я уже видел знакомые шорты и топик. Такие бесформенные топики могли продаваться только в «Кей-марте». Я думаю, это положение закреплял федеральный закон.

Мэтти. Мэтти встала из могилы, чтобы пронзить Роджетт взглядом серых глаз. Роджетт вскинула руки, покачнулась, попыталась повернуться. В тот же самый момент волна поднырнула под причал, приподняв его, и тут же ушла, резко наклонив. Роджетт полетела в воду. А чуть дальше я видел Ки, лежащую на веранде «Бара заходящего солнца». Должно быть, другая волна подхватила ее и перенесла в более безопасное место.

Мэтти смотрела на меня, губы ее шевелились, глаза не отрывались от моих. Я мог читать по губам Джо, но тут не сумел разобрать ни слова. Старался изо всех сил, но ничего не понимал.

— Мамотька! Мамотька!

Фигуре не пришлось поворачиваться, я видел, что под обрезом шорт ничего нет. Она просто перелетела к бару, где Ки уже поднялась на ноги и тянулась к ней ручонками.

Что-то схватило меня за ногу.

Я посмотрел вниз и увидел чудище, вылезающее из бурлящей воды. Глубоко запавшие глаза таращились на меня из-под лысого черепа. Роджетт кашляла, выплевывая воду из раззявленного рта. Губы ее стали лиловыми, словно сливы. Ее рука тянулась ко мне. Пальцы разжимались... и сжимались. Разжимались... и сжимались. Я опустился на колено. Протянул ей руку. Она вцепилась в меня мертвой хваткой и дернула, пытаясь утащить за собой. Лиловые губы разошлись в зверином оскале, обнажив желтые зубы, такие же, что торчали в черепе Сары. Все так — я подумал, что в тот момент смеялась уже Роджетт.

Но я сумел удержаться на причале и, наоборот, с силой дернул ее руку, вытаскивая Роджетт из воды. Действовал я чисто инстинктивно, не думая о том, что делаю. Весом я превосходил ее на добрых сто фунтов, так что она на три четверти вылезла из воды, будто гигантская форель-мутант. Она закричала, наклонила голову и впилась зубами мне в запястье. Резкая, безумная боль пронзила все тело. Я вскинул руку еще выше, а потом разом опустил. Я не хотел ударить ее, я думал только о том, как вырвать запястье из зубов этой твари. Еще одна волна ударила в причал и расщепила доску, на которую наткнулась Роджетт. Один глаз выскочил из орбиты, щепка вонзилась в нос, как кинжал, другая, как ножом, взрезала кожу на лбу, обнажив кость. А потом озеро потащило ее с причала. Еще мгновение я видел изуродованное лицо Роджетт, потом она скатилась в воду и черный дождевик укрыл ее, как саван.

А повернувшись к «Бару заходящего солнца», я увидел еще одного пришельца из потустороннего мира, но как разительно отличался он от Сары, чье лицо проступило в Зеленой Даме или от отвратительного, страшного силуэта Твари. Кира уже стояла на веранде, вокруг валялись перевернутые столики и стулья, а перед ней едва проглядывала сквозь дождь полупрозрачная женская фигурка. Опустившись на колени, женщина протягивала к Кире руки.

Они попытались обняться, но ручонки Киры прошли сквозь Мэтти.

— Момми, я не могу тебя обнять!

Женщина заговорила, я видел, как шевелятся ее губы. А потом, всего на мгновение, Мэтти повернулась ко мне. Наши взгляды встретились, и ее глаза были цвета озера. Она стала Темным Следом, который был здесь задолго до того, как я появился в Тэ-Эр, и останется, когда меня уже не станет. Я поднес руки ко рту, поцеловал ладони и раскрыл их к ней. Мерцающие руки Мэтти поднялись, чтобы поймать мой воздушный поцелуй.

— Момми, не уходи! — Кира обхватила ручонками полупрозрачную, сотканную из водяных капелек фигуру. Но только вымокла насквозь и отпрянула, протирая глазки и кашляя. Рядом с ней никого не было. Только вода полилась на доски, чтобы, просочившись сквозь щели, воссоединиться с озером, берущим начало от глубоких ключей, что бьют из разломов в скалистом основании, на котором покоится Тэ-Эр и эта часть нашего мира.

Осторожно, чтобы не угодить ногой в щель, чтобы не свалиться при неожиданном крене причала, я направился к «Бару заходящего солнца». А поднявшись на веранду, взял Киру на руки. Она крепко прижалась ко мне, дрожа всем тельцем.

— Пьиходила Мэтти, — сообщала она.

— Знаю. Я ее видел.

— Мэтти пьогнала седую нанни.

— Это я тоже видел. Сиди тихо, Кира. Мы должны вернуться на берег. Пожалуйста, не крутись у меня на руках, а не то мы окажемся в воде.

Она замерла, как мышонок. На Улице я попытался было поставить ее на землю, но она еще крепче ухватила меня за шею. Я не возражал. Поначалу я решил подняться с ней в «Уэррингтон», но передумал. Да, там нас ждали полотенца, сухая одежда, но, возможно, и ванна с теплой водой. Опять же дождь заметно ослабел, а небо на западе просветлело.

— Что сказала тебе Мэтти, цыпленок? — спросил я, шагая по Улице на север. Ки разрешала мне опускать ее на землю, когда нам приходилось проползать под деревьями, но потом снова поднимала руки, желая занять прежнее место.

— Велела быть хоёсей девотькой и не гьюстить. Но мне гьюстно. Отень гьюстно.

Она заплакала, и я погладил ее по мокрым волосам.

К тому времени как мы подошли к лестнице, Ки уже выплакалась... а на западе, над горами, я заметил маленькую, но очень яркую полоску синевы.

— Все дейевья упали. — Ки огляделась. Ее глаза широко раскрылись.

— Ну... не все, — возразил я. — Многие, но не все.

Одолев половину лестницы, я остановился, чтобы перевести дух. Но я не спросил Киру, можно ли опустить ее на землю. Мне не хотелось опускать ее на землю. Я остановился лишь для того, чтобы собраться с силами.

— Майк?

— Что? Куколка?

— Мэтти сказала мне кое-тьто есе.

— Что именно?

— Мозно сепнуть тебе на уско?

— Конечно, если тебе так хочется.

Ки наклонилась ко мне, приложила губы к уху и прошептала несколько слов.

Я внимательно выслушал. А потом кивнул, поцеловал ее в щечку, пересадил на другую руку и отнес в дом.

«Такой ураган бывает раз в сто лет, или ты думаешь иначе?» «Отнюдь».

Так говорили старожилы, которые сидели перед большой армейской палаткой, раньше служившей походным госпиталем, которая в те лето и осень выполняла роль «Лейквью дженерел». Громадный вяз рухнул на магазин и раздавил его, как банку с сардинами. Падая, вяз потащил с собой и провода. От искры вспыхнул пропан, вытекающий из поврежденного баллона, и магазин сгорел дотла. Местные, однако, предпочитали ездить за хлебом и молоком в «Мэш». Не нравились им красные кресты на крыше палатки.

Старожилы сидели на складных стульях вдоль брезентовой стены, махали руками другим старожилам, которые проезжали мимо на древних ржавых автомобилях (все уважающие себя старожилы имели если не «форд», то «шеви»), наблюдали, как дни становились короче и прохладнее, по мере того, как подходило время давить сидр и выкапывать картошку, наблюдали, как город начинает отстраиваться, ликвидируя последствия стихийного бедствия.

А наблюдая, они говорили о буране, который случился прошлой зимой, том самом, что оборвал все провода и обвалил миллион деревьев между Киттерли и Форд-Кентом. Говорили о циклонах, которые задели Тэ-Эр в 1985 году. Говорили об урагане 1927 года. Вот тогда природа действительно разгулялась. Да, погуляла на славу, клянусь Богом.

Я уверен, в их словах была доля правды, и я с ними не спорю. Редко кому удается одержать верх в споре с настоящим старожилом-янки, тем более если предмет спора — погода, но для меня ураган, пронесшийся над Тэ-Эр 21 июля 1998 года, всегда будет Ураганом с большой буквы. И я знаю одну маленькую девочку, которая испытывает те же чувства. Возможно, она доживет до 2100 года, учитывая темпы развития медицины, но я точно знаю, что для Киры Элизабет Дивоур ни один другой природный катаклизм не затмит этот ураган, во время которого ей явилась мать, одетая в озеро.

Первый автомобиль скатился по моей подъездной дорожке в шесть часов. Не патрульная машина, как я ожидал, а желтый пикап с мигалкой на крыше. За рулем сидел парень в фирменном дождевике Энергетической компании центрального Мэна, рядом с ним — коп, Норрис Риджуик, шериф округа. Он подошел к двери с револьвером на изготовку.

Изменения в погоде, о которых говорили по ти-ви, уже произошли. Ледяной ветер унес тучи на восток. Дождь перестал, но в лесу еще с час продолжали падать деревья. Около пяти я приготовил сандвичи с сыром и томатный суп... хоть какая-то, но еда, сказала бы Джо. Кира ела вяло, но ела, и с жадностью пила молоко. Я переодел ее в другую мою футболку, а волосы она завязала в хвост. Я предложил ей белые ленты, но она решительно от них отказалась, отдав предпочтение резинке.

— Я больсе не люблю эти ленты, — заявила она. Я решил, что и мне они не нравятся, и выбросил их. Кира не возражала. А потом я направился к дровяной печке.

— Тьто ты делаес? — Она допила второй стакан молока, слезла со стула, подошла ко мне.

— Разжигаю огонь. Что-то я продрог. Наверное, за это лето привык к жаре.

Она молча наблюдала, как я беру страничку за страничкой из стопки, которую взял на столе и положил на печку, сминаю каждую в шарик и бросаю в топку. А когда шариков набралось достаточно, остальные листы я просто положил сверху.

— Тьто написано на этих бумазках? — спросила Ки.

— Всякая ерунда.

— Это сказка?

— Да нет. Скорее... ну, не знаю. Кроссворд. Или письмо.

— Отень длинное письмо, — отметила она и привалилась к моей ноге, словно от усталости.

— Да, — кивнул я. — Любовные письма обычно длинные, но держать их дома — идея не из лучших.

— Потему?

— Потому что они... — *Могут вернуться и преследовать тебя по ночам,* эти слова вертелись у меня на кончике языка, но я их не произнес. — Потому что в дальнейшем они могут поставить тебя в неловкое положение.

— Ага.

— И потом, эти листы в чем-то схожи с твоими лентами.

Тут Кира увидела коробочку — жестянку с надписью МЕЛОЧИ ДЖО. Она лежала на длинном столе, разделявшем гостиную и кухню, не так и далеко от Безумного Кота, когда-то настенных часов. Я не помнил, как принес жестянку из студии, наверное, и не мог помнить: я же был в трансе. С другой стороны, она могла появиться в доме и сама по себе. Теперь я верю в такие чудеса. У меня есть на то основания.

Глаза Киры загорелись. Такого с ней не случалось с того самого момента, как она проснулась и узнала о смерти матери. Кира поднялась на цыпочки, чтобы дотянуться до жестянки, потом ее пальчики пробежались по буквам. Я подумал о том, как важно ребенку иметь такую вот жестянку. В ней можно хранить самые дорогие сердцу вещи: любимую игрушку, кружевную салфетку, первое украшение. А может, и фотографию матери.

— Она... такая кьясивая, — прошептала Ки, от восторга у нее перехватило дыхание.

— Можешь ее взять, только надпись на ней будет МЕЛОЧИ ДЖО, а не МЕЛОЧИ КИ. В ней лежат кое-какие бумаги, которые мне хочется прочесть, но я могу переложить их в другое место.

Она пристально посмотрела на меня, чтобы убедиться, что я не шучу. Увидела, что нет.

— Хоёсё. — В голосе прозвучало безграничное счастье.

Я взял у нее жестянку, вытащил оттуда блокноты, записи, вырезки и вернул Ки. Она тут же сняла крышку, потом поставила на место.

— Догадайся, тьто я сюда полозу? — спросила она.

— Свои сокровища?

— Да. — Тут она даже улыбнулась. — Кто такая Дьзо, Майк? Я ее знаю? Знаю, правда? Она одна из тех, кто зил в холодильнике?

— Она... — Тут меня осенило. Я перебрал вырезки. Ничего. Я уже подумал, что потерял негатив, но тут же увидел его краешек, выглядывающий из одного из блокнотов. Вытащил его, протянул Ки.

— Тьто это?

— Фотография, на которой черное — белое, и наоборот. Посмотри на просвет.

Она посмотрела и долго не могла оторвать глаз от негатива. И я видел в ее руке мою жену, стоящую на плоту в разъемном купальнике.

— Это Джо.

— Она кьясивая. Я йада, тьто смогу хьянить свои веси в ее койоботьке.

— Я тоже, Ки. — Я поцеловал ее в макушку.

Когда шериф Риджуик забарабанил в дверь, я решил, что, открыв ее, лучше сразу поднять руки вверх. Чувствовал, что нервы у него на пределе. А разрядил ситуацию удачный вопрос.

— Где сейчас Алан Пэнгхорн, шериф?

— В Нью-Хемпшире. — Риджуик опустил револьвер (через минуту или две он механически сунул его в кобуру). — У них с Полли все нормально. Только ее донимает артрит. Это, конечно, неприятно, но и у нее выдаются хорошие дни. Если болезнь иногда отступает, не такая уж она и страшная. Мистер Нунэн, у меня к вам много вопросов. Вы это знаете, не так ли?

— Да.

— Первый и главный: ребенок у вас? Кира Дивоур?

— Да.

— Где она?

— Сочту за счастье показать ее вам.

Мы прошли коридором в северное крыло и остановились у двери спальни. Девочка сладко спала, укрытая до подбородка одеялом. Набивную собачку она сжимала руке: с одной стороны кулачка торчал ее грязный хвост, с другой — нос. В дверях мы стояли долго и молча, смотрели на ребенка, спящего в вечернем свете. Деревья в лесу падать перестали, хотя ветер еще и не стих. Он завывал в трубе «Сары-Хохотушки», выводя ему одному ведомую, древнюю мелодию.

ЭПИЛОГ

На Рождество снега навалило никак не меньше шести дюймов. И уличные артисты, развлекающие жителей Сэнфорда, выглядели точь-в-точь как в фильме «Эта прекрасная жизнь». В четверть второго утра, двадцать шестого декабря, когда я вернулся, в третий раз проверив, спит ли Кира, снегопад прекратился. Луна, огромная и сияющая, проглянула сквозь разрывы облаков.

На Рождество я вновь приехал к Френку, и бодрствовали только он да я. Все дети, включая Киру, спали как убитые, сваленные на кровать новыми впечатлениями, обильной едой и водопадом подарков. Френк добивал третий стакан виски, я едва пригубил первый. В те дни, когда Кира приезжала ко мне, я обычно не прикасался даже к пиву. А тут она была со мной три дня... но, если ты не можешь провести со своим ребенком Рождество, то зачем оно вообще нужно?

— С тобой все в порядке? — спросил Френк, когда я вновь сел и поднес ко рту стакан.

Я улыбнулся. Он интересовался не Кирой, а мною. Должно быть, что-то прочитал на моем лице.

— Тебе бы увидеть меня в тот октябрьский уик-энд, когда Департамент социальных вопросов разрешил мне взять ее на три дня. Я заглядывал к ней в спальню с десяток раз, до того как лег спать... и потом тоже. Вставал и заглядывал в дверь, прислушиваясь к ее дыханию. В ночь на субботу вообще не сомкнул глаз, в следующую спал от силы часа три. Так что в сравнении с прошлым для меня это большой прогресс. Но, если ты проболтаешься, Френк, если то, что я тебе рассказал, выйдет наружу, особенно эпизод с ванной, которую я наполнил теплой водой перед тем, как ураган окончательно добил генератор, я могу распрощаться с надеждой получить опеку. Возможно, мне придется трижды заполнять многостраничную анкету, чтобы получить разрешение присутствовать на ее школьном выпускном вечере.

Я не собирался рассказывать Френку о том, как наполнял ванну, но, начав, уже не мог остановиться. Выложил все. Чтобы облегчить душу. Полагаю, Джон Сторроу тоже имел право выслушать мою исповедь, но Джон не хотел говорить о событиях того дня, во всяком случае вне рамок судебного процесса о праве опеки над Кирой Элизабет Дивоур.

— Буду нем как рыба. Как у тебя с удочерением?

— Очень уж все медленно. Я просто возненавидел судебную систему штата Мэн, да и Департамент социальных вопросов. Когда разговариваешь с людьми, работающими в этих бюрократических гадюшниках один на один, они вроде бы вполне нормальные, но стоит им собраться вместе...

— Значит, все плохо?

— Я иногда чувствую себя персонажем «Холодного дома». Который у Диккенса говорит, что в суде выигрывают только адвокаты. Джон советует мне набраться терпения и молиться, потому что мы достигли невероятных успехов, учитывая, что я принадлежу к той категории американских граждан, которая вызывает наименьшее доверие у любого здравомыслящего чиновника: белый, неженатый, средних лет. Но Кира после смерти Мэтти пожила уже в двух семьях и...

— Разве у нее нет родственников в окрестных городах?

— Тетя Мэтти. Но она и при жизни Мэтти знать Киру не хотела, а уж теперь тем более не проявляет к ней интереса. Особенно после того...

— ...как узнала, что богатой Ки не быть.

— Именно.

— Насчет завещания Дивоура эта Уитмор солгала?

— Целиком и полностью. Он оставил все свое состояние фонду, который ставит своей задачей достижение всеобщей компьютерной грамотности. Учитывая, что в мире масса неотложных проблем, на решение которых нет денег, это не самый удачный выбор.

— А как Джон?

— Его подлатали, хотя правая рука еще не такая, как раньше. Он чуть не умер от потери крови.

Френк довольно ловко, учитывая, что от третьего стакана виски осталось совсем ничего, увел меня от проблемы, на которой я совершенно зациклился: Ки и опека. Но с другой стороны, я не имел ничего против. Самому хотелось переключиться на что-то другое. Я просто сходил с ума от мыслей о тех долгих днях и ночах, которые приходилось проводить Кире в домах, куда Департамент социальных вопросов определял таких вот сирот, как она. Никому не нужных. Кира не хотела там жить, она там просто существовала, как существует в клетке накормленный кролик. И оживала она, лишь увидев мой автомобиль. Тут она начинала плясать, как Снупи* на своей конуре. Наш октябрьский уикэнд прошел изумительно, пусть я каждые полчаса и проверял, как она спит. А Рождество принесло еще больше радости. Именно ее ярко выраженное желание жить в моем доме более всего остального помогало продвижению судебного разбирательства... но как медленно оно продвигалось.

Может, весной, Майк, обнадеживал меня Джон. Он стал другим Джоном, бледным и серьезным. От той бравады, которую он демонстрировал, готовясь схлестнуться с мистером Максуэллом Большие Деньги, не осталось и следа. Двадцать первого июля Джон узнал много нового, как о бренности всего живого, так и о жестоком идиотизме мира. Человек, которому приходится здороваться левой, а не правой рукой, уже не думает о том, чтобы веселиться до упаду. Он теперь встречается с девушкой из Филадельфии, дочерью одной из подруг матери. Я не знаю, серьезные у него намерения

---

* Добрый, мечтательный песик, персонаж комиксов, созданный художником Чарлзом Шульцем в 1950 году. Популярная собачья кличка.

или нет, потому что дядя Джон, как называет его Ки, предпочитает помалкивать об этой стороне своей жизни. И по моему разумению, намерения у него самые серьезные, иначе молодой, самостоятельный, финансово ни от кого не зависящий человек ни за что не стал по собственному выбору встречаться с дочерью подруги матери.

Может, весной. Раньше он говорил: в конце осени или в начале зимы. Что я делаю не так? — этот вопрос я задал ему, получив очередной отказ, аккурат после Дня благодарения.

«Ничего, — ответил он. — Судебные процессы об усыновлении или, как в нашем случае, об удочерении, родителем-одиночкой всегда тянутся очень долго. Особенно в том случае, если речь идет о приемном отце». При этом Джон проиллюстрировал свои слова непристойным жестом: сунул указательный палец левой руки в кольцо, образованное большим и указательным пальцами правой. Вынул, вновь сунул, опять вынул.

«Это откровенная дискриминация по половому признаку, Джон».

«Да, но в этом есть своя логика. А вину, если хочешь, можешь возложить на любого извращенца, решившего, что имеет право стянуть трусики с ребенка. Или на боссанову, танец любви. Процесс этот медленный, но в итоге ты выйдешь из него победителем. У тебя незапятнанная репутация, Кира твердит: «Я хочу жить у дяди Майка», — всем судьям и сотрудникам ДСВ, у тебя достаточно денег, чтобы не отступаться, как бы они ни пытались тянуть резину, сколько бы новых бланков ни просили тебя заполнить... а главное, дружище, у тебя есть я».

У меня было кое-что еще — те слова, которые Кира прошептала мне на ухо, когда я остановился на лестнице, чтобы перевести дух. Джону я об этом не говорил, утаил и от Френка.

«Мэтти говойит, тьто тепей я твоя маленькая птитька, — прошептала Кира. — Мэтти говойит, тьто ты будес заботиться обо мне».

Я и старался, в той мере, в которой мне это позволяли копуши из ДСВ, но ожидание давалось мне нелегко.

Френк взял со стола пустой стакан, выразительно посмотрел на мой, потом на меня. Я покачал головой. Кира выразила желание слепить снеговика, и мне не хотелось, чтобы утром, когда мы выйдем на искрящийся под лучами солнца снег, у меня болела голова.

— Френк, ты веришь в то, что я тебе рассказал?

Он налил себе виски, помолчал, уставившись в стол. Думал. А когда поднял голову, на его губах играла улыбка. У меня защемило сердце: точно так же улыбалась и Джо. А потом он заговорил:

— Разумеется, верю. Полупьяные ирландцы верят всему, что рассказывают им в рождественскую ночь. Я же знаю, что ты у нас не из выдумщиков-фантазеров.

Я рассмеялся, он присоединился ко мне. Смеясь, мы старались дышать через нос, чтобы не перебудить весь дом.

— Ну правда. Хоть чему-то ты поверил?

— Всему, — подчеркнул он. — Потому что в это верила Джо. Да и она тому доказательство. — Он мотнул головой в сторону лестницы на второй этаж, и я понял, кого он имеет в виду. — Она не похожа на других маленьких девочек. С виду вроде бы такая же, как все, но глаза другие. Поначалу я подумал, что причина тому — трагическая смерть матери, но дело не в этом. Есть что-то еще, правда?

— Да.

— В тебе это тоже есть. Случившееся отразилось на вас обоих.

Я подумал о том чудище, которое Джо удалось не подпустить ко мне, пока я выливал щелок на кости Сары и Кито. Потусторонний, так она его назвала. Я не разглядел его, и, может, оно и к лучшему. Может, мне надо возблагодарить за это Господа Бога.

— Майк? — В голосе Френка послышалась тревога. — Ты весь дрожишь.

— Все в порядке, — ответил я. — Честное слово.

— И как тебе теперь живется в коттедже? — Я окончательно перебрался в «Сару-Хохотушку. Тянул до ноября, а потом выставил дом в Дерри на продажу.

— Теперь там спокойно.

— Спокойно?

Я кивнул, хотя и грешил против истины. Пару раз я просыпался с чувством, о котором упоминала Мэтти: будто в кровати лежал кто-то еще. Но опасности я не ощущал. Пару раз я улавливал (во всяком случае мне казалось, что улавливаю) запах духов Джо. А иногда ни с того ни с сего звякал колокольчик Бантера. Словно кто-то передавал мне привет из далекого далека.

Френк взглянул на часы, на меня, на его лице появилось виноватое выражение.

— У меня есть еще несколько вопросов... ничего?

— Если уж не ложиться спать допоздна, то лучшей ночи, чем рождественская, не найти. Выкладывай.

— Что ты рассказал полиции?

— Мне в общем-то ничего не пришлось рассказывать. Футмен дал показания, которые вполне устроили Норриса Риджуика. Футмен сказал, что он и Осгуд, за рулем сидел Осгуд, риэлтор Дивоура, устроили побоище у трейлера под давлением Дивоура. Он обещал им крупные неприятности, если они в точности не выполнят его указаний. Среди бумаг Дивоура в «Уэррингтоне» копы нашли копию платежного поручения о переводе двух миллионов долларов на некий счет в банка «Гранд Гэйманс», открытый на имя Рэндолфа Футмена. Рэндолф — второе имя Джорджа. В настоящее время мистер Футмен пребывает в тюрьме Шоушенк.

— А Роджетт?

— Уитмор — девичья фамилия ее матери, но, думаю, я не ошибусь, сказав, что ее сердце принадлежало отцу. Она заболела лейкемией. Диагноз поставили в 1996 году. Для людей ее возрастной группы, а она умерла в пятьдесят семь лет, болезнь в двух случаях из трех приводит к летальному исходу. Она прошла курс лучевой терапии. Отсюда и парик.

— Почему она пыталась убить Киру? Я этого не понимаю. Если ты разрушил чары Сары, уничтожив ее кости, снял проклятие... чего ты на меня так смотришь?

— Ты бы все понял, если бы хоть раз пообщался с Дивоуром. Этот человек перед отъездом в солнечную Калифорнию поджег леса Тэ-Эр. Можно сказать, попрощался. Я подумал о нем, как только сорвал парик с ее головы. Подумал о том, что он по-прежнему жив, а в Калифорнию отправили тело Роджетт. И лишь потом пришла мысль: да нет, это Роджетт, только без волос.

— И ты оказался прав. Собственные волосы вылезли у нее от облучения.

— И неправ одновременно. Теперь я знаю о призраках гораздо больше, чем раньше, Френк. Может, первое впечатление самое верное, как и первая мысль... В тот день я видел его. Дивоура. Он вернулся. Я в этом уверен. И дело тут не в Саре, не в нем. Даже не в Кире. Просто он привык брать то, что хотел. Как повелось с того самого дня, когда он утащил снегокат Скутера Ларриби.

В комнате воцарилась тишина. Такая глубокая, что я даже услышал, как дышит дом. Знаете, его дыхание можно услышать. Если действительно слушать. Среди прочего теперь я знаю и это.

— Господи, — наконец выдохнул Френк.

— Я не думаю, что Дивоур вернулся из Калифорнии, чтобы убить ее, — уточнил я. — Первоначальный план был другим.

— Каким же? Поближе познакомиться с внучкой? Навести мосты?

— Да нет же. Ты до сих пор не понимаешь, что это был за человек.

— Тогда объясни.

— Монстр. Он вернулся, чтобы купить ее, но Мэтти продавать дочь отказалась. И уже потом, попав под влияние Сары, он начал готовить смерть Киры. И я полагаю, что Сара не могла на него пожаловаться.

— Скольких она убила? — спросил Френк.

— Точно не знаю. Да и не хочу знать. Если исходить из записей Джо и газетных вырезок, как минимум четверых... я говорю о прямых убийствах, совершенных в период от девятьсот первого до девятьсот девяносто восьмого года. Все дети, с именами, начинающимися на «К», все самые близкие родственники тех, кто убил ее и Кито.

— Боже мой!

— Я не думаю, что Бог имеет к этому хоть малейшее отношение... но она заставила их заплатить по счету.

— Тебе ведь ее жалко, а?

— Да. Я бы разорвал ее в клочья, не позволил бы прикоснуться к Ки. Но мне ее жалко. Ее изнасиловали и убили. Ее ребенка утопили. Господи, да как же не пожалеть ее?

— Пожалуй, ты прав. Майк, а что ты знаешь о втором мальчике? Плачущем? Который умер от заражения крови?

— Бóльшая часть записок Джо посвящена именно этому моменту, собственно, его смерть и послужила для нее отправной точкой. Ройс Меррилл хорошо знал эту историю. Плачущего мальчика звали Рег Тидуэлл-младший. Надо помнить, что к сентябрю 1901 года, когда «Ред-топы» последний раз сыграли в округе Касл, практически все жители Тэ-Эр знали, что Сару и ее сына убили. Догадывались они и о том, кто убийцы.

В тот август Ред Тидуэлл неоднократно обращался к тогдашнему шерифу округа, Неемии Баннерману. Сначала, чтобы найти их, если они заблудились: Тидуэлл просил шерифа организовать масштабные поиски, потом — чтобы найти их тела, наконец, чтобы найти убийц... потому что, смирившись с тем, что они мертвы, он не сомневался, что их убили.

Баннерман поначалу отнесся к нему сочувственно. Собственно, все население округа им сочувствовало. И вообще, с момента появления «Ред-топов» в Тэ-Эр их разве что не носили на руках. Такое отношение более всего и бесило Джереда. И, я думаю, можно простить Сынка Тидуэлла за роковую ошибку.

— Какую?

Его беда в том, что он решил, будто Марс — это рай, подумал я. Должно быть, Тэ-Эр действительно казался им раем, до того дня, как Сара и Кито пошли на прогулку и не вернулись.

Они-то думали, что наконец нашли место, где можно быть черным и дышать полной грудью.

— Он решил, что в критической ситуации к ним будут относиться, как к равным, потому что, пока все было хорошо, они не чувствовали ни малейшей дискриминации. А вместо этого весь Тэ-Эр выступил против них единым фронтом. Почему они вступились за Джереда и его шестерок, сейчас, конечно, не узнать, но, когда ставки сделаны...

— Ты защищаешь себе подобных, стираешь грязное белье за закрытой дверью, — пробормотал Френк, допивая стакан.

— Да. И к тому времени, как «Ред-топы» сыграли на Фрайбургской ярмарке, жители их маленького поселка на берегу озера уже начали разбегаться. Все это, как ты понимаешь, я почерпнул из записей Джо. В обеих книгах по городской истории упоминания об этом нет.

Ко Дню труда началось активное вытеснение «Ред-топов» из округа, так, во всяком случае, сказал Джо Ройс. С каждым днем давление усиливалось, «Ред-топы» чувствовали надвигающуюся беду, но Сынок Тидуэлл не хотел уезжать, не узнав, что произошло с его сестрой и племянником. Именно семейные узы удерживали его в Тэ-Эр, хотя многие уже отбыли в другие места.

А потом кто-то поставил капкан. В миле на восток от луга, который теперь зовется Лугом Тидуэлл, была поляна. На лугу стоял большой крест. Джо его нарисовала. Картина висит в ее студии. Около креста черные проводили богослужения после того, как перед ними закрылись двери местных церквей. Мальчик, младший, частенько наведывался на эту поляну. Охотился или просто сидел, размышлял. В Тэ-Эр об этом знали многие. Вот кто-то и поставил капкан на тропинке, по которой ходил мальчик. От луга к поляне. И замаскировал капкан листьями и хвоей.

— Господи, — выдохнул Френк. Его аж перекосило.

— Скорее всего поставил капкан не Джеред Дивоур или кто-то из его прихвостней. Думаю, после убийства Сары и Кито, они старались держаться подальше от негров. Возможно, этот человек не входил в число их друзей. После убийства друзей у них осталось наперечет. Причина в том, что Сынок Тидуэлл и те, кто остался с ним, никак не могли понять, что присутствие их у озера нежелательно, что их больше не любят, что их желание докопаться до истины вызывает неприязнь. Вот кто-то и поставил на тропинке капкан. Не для того, чтобы убить подростка. Скорее его хотели просто изувечить. В назидание папаше. Пусть прыгает на костылях и служит ему постоянным укором. Чтобы знал, что негоже плевать против ветра.

Замысел удался. Мальчишка угодил в капкан... и довольно-таки долго его не могли найти. Должно быть, боль едва не свела его с ума. А потом началось заражение крови. Он умер. Сынок сдался. У него были другие дети, он нес ответственность за людей, которые оставались с ним. Они собрали одежду, взяли гитары и отбыли. Джо выяснила, что многие отправились в Северную Каролину, где до сих пор живут их потомки. А во время пожара 1933 года, устроенного Максом Дивоуром, сгорели построенные ими дома.

— Я не понимаю, почему не нашли тела Сары и ее сына, — нарушил долгую паузу Френк. — Я понимаю, что зловоние, которое ты ощутил, — это из области психологии. Но ведь в то время... если по Улице, как ты говоришь, ходили толпой...

— Дивоур и его щенки поначалу не захоронили Сару и Кито там, где я нашел их скелеты. Они оттащили тела глубоко в лес. Может, туда, где сейчас стоит северное крыло «Сары-Хохотушки». Забросали ветками, но той же ночью вернулись. Наверняка той же ночью, иначе на запах крови и мертвечины сбежалось бы все окрестное зверье. Потом отнесли в какое-то другое место, завернули в парусину и закопали. Где, Джо не знала, но я предполагаю, что на Боуи-Ридж, где в то лето они валили лес. Сам понимаешь, места там были тихие, случайный человек в такую глушь не забредал. Должны были они где-то зарыть тела. Почему не там?

— Тогда как... почему...

— Не только Дрейпера Финни преследовали видения того, что они совершили. Они преследовали всех. Не давали им ни минуты покоя.

Кроме, возможно, Джереда Дивоура. Он прожил еще десять лет, не испытывая ни малейших неудобств. А вот парням снились кошмары, они слишком много пили, постоянно ввязывались в драки... свирепели, стоило кому-то упомянуть про «Ред-топов».

— С тем же успехом каждый из них мог повесить на грудь плакат: «БЕЙТЕ МЕНЯ, Я ВИНОВАТ», — прокомментировал Френк.

— Да. Не способствовало улучшению их настроения и еще одно обстоятельство: в Тэ-Эр их начали сторониться. А потом Финни умер, покончил с собой, бросившись с обрыва в каменоломню, и у щенков Джереда возникла идея. Глупая, конечно, но они не могли думать ни о чем другом. Заключалась она в следующем: если зарыть тела в землю там, где все и случилось, все придет в норму.

— Джеред с ними согласился?

— Судя по записям Джо, к тому времени они обходили его за милю. Короче, они вырыли мешок с костями, без помощи Джереда Дивоура, и перезахоронили в том месте, где я его и нашел. Думаю, произошло это в конце осени или в начале зимы 1902 года.

— Она ведь хотела туда вернуться? Сара. Чтобы как следует взяться за них.

— И за всех остальных. Тех, кто жил в Тэ-Эр. Джо тоже так думала. Именно поэтому она и не хотела больше жить в «Саре-Хохотушке». Особенно после того, как забеременела. Как же она, должно быть, перепугалась, когда я сказал ей, что хочу назвать нашего будущего ребенка Ки! Но я ничего не замечал.

— Сара думала, что сможет убить Ки твоими руками, если Дивоур откинет коньки, не успев завершить начатое. Все-таки древний, тяжело больной старик. Джо ставила на то, что ты ее спасешь. Такова твоя версия, верно?

— Да.

— Так она казалась права.

— Один я бы не справился. С той ночи, когда я увидел поющую Сару, Джо постоянно помогала мне. Сара не смогла ее нейтрализовать.

— Да уж, остановить Джо не так-то легко, — согласился Френк и вытер глаза. — А что ты узнал о своей троюродной бабушке? Той, что вышла замуж за Остера?

— Бриджет Нунэн Остер. Для подруг — Брайди. Я спросил мать, и она клянется, что она ничего не знает, что Джо никогда не спрашивала ее о Брайди, но, думаю, она может и лгать. Эта девушка всегда считалась в семье «паршивой овцой», я это сразу понял по тому, как изменился голос матери, стоило мне упомянуть имя Брайди. Так что я понятия не имею, где и как она встретила Бентона Остера. Может, он приехал в Праутс-Нек в гости к друзьям и на танцульках начал флиртовать с ней. Почему нет? В 1884 году ему было двадцать три, ей — восемнадцать. Они поженились. А через шесть месяцев родился Гарри, тот самый, что утопил Кито Тидуэлла.

— То есть в тот момент ему только-только исполнилось семнадцать, — ахнул Френк. — Святый Боже!

— К тому времени его мать стала глубоко религиозной женщиной. И он утопил Кито, в частности, и потому, что ужасно боялся огласки. Он не мог допустить, чтобы мать узнала о его участии в изнасиловании. Еще вопросы, Френк? Уже поздно, пора и на боковую.

Какое-то время он молчал, и я уже решил, что вопросы иссякли.

— Еще два. — Мои ожидания не оправдались. — Не возражаешь?

— Деваться мне некуда. Слушаю тебя.

— Этот Потусторонний, о котором ты упоминал. Мне как-то не по себе.

Я промолчал. Потому что и мне было как-то не по себе.

— Ты думаешь, есть шанс, что он может вернуться?

— Такой шанс есть всегда, — ответил я. — Не побоюсь показаться высокопарным и скажу, что Потусторонний может прийти к каждому из нас. Потому что все мы — мешки с костями. А Потусторонний... Френк, Потусторонний хочет получить то, что в мешке.

Он обдумал мои слова, заглянул в стакан и допил немногие капли, что еще оставались на дне.

— У тебя есть еще один вопрос?

— Да, — кивнул он. — Ты начал писать?

Несколько минут спустя я поднялся наверх, проверил, спит ли Ки, почистил зубы и забрался в кровать. Я лежал и смотрел в окно, на снег, поблескивающий под бледной луной.

«Ты начал писать?»

Нет. Если не считать довольно-таки длинного эссе о том, как я провел лето, которое, возможно, я когда-нибудь покажу Кире, я ничего не написал. Я знал, что Гарольд нервничает, и полагал, что рано или поздно мне придется позвонить ему и сказать то, о чем он, должно быть, догадывается: машина, которая так размеренно работала, остановилась. Не сломалась, мемуары-то я написал на одном дыхании, но тем не менее остановилась. В баке есть бензин, свечи искрят, аккумулятор заряжен, а вот движения нет. Так что я накрыл ее тентом. Она очень хорошо служила мне, и я не хочу, чтобы она запылилась.

Одна из причин — смерть Мэтти. Как-то осенью мне пришла мысль о том, что в двух моих книгах есть схожие эпизоды, да и вообще в произведениях масс-культуры очень уж живописуется смерть. Перед тобой возникает моральная дилемма, которую ты не можешь разрешить? Главный герой испытывает сексуальное влечение к женщине, которая слишком молода для него? Нужно что-то менять? Проще простого. «Когда сюжет начинает буксовать, пригласите человека с пистолетом», — говорил Раймонд Чандлер. Часто того же принципа придерживается и государство.

Убийство — худший вид порнографии, убийство — крайнее средство, предел. И я уверен, что даже выдуманные убийства следует воспринимать серьезно. Может, это еще одна идея из тех, что пришли ко мне прошедшим летом. Может, я это осознал, когда Мэтти билась в моих руках, истекая кровью, зовя дочь. И меня мутит от мысли о том, что я мог описать такую жуткую смерть в книге.

А может, я сожалею о том, что мне не удалось побыть подольше с Мэтти.

Я помню, как говорил Кире, что оставлять любовные письма — идея не из лучших. При этом я подумал, но не сказал, почему: чтобы они не являлись тебе, словно призраки. Но призраки все равно являлись мне... Я больше не хотел плодить новых призраков и по своей воле закрыл свою книгу грез. Думаю, я мог бы полить эти грезы щелоком, но вот тут я удержал свою руку.

Я увидел то, чего не ожидал увидеть, ощущал то, чего не ожидал ощутить, — но все это не идет ни в какое сравнение с теми чувствами, что я испытываю по отношению к ребенку, который спит сейчас в комнате напротив. Она теперь моя маленькая птичка, а я — ее большой защитник. А все остальное — ерунда.

Томас Харди*, который вроде бы сказал, что самый блестяще выписанный книжный персонаж — не более чем мешок с костями, перестал писать, закончив роман «Джуд Незаметный», перестал писать прозу, хотя находился в расцвете сил и таланта. Еще лет двадцать он писал стихи, а когда кто-то спросил его, почему он более не пишет романов, Харди ответил, что до сих пор не понимает, почему так долго их писал. В ретроспективе написание романов — глупость, добавил он. Бессмыслица. Я точно знаю, что он хотел этим сказать. В том временном диапазоне, что лежит между настоящим и тем отдаленным моментом, когда Потусторонний вспомнит обо мне и решит, что пора возвращаться, следует уделить побольше внимания более серьезным и интересным, в сравнении с погоней за тенями, делам. Думаю, я мог бы

* Томас Харди прожил долгую жизнь (1840—1928), а романы действительно перестал писать рано («Джуд Незаметный» был опубликован в 1896 г.). Он вошел в историю и как писатель, и как один из крупнейших лирических поэтов XX столетия.

вновь вслушиваться, как гремят цепями за стеной «Дома призраков», но не испытываю ни малейшего желания. Призраками я сыт по горло. Лучше я постараюсь представить себе, а что бы подумала Мэтти о Бартлеби из рассказа Мелвилла.

Я отложил свое перо. И пока не намерен прикасаться к нему.

центер Лоувелл, штат Мэн
15 мая 1997 г. – 6 февраля 1998 г.

ИЗДАТЕЛЬСТВО АСТ ПРЕДЛАГАЕТ

ЛУЧШИЕ
КНИЖНЫЕ
СЕРИИ

СЕРИЯ "ЗВЕЗДНЫЙ ЛАБИРИНТ"

Лучшие произведения отечественных писателей-фантастов! Признанные мастера: Андрей Лазарчук, Евгений Лукин, Сергей Лукьяненко - и молодые, но не менее талантливые авторы: Владимир Васильев, Александр Громов и многие другие. Глубина мысли, захватывающий сюжет, искрометный юмор - все многообразие фантастики в новой серии нашего издательства

Книги издательства АСТ можно заказать по адресу: 107140, Москва, а/я 140 АСТ - "Книги по почте".

Издательство высылает бесплатный каталог

ИЗДАТЕЛЬСТВО АСТ ПРЕДЛАГАЕТ

ЛУЧШИЕ
КНИЖНЫЕ
СЕРИИ

СТИВЕН КИНГ

Имя, которое не нуждается в комментариях. Не было и нет в «литературе ужасов» ничего, равного его произведениям. Каждая из книг этого гениального автора — новый мир леденящего кошмара, новый лабиринт ужаса, сводящего с ума.

Читайте Стивена Кинга — и вам станет по-настоящему страшно!

Книги издательства АСТ можно заказать по адресу: 107140, Москва, а/я 140 АСТ - "Книги по почте".

Издательство высылает бесплатный каталог.

ИЗДАТЕЛЬСТВО АСТ ПРЕДЛАГАЕТ

ЛУЧШИЕ
КНИЖНЫЕ
СЕРИИ

СЕРИЯ "ВЕК ДРАКОНА"

В серии готовятся к выпуску произведения признанных мастеров жанра фэнтези — Анджея Сапковского, Роберта Джордана, Лоуренса Уотт-Эванса, Кристофера Сташефа, Глена Кука, Терри Гудкайнда, Дэйва Дункана, а также талантливых молодых авторов: Мэгги Фьюри, Марты Уэллс, Грегори Киза и других.
"Век Дракона" — это мастера мечей и волшебства, войны с кровожадными чудовищами и ошеломляющие поединки, великие герои и отважные воительницы, невообразимые страны и невероятные приключения...

Книги издательства АСТ можно заказать по адресу: 107140, Москва, а/я 140 АСТ –"Книги по почте".

Издательство высылает бесплатный каталог.

ИЗДАТЕЛЬСТВО АСТ ПРЕДЛАГАЕТ

НОВАЯ СЕРИЯ
СОВРЕМЕННЫХ СУПЕРБОЕВИКОВ
«ГОСПОДИН АДВОКАТ»

«Господин адвокат» — это новая серия романов Фридрихс Незнанского, герой которой — коллега и соратник хорошс знакомого читателям Александра Турецкого, бывший следо ватель при Генеральном прокуроре России, а ныне член Кол легии адвокатов Юрий Гордеев.

Закулисные интриги и коррупция в судебной системе, «алиб правосудия», ложные обвинения и оправдательные приговоры преступникам, подкуп, шантаж, угрозы и заказные убийства — такова скрытая от постороннего глаза сторона обычных нс первый взгляд процессов. Именно та сторона, с которой име ет дело «господин адвокат»...

Книги издательства АСТ можно заказать по адресу:
107140, Москва, а/я 140 АСТ -"Книги по почте".

Издательство высылает бесплатный каталог.

В издательстве АСТ

выходят все романы самого популярного в мире автора остросюжетных произведений
Сидни Шелдона,
книги, ставшие бестселлерами более чем в 100 странах мира

Читайте захватывающие бестселлеры Сидни Шелдона, вышедшие в издательстве АСТ!

«Гнев ангелов. Мельницы богов»

«Если наступит завтра. Пески времени»

«Узы крови. Звезды сияют с небес»

«Сорвать маску. Интриганка»

«Незнакомец в зеркале. Конец света»

«Оборотная сторона полуночи. Полночные воспоминания»

«Ничто не вечно»

«Утро, день, ночь»

«Тонкий расчет»

«Расколотые сны»

Все эти и многие другие издания вы можете приобрести по почте, заказав по адресу:
107140, Москва, а/я 140.
Бесплатный каталог "Книги по почте".

Оптовые закупки можно осуществить в издательстве «АСТ» по адресу:
129085, Москва, Звездный бульвар, д. 21
Тел. 215-43-38, 215-01-01, 215-55-13

Звезды сцены, экрана и спорта.
Исторические личности и наши современники.
Андрей Миронов, Фаина Раневская, Изабелла Юрьева, Леонид Утесов...

Читайте о них в книгах серии

«Биографии»

В серии вышли:

Н. Пушнова
«Андрей Миронов: история жизни»
Л. Васильева
«Жены русской короны» – 2 тт.
Г. Скороходов
«Разговоры с Раневской»
К. Келли
«Королевская семья Англии» – 2 тт.

Книги издательства **«АСТ»**
вы можете приобрести по почте,
заказав ***БЕСПЛАТНЫЙ КАТАЛОГ*** по адресу:
107140, Москва, а/я 140. “Книги по почте”

Оптовые закупки можно осуществить в
издательстве **«АСТ»** по адресу:
129085, Москва, Звездный бульвар, д. 21
Тел. 215-43-38, 215-01-01, 215-55-13

Издательство «АСТ»

ПРЕДЛАГАЕТ ВАШЕМУ ВНИМАНИЮ

Серию
«УРОКИ КОЛДОВСТВА»

Изменить свою жизнь к лучшему, уберечься от ревности и дурного воздействия завистников и недоброжелателей вам помогут уникальные книги, собравшие в себе древние и современные магические знания. Вы узнаете, как сохранить любовь и избежать разлуки, исцелить душу и тело, призвать на помощь могущественные потусторонние силы. В наших изданиях подробно рассказывается о тайных знахарских рецептах, о заветных травах, заговорах, гаданиях и молитвах наших бабушек, о снятии порчи и предсказании будущего, о методах практикующих экстрасенсов и о многом другом.

Сглаз, порча и защитные заговоры

Традиционные русские народные гадания

Старинные домашние лечебные средства

Секреты ворожбы

Ритуалы белой магии

Заговоры на любовь и разлуку

Учебник по колдовству

Книга судеб

Нумерология. Числа и судьбы

Издательство «АСТ»

ПРЕДЛАГАЕТ
УНИКАЛЬНУЮ КНИГУ

Папюс

«ПРАКТИЧЕСКАЯ МАГИЯ»

Это классический учебник по колдовству, написан ный одним из известнейших магов нашего века, пости шим тайны Вселенной и подчинившим себе элемент всех четырех стихий.

Издание содержит исчерпывающую информаци о магических и целебных свойствах растений и мине ралов, о составлении гороскопов, об изготовлении та лисманов и благовоний. В нем вы найдете заклинания позволяющие вызвать духов и дающие неограничен ную власть над ними; магический алфавит; толкова ние рун, каббалистических знаков и символов; описани колдовских обрядов и перечень необходимых для ни атрибутов, а также астрологические таблицы, объясня ющие влияние планет на жизнь человека.

Такая книга необходима всем, кто хочет овладет древним искусством магии и целительства.

ЛУЧШИЕ КНИГИ ДЛЯ ВСЕХ И ДЛЯ КАЖДОГО

✦ **Любителям крутого детектива** – романы Фридриха Незнанского, Эдуарда Тополя, Владимира Шитова, Виктора Пронина, суперсериалы Андрея Воронина "Комбат", "Слепой", "Му-му", "Атаман", а также классики детективного жанра – А.Кристи и Дж.Х.Чейз.

✦ **Сенсационные документально-художественные произведения** Виктора Суворова; приоткрывающие завесу тайн кремлевских обитателей книги Валентины Красковой и Ларисы Васильевой, а также уникальная серия "Всемирная история в лицах".

✦ **Для увлекающихся таинственным и необъяснимым** – серии "Линия судьбы", "Уроки колдовства", "Энциклопедия загадочного и неведомого", "Энциклопедия тайн и сенсаций", "Великие пророки", "Необъяснимые явления".

✦ **Поклонникам любовного романа** – произведения "королев" жанра: Дж.Макнот, Д.Линдсей, Б.Смолл, Дж.Коллинз, С.Браун, Б.Картленд, Дж.Остен, сестер Бронте, Д.Стил — в сериях "Шарм", "Очарование", "Страсть", "Интрига", "Обольщение", "Рандеву".

✦ **Полные собрания бестселлеров** Стивена Кинга и Сидни Шелдона.

✦ **Почитателям фантастики** – циклы романов Р.Асприна, Р.Джордана, А.Сапковского, Т.Гудкайнда, Г.Кука, К.Сташефа, а также самое полное собрание произведений братьев Стругацких.

✦ **Любителям приключенческого жанра** – "Новая библиотека приключений и фантастики", где читатель встретится с героями произведений А.К. Дойла, А.Дюма, Г.Манна, Г.Сенкевича, Р.Желязны и Р.Шекли.

✦ **Популярнейшие многотомные детские энциклопедии:** "Всё обо всем", "Я познаю мир", "Всё обо всех".

✦ **Уникальные издания** "Современная энциклопедия для девочек", "Современная энциклопедия для мальчиков".

✦ **Лучшие серии для самых маленьких** – "Моя первая библиотека", "Русские народные сказки", "Фигурные книжки-игрушки", а также незаменимые "Азбука" и "Букварь".

✦ **Замечательные книги известных детских авторов:** Э.Успенского, А.Волкова, Н.Носова, Л.Толстого, С.Маршака, К.Чуковского, А.Барто, А.Линдгрен.

✦ **Школьникам и студентам** – книги и серии "Справочник школьника", "Школа классики", "Справочник абитуриента", "333 лучших школьных сочинения", "Все произведения школьной программы в кратком изложении".

✦ Богатый выбор учебников, словарей, справочников по решению задач, пособий для подготовки к экзаменам. А также разнообразная энциклопедическая и прикладная литература на любой вкус.

Все эти и многие другие издания вы можете приобрести по почте, заказав

БЕСПЛАТНЫЙ КАТАЛОГ

по адресу: 107140, Москва, а/я 140. "Книги по почте".

Москвичей и гостей столицы приглашаем посетить московские фирменные магазины издательской группы "АСТ" по адресам:

Каретный ряд, д.5/10. Тел. 299-6584, 209-6601.
Звездный бульвар, д.21. Тел. 232-1905.
Б.Факельный пер., д.3. Тел. 911-2107.
Арбат, д.12. Тел. 291-6101.
Татарская, д.14. Тел. 959-2095.
Луганская, д.7. Тел. 322-2822
2-я Владимирская, д.52. Тел. 306-1898.

В Санкт-Петербурге: Невский проспект, д.72, магазин №49. Тел. 272-90-31

Литературно-художественное издание

Кинг Стивен

Мешок с костями

Том 2

Редакторы Е.А. Барзова, Г. Г. Мурадян
Художественный редактор О.Н. Адаскина
Компьютерный дизайн А.С. Сергеев
Технический редактор Н.Н. Хотулева

Подписано в печать 25.01.00.
Формат 84х108 $^{1}/_{32}$. Усл. печ. л. 21,00
Тираж 5 000 экз. Заказ № 4076

Налоговая льгота — общероссийский классификатор продукции
ОК-00-93, том 2; 953000 — книги, брошюры

Гигиенический сертификат
№ 77.ЦС.01.952.П.01659.Т.98. от 01.09.98 г.

ООО «Фирма «Издательство АСТ»
ЛР №066236 от 22.12.98.
366720, РФ, РИ, г.Назрань, ул.Московская, 13а
Наши электронные адреса:
WWW.AST.RU
E-mail: astpub@aha.ru

Отпечатано с готовых диапозитивов
на Книжной фабрике № 1 Госкомпечати России.
144003, г. Электросталь Московской обл., ул. Тевосяна, 25.